复仇者

S o r g e n f r i

Jo Nesbø

[挪威] 尤·奈斯博————著　韩宜辰————译

CNS 湖南文艺出版社
PUBLISHING & MEDIA　HUNAN LITERATURE AND ART PUBLISHING HOUSE

博集天卷
CS-BOOKY

/ 目 录 contents /

2

奥斯陆市中心

阿克尔医院　罗村路　亚纳布区　奥普拉

卡尔纳广场　恩斯堡区

芬马克街　科博街

基努拉卡区

鉴讯中心　警察总署　波特桑监狱

格兰东区　第三区　艾克柏山

马克路

乌兰德街　马里达路

凡克路

苏菲街　彼斯德拉街

史娃娜公园

圣纳瓦斯主教街

挪威银行

卡尔约翰街

议会大厦

皇宫　皇家庭园

阿克什斯堡

古斯达达精神病院

毕秋卡特路

奥斯陆大学

霍尔门科伦区　瓦尔基利广场　亚佑斯登

挪威银行

北欧银行

乌朗宁堡区

阿克尔海港

奥斯陆

集装箱码头　德勒巴克

奥斯陆市　盐科伦

奥斯陆海港

福德纳公园

奥斯陆市中心

第一部

───────────────────────

    刹那中的两个人被镜头捕捉，一个对另一个判了死刑。戴头套的脸与无助的人质之间，有两只手宽的距离。死亡使者和他的受害人。枪对准她的喉咙，一条极细的项链悬垂着一个心形金坠子。

1　计划

　　我就快死了。实在没道理。计划不是这样的，至少我的计划不是这样。或许我一直不自觉地朝这个方向前进，但这不是我的计划。我的计划更好，我的计划行得通。

　　我看着枪口，心里很清楚事情是怎么开始的。死亡使者。摆渡人。最后一笑的时刻到了。如果你能看到隧道尽头的光，那可能是喷出的火焰。最后落泪的时刻到了。我们本来可以度过美好人生的，只要按计划行事就好。最后的念头。大家都在问人生有何意义，却没人问死亡有何意义。

2 宇航员

那老人让哈利想起宇航员。滑稽的小步伐、僵硬的动作、死气沉沉的黑眼珠和匆匆踩过木地板的鞋，唯恐一离开地面，他就会飘进太空。

哈利看了看悬挂在出口的白墙上方的时钟，下午三点十六分。窗外，玻克塔路上是行色匆匆的周五人潮；低悬着的十月太阳，映照在高峰时段往来车辆的两侧后视镜中。

哈利专心看着那个老人。亟须清洗的帽子和典雅的灰色大衣，大衣下是花呢夹克、领带和穿旧的灰色长裤，长裤上有一道又直又挺的折痕；脚下的鞋擦得光亮，鞋跟处有磨损。这样的退休人士在麦佑斯登区似乎多的是。这并非猜测。哈利知道奥古斯特·舒尔茨现年八十一岁，之前是服饰零售商，除了战时在奥斯威辛集中营待过一阵子，这辈子都住在麦佑斯登区。他每天都走过铃环街的人行天桥去探望女儿，僵硬的膝盖就是在桥上摔过一跤的结果。他的手臂在手肘处弯成直角，伸向前方，更给人一种机械人偶的感觉。他的棕色拐杖吊在右前臂上，左手抓了张银行支票，准备拿给二号柜台后方的短发年轻人。哈利看不见银行柜员的脸，但他知道那人凝视着老人，脸上的表情混合着同情与不耐。

三点十七分，终于轮到舒尔茨了。

丝蒂恩·格雷特坐在三号柜台后方，她刚从一个头戴蓝色毛线帽的男孩手里接过一张汇票，正给男孩数出七百三十挪威克朗。她每把一张钞票放上柜台，左手无名指上的钻石就闪一次光。

哈利看不到，但他知道三号柜台前方有个推婴儿车的女人，女人前后摇着婴儿车，大概是想让自己分心吧，因为婴儿已经睡着了。女人等着布莱恩女士为她服务。布莱恩女士正大声对电话那头的男人解释，他不能从别人的账户拿钱，除非该账户的持有人签了同意书。她还说，在银行上班的又不是他，因此讨论或许该结束了。

这时门开了，两个男人大步走进银行。一个个子很高，另一个比较矮，两人穿着同样的工作服。丝蒂恩抬起头。哈利看了看表，开始计时。男人冲向丝蒂恩所在的柜台，高个子走路的模样像是脚下有水坑；矮个子则步履轻快，仿佛身上容纳不了过度发达的肌肉。戴蓝帽子的男孩缓缓转身，开始朝出口走，一面专心地数钱，完全没看到那两个男人。

"嘿。"高个子男人对丝蒂恩说，同时把一个黑箱子重重撂在柜台上。矮个子推了推鼻梁上的反光墨镜，上前将另一个一模一样的箱子放在旁边。"钱！"他尖着嗓子，"开门！"

就像按下了暂停键，银行里的一切动作都冻结了，只有窗外的车流透露出时间并未停止，时钟的秒针也显示已经过了十秒。丝蒂恩按下桌子下方的按钮，一阵电子嗡嗡声响起，矮个子男人用膝盖把柜台门顶在墙上。

"钥匙在谁那里？"他问，"动作快点，我们时间不多！"

"赫尔格！"丝蒂恩回头喊。

"什么事？"声音从银行里唯一一间办公室敞开的门内传来。

"赫尔格，我们有客人！"

一个戴眼镜、打领结的男人出现了。

"赫尔格，这两位男士要你打开提款机。"丝蒂恩说。

赫尔格·克莱门森眼神空洞地望着穿工作服的两个男人。男人现在跟他在柜台的同一边。高的那个紧张地瞥了一眼大门，矮的那个紧盯着这位分行经理。

"噢，对，当然。"赫尔格倒抽了一口气，好像刚想起错过了一个约见似的，发出一阵洪亮的狂笑。

哈利一动也不动，只是把这些人每个细微的动作和姿势尽收眼底。他继续看着门上的时钟，但眼角仍能瞥见那位分行经理从里面打开提款机，取出两个长金属盒,递给两个男人。整个过程都在静默中以极快的速度进行。五十秒。

"老兄,这些给你!"矮个子从他的箱子里拿出两个模样差不多的金属盒交给赫尔格。分行经理咽了一口口水,点点头,拿起盒子放进提款机内。

"周末愉快!"矮个子说着挺直背脊,抓起箱子。一分半钟。

"等一下。"赫尔格说。

矮个子身体一僵。

哈利吸着两颊,想让自己专心。

"收据……"赫尔格说。

两个男人瞪着这位矮小的灰发分行经理好一会儿,然后矮个子爆出大笑。声音大且刺耳,还有些歇斯底里的意味:"你真以为我们会没签名就走人?交出两百万却没收据?!"

"嗯,"赫尔格说,"你们上周就有人差点忘记啊。"

"最近送货部好多新人。"矮个子说。他跟赫尔格分别在黄色和粉红色的表格上签名,然后交换表格。

哈利等到大门再度关上,才又看了看时钟。两分钟又十秒。

透过门上的玻璃,他看见白色的北欧银行运钞车驶离。

银行里的人继续交谈。哈利不需要数,但他还是数了。七个人。三个在柜台后,四个在柜台前,包括那个婴儿和一个刚进门的男人,男人穿工作服,站在房间中央的桌子旁,正在支票收执联上写账号。哈利知道是写给阳光旅行社的。

"午安。"舒尔茨说,开始朝大门的方向移动。

时间是三点二十一分十秒整。从这时起,一切都变了。

门开的时候,哈利看到丝蒂恩从文件中抬起头,又低下去。然后她又抬头,这一次速度慢了些。哈利的注意力移到大门。进来的那个男人已经拉下连身衣的拉链,抽出一把黑色和橄榄绿相间的 AG3 自动步枪。一只海军蓝的忍者头套完全遮住了他的脸，只露出眼睛。哈利从零开始数。

忍者头套的嘴巴部位开始动，像个大脚怪玩偶："不许动，抢劫！"

他并没有提高音量，但在小且密闭的银行大厅中，这句话就像发射了一门大炮。哈利仔细打量着丝蒂恩。在遥远的车流声中，他听到男人扣动扳机，上了油的金属发出一声流畅的咔嗒声。丝蒂恩的左肩垮了下来，不细看不会发现。

勇敢的女孩，哈利想。也或许她只是吓坏了。奥斯陆警察大学的心理学讲师奥纳曾经告诉他们，人如果害怕到一定程度就会停止思考，以之前设定好的模式行动。奥纳说，多数银行员工会在惊吓中按下无声的抢劫警铃。他也引述抢劫后的审讯报告，表示很多人事后都不记得自己到底有没有按过警铃。他们都进入了"自动导航"模式。奥纳说，银行劫匪也一样，预先设定要对任何阻止他行动的人开枪。所以劫匪越害怕，别人让他改变心意的机会就越渺茫。哈利全身紧绷，盯着劫匪的眼睛。蓝色的。

劫匪解开一个黑色旅行袋，扔过柜台。黑衣男子走了六步到柜台门口，手往门上一撑，双腿越过柜台门，站到丝蒂恩的正后方。丝蒂恩仍然坐着，表情空洞。很好，哈利心想。她熟知自己的直觉，她不想盯着劫匪看，以免激起对方的反应。

她尚未出现惊慌的反应，但哈利看出丝蒂恩的胸口在起伏，她的白上衣变紧了，衣服下面的纤弱胸腔似乎挣扎着要吸气。十五秒。

她清了清喉咙。一次，两次，总算让声带发出声音："赫尔格。提款机钥匙。"即使三分钟前才说过类似的话，但此刻丝蒂恩的嗓音低沉沙哑得像是另一个人。

哈利看不到他，但他知道赫尔格已经听到劫匪的说话声，而且已经站在办公室门口了。

"快点，不然……"她的声音几乎细不可闻。在一阵沉滞的停顿中，整个银行只有舒尔茨的鞋底在木地板上拖曳的声音，像两把刷子极慢地来回擦过鼓面。

"……他会开枪杀了我。"

哈利看着窗外。外面通常会有一辆没熄火的车,但他却没看见。只有经过的汽车和行人的模糊影子。

"赫尔格……"她的声音在乞求。

快啊,赫尔格,哈利暗暗催促。他对这位老银行经理略知一二,他知道他家里有两只纯种贵宾狗,还有妻子和最近被男友搞大肚子然后抛弃的女儿。他们已经收拾好行李,准备等赫尔格一回家,就开车去山上的小木屋。此时此刻的赫尔格觉得自己沉在水里,像身处在慢动作的梦境中,不管多么想要加快速度都没有用。然后他进入了哈利的视野。银行劫匪抓住丝蒂恩的头发一扯,站到她后方,自己则面对赫尔格。赫尔格像个必须喂马却又怕得要命的孩子,站得老远,整条手臂伸得直直的,手里抓着一串钥匙。头套男在丝蒂恩耳边低声说了句什么,把步枪对准赫尔格。赫尔格踉跄地退了两步。

丝蒂恩清了清喉咙:"他说,打开提款机,把钱放进这个黑色旅行袋。"

赫尔格茫然地瞪着对准他的步枪。

"你有二十五秒,之后他就会开枪。对象不是你,而是我。"

赫尔格的嘴张开又闭上,好像想说什么。

"快点,赫尔格。"丝蒂恩说。

抢劫从开始到现在过了三十秒,舒尔茨已经快走到大门了。分行经理在提款机前跪下,看着那串钥匙。钥匙共有四把。

"还有二十秒。"丝蒂恩的声音响起。

麦佑斯登区警局,哈利想着。巡逻车已经出发,相隔八条街,现在是周五的高峰时段。

赫尔格用发抖的手指抽出一把钥匙,插进锁孔,钥匙插进一半就卡住了。他更用力地往里戳。

"十七秒。"

"可是……"他开口。

"十五秒。"

赫尔格拔出钥匙，换了一把再试。插进去了，却转不动。

"老天……"

"十三秒。赫尔格，用贴绿胶带的那把。"

赫尔格盯着钥匙，仿佛他从来没有见过这串东西。

"十一秒。"

第三把钥匙插入，转动了。他拉开门，转向丝蒂恩和那个男人。

"还有一个锁要开……"

"九秒！"丝蒂恩喊。

赫尔格发出一声呜咽，手指滑过凹凸不平的钥匙边缘，眼前昏花一片。他像盲人摸点字那样，摸索着钥匙边缘，想找出正确的那把。

"七秒。"

哈利仔细听着，还没听见警车的鸣笛声。舒尔茨握住了大门的把手。

一声金属咔嗒声，钥匙整串掉到地上。

"五秒。"丝蒂恩低声说。

大门开了，马路上的声响涌进银行。哈利好像听到远方有熟悉的濒死哀号。那声音又响了。警车声，然后大门关上了。

"赫尔格，两秒！"

哈利闭上眼，数到二。

"开了！"赫尔格大叫。他打开第二道锁，半站着拉扯卡住的钱箱。"等我把钱拿出来就好！我……"

一声刺耳的尖叫打断了他的话。哈利看着银行的另一头，有个女人呆若木鸡地站着，望着那个一动不动、拿枪抵住丝蒂恩脖子的劫匪。丝蒂恩的眼睛眨了两下，一声不吭地朝婴儿车的方向点了点头，小孩的尖叫声更响亮了。

第一个钱箱松脱时，赫尔格差点一屁股坐倒在地。他拉过那个黑色旅行袋，在六秒内把钱全丢了进去。赫尔格按照嘱咐拉上袋口的拉链，站在柜台边。一切指示都通过丝蒂恩的口传达，她的声音现在听起来惊人地冷静。

　　一分钟又三秒。抢劫完成，钱全进了旅行袋。几分钟后警车就会抵达，四分钟内其他警车会挡在银行四周的脱逃路线上。劫匪全身的细胞一定都在大叫"他妈的该走了"。这时，发生了一件哈利意想不到的事。完全不合理。劫匪不但没逃跑，还一把扯过丝蒂恩的头发，将她转了半圈，面向自己。哈利眯起眼睛。他这几天得去检查一下视力，但他还是看到了。丝蒂恩被迫望着面前那位看不见脸的施虐者，听到他对她低声说的话之后，她脸上呈现出缓慢、渐进的变化：那两道纤细、修剪整齐的眉毛，在眼睛上方弯成两个"S"；眼睛像要跳出眼眶似的瞪得老大；上唇向上扭曲，嘴角下垂凝成一个惨笑。婴儿不哭了，这场啼哭来去都很突然。哈利用力吸了口气。因为他很清楚：这幅冻结的画面是精湛的影像。刹那中的两个人被镜头捕捉，一个对另一个判了死刑。戴头套的脸与无助的人质之间，有两只手宽的距离。死亡使者和他的受害人。枪对准她的喉咙，一条极细的项链悬垂着一个心形金坠子。哈利看不到，但他仍然能感到在她纤细皮肤下跳动着的脉搏。

　　一阵模糊的声音响起。哈利竖起耳朵。但那不是警车，而是隔壁房间的电话。

　　头套男转过头，看了看吊在柜台后方天花板上的监控摄像头。他举起一只手，伸出五根戴着黑手套的手指，握拳，然后伸出食指。六根手指。多用了六秒。他又转向丝蒂恩，双手把枪握在腰部，枪口向上指着她的头，双腿微微分开以抵抗后坐力。电话还在响。一分钟又十二秒。钻石戒指在丝蒂恩半举着的手上闪烁，仿佛在向谁道别。

　　就在三点二十二分二十二秒时，他扣下扳机。枪声尖锐又空洞，将丝蒂恩的椅子打得后退，她的头在脖子上晃着，像个肢体残破的布娃娃。随后椅子整个翻倒，丝蒂恩的头撞上了桌角，发出一声闷响，消失在哈利的视野中。原本贴在柜台上方的玻璃隔板上、印着北欧银行新退休方案的海报，也成了一片血红。哈利现在只听到愤怒、不肯妥协的电话铃响。戴头套的劫匪拿起旅行袋。哈利得做个决定。

　　劫匪跳过柜台，哈利下定决心。他一下从椅上蹿起来，跨出六步，抵达，接起电话：

　　"有话快说！"

　　在他话音刚落的空当，他听到客厅电视里的警车鸣笛声、附近人家传来的巴基斯坦流行音乐和走上楼梯的沉重脚步声，好像是麦德森太太的。然后电话那头传来一声轻笑，笑声来自过往的一次邂逅，尽管时间还不算太久，却让人觉得遥远而陌生；就像哈利百分之七十的过去，总是不时地以模糊的谣传、完全虚构的故事，出现在他的生活里。不过现在这个是他能够确认的往事。

　　"哈利，讲话还是这么有男子气概啊？"

　　"安娜？"

　　"哇，哈利，了不起。"

　　哈利感到一阵甜甜的暖意冲上胃部，几乎像威士忌，但只是几乎。他从镜中看到钉在对面墙上的一张照片，那是年幼的他和妹妹多年前在维斯滕过暑假时照的。照片里的两个人都笑着，是那种相信不会有坏事发生在自己身上的孩子笑容。

　　"哈利，你周日傍晚都做些什么？"

　　"嗯，"哈利听到自己自动模仿起她的声音：稍显低沉、拖着尾音。他不是故意的，至少现在不是。他咳了一声，改用更中性的音调："做一般人会做的事。"

　　"什么事？"

　　"看录像带。"

3 痛苦之屋

"看过录像带了吗？"

在老旧办公座椅的嘎吱响声中，哈福森警官靠进椅背，看着资历比他老九年的同事哈利·霍勒警探，年轻的脸上满是难以置信的表情。

"当然。"哈利说，拇指和食指滑下鼻梁，露出充血双眼下的两个眼袋。

"看了整个周末？"

"从周六早上看到周日傍晚。"

"噢，至少你周五晚上好好享受过了。"哈福森说。

"的确。"哈利从外套口袋里拿出蓝色档案夹，放在哈福森面前的桌子上，"我看过笔录了。"

哈利从另一个口袋拿出一小包灰色的法国殖民地牌咖啡。他和哈福森共享的这间办公室位于格兰区警察总署六楼的红区，几乎在走廊尽头。两个月前，他们买了一台兰奇里奥意式浓缩咖啡机，现在这台机器就傲立在档案柜上。柜子上方有个相框，照片里一个女孩坐在桌前，双腿翘在桌上，一张雀斑脸看似怪模怪样，实际上她只是笑得不可开交。背景就是这间挂着照片的办公室。

"你知不知道每四个警察里面，就有三个没办法正确写出'没意思'三个字？"哈利边说边把外套挂上衣架，"他们不是漏掉三点水，就是……"

"有意思。"

"你周末做了什么？"

"周五，因为有个匿名的疯子打电话说有汽车炸弹，我把车停在美国大使的公馆外，在车里坐了一整晚。当然只是虚惊一场，但现在时局这么敏感，我们只能在那边待着。周六，我又去寻找我的真命天女。周日，我认定她不存在。你从笔录里找到什么跟劫匪有关的资料了？"哈福森量好咖啡，放进双杯份滤网中。

"什么都没有。"哈利说。他脱掉毛衣，毛衣下面是件深灰色的衬衫——衬衫以前是黑色的，现在只隐约看得出"暴力妖姬"几个字。他哼了一声坐进办公椅："没人报警说抢劫案发生前在银行附近看到我们要找的人。有人从玻克塔路上的 7-11 便利店走出来，看到一个男的跑上工业街。吸引那人注意的是那个忍者头套。银行外的监控摄像头拍到这两个人，劫匪当时在目击者眼前，走过 7-11 外的垃圾回收箱。他所说的事情当中，唯一有意思而且录像带上没有的，是劫匪在离工业街稍远一些的地方过了两次马路。"

"一个不知道该走哪边人行道的人，听起来挺没意思的。"哈福森把双杯份滤网放进过滤器把手，"有三点水，两个心。"

"哈福森，你对银行抢劫案真的不熟，对吧？"

"我怎么会熟？我们是抓杀人犯的。抢劫案让海德马克郡的那些人去办就好了。"

"海德马克郡？"

"你从抢劫专案组走过来的时候没注意到吗？农村方言、针织羊毛衫。但你的重点是什么？"

"重点是维克托。"

"那个驯狗师？"

"这是老规矩。狗是第一个到现场的，有经验的银行劫匪都知道。一只好狗可以追踪逃跑的劫匪，但如果他过了马路，路上又有汽车开过，狗就闻不出气味了。"

"所以呢？"哈福森拿填压器把咖啡压紧，最后转一下把表面抹平。他认为这个动作足以区分专业和外行。

"这点证实我们碰到了有经验的银行劫匪。光凭这个事实，我们就可以把寻人范围大幅缩小。劫案组组长跟我说……"

"你说伊佛森？你们两个不是在冷战吗？"

"对，但他当时是对整个调查小组说话。他说奥斯陆的银行劫匪不到一百人，其中五十人不是蠢得要命、瘾君子，就是疯子，我们几乎每次都能逮捕归案。这半数人已经在坐牢了，所以可以不必理会。其他四十人的犯案技巧娴熟，只要有人帮他们做计划就能够逃脱。另外十个是专家，会攻击运钞车和现金处理中心。要抓到这些人，我们需要点运气，还得随时注意他们的行踪。这些人目前正在接受审讯，看他们是否有不在场证明。"哈利瞥了咖啡机一眼，它仿佛坐在档案柜上咯咯大笑，"我周六也跟鉴识组的韦伯谈过了。"

"韦伯不是这个月要退休吗？"

"有人出了点岔子，他夏天之前都不会走了。"

哈福森笑了："那他现在一定更不爽了。"

"没错，但原因不是这个。"哈利说，"他那批人一个屁也没找到。"

"完全没有？"

"没指纹，没头发，连衣服纤维都没有。而且你可以从脚印看出他穿的是新鞋。"

"所以他们没办法跟其他鞋子比对磨损度了？"

"没——错。"哈利故意把"没"的音拖长。

"劫匪的武器呢？"哈福森问，端了一杯咖啡到哈利桌上。他抬起头，看到哈利的左眉都快挑到他的金色短发里了。"抱歉，我是说杀人犯的武器。"

"谢谢。没找到。"

哈福森坐到他那张书桌旁，啜着咖啡。"那么，简单来讲，就是有个男的在光天化日之下走进满是人的银行，抢走两百万克朗，杀了一个女人，又大摇大摆地出去，走上挪威首都市区里一条人少车多的街道，那条街离警察局只有几百米，而我们这些领薪水的专业警察却连一点线索都查不出来？"

哈利缓缓点头："也不是什么都没有。我们有监控录像。"

"以我对你的了解，整卷带子你应该每秒都滚瓜烂熟了吧？"

"什么每秒？是每十分之一秒。"

"目击者报告你也可以一字不漏地背出来吗？"

"只有舒尔茨的。他跟我说了一大堆服装大战的趣事，连服饰界竞争者的名字他都能倒背如流，还有大战期间帮忙没收他家财产的'挪威好人'等等，偏偏就是没发觉当时发生了抢劫案。"

他们沉默地喝着咖啡。雨点打在窗户上。

"你喜欢这种生活，对吧？"哈福森忽然开口，"整个周末都一个人在家追踪鬼影。"

哈利微笑，但没回话。

"我以为你现在有了家庭责任，就会放弃独身生活。"

哈利对这位年轻同事做出警告的表情。"我可不确定我这样想。"他慢吞吞地说，"我们又没同居。"

"没错，但萝凯有个小儿子，情况就不一样了，不是吗？"

"他叫欧雷克。"哈利边说边朝档案柜走去，"他们周五飞去莫斯科了。"

"哦？"

"去打官司。孩子的父亲想要监护权。"

"噢，是呢。他人怎么样？"

"嗯，"哈利把咖啡机上方那张歪掉的照片扶正，"他是萝凯在那里上班时认识的教授，后来他们结了婚。萝凯说，他家很有钱、很传统、很有政治影响力。"

"所以他们认识几个法官喽？"

"那还用说，但我们觉得应该没关系。大家都知道这男的是怪人，酗酒成瘾又没什么自制力。你也知道这种人。"

"这倒是。"

哈利立刻抬头，正好看到哈福森收起笑容。

警察总署里几乎每个人都知道哈利有酗酒问题。现在，酗酒已经不足以作为遣散人民公仆的理由，但还是不能在上班时间喝得烂醉。上一次哈利故态复萌时，上面已经有人提出要开除他，但毕悠纳·莫勒，也就是犯罪特警队队长，执意把哈利收进保护伞下，恳求看在特例的分上通融一次。这个特例就是咖啡机上那张照片中的女人——爱伦·盖登。爱伦是哈利的搭档和密友，她在奥克西瓦河河畔的小径被人用球棒活活打死。哈利勉强振作了起来，但这个伤口仍不时作痛。尤其是这个案子在哈利眼中，一直还有疑点尚未澄清。哈利和哈福森找到新纳粹分子斯韦勒·奥尔森涉案的证据时，汤姆·瓦勒警监立刻前往奥尔森的住处逮捕他。显然奥尔森朝汤姆开了一枪，汤姆为求自保开枪还击，一枪杀了他。至少汤姆的报告上是这么写的，而枪击现场和独立警察机构的调查都没有异议。另一方面，奥尔森杀害爱伦的动机始终不明，除了他涉嫌非法买卖枪支，导致奥斯陆近年来枪支泛滥，而爱伦正好逮着他之外。但奥尔森不过是个喽啰，警方对这起杀人案的幕后主使者依旧毫无线索。

哈利在顶楼的密勤局短暂客串了一阵，又申请调回犯罪特警队，调查爱伦·盖登的案子。密勤局听到他要申调，高兴都来不及，莫勒也乐意让他重返六楼。

"我上去一下，把这个给伊佛森。"哈利嘀咕着，扬了扬那卷录像带，"他想跟那个新来的模范生一起看。"

"哦？是谁？"

"一个今年暑假才从警察学校毕业，而且光看监控录像就侦结掉三件抢劫案的女人。"

"哇！漂亮吗？"

哈利叹了口气："你们这些年轻人脑袋里就不能装点别的吗？我希望她真有能力，别的我都不管。"

"确定是个女的？"

"隆恩夫妇为了好玩给儿子取名贝雅特，也不是不可能啦。"

"我有预感她很好看。"

"最好不要。"哈利说着习惯性地矮了矮身,把他那一米九二的身躯移出了门框。

"为什么?"

哈利在走廊上大喊:"好警察都很丑。"

贝雅特·隆恩给人的第一印象很普通。她不丑,甚至有人说她像个洋娃娃;但那大半是因为她的小:脸、鼻子、耳朵和身体都小。她最突出的特征是苍白,肤色和发色都很淡,让哈利不由得想起他和爱伦从邦恩峡湾捞上来的一具尸体。不过贝雅特跟那具女尸不同,哈利觉得只要他别过头几秒钟,就会忘记贝雅特的长相。但她大概也不介意吧,因为她的自我介绍含糊不清,一只潮湿的小手被哈利握了一下就马上抽回了。

"霍勒警监是这栋楼的传奇人物。"鲁内·伊佛森组长背对他们站着,手里拿着一串钥匙。他们面前的灰色铁门上方有个牌子,以哥特式字体写着:痛苦之屋。下方还有一行字:508 会议室。"没错吧,霍勒?"

哈利没有回答。他对伊佛森心里所想的"传奇"再清楚不过。伊佛森认为哈利是警力中的瑕疵,早在几年前就该被革职,他对这个看法也从不刻意掩饰。

伊佛森终于把门打开,他们走了进去。痛苦之屋是劫案组用来研究、编辑和拷贝监控录像的地方,房间中央有一张大桌子和三个工作区,没有窗户,四壁全是架子,架上放满录像带、十几张通缉劫匪的海报,一面墙上有个大屏幕、一张奥斯陆地图和几件缉捕劫匪归案后获得的战利品:比如门边的墙上就有两只剪下的羊毛袖子,上面还开了眼睛和嘴巴的洞。除此之外,这房间里还有灰色的电脑、黑色电视屏幕、录像带和 DVD 播放器,以及几台哈利不认得的机器。

"犯罪特警队从这卷带子里看出了什么?"伊佛森问着,一屁股坐进其中一张椅子。

"一点东西。"哈利说着走向一个录像带存放架。

"一点东西？"

"不多。"

"真可惜你们没人来听我去年九月在餐厅的那场演讲。如果我没弄错，局里每个部门都派代表来了，就缺你们。"

伊佛森很高，手长脚长，一对蓝眼睛上方是一撮波浪般的金色刘海。他的五官颇具雨果博斯那种德国服饰品牌男模的特色，加上他总在夏日午后打网球，也许还去健身房做点日光浴，好让自己维持古铜色的肌肤。简言之，鲁内·伊佛森是多数人眼中的型男，也巩固了哈利那个警察的工作能力和长相成反比的理论。不过，伊佛森用他的政治敏感和在警局中拉帮结派的行动来弥补自己欠缺的办案能力。此外，伊佛森那股天生的自信，让很多人误以为是领导能力，其实这股自信只不过是建立在他良好的自我感觉之上。这个特点使他一路高升，甚而成了哈利的上司。原本哈利不觉得让蠢材登上高位、远离办案过程有什么不妥，但碰上伊佛森这种人却有危险，因为他们动不动就会去干涉或指使那些真正了解该怎么办案的人。

"我们错过了什么吗？"哈利问，手指摸过录像带标签上的手写小字。

"大概没有吧。"伊佛森说，"除非你对破案的小细节感兴趣。"

哈利成功压下了那股冲动，没说他缺席是因为听过几次演讲的同事都说，伊佛森这样耀武扬威的唯一目的，就是让所有人知道，自从他当上劫案组组长，银行抢劫案的破案率已经从百分之三十五上升到百分之五十，却丝毫没提他获得任命时恰逢组里人手加倍、探员扩编，而且其中最差劲的探员——伊佛森自己——正好升职离开探案前线之故。

"我是挺感兴趣的。"哈利说，"那么，请告诉我你是怎么侦破这个案子的。"他取出一卷带子，大声念出标签上的字："一九九四年十一月二十日，曼格鲁市北欧储蓄银行。"

伊佛森大笑："乐意之至。我们靠传统手法逮到了犯人。他们在亚纳布区的垃圾场换车逃走，还放火烧掉了丢弃的那辆车。但车子没完全烧毁，我们找到其中一名劫匪的手套和 DNA，再与探员看完录像带后认为可能是嫌疑人的几位劫匪进行比对，结果其中一人完全符合。那个白痴朝天花板开了一枪，被判了四年刑期。霍勒，还有哪里不清楚吗？"

"嗯。"哈利把玩着那卷带子，"是哪种 DNA？"

"我说过了，是符合的 DNA。"伊佛森的左眼眼角开始抽动。

"对，但是是哪里的 DNA 呢？死皮，指甲，还是血液？"

"这很重要吗？"伊佛森的声音变尖，不耐烦起来。

哈利告诫自己应该闭嘴，放弃这种堂吉诃德式的攻击。反正伊佛森这种人永远也学不会。

"大概不重要吧。"哈利听到自己说，"除非你对破案的小细节感兴趣。"

伊佛森对哈利怒目而视。在这个特别密闭的房间中，沉默像有形的压力充斥在所有人耳边。伊佛森试图开口。

"指节的汗毛。"

房间里的两个男人都转向贝雅特·隆恩。哈利几乎忘了她也在场。她的目光在他们两人身上转了一圈，用几乎是耳语的音量重复："指节的汗毛。就是手指上的细毛……不是都这么说的吗？"

伊佛森干咳一声："没错，是一根毛。虽然我们不必继续追究，但我记得是手背上的毛。贝雅特，你说对不对？"他也不等回答，就敲了敲自己那块大手表的玻璃表面，"我得走了，你们慢慢看。"

伊佛森出去时重重带上了门。贝雅特从哈利手中拿起录像带，不一会儿放映机就吱的一声吃进带子。

"有两根毛。"她说，"在左手手套里，都是指节上的。还有垃圾场是在卡利哈根区，不是在亚纳布，但的确是四年刑期没错。"

哈利惊讶地望了她一眼说："这件案子不是你来之前发生的吗？"

她耸耸肩，按下遥控器上的播放键。"只要看卷宗就会知道。"

"嗯。"哈利说，打量着她的侧脸，换了个舒服的姿势坐进椅中，"看看这件案子会不会留下几根指节毛吧。"

贝雅特关灯时，放映机发出怪声，接着亮起蓝色的导入画面。另一段影片在哈利脑海中展开：影片很短，只有几秒钟，一幕景象浸沐在蓝色的闪光中，地点是阿克尔码头一家现已废弃的夜店"水滨"。他不知道那个女子叫什么名字，她有双微笑的棕色眼眸，正在音乐声中对他大喊。音乐是乡村朋克。红上绿乐队（Green on Red）和杰森与飙车客乐队（Jason & the Scorchers）。他往金宾波本威士忌里倒进可乐，一点也不在乎她叫什么名字。但第二天晚上，他就知道了。他们躺在一张以无头马为船头雕饰的床上，松绳解缆，展开这趟处女航。哈利在电话里听到她的声音时，腹中瞬间传来一阵暖意。

然后另一段影片开始了。

老人步履艰难地往柜台走去，画面是另一个摄像头每隔五秒拍下来的。

"TV2 的托克尔森。"贝雅特说。

"不，是舒尔茨。"哈利说。

"我是指影片编辑。"她说，"看起来是 TV2 托克尔森的手笔，因为有几个十分之一秒不见了……"

"不见了？你怎么看出来的……"

"从几件事就能看出来。注意看背景，可以看出影像变换时，外面马路上那辆红色马自达都在两个摄像头的中央。物体不可能在同一时间内出现在两个地方。"

"你是说，片子被人修过了？"

"不是。室内的六个摄像头和室外的一个都用同一卷带子拍摄，在原本的片子里，若要从一段影片切换到另一段，就会看到闪动，因此影片必须经过编辑，才能得到较长的连贯镜头。偶尔我们搞不定的时候，会请电视台的人过来。像托克尔森这样的电视剪接员会调整时间码，提高录像质量，让画面更精致。我猜这是他的职业病吧。"

"职业病。"哈利重复了一遍。一个年轻女子会说出这么有中年味道的字眼，真是怪事。也许她没有他想象中那么年轻？灯光一变暗，她就像换了一个人，不但肢体放松多了，声音也更坚定了。

劫匪进入银行，用英语大喊。声音遥远且模糊，好像是蒙在毯子里说话。

"你对这个有什么看法？"哈利问。

"挪威人。他说英语，是怕被认出方言、口音或任何能让我们联想起之前抢劫案的特别字眼。他穿平滑的衣服，是避免在逃亡的车上、藏身处或家里留下衣服纤维，被我们查到。"

"嗯，还有吗？"

"他衣服上的每个开口都用胶带贴住，以免留下可供追查的 DNA，如头发或汗水。他把裤脚粘在靴子上，袖口粘在手套上，我猜他头上一定也贴了胶带，眉毛上涂了蜡。"

"所以是专业劫匪了？"

她耸肩道："百分之八十的银行抢劫案都是提前一周计划的，而且犯案的都是喝醉酒或吸了毒的人。但这个案子经过缜密地计划，劫匪似乎也很清醒。"

"你怎么知道？"

"要是我们的灯光或摄像头再好一些，就能把影像放大，看看他的瞳孔。但我们没有，所以我只能靠他的肢体行为判断。他冷静，动作都三思而行，你看不出来吗？如果他吸毒了，也不会是兴奋剂或哪种安非他命。可能是罗眠乐，这种药很受欢迎。"

"为什么？"

"抢银行是很极端的经验。你需要的不是速度，而是刚好相反。去年有人手持自动武器冲进索利广场的挪威银行，朝天花板和墙壁一阵扫射之后又冲了出来，一毛钱也没抢到。那人告诉法官，他吸了大量安非他命，非得发泄一下不可。我比较喜欢用罗眠乐的犯人，如果可以这么说的话。"

哈利朝屏幕歪了歪头。"你看一号位置上丝蒂恩的肩膀，她按了警铃，带子里的声音就忽然变清晰了。为什么？"

"警铃跟录像设备是相连的。一旦被启动，录像带就会跑得更快，好让我们得到更清晰的影像和声音来分析劫匪的声音。这样一来，说英语也没用了。"

"真的这么可靠吗？"

"我们的声带就跟指纹一样。如果我们录下十个字，让特隆赫姆大学的声音分析师分析，就能比对出这两个声音，准确度高达百分之九十五。"

"嗯，但若是警铃响起以前的音质就没办法了吧？"

"那就没那么准确了。"

"所以他才先用英语喊，发现警铃启动后，才拿丝蒂恩当传声筒。"

"就是这样。"

他们在沉默中，看着那名黑衣男子朝柜台移动，枪管指住丝蒂恩的脖子，在她耳边说话。

"你对她的反应有什么看法？"哈利问。

"什么意思？"

"看她的脸部表情。她好像蛮镇定的，你不觉得吗？"

"我没感觉。通常，从脸部表情得不到多少信息，我想她的脉搏应该接近每分钟一百八十下。"

他们看着赫尔格在钱箱前仓皇失措。

"希望他会得到适当的创伤后治疗。"贝雅特柔声说着，摇了摇头，"我见过经历这种抢劫案的人后来精神失常了。"

哈利什么也没说，心里却想她这句话可能是从年纪较大的同事那里听来的。

劫匪转身，伸出六个指头。

"有意思。"贝雅特含糊地说，头也没低地就在面前的本子上写起笔记。哈利从眼角看着这位年轻的女警官，看到她在枪声响起时整个人一震。屏幕上的劫匪拿起旅行袋，跳过柜台，跑出大门，贝雅特抬起她的小下巴，笔从手上落下。

"最后这一段还没放到网上，也没传给任何电视台。"哈利说，"你看，现在他在银行外的摄像头镜头里了。"

他们看着劫匪走过玻克塔路的斑马线——这时是绿灯——走上工业街，之后出了镜头。

"警察呢？"贝雅特问。

"最近的警局在索克达路的收费站后方，离银行只有八百米。不过，警察还是在警铃响了三分多钟之后才到。所以劫匪只有不到两分钟的时间可以逃走。"

贝雅特若有所思地看着屏幕，看着路过的人、车，好像什么事也没发生。

"逃跑就跟抢劫一样，经过缜密计划。逃亡车可能停在转角，免得被银行外的摄像头拍到。他很幸运。"

"或许吧。"哈利说，"不过，在你眼中，他不像是个会仰赖运气的人吧？"

贝雅特耸肩。"很多成功的银行抢劫案看起来都经过仔细计划。"

"好，但这里的警察会迟到却是凑巧。周五的这时候，那一区的每辆巡逻车都出勤了，去了——"

"——美国大使的公馆！"贝雅特喊，一手拍上前额，"说有汽车炸弹的那通匿名电话！我周五休假，但我看了电视新闻。要是你认为现代人有够歇斯底里，大使公馆的人当然也不会例外。"

"结果没有炸弹。"

"那当然，这是标准的调虎离山计。"

他们俩都陷入思考，在沉默中看完了最后一段录像。舒尔茨站在斑马线前，绿灯转为红灯，又转成绿灯，他却一动也没动。他在等什么？哈利纳闷着。等不规律出现？等一段特别长的绿灯？等百年难见的一路绿灯到底？好，应该快来了。他听到远方传来警车鸣笛声。

"有件事不大对劲。"

贝雅特发出老男人的疲惫叹息声："总有事不大对劲的。"

然后影片就结束了，一片雪花席卷了屏幕。

4 回音

"雪？"

哈利快步走在人行道上，一面对手机大喊。

"对，真的。"萝凯的声音从信号奇差的莫斯科传来，接着是一阵刺啦刺啦的回音，"……的。"

"喂？"

"这里好冷……冷。里面跟外面……面。"

"法庭里呢？"

"也是零下好几摄氏度。我们以前住在这里的时候，连他妈都说我该把欧雷克带走，现在她却跟别人坐在一起，用怨恨的表情看我……我。"

"官司打得怎么样了？"

"我怎么知道？"

"首先，你是学法律的。第二，你会说俄语。"

"哈利，我跟其他一亿五千万俄国人一样，对这里的法律系统一窍不通，行吗……吗？"

"好吧。欧雷克还好吧？"

哈利又问了一遍，仍没听到回答，他把手机拿到面前，想看看是不是信号断了，但屏幕上的通话秒数仍在增加。他又把电话放回耳边。

"喂？"

"喂，哈利，我听得见……噢。我好想你……噢。那个啊啊怎么样了？……了？"

"电话有回音，我只听到一堆噢和啊。"

哈利到了大门，取出钥匙，打开大厅入口的锁。

"哈利，你觉得我逼人太甚吗？"

"当然不会。"

哈利对正想把雪橇弄出地下室的阿里点点头。"我爱你。你还在吗？我爱你！喂？"

哈利困惑地从断线的通话中抬起头，看到他那巴基斯坦籍的邻居满脸笑意。

"对啦对啦，阿里，也爱你。"哈利咕哝着，一面笨拙地按着萝凯的号码。

"用通话记录。"阿里说。

"什么？"

"没事。你的地下室要不要出租？你似乎不常用。"

"我的地下室有储藏空间？"

阿里翻了个白眼问："哈利，你在这里住多久了？"

"我刚才说……我爱你。"

阿里探究似的看着哈利。哈利对他挥挥手作别，打了个手势表示他电话通了。他小跑上楼，把钥匙直直抓在身前。

"好了，现在我们可以说话了。"哈利说着进了门，来到他那没几件家具的两室公寓。那是他在九十年代房市最低迷时以低价买到手的。哈利老觉得这间公寓把他这辈子的好运都用光了。

"哈利，真希望你能跟我们在一起。欧雷克也很想你。"

"是他说的吗？"

"他不需要说。从这点来看，你们俩挺像的。"

"你啊，我刚才说我爱你，都说三遍了，旁边还有邻居在听。你知道这种事对男人的伤害有多大吗？"

萝凯笑了。哈利好喜欢她的笑声，从初次听到的那一刻起就喜欢。他直觉地知道，他愿意做任何事，只为了更常听到这样的笑声，最好是每天。

他踢掉鞋子，笑了。走廊的录音电话在闪，表示有留言。即使他没法未卜先知也知道那是萝凯早些时候打来的。没有别人会打电话到他家。

"你怎么知道你爱我？"萝凯柔声问。回音不见了。

"我可以感觉到那里热热的……脏，那地方叫什么？"

"心脏吗？"

"不是，再往后一点，在心脏下面。肾吗？肝吗？脾脏？对了，就是脾脏。我可以感觉到脾脏整个热起来了。"

哈利不知道电话那头传来的到底是啜泣声还是笑声。他按下录音电话上的播放键。

"我希望能在两周内回去。"萝凯在手机上说，没多久她的声音就被录音里的声音盖过："嘿，又是我……"

哈利觉得心跳漏了一拍，还来不及思考就立刻做出了反应：按下停止键。但那有磁性又带点沙哑的女性嗓音所说的话，却持续在墙壁间来回激荡，像个回音。

"那是什么声音？"萝凯问。

哈利深深吸了口气。一个念头挣扎着想在他回答前冒出来，但太迟了："只是广播。"他清了清喉咙，"等你确定航班了就告诉我，我去接你。"

"当然。"她用讶异的语气说。

一段尴尬的沉默。

"我得挂电话了。"萝凯说，"今晚八点我们再聊好吗？"

"好。啊，不行，那时我要忙。"

"哦？希望是忙着做点新鲜的事。"

"嗯。"哈利用力吸了口气，"反正我跟一个女人有约。"

"谁那么幸运？"

"贝雅特·隆恩，劫案组的新警员。"

"是什么事？"

"我们要跟丝蒂恩·格雷特的先生谈一谈。丝蒂恩在玻克塔路的抢劫案中被杀了，我跟你提过的。我们还要跟分行经理谈。"

"好好忙吧，我们明天再聊。欧雷克想先跟你说晚安。"

哈利听到电话那头传来小脚丫的奔跑声和兴奋的喘气声。

他们说完话，哈利站在走廊，盯着电话桌上方的镜子。如果他的理论没错，那么他看到的就是一位优秀的警察：两只充血的眼睛分别在大鼻子两边，一张苍白、瘦削且毛孔粗大的脸，上面布满细细的青筋，脸上的皱纹像是木头横梁被一把刀随意划过。怎么会这样？他从镜中看到身后墙上的照片，照片里的男孩和他妹妹有着被太阳晒黑的笑脸。但哈利的心思并不在失去的俊俏外表和逝去的青春上，因为那个念头现在才浮现。他正在自己脸上寻找欺瞒、逃避与怯懦，正是这些让他违背了自己定下的承诺：不管怎么样，绝对绝对不要对萝凯撒谎。在他俩的关系之中，存在很多足以毁坏这段情缘的暗礁，但谎言绝不应该是其中之一。那他为什么又说谎了？他和贝雅特的确会去见丝蒂恩的丈夫，但他为什么没说事后他会去找安娜？她是旧情人，但那又怎么样？这段过往情缘短暂又狂暴，虽留下疤痕却没造成永久的伤害。他们只是想一起喝杯咖啡，叙叙旧罢了，之后就会各过各的。

哈利按下录音电话的播放键，听完那段留言。安娜的声音充溢走廊："……期待今晚在 M 跟你见面。拜托你两件事，你过来的路上，能不能到威博街的锁匠那里去一趟，帮我拿回我打的一把钥匙？他们开到七点，我已经用你的名字登记了这把钥匙。还有，你介不介意穿那条我好喜欢的牛仔裤？"

又是一阵低沉沙哑的笑声，房间似乎都以同样的节奏振动了起来。毫无疑问，她一点也没变。

5　复仇女神

在户外灯光的照耀下，雨将早已暗下来的十月天空打出一道道争先恐后的线条。哈利看到灯下的陶瓷门牌上写着格雷特一家：埃斯彭、丝蒂恩和崔恩住在这里。"这里"是雾村路上一栋带露台的黄色房屋。他按下门铃，打量着四周。在雾村路一大块空地上，有四长排带露台的房屋，被围绕在一片公寓楼中央，这让哈利想起草原上的拓荒者在遭遇印第安人攻击时会占据这种防守位置。或许这里正是如此。带露台的排屋于二十世纪六十年代为迅速兴起的中产阶级而建，也许烟雾路和崔佛路上逐渐减少的工人早已知道这些人是新入侵者，会在这个新国家拥有领导权。

"好像不在家。"哈利说着又按了一下门铃，"你确定他知道我们今天下午会来？"

"不确定。"

"不确定？"哈利转身，低头看着在伞下瑟瑟发抖的贝雅特。她穿着裙子和高跟鞋，之前到施罗德酒馆接她的时候，他还觉得她这身打扮像是早上要去喝咖啡。

"我打电话来的时候，崔恩跟我确认过两次今晚的会面。"她说，"可是他好像完全……心不在焉。"

哈利从阶梯上方倾身，鼻子贴在厨房窗户上往里看。室内很暗，他只看到墙上有个北欧银行的白色月历。

"我们回去吧。"他说。

这时，邻居的厨房窗户砰的一声开了。"你们要找崔恩吗？"

这句话是清晰的标准挪威语，却带了卑尔根的口音，把"r"的卷舌音发得又重又长，像一列脱轨的中型火车。哈利转过身，看到一个棕色皮肤、脸上有皱纹的女人。她正准备挤出笑容，同时又一脸肃穆。

"对。"哈利说。

"是家人？"

"警察。"

"哦。"女人说，脸上哀凄的表情不见了，"我以为你们是来致哀的。他在网球场，那个可怜人。"

"网球场？"

她指了指方向。"就在田野另一边。他四点就过去了。"

"可是现在天都黑了。"贝雅特说，"还下雨。"

女人耸耸肩。"我想一定是在哀悼吧。"她清楚说出"r"的卷舌音，让哈利想起自己小时候住在奥普索乡附近时，会把几片卡纸塞进自行车车轮里，让纸片拍打辐条。

"听起来你也在奥斯陆东边住过。"哈利说着跟贝雅特朝女人所指的方向走去，"还是我弄错了？"

"没错。"贝雅特说完就不想多谈了。

网球场位于公寓楼区和露台房屋中间的路上。他们听到球拍网线打上湿漉漉的网球，发出单调沉闷的声响。在高高竖起的铁丝网围篱内，有个模糊的人影，正在迅速变暗的秋日天色里发球。

"嘿！"他们接近围篱时，哈利大喊，但那人没有回答。他们现在才看出男人穿着夹克和衬衫，还打了领带。

"你是崔恩·格雷特吗？"

一颗球打进一摊黑水，弹起，又撞上围篱，差点溅得他们身上都是雨水，但贝雅特很快地用雨伞挡了下来。

贝雅特拉着大门。"他把自己锁在里面了。"她低声说。

"我们是霍勒和隆恩警官！"哈利大叫，"我们约好要见面的，能不能……妈的！"他没看到球正往这边飞来，就在他面前几厘米处啪的一声撞上铁丝网。他擦掉眼中的水，低头看了看：自己身上全是脏兮兮的、棕红色的水污。哈利看到那男人又丢出一颗球，立刻转过身去。

"崔恩·格雷特！"哈利的喊声在公寓楼间回荡。他们看着一颗网球画出一个大弧线，往公寓楼的灯光处飞去，被黑暗吞没，掉落在田野上。哈利再度看向网球场，却只听到一声嘶喊，看到一个人影从黑暗中朝他冲过来。那人撞上铁丝网，网子发出咯吱声，他四肢着地地倒在地上，爬起来，助跑，然后又朝铁丝网冲过来。倒下，站起，再冲。

"天哪，他疯了。"哈利咕哝道。他看到一张苍白的脸和炯炯的目光朝他逼近，直觉地退后一步。贝雅特扭亮手电筒，往崔恩身上照。崔恩正挂在铁网上，湿淋淋的黑发贴着苍白的前额，好像在寻找什么目标，然后又像汽车风挡玻璃上的冻雨般滑下铁丝网，动也不动地躺在地上。

"现在我们该怎么办？"贝雅特低声问。

哈利咬了咬牙，朝手掌啐了一口。他从手电筒的光里，看到红色的碎石子。

"你打电话叫救护车，我去车里拿剪网钳。"他说。

"然后就给他打镇静剂了，对吧？"安娜问。

哈利点头，喝了一口可乐。

坐在他们附近高脚椅上的，都是年轻的西城顾客，喝着红酒、缤纷的调酒和健怡可乐。M 就像奥斯陆的大多数咖啡馆，在城市风格中带有乡村、纯朴且讨喜的味道，让哈利想起以前学校里的同学"烤串"，那个聪明又守规矩的男孩，后来大家发现他竟然做了一本册子，里面全是那些"出风头"小孩用的俚语。

"他们把那个可怜的人带去了医院。后来我们又去跟那个邻居谈，她说自从他太太被杀后，他每天傍晚都去那里打网球。"

"老天！为什么？"

哈利耸了耸肩。"在那种情况下失去亲人，人会发疯也不足为奇。有些人压抑痛苦，表现得好像死者还在世。那个邻居说，丝蒂恩和崔恩是很棒的混合双打搭档，夏天时他们几乎每天下午都去球场练球。"

"所以他是在期待太太回来发球吗？"

"或许吧。"

"唉，天哪！请你帮我拿瓶啤酒好吗？我去一下洗手间。"

安娜双腿一抬，下了高脚椅，摇曳生姿地走向房间另一头。哈利不想跟过去。他也不需要，他已经看到想看的了。她的眼角多了几条皱纹，漆黑的头发中多了几丝灰发；除此之外，她跟以前一模一样。同样的黑色眼眸，均匀整齐的眉毛下那丝警惕的神色；同样又高又窄的鼻子，下面却是丰满的唇；瘦削的双颊让她显露出一副饥饿的表情。她或许称不上"大美女"，因为她的五官太有棱有角、太极端，但她苗条的身躯却十分曲线玲珑，足够让哈利发现在她走过用餐区时，至少有两个男人忘了自己刚才在说什么。

哈利点燃另一根香烟。离开崔恩那里之后，他们去找了分行经理赫尔格·克莱门森，但也同样没什么线索。他还是一副饱受惊吓的样子，坐在凯尔萨斯路自家双层公寓的椅子上，一会儿看着在他脚边跑来跑去的贵宾犬，一会儿看着在厨房和起居室走来走去、忙着弄咖啡和奶油起酥牛角包的妻子。那是哈利这辈子吃过最干的奶油起酥牛角包。贝雅特的穿着比哈利身上的褪色牛仔裤和马丁靴更适合克莱门森家中产阶级的风格，尽管如此，大部分时间仍是哈利在跟紧张且说话像连珠炮的克莱门森太太讨论今年秋天反常的多雨天气和做奶油起酥牛角包的艺术，直到咚咚咚的脚步声和响亮的啜泣声打断他们的对话。克莱门森太太解释说，她可怜的女儿伊娜在怀孕七个月时被男友抛弃了。这个男人倒真的很会遗弃东西，果然是当水手的①，现在他去地中海出海了。哈利差点把牛角包喷得满桌都是。这时贝雅特转过话题，问赫尔格："你认为那劫匪有多高？"赫尔格的目光已经不在那条狗身上了，因为狗从客厅房门走了出去。

赫尔格凝视着她，拿起咖啡杯举到唇边。由于他不能同时说话和喝咖啡，

_____

① 此处用了heave-ho（断绝关系）和yo-heave-ho（水手起锚时的吆喝声）的音近双关语。

举到唇边的杯子就悬在那儿。"多高？大概两米吧。丝蒂恩总是那么一丝不苟。"

"克莱门森，他并没有那么高。"

"好吧，那一米九。而且她也总是打扮得很得体。"

"他当时穿什么？"

"黑色的衣服，类似橡胶那样。今年夏天她头一次好好休了假，去了希腊。"

克莱门森太太吸了吸鼻子。

"类似橡胶？"贝雅特问。

"对。还有头套。"

"克莱门森先生，头套是什么颜色？"

"红色。"

这时贝雅特不再做笔记了。没多久他们就坐进车内，开回城里。

"要是法官和陪审团知道，目击者对银行劫匪的描述有多不可靠，他们就会拒绝让我们以此为证据。"贝雅特说，"我们脑子里重新创造出来的东西，真是错得离谱。好像恐惧让他们戴上了眼镜，把劫匪变高、变模糊，把枪变多，把每一秒都拉长了似的。这个劫匪只花了一分多钟，但入口旁收银柜台的布莱恩女士却说他在里面待了将近五分钟。他的身高也不是两米，而是一米七九。除非他穿了增高鞋，专业劫匪会这么做也不奇怪。"

"你怎么能如此确定他的身高？"

"录像带啊。以劫匪进门时的门框作为高度参照。我早上去银行记下来了，拍了新的照片然后测量过。"

"嗯。我们犯罪特警队都把这种测量工作交给现场勘察组。"

"测量监控录像中人的身高听起来容易，实际则不然。比如在一九八九年卡德巴肯区的挪威银行抢劫案中，现场勘查组的测量就误差了三厘米。所以我倾向亲自去量。"

哈利眯着眼看她，心想不知道该不该问她当初为什么来当警察。但他只问她能否载他去威博街的锁匠那里。下车前，他又问她有没有注意到在他们问话的时候，赫尔格拿着满到杯口的咖啡，却一滴都没溅出来。她没注意到。

"你喜欢这里吗？"安娜问，坐回她的高脚椅里。

"嗯……"哈利打量了一下四周，"不是我喜欢的风格。"

"也不是我喜欢的。"安娜说着拎起包，站了起来，"去我家吧。"

"我才刚给你拿了啤酒来。"哈利对着起雾的玻璃杯点点头。

"一个人喝酒多无聊。"她说着拉长了脸，"放轻松，哈利。走吧。"

外面雨已经停了，雨水清洗过的冷冽新鲜的空气令人心胸舒畅。

"你还记不记得那年秋天我们开车去马里达伦谷的事？"安娜问着，把手插进他臂弯，开始漫步。

"不记得。"哈利说。

"你一定记得！我们开你那辆超烂的福特，座位还没办法放平。"

哈利不自然地笑了。

"你脸红了。"她开心地说，"哦，那你一定也记得我们停车到森林里散步，林子里满地是黄叶，就像……"她捏了捏他的臂膀，"就像一张床，一张金子做的大床。"她大笑着推了推他，"后来我还得帮你推车，好让那辆老爷车发动。现在车子应该已经卖掉了吧？"

"这个嘛，"哈利说，"还在车库里。以后再说吧。"

"哎哟，你怎么说得像是得了肿瘤还是什么病，然后被送进医院的老朋友似的。"她又柔声加了句，"哈利，你不该这么快就放手的。"

他没回答。

"到了。"她说，"总之，你没忘记这里吧？"他们停在索根福里街上一扇蓝色的门前。

哈利轻轻地抽出手臂。"安娜。"他开口，想假装没看到她警告的目光，"我明天一大早得跟犯罪特警队的探员开会。"

"我什么都没说啊。"她说着打开了门。

哈利忽然想起一件事。他把手伸进外套，把一个黄色信封放到她手上："锁匠那边的。"

"啊，是钥匙。没什么问题吧？"

"店里的人很认真地研究了我的身份证，还要我签名，真是奇怪。"哈利瞄了一眼手表，打了个哈欠。

"他们给人通用钥匙的时候都很严格。"安娜很快回道，"整栋楼的门都可以用这把钥匙，包括大门、地下室、住户公寓等等。"她紧张又敷衍地一笑，"需要我们的业主委员会写书面申请，他们才能多打一把备用钥匙。"

"我懂。"哈利说，前后摇晃着身子。他吸了口气，准备说晚安。

她没让他得逞。她的声音几乎是在哀求："哈利，只是喝杯咖啡嘛。"

大起居室中，同一盏吊灯高挂在天花板上，下方是同一张桌子、几张椅子。哈利记得当年墙壁是淡色的——白色或黄色之类——但他不确定。现在墙壁却是蓝色的，房间似乎变小了。或许安娜想换个格局吧，毕竟一个人要住在有三间厅房、两间大卧室和挑高三米半的公寓而不嫌空，实在不容易。哈利记得安娜曾经说过，她奶奶也独自住一间公寓，却不常在家，因为她是有名的女高音，还能唱歌的时候都在世界各地巡回。

安娜进了厨房，哈利打量着起居室。这里空空的，没几件家具，只有一个跟冰岛小马一样大的鞍马，架在往外伸展的四只木脚中央，背上还有两个圆环。哈利走近，摸了摸上面光滑的棕色皮革。

"你开始运动了吗？"哈利高声问。

"你是说那只马？"安娜在厨房里喊着回应。

"这不是给男人运动的吗？"

"对。哈利，你真的不要来杯啤酒？"

"不要。"他喊，"但是说真的，你为什么把这东西放在家里？"

听到她的声音出现在自己背后，哈利吓了一跳。"因为我喜欢做男人会做的事。"

哈利转身。她已脱了毛衣,站在门口,一只手放在屁股上,另一只手高举,扶着门框。哈利在最后一刻把自己想将她从头打量到脚的目光压抑住了。

"我在奥斯陆健身俱乐部买的。这会是件艺术品,一个设备,就像'握手箱',这个我想你也没忘吧。"

"你是指桌上那个可以把手从帘子里伸进去的箱子?箱子里有很多可以让人握住的假手?"

"也可以摸、挑逗或拍掉。那些手里面装了加热器,好保持人体的温度,结果畅销得很,不是吗?大家以为桌子下面有人躲着。跟我来,我有些东西想让你看看。"

他跟着她走进最里面的一间房,她拉开拉门,牵起他的手一起走进黑暗。灯光亮起时,哈利一开始只瞪着那盏灯。这盏镀金的落地灯做成了一个女人的样子,"她"一手拿着天平,一手拿着一把剑,三个灯泡分别装在天平、宝剑和女人的头旁边。哈利转过身时,发现每个灯泡都照着一幅油画。其中两幅画挂在墙上,第三幅、也是显然还没完成的一幅则搁在一个画架上,左边墙角钉了个调色盘,上面有几块黄色和棕色的颜料。

"这些是什么画?"哈利问。

"肖像画。你看不出来吗?"

"哦。这里是眼睛喽?"哈利指了指,"然后那边是嘴巴?"

安娜歪着头:"随你怎么看。里面有三个男人。"

"是我认识的人吗?"

安娜若有所思地凝视着哈利,好一会儿才开口回答:"不,我认为不是,但如果你愿意,或许可以跟他们认识一下。"

哈利更仔细地端详着那三幅画。

"告诉我你看到了什么。"

"我看到我的邻居拿着雪橇,看到在我快走的时候有个男的从锁匠那边的小房间出来,我也看到 M 那里的服务生,还有电视名人佩尔·斯戴尔·伦宁。"

　　她大笑："你知不知道，视网膜会把一切都反过来，所以你的头脑先
接收到的是镜像画面？如果你想看清事物的真实样貌，就必须看镜中的影
像。那么你在里面就会看到很不一样的人了。"她的双眼发光，哈利实在
不忍心反驳，告诉她视网膜并不会把影像左右反转，而是上下颠倒。"哈利，
这将是我最后的大作，后人会因为这幅画而记住我。"

　　"你说这些肖像画？"

　　"不，这些只是整件作品的其中一部分。还没完成呢，你等着看吧。"

　　"嗯，作品有名字吗？"

　　"《涅墨西斯①》。"她低声说。

　　他以询问的眼神看着她，两人四目相接。

　　"名字灵感来自那位女神，你知道的。"

　　影子落上她的侧脸。哈利转过头，他看够了：她的背部曲线在乞求舞伴，
一只脚放在另一只脚前方，仿佛不确定该往前还是往后；她的胸膛起伏着，
细细的脖子上布着血管，哈利好像看到血管在跳。他觉得好热，还有点头晕。
她刚才说什么？"你不该这么快就放手。"他有吗？

　　"哈利……"

　　"我得回去了。"他说。

　　他从她头上拉掉洋装，她笑着倒在白床单上。笔记本电脑上的屏保是
摇曳的棕榈树，土耳其蓝的屏幕光在床头板那些小魔鬼和张着嘴的恶魔雕
刻上摇晃，她在光里解开他的皮带。安娜说这是她外婆的床，已经放了快
八年了。她咬着他的耳朵，用陌生的语言轻声说起甜言蜜语，然后她停止
低语，骑到他身上，喊着、笑着、哀求着、召唤着外在的力量，而他只希
望能一直这样下去。就在他快到达高潮时，她忽然停止动作，双手捧起他

―――――――――

①　希腊神话中的复仇女神。

的脸，轻声问："永远只属于我？"

"想得美。"他大笑，把她翻了个身，换成自己在上头。木头的恶魔对他邪笑。

"永远只属于我？"

"是。"他呻吟，然后射了。

笑声止歇时，他们浑身是汗地躺着，床单上他们的身体仍然紧紧缠在一起。安娜说这张床是一位西班牙贵族送给她外婆的。

"一九一一年，她在塞维利亚开完演唱会后人家送她的。"她说着微微抬起头，好让哈利把点燃的香烟放在她唇间。

这张床上了埃伦诺拉号，在三个月后抵达奥斯陆。而埃伦诺拉号的丹麦船长，名叫什么杰斯珀的，应该是跟她外婆在这张床上睡过的第一位情人——虽然不是她这辈子的第一个情人。杰斯珀显然是个热情的男子，根据她外婆的说法，这就是床上那只装饰马没有头的原因。杰斯珀船长在狂喜中，一口咬掉了马头。

安娜大笑，哈利微笑。然后烟抽完了，他们又开始做爱，西班牙马尼拉木发出咯吱和呻吟声，让哈利觉得自己在一艘无人掌舵的船上，但那无关紧要。

那是好久以前了，是他第一次、也是最后一次在安娜外婆的床上，清醒地过夜。

哈利在狭窄的铁床上扭了扭身子，床头柜上的收音机闹钟刺眼地亮着三点二十一分，他咒骂了一句。他闭上眼，思绪又缓缓滑到安娜身上，还有那年夏天她外婆那张铺着白床单的床。当时的他经常喝得醉醺醺的，但他还记得那几个粉红而曼妙的夜晚，像一张张色情明信片。就连夏天结束时他所用的分手理由，都是庸俗而热情的那套："我配不上你。"

那时的他酗酒问题严重，人生只朝一个方向发展。在某一次稍微清醒点的时候，他下定决心不再拖累她。她用陌生的语言咒骂，发誓有一天会向他复仇：从他身边拿走他最爱的东西。

那是七年前的事了，而且那段关系只维持了六周。那之后，他只见过她两次。一次是在一间酒吧里，她泪眼汪汪地走来请他离开，他照办了；另一次是在哈利带他小妹去看展览的时候。他答应会打电话给她，但他根本没打。

哈利翻过身，又看了看时钟。三点二十二分。那天晚上，他吻了她。等他安全走出她家那扇装着凹凸玻璃的大门，他倾身过去想拥抱她说晚安，那个拥抱变成了一个吻。简单又美好。总之，说简单总是没错。三点三十三分。妈的，他什么时候变得那么敏感了？连跟旧情人吻别、道晚安都觉得愧疚？哈利做了几次规律的深呼吸，把心思放在从玻克塔路经工业街的脱逃路线上。吸，呼，再吸。他仍然闻得到她的香水味，感觉得到她身体的甜蜜压迫，以及从她舌头上传来的狂野坚持。

6 辣椒

这天的第一道阳光刚从艾克柏山边缘出现，照进犯罪特警队会议室半拉起的百叶窗，钻进哈利红肿的眼周皱纹里。鲁内·伊佛森站在长桌的一端，双手背在身后，双腿分开，一会儿踮起脚尖，一会儿又放平。他身后有个活动挂图，上面用大大的红字写着欢迎。哈利猜这东西是伊佛森从演说研讨会上拿来的。这位劫案组组长开始说话时，他半认真地压抑住打呵欠的冲动。

"大家早。我们坐在这张桌旁的八个人是一个小组，负责侦办周五发生在玻克塔路银行的抢劫案。"

"谋杀案。"哈利咕哝着说。

"对不起，你说什么？"

哈利在椅子上坐直身子。不管他怎么转头，该死的阳光还是照得他什么也看不见。"我想这件案子应该以谋杀为基础来调查才对吧。"

伊佛森挤出一个扭曲的笑，对象不是哈利，而是其他坐在桌旁的人，他扫视了这些人一眼说："我想我该先让大家互相认识，但我们这位来自犯罪特警队的朋友却已经抢先了。哈利·霍勒警监是由他的长官毕悠纳·莫勒派来协助的，因为他的专长是调查谋杀案。"

"重大刑案。"哈利说。

"重大刑案。霍勒左边的是鉴识组的托雷夫·韦伯，负责犯罪现场的调查工作。各位都知道，韦伯是我们经验最老到的鉴识调查员，以分析能力和毫厘不差的直觉出名。总警司有一次还说，想让韦伯加入他的狩猎团队当追踪犬呢。"

桌旁响起笑声，哈利不必看也知道韦伯没笑。韦伯简直从来不笑，至少对不喜欢的人是如此，而他几乎没有喜欢的人。韦伯认为长官们全是一些无能的野心家，觉得他们对这份工作或团队毫无感情，却对只要在警察总署露个几次脸就能取得的行政权和影响力敏感得很，年轻一辈的长官尤其如此。

伊佛森微笑着，像一个正在出海的舰长上下动着身体，等待笑声止歇。

"贝雅特·隆恩是新成员，也是我们的录像监看专家。"

贝雅特的脸红得像甜菜根。

"贝雅特是约恩·隆恩的女儿，约恩曾在劫案与重大刑案组工作了二十多年。贝雅特目前正追随着她那位传奇父亲的脚步，她所找到的重大线索已经协助侦破了多起案件。我想我可能还没提过，但过去一年来，我们劫案组的破案率接近百分之五十，就国际标准来看，这个数字代表……"

"伊佛森，这个你提过了。"

"谢谢。"

这一次伊佛森微笑时，直勾勾地看着哈利。那是个僵硬、蜥蜴般的露齿微笑，嘴角两边拉得老开，他就以这样的笑容说完剩下的介绍词。这些人当中，哈利还认识两位：麦格斯·里安是来自汤姆洛峡湾村的年轻探员，加入犯罪特警队才六个月，表现出色。迪德里克·古德蒙松是现场最有经验的调查员，稳坐劫案组的第二把交椅。哈利跟这位不多话、办事有条不紊的警察相处毫无问题。最后两个也是劫案组的，两个都姓李，但哈利马上就知道他们不是双胞胎。托莉·李是金发女郎，薄唇、高，有张不苟言笑的脸。奥拉·李是个矮胖的男人，有一头红发、圆圆的脸和笑意盈盈的眼睛。哈利在走廊上见过他们的次数多到一般人都会互相打招呼了，但他却从来没这么做过。

"至于我自己，各位应该多少都听说过我的事。"伊佛森这么为介绍作结，"但为了让所有人熟悉，我是劫案组的组长，由我领导这次的调查。霍勒，现在回到你一开始说过的，这不是我们第一次必须调查一起引发无辜民众死亡的抢劫案。"

哈利设法不上钩。他真的努力了，但那个鳄鱼般的诡笑却让他前功尽弃。

"这种案子也有百分之五十的破案率吗？"

桌旁只有一个人笑，而且笑得很大声。是韦伯。

"真抱歉，我好像漏了有关霍勒的几件事。"伊佛森正色说，"据说他很幽默。我听说，他真的很机智。"一秒钟尴尬的沉默。伊佛森发出一阵喇叭似的笑声，接着桌边也跟着响起低低的笑声。

"好了，我们先来看看简报。"伊佛森翻过第一张纸。第二张纸上的标题写着"鉴识证据"，他拔下马克笔的笔盖，做好准备："韦伯，来吧。"

卡尔·托雷夫·韦伯站了起来。他个子不高，有一头狮鬃般的灰发和胡子。他那低沉的隆隆嗓音给人不祥的感觉，尽管如此，话语仍很清晰："我不会说太久。"

"你只管说吧。"伊佛森说着拿笔靠近纸张，"卡尔，要花多少时间都没关系。"

"我不会说太久，因为我不需要花太长时间。"韦伯低声说，"我们什么证据都没找到。"

"噢。"伊佛森说着放下笔，"你们什么证据都没有，这话是什么意思？"

"我们找到一个全新耐克鞋的鞋印，尺码是四十五号。这宗抢劫案绝大多数的东西都很专业，因此我唯一的推论就是这不太可能是劫匪平常会穿的尺码。弹道专家也分析过子弹了，那是 AG3 步枪所用的标准七点六二毫米子弹，这是挪威最常见的弹药，因为全国的军营、军火店、储备军官和民兵家里用的都是这种。换句话说，完全无法追查。除此之外，你会认为他从来没走进银行，或离开银行，因为我们在银行外也搜过了，一无所获。"

韦伯坐下。

"谢谢，韦伯，你的说明很……呃，让人获益匪浅。"伊佛森翻开下一张纸——目击者。

"霍勒？"

哈利往椅子里又挪了挪。"当时在银行里的人，事后都立刻接受了讯问，没人说出什么我们从录像中看不出的事。也就是说，他们记得的事都被我们证实是错误的。一位目击者看到劫匪走上工业街，此外就没有其他人打电话提供线索了。"

"这点让我们进入下一个项目：脱逃车辆。"伊佛森说，"托莉？"

托莉·李往前踏一步，打开头顶上方的投影仪，机器内已经放了一张投影片，上面是过去三个月遭窃的私家车的情况简介。她操着浓重的桑默斯克地区口音，说明她认为哪四辆车最可能是脱逃车，她的判断基于这些车都是常见品牌与车型，毫不特别，浅色车身，车子还算新，劫匪开起来才觉得可靠，不怕中途抛锚。其中最有嫌疑的是一辆停在马里达路上的大众 GTI，该车在劫案发生的前一天夜里被偷。

"银行劫匪常会尽量在接近抢劫的时间偷车，这样车子才不会出现在巡逻车名单上。"托莉·李说。她关掉投影仪，拿起投影片，准备回到自己的座位上。

伊佛森点点头道："谢谢。"

"谢什么？"哈利低声对韦伯说。

下面那张纸的标题是"录像分析"。伊佛森已经把马克笔盖了起来。贝雅特咽了口口水，清了清喉咙，从身前的杯子里喝了口水，又咳了一声，双眼盯着桌面："我量过高度了……"

"贝雅特，请大声一点好吗？"蜥蜴微笑着。贝雅特又咳了几声。

"我量了录像带中劫匪的身高，他有一米七九。这个数字我跟韦伯确认过了，他也同意。"

韦伯点头。

"太好了！"伊佛森高喊，声音里是装出的热情。他拔开马克笔的笔盖，写下：身高一米七九。

贝雅特继续对着桌面说话："我也跟大学的阿斯拉克森谈过，也就是我们的声音分析师。他听了劫匪用英语说的那五个字，他说……"贝雅特紧张地抬眼看了看伊佛森，伊佛森背对她站着，正准备写笔记，"……录音质量太差，没办法分析。完全没有用。"

伊佛森垂下手臂，正好跟低低的太阳在云层后消失是同一时间，他们身后那片方形的大光块也消失了。房间内一片死寂。伊佛森吸了口气，双脚在地上往前拖动。

"幸好，我们把王牌留在最后。"

劫案组组长翻开最后一张纸：监看。

"我们或许该向不在劫案组的同人说明，在一宗银行抢劫案有录像时，我们总会先监看录像带。如果劫匪是我们熟悉的罪犯，那么我们有七成的机会通过一卷质量较好的录像带确认劫匪的身份。"

"即使他戴了头套？"韦伯问。

伊佛森点点头道："好的便衣调查员能从劫匪的体形、抢劫时的肢体语言和说话方式等种种无法隐藏在头套后方的小细节认出劫匪。"

"但这还不足以查出劫匪是谁。"伊佛森的副手迪德里克·古德蒙松插嘴，"我们必须……"

"没错，"伊佛森没等他把话说完，"我们必须有证据。劫匪可以对着摄像头说出名字，但只要他戴着头套、不留下具体证据，我们在法律上还是站不住脚。"

"那么，你们认出的那七成里面，有几个真的被定罪？"韦伯问。

"只有少数几人。"古德蒙松说，"就算得放他们走，知道有谁犯过抢劫案还是有好处。因为如此一来，我们就能学到他们的模式和方法，下次就可以逮到人。"

"要是没有下一次怎么办？"哈利问。他注意到伊佛森大笑时，耳朵上的粗大血管扩张了。

"亲爱的谋杀案专家呀，"伊佛森还是一副开玩笑的口吻，"看看大家吧，你会发现大多数人都被你刚才的问题逗笑了。那是因为成功抢劫过一次的银行劫匪总是——总是哦——会再度犯案。这是银行劫匪的不变定律。"伊佛森瞥向窗外，又咯咯笑了一声，才转过身来，"如果今天的成人教育到此为止，或许我们可以看看是否有嫌疑人了。"

奥拉·李看了看伊佛森，不太确定该不该站起来，最后还是决定坐着。"嗯，我上个周末值勤。周五傍晚就有剪接好的监控录像带了，我请监看组的人在痛苦之屋里看过。那天没执勤的人周六也都被叫来了。总而言之，十三位监看人员都在场，第一位是周五晚上八点看的，最后一位是……"

"很好，奥拉，"伊佛森说，"请说说你看完有什么发现。"

奥拉紧张地笑着，听起来像海鸥在犹豫地鸣叫。

"说啊？"

"艾斯本·瓦兰今天请病假。"奥拉说，"他对银行劫匪的地盘比较清楚，我会请他明天过来一趟。"

"所以你的意思是？"

奥拉的目光在桌上移动。"没什么发现。"他轻声说。

"奥拉算是我们的新人。"伊佛森说，但哈利注意到他下巴的肌肉已经开始绷紧，"他识别身份时，要求百分之百的肯定，这点值得赞赏，但如果劫匪——"

"杀人犯。"

"——从头到脚都裹起来、身高中等、不开口、行动反常且穿了不合脚的大鞋，那就有点强人所难了。"伊佛森提高了音量，"所以呢，奥拉，请把整份名单告诉大家。嫌疑人有哪些？"

"没有人。"

"总有名字吧？"

"没有。"奥拉咽了口口水。

"你是说，没人提得出建议？那些志愿网民、认真的便衣呢？那些人每天尽责地跟奥斯陆最浑蛋的混混打交道，而十个混混里就有九个会有脱逃车、卷款潜逃者、把风者的线索，可是他们连随便猜一下都不肯吗？"

"他们是猜了，"奥拉回道，"提到六个名字。"

"那就快说。"

"我都查过了，其中有三个在坐牢，一个抢劫案发生时人在布拉达广场，另一个在泰国芭堤雅。这个我去查过。另外还有一个人，每个便衣警察都提到他，因为他跟劫匪的身材差不多，犯下的抢劫案也很专业，那人就是提维塔帮的比约恩·约翰森。"

"哦，是吗？"

奥拉一副想溜下椅子、消失在桌底的模样。"他人在伍立弗医院，上周五正在接受招风耳矫正手术。"

"招风耳？"

"就是耳朵突出。"哈利咕哝着，弹掉眉毛上的一滴汗，"伊佛森简直快爆炸了。你现在多少了？"

"已经超过二十一了。"哈福森的声音被墙壁反弹回来。刚过中午，警署地下室的健身中心除了他们两个几乎没有别人。

"你是作弊还是怎样？"哈利咬紧牙关，想加快速度。他的测力健身车周围已经一摊汗水了，哈福森的前额却好像根本没湿。

"所以你一点头绪也没有？"哈福森问，呼吸规律又平缓。

"除非我能从贝雅特最后说的话里找出什么端倪，不然我们一点办法也没有。"

"她说了什么？"

"她在研究一个程序，能把录像中劫匪的头、脸做成立体图像。"

"戴头套的？"

"那个程序能把图片里的光、阴影、凹凸部位等数据都计算进去，头套越紧，合成头套下方人头的影像就越容易。然而那都只是草图，但贝雅特说她可以用来跟嫌疑人的照片比对。"

"是联邦调查局的识别程序吗？"哈福森转向哈利，有些惊异地看着原本在哈利胸口联谊社商标处的那块汗渍，现在已经扩散到整件 T 恤了。

"不是，她的程序更好。"哈利说，"多远了？"

"二十二。什么程序？"

"梭状回。"

"微软的，还是苹果的？"

哈利用食指轻敲自己通红的前额："这东西每个人都有。就在大脑颞叶上，那东西唯一的功能就是认人。就这么个作用。那块小东西能让我们分辨数万张人类面孔，却分不出十几只犀牛的不同。"

"犀牛？"

哈利用力挤了挤眼睛，想把刺痛眼睛的汗眨掉："我是打个比方，哈福森。不过贝雅特真的是特例，她的梭状回比别人强，可以记住这辈子见过的所有人的脸。我指的可不只是她认识或说话过的人而已，还包括她十五年前在拥挤的街头见过的、戴着墨镜的脸。"

"不会吧。"

"真的。"哈利低下头，等调匀呼吸了才继续说，"世界上只有大约一百个像她这样的例子。古德蒙松说她在警察学校做过测验，打败了几个知名的人脸识别程序。这女人根本就是会走路的人脸数据库。要是她问你以前是不是在哪里见过你？相信我，那绝对不是搭讪。"

"哇。她来警察局做什么？拜托，她有特异功能啊。"

哈利耸耸肩："你记得八十年代在里恩区的银行抢劫案中被枪杀的那个警员吗？"

"那时我还没进来。"

"银行被抢时，他刚好在附近，由于他是第一个抵达现场的人，他就走进银行去谈判，什么武器都没带。他在一阵乱枪扫射中被杀死，劫匪到现在都没抓到。后来警察学校拿这件事当反面教材，说明要让银行劫匪出其不意时不该做什么。"

"应该等待支援，不能跟劫匪对峙，或让自己、银行员工甚至劫匪暴露在不必要的危险中。"

"对，课本上是这么说的。奇怪的是，他是当时警方最优秀、最有经验的调查员约恩·隆恩，也就是贝雅特的父亲。"

"噢。所以你认为她加入警局是这个原因？因为她父亲？"

"有可能。"

"她漂亮吗？"

"还不错。多远了？"

"刚过二十四，还剩六。你呢？"

"二十二，你知道我会赶上的。"

"这次可不行。"哈福森说着加快速度。

"我会的，因为现在是上坡，我开始发力，你会因为太紧张而抽筋，你每次都这样。"

"这次不会。"哈福森说着更用力地踩着踏板，发际线周围开始渗出汗珠。哈利笑着，倾身靠近车把手。

毕悠纳·莫勒一会儿看着太太玛格丽特给他的购物单，一会儿又看着架上那些他以为是香菜的东西。去年冬天他们从普吉岛度假回来以后，玛格丽特就爱上了泰国菜；但面对这些每天从曼谷搭飞机来到格兰斯莱达街上这家巴基斯坦杂货店的各式蔬菜，这位犯罪特警队队长仍然惴惴不安。

"老大，那是青辣椒。"耳边有个声音响起，毕悠纳·莫勒一个转身，看到哈利那张通红、满是汗水的脸，"几根这个再加几片姜，就可以煮泰式酸辣汤了。你的耳朵会冒烟，但你会排出大量的汗。"

"看来你已经尝过了嘛，哈利。"

"只是跟哈福森玩了一趟自行车比赛。"

"是吗？那你手里的是什么？"

"节朋椒，一种小红辣椒。"

"我不知道你也会做菜。"

哈利困惑地望着那袋辣椒，好像他也是第一次见到。"对了，老大，正好遇见你，我们有点状况。"

莫勒感觉头皮一阵发麻。

"不知道是谁决定让伊佛森主导玻克塔路的杀人案的，但这样真的不行。"

莫勒把购物单放进菜篮问："你们两个共事多久了？两天？"

"老大，那不是重点。"

"哈利，你这辈子就不能有一次只做好分内事，让其他人决定该怎么安排吗？试着不要跟大家做对，这不会造成什么永久伤害的。"

"老板，我只想尽快解决这件案子，这样我才能开始调查下一件。"

"这我知道，但那件案子我给了你两个月，你调查的时间都超过好久了；哈利，我没办法把时间和资源用在私人原因和情感因素上。"

"老大，她是我们的同事。"

"这我知道！"莫勒低吼。他忽然止住，看了看四周，然后稍微压低了声音，"哈利，你到底有什么状况？"

"那些人习惯对付劫匪，伊佛森对有建设性的意见完全不感兴趣。"

想到哈利所谓的"有建设性的意见"，莫勒忍不住笑了。

哈利靠上前，连珠炮似的说起来："老大，发生谋杀案的时候，我们第一个会问的问题是什么？我们会问为什么？动机是什么？可是在劫案组，他们直接预设动机就是钱，而不会那样问。"

"那么你认为动机是什么？"

"我还没想法。重点是他们用的方法完全错误。"

"是他们的方法不同，哈利，不同而已。我得快点买好菜赶回家，所以快说你有什么事。"

"我要你跟相关人士谈一谈，好让我能跟另一个人单独办案。"

"退出调查小组吗？"

"并行调查。"

"哈利！"

"我想跟贝雅特·隆恩合作，这样她跟我才能重新开始。伊佛森已经快陷进……"

"哈利！"

"干吗？"

"真正的原因是什么？"

哈利调整了身体的重心道："我没办法跟那只微笑的鳄鱼合作。"

"你说伊佛森吗？"

"我会做出超级蠢的事。"

莫勒的眉毛蹙起，在鼻梁顶端形成一个黑色的 V。"你在威胁我？"

哈利把一只手放在莫勒肩头说："老大，就帮这么一次。我再也不会请你帮忙了，再也不会了。"

莫勒低吼一声。这些年来，他不理会资深同事给他的善意规劝，替哈利出头，已经有多少次了？大家都要他跟哈利保持距离，说他是一尊管不住的大炮。唯一能肯定的是，他总有一天会做出错得离谱的事。然而，不知怎么搞的，到目前为止他和哈利总能化险为夷，让别人没法拿他们开刀。但这只是目前的状况。最耐人寻味的问题却是：他为什么能忍受这一切呢？他看着面前的哈利。这个酒鬼、麻烦、教人受不了又自大的顽固分子。同时也是他手下除了汤姆以外最优秀的探员。

"哈利，你最好少管闲事，否则我会让你吃不了兜着走。懂了吗？"

"懂得很，老大。"

莫勒叹了口气道："我明天会跟总警司和伊佛森开会。我们只能等等看了，我什么都不保证，听到了吗？"

"是，老大。请代我问候你太太。"哈利扭头就往出口走去，"香菜在最左边底层的架子上。"

莫勒站着，望着那只菜篮。他现在想起为什么了。他喜欢这个酒鬼、不听话又顽固的浑蛋。

7 白棋国王

    哈利朝一位常客点点头，在波浪状的窄窗台下找了张桌子坐下。窗外是沃玛川奈街，他身后的墙上挂了一大幅画，画中是艳阳下的青年广场，一个撑着阳伞的女人正开心地接受头戴高帽、正在散步的男人向她致意。那似乎永无止尽的秋季昏暗日光，和施罗德酒馆里几乎是虔诚、静默的午后，形成了极大的对比。

    "你能来真好。"哈利对已经坐在桌旁的一个肥胖男子说。不难看出这个人不是常客，但不是因为那件高雅的花呢夹克，也不是那条带红点的领结，而是因为他在散发着啤酒味、上面还有着点点黑色香烟焦痕的桌布上，搅拌着白色马克杯里的茶。这位稀客是心理学家史戴·奥纳，他是全国最优秀的心理学家之一，也是警方经常求助的专家。警方求助的结果时而令人满意，时而令人后悔，因为奥纳这个人性格耿直，刚正不阿，若没有百分之百确凿的科学证据，他在法庭上绝不发表意见。不过，由于心理学本来就没什么证据可言，常见的情况是检方证人成为被告最好的朋友，检方证人心中的疑惑一般来说都对被告有利。身为警官的哈利长久以来仰赖奥纳的专长破解谋杀案，根本已经把他当成了同事。身为酗酒患者的哈利也完全放心地把自己交在这位热心、聪明而且越来越骄傲的男人手里——如果非要他说，他甚至会把奥纳称为朋友。

    "所以这就是你的巢穴了？"奥纳说。

    "对。"哈利说着朝柜台的玛雅扬了扬眉，玛雅立刻快步穿过翻板门，进了厨房。

    "你是吃了什么啦？"

    "节朋椒。"

一滴汗珠滚下哈利的鼻梁，在鼻端挂了一会儿，然后滴在桌布上。奥纳讶异地看着那滴汗。

"恒温器够烂的。"哈利说，"我刚才在健身房。"

奥纳皱起鼻子道："从科学人的角度来说，我想我应该赞赏你；但以哲学家的角度，我会质疑你让身体经历这种不堪有何意义。"

一个不锈钢咖啡壶和一个马克杯放到了哈利面前。"谢了，玛雅。"

"愧疚感作祟。"奥纳说，"有些人只能用惩罚自己的方式来面对愧疚。就像你崩溃的时候，哈利。就你而言，你不是拿酒精当避风港，而是当成惩罚自己的终极方法。"

"谢了。你这个诊断我以前就听过了。"

"所以你才这么努力地健身吗？因为良心不安？"

哈利耸耸肩。

奥纳压低声音："还是忘不了爱伦？"

哈利迅速抬眼看着奥纳。他缓缓举起那杯咖啡，大大地喝了一口，才苦笑着把杯子放下："不，不是爱伦·盖登的案子。那件案子我们毫无进展，但并不是因为我们没好好办。这我很清楚。会有线索出来的，我们只要耐心去等。"

"那好。"奥纳说，"爱伦的死并不是你的错，请牢牢记住这一点。也别忘了，你的其他同事全都认为凶手已经伏法。"

"也许是，也许不是。凶手已经死了，无法回答问题。"

"别让这件事成为执念，哈利。"奥纳把两根手指伸进花呢夹克的口袋，取出一只银色的怀表瞥了一眼，"但我想你今天约我来不是谈愧疚感的吧？"

"不是。"哈利从内袋中取出一沓照片，"我想知道你对这些有什么看法。"

奥纳伸手接过，翻起那叠照片。"看起来像是抢银行。这不是犯罪特警队的事啊。"

"看到下一张照片你就会明白了。"

"哦？他对摄像头竖起一根手指。"

"对不起，那就是下一张。"

"噢。她是……"

"没错，几乎看不到火光，因为那是 AG3，但他刚开火。看这边，子弹刚穿过那个女人的前额。下一张照片就是子弹从她后脑勺穿出，射进玻璃隔板旁边的木头里。"

奥纳放下照片，问："哈利，你为什么老是拿这种照片给我看？"

"这样你才知道我们在谈什么。看下一张。"

奥纳叹了口气。

"劫匪从那里拿到了钱。"哈利指着照片说，"他现在只要逃走就好了。他是职业劫匪，冷静、精确，没理由去恐吓别人或强迫人做事，但他却选择延迟几秒钟脱逃，开枪射杀这个柜员，只因为分行经理从提款机拿钱时晚了六秒。"

奥纳拿汤匙在茶杯中慢慢以 8 字形搅拌。"现在你是想知道他有什么动机？"

"嗯，动机总是有的，难的是知道从理性的哪一面去看。你的第一个想法是什么？"

"严重人格障碍。"

"可是他做的其他事情都很合理。"

"有人格障碍不代表愚笨。病人都能够达成想要的目标，多数时候甚至比平常人还要在行。区分他们跟我们的关键，在于他们要的东西不同。"

"毒品呢？有没有什么毒品能让一个普通人变得很有攻击性，甚至想杀人？"

奥纳摇摇头说："毒品只会强化或软化潜伏的倾向。一个杀害妻子的醉汉在清醒时就有殴打妻子的习性。像照片上这样的蓄意杀人案，犯案的也几乎都是有特定倾向的人。"

"所以你是说，这男的发作了？"

"或是预设行为。"

"预设行为？"

奥纳点头表示同意，说："记得那个一直抓不到的劫匪，洛斯可·巴克斯哈吗？"

哈利摇头。

"吉卜赛人。"奥纳说，"关于这位神秘人物的谣传已经有好几年了。据说他是二十世纪八十年代奥斯陆所有运钞车和金融机构等重大抢劫案的幕后主脑，警察花了几年才相信这个人真的存在，但即便如此，警察也一直找不到他涉嫌的证据。"

"我有点印象了。"哈利说，"但我以为他被捕了。"

"错。警察最接近他的一次，是抓到两名愿意提出对洛斯可不利证据的劫匪，但这两个人却在奇怪的情况下消失了。"

"没什么好奇怪的。"哈利说着取出一包骆驼牌香烟。

"在监狱里消失就奇怪了。"

哈利低低吹了声口哨。"我记得他最后还是去坐牢了。"

"没错。"奥纳说，"但他并不是被捕，洛斯可是自首的。有一天他忽然出现在警察总署的前台，说他想自首，承认参与了好几宗陈年的银行抢劫案。可想而知，这件事造成极大的骚动。没人知道到底怎么回事，洛斯可也拒绝解释他为什么要自首。在案子送上法庭以前，警察打电话要我去看他是否精神正常，以评断他的自首是否有效。洛斯可同意跟我谈话，却有两个条件，第一是我们要下一局棋——别问我他怎么知道我爱下棋，第二是要我带一本法文版的《孙子兵法》过去，那是讲军事战略的中文古书。"

奥纳打开一盒小贵族牌小雪茄。

"我请巴黎那边把书寄来，又带了一组西洋棋过去。监狱的人让我进了他的牢房，一个怎么看都像僧侣的男人向我打招呼。他向我借了一支笔，翻开那本书，歪歪头要我把棋盘打开、排好。我把棋子放定，以瑞提式开局起头，也就是在掌控中心以前不攻击对手，这种策略对中等程度的棋手通常很有效。当然，从一步棋是看不出来我是这么打算的，但这个吉卜赛人却从书上抬起头瞄了棋盘一眼，摸了摸山羊胡子，用一种了然于心的神情看我，还在书上做着笔记……"

小雪茄末端的银色打火机呼的一声燃起火焰。

"……然后他又看起书来。我就说'你不下棋吗？'，我看他拿我的笔草草写着字，一面回答，'不需要。我正在写这局棋会怎么结束，每一步都写下来。你会把你的国王弄倒'。我说，他不可能光凭第一步棋就知道整局棋会怎么发展。'要不要打赌？'他问。我笑说不必，但他却很坚持，于是我同意赌一百克朗，如果输了，之后谈话的时候就要对他厚道一点。他要求先看钞票，我只好把钱放在棋盘边上他看得到的地方。他举起手，好像准备要下棋，之后发生的事快得不得了。"

"下闪电棋吗？"

奥纳微微一笑，在沉思中对着天花板吐出一个烟圈。"接下来我就被他反扣住，我的头被拉得往后仰，只看得到天花板，然后我耳边听到一个声音：'外地佬，有没有感觉到刀子？'我当然感觉得到，薄而锋利的不锈钢压着我的喉头，随时可以刺穿我的皮肤。哈利，你有没有经历过这种感觉？"

哈利的脑子飞快地回忆着相关经验，却没找到类似的。他摇摇头。

"用我几位病人的话来形容，那感觉就是矮了一截。我吓得差点尿裤子。然后他又在我耳边说：'奥纳，把你的国王弄倒。'他抓住我的手放松了些，好让我抬起手臂，把自己的棋推倒。然后他又突然松开我，回到他原本的位子上，等我站起来、调匀呼吸。我呻吟地问他：'干吗这样？'他回答：'这就是抢劫银行。先做计划，然后执行。'然后他让我看他在书里写的东西，我只看到我的那一步棋，还有白棋国王的投降。然后他问：'奥纳，我回答你的问题了吗？'"

"那你怎么说？"

"我什么也没说。我叫警卫过来。但在警卫来以前，我问了洛斯可最后一个问题，因为我知道要是我现在得不到答案，就会一直不停地想，最后把自己搞疯。我问：'你会下手吗？要是我不肯投降，你会割了我喉咙吗？就为了赢得赌局？'"

"他怎么回答？"

"他笑了笑，问我知不知道预设行为是什么。"

"然后呢？"

"就这样。门开了，我就走了。"

"可是他说预设行为是什么意思？"

奥纳推开茶杯说："人的预设行为能让脑袋遵循特定的行为模式。人脑会忽略其他冲动，遵循既定的规则，不管那是什么。这在人脑面临惊慌的自然冲动时非常有用。比方说如果降落伞打不开，那么我就希望伞兵有预设的应急行为。"

"或是士兵在打仗的时候。"

"没错。不过，有几个办法能在某个程度内设定人类的行为，让人进入类似催眠的状态，甚至连极端的外在影响都无法打断，人变得像活着的机器人。这是每个将军都梦寐以求的事，而且只要知道必要的技巧，做到这点其实简单得吓人。"

"你是说催眠吗？"

"我喜欢说是预设行为，这种说法的神秘性比较少。基本上就是打开和关闭冲动途径。只要够聪明，就能轻松让自己按预设行为行事，也就是所谓的自我催眠。如果洛斯可的预设行为就是在我不投降的时候杀我，他就不会让自己改变心意。"

"但他并没有杀你。"

"所有的行为都有脱逃按钮，也就是让人离开催眠状态的密语。以这个例子来说，脱逃按钮可能就是把白棋国王推倒。"

"噢。厉害。"

"现在我要讲重点了……"

"我想我知道了。"哈利说，"照片上那个劫匪的预设行为，就是在分行经理超出时限的时候开枪。"

"预设行为的规则必须很简单。"奥纳说着把小雪茄丢进马克杯，又把浅碟放在杯子上，"为了让你进入催眠状态，头脑必须形成一个小而合逻辑的封闭系统，屏除其他思绪。"

哈利把一张五十克朗的钞票放在咖啡杯旁边，站起身。奥纳沉默地看着哈利把照片收好，才说："我的话你一句都不信，对吧？"

"对。"

奥纳站起来，把腹部的夹克扣子扣好。"那你相信什么呢？"

"我相信经验告诉我的事。"哈利回答，"我相信大多数的坏人都跟我一样蠢，会选择简单的法子，没有复杂的动机。简单来说，事情就是表面上那样。我可以打赌，那个劫匪不是疯了，就是慌得乱了手脚。他的行为很无知，我可以据此说他很笨。拿那个你认定很聪明的吉卜赛人来说好了，他拿刀子攻击你，结果要坐多久的牢？"

"不必坐牢。"奥纳冷笑着说。

"咦？"

"他们根本没找到刀。"

"你不是说他在牢房里拿刀抵住你吗？"

"你没有经历过吗？你趴在海滩上，朋友叫你别动，因为他们要把烧红了的煤炭放在你背上，然后你听到有人哎呀一叫，下一秒钟你就觉得被煤炭烫到了？"

哈利在脑中翻遍所有度假的回忆，没花多久时间。"没有。"

"结果只是闹剧，那根本只是冰块！"

"那又怎样？"

奥纳叹气道："有时候，我真怀疑你是怎么活过这三十五年的，哈利。"

哈利一手摸过脸庞，他累了。"奥纳，你到底想说什么？"

"我是要说，一位出色的心灵操控师，可以让你把百元钞票误认为刀锋。"

金发女郎直视哈利的眼，承诺这天虽然偶有云层，但会出太阳。哈利按下"电源"钮，十四英寸电视屏幕的画面缩成中央的一个小光点。他闭上眼睛，视网膜上却出现丝蒂恩的影像，耳边还听到记者的声音在回荡："……到目前为止，警方仍未找到本案嫌疑人。"

他又睁开眼，打量着漆黑屏幕上映出的影像。上面是他自己、那张购自艾勒维多家具店的老旧高背沙发椅和一张带玻璃和瓶盖装饰的茶几，上面空无一物。一切都跟往常一样。打从他住进这里以来，那架便携式电视机就放在书架上，在一本《孤独星球·泰国旅游指南》和一本挪威地图之间，几年来一厘米都没移动过。他看过七年之痒的报道，也知道人们通常会开始渴望到新的地方住，拥有新的工作或新的伴侣等。他却什么都没感觉到，近十年来一直都干同一行。哈利看了看表。安娜说的是八点。

至于伴侣这件事，他的恋情从未持续过那么久，因此他也无从得知那理论到底对不对。除了两段原本可能维持到七年的感情，哈利的恋情总会因为他所谓的"六周之痒"而告终。他难以全心投入，究竟是不是因为他两次爱上女人都以悲剧收场，那就不得而知了。或者该怪他的那两个不渝之爱——谋杀案调查和酒精？无论怎样，在两年前他还没遇见萝凯的时候，他已经开始认为自己不适合长久关系了。他想起萝凯在霍尔门科伦区那又大又酷的卧房，他们在早餐桌上的轻声密语，欧雷克在冰箱门上的涂鸦，画着三个手牵手的人，其中一个的个子就跟无云蓝天上的黄色太阳一样高，那人的下方写了"哈力"二字。

哈利从椅子上站起来，在录音电话旁找到一张写有她电话的纸片，在手机上按下号码。铃响四声之后，另一头有人接起了电话。

"嘿，哈利。"

"嘿。你怎么知道是我？"

一声低沉的笑："哈利，这些年来你到哪里去了？"

"我到处跑。你是怎么知道的？我又说了什么蠢话了吗？"

她笑得更大声了。

"啊哈，你会看到来电显示。我真笨。"

哈利听出自己说的话有多老套，但那不重要，重要的是把该说的话说出来然后挂断，结束："安娜，是这样的，今天晚上我们的约……"

"哈利，别犯傻哦！"

"犯傻？"

"我正在煮百年难得一尝的咖喱。如果你怕我会引诱你，那我得让你失望了，因为我只是觉得我们都欠对方一顿可以好好聊天的晚餐，回忆往日，澄清误会，或者也不必。不然闲聊也好。你还记得节朋椒吧？"

"嗯，记得。"

"太好了，那八点整见啰？"

"嗯……"

"那就这样啦！"

哈利站着，瞪着电话。

8　贾拉拉巴德

"我马上就会杀了你。"哈利说着，握紧枪支冰冷的金属，"我只是先让你知道，让你想一想。把嘴张开！"

哈利对着不会动、没有灵魂也没有人性的蜡娃娃叫嚣。头套下的他已经开始出汗，太阳穴的青筋跳动着，每跳动一次就隐隐作痛一次。他不想看周围的人，不想看到他人责备的眼光。

"把钱放进袋子里。"他对面前那个没有脸的人说，"把袋子放到头上。"

那个无脸人开始大笑，哈利把枪一转，用枪托敲他的头，但没打中。现在银行里的其他人也开始大笑，哈利从头套上随便剪出的眼洞里观察这些人：他们忽然变得很眼熟。二号柜台旁的女孩很像碧姬塔，他敢发誓发票机旁那个黑人男子是安德鲁，还有推着婴儿车的白发妇女……

"妈妈。"他低声说。

"你到底要不要钱？"那个无脸人说，"还有二十五秒。"

"要花多久由我决定！"哈利大吼，把枪管戳进无脸人张着的黑嘴，"原来是你，我就知道。再过六秒你就要死了，受死吧你！"

一颗牙齿吊在牙龈上，鲜血从无脸人的嘴角流下，但他却毫无所觉地说着话："我没办法把时间和资源用在私人原因和情感因素上。"不知哪里传来疯狂的电话铃响。

"受死吧！像她一样受死吧！"

"别让这件事成为执念，哈利。"哈利感觉到那张嘴在咀嚼枪管。

"她是我同事，你这混蛋！她是我最要好的……"头套黏在哈利嘴巴上，让他呼吸困难。但无脸男的声音仍然肆无忌惮地传来："放下她吧！"

"……朋友。"哈利扣下扳机，但什么事也没发生。他睁开眼。

哈利的第一个念头是自己打了个盹。他还坐在刚才那张绿色沙发椅上，面对着漆黑的电视屏幕，但那件外套却是新的，披在自己身上，遮住他的下半张脸；他可以感觉到外套潮湿的布料，而且阳光射进了房间。接着他感到有个大榔头正敲击着他眼睛后方的神经，一次又一次，又狠又准，留下剧烈又熟悉的疼痛。他试着回忆：他最后去了施罗德酒馆吗？他是否在安娜家喝了酒？但一切就跟他担心的一样：一片空白。他记得坐在起居室跟安娜通电话，但之后就是一片空白。这时他胃里一阵翻涌，哈利弯身到沙发椅外，听到呕吐物泼溅在木地板上。他呻吟一声，闭上眼，想把电话铃响从耳边隔绝。铃声停止时，他已经睡着了。

就像有人偷走了他的时间，又把剩余的零头给丢了那样。哈利再度醒来，却迟迟不睁开眼，想知道情况会不会好一些。但他没发现什么改变，唯一的不同是那把大榔头敲击的范围扩大了，他身上有呕吐物的臭味，还有，他知道自己这下子睡不着了。他数到三，站起来，跌跌撞撞地跨出八步来到浴室，头低到两膝间，把胃里的东西都吐光。他撑着马桶站起，努力想调匀呼吸。他惊讶地看见流进白瓷马桶的黄色物质中，含有红色和绿色的小块。他用食指和拇指夹起一小块红色的，拿到水龙头下冲了冲，举起来对着光看，然后又小心翼翼地放进齿间咀嚼。他尝到节朋椒那辛辣的汁液，不由得皱起脸。他洗了把脸，又站直身子，这才看到镜中的自己有只眼整个黑了一圈。他播放电话录音时，起居室的阳光刺得他双眼好痛。

"我是贝雅特，希望没打扰到你。可是伊佛森说我应该立刻打电话给所有人。又发生了一起银行抢劫案，地点在基克凡路上的挪威银行，就在福隆纳公园和麦佑斯登区交会处。"

9 雾

钢铁灰的云悄悄低掩在奥斯陆峡湾上方，太阳消失在云层后，南风以接近强风的力道呼呼吹着，像是替天气预报预测的大雨谱出前奏。屋顶的排水沟发出咻咻声，整条基克凡路上的雨篷都在风里上下翻飞。树木光秃一片，仿佛奥斯陆市区最后的色彩都被抽离，只剩下黑与白。哈利在风中缩着身子前进，双手插进口袋把外套裹紧。他注意到底部的纽扣松脱了，大概是傍晚或夜里掉的，但这不是唯一不见的东西。

当他要打电话找安娜，请她帮忙重建那天夜里发生的事时，才发现自己的手机也不见了。他用座机打给她，只听到一个语音消息，让他模糊地忆起过去。语音消息说他想找的人目前无法接听，请他留下电话或信息。他懒得留。

哈利很快就打起精神，也惊讶地发现自己轻易就能抗拒想继续喝酒和走一小段路到酒品专卖店或施罗德酒馆的冲动。他冲了个澡，换好衣服，沿着苏菲街走过毕斯雷球场，转进彼斯德拉街，经过史登斯公园，再穿越麦佑斯登区。他好奇之前到底喝了什么。由金宾威士忌引发的腹痛是消失了，但一片雾却罩住了他，遮盖他所有的知觉，就连呼呼吹来的风都无法把雾吹散。

两辆警察巡逻车闪着蓝光，停在挪威银行外。哈利向一位便衣警察亮出证件，低头穿过封锁线，来到银行门口。韦伯正在那里跟鉴识组的手下说话。

"下午好啊，警监。"韦伯说，故意强调"下午"两字。看到哈利肿起的黑眼眶，他扬起眉，"老婆开始打人啦？"

哈利一时想不出怎么回嘴，只好从烟盒里弹出一根烟。"调查得怎样了？”

"戴头套的男子，拿了把 AG3。"

"那家伙跑了？"

"跑得远呢。"

"跟目击者谈过了？"

"嗯，双李正在总部忙这件事。"

"事情的详细经过是怎样？"

"劫匪给女性分行经理二十五秒打开提款机，自己用枪顶住柜台后方一个女人的头。"

"他也让她代为传话吗？"

"对。他走进银行的时候，也用英文说了同样的话。"

"不准动，抢劫！"他们身后有个声音，接着是几声短促的笑，"霍勒，真高兴你来了。哎哟，你在浴缸里滑倒啦？"

哈利用一只手点燃香烟，另一手把烟盒递给伊佛森，伊佛森摇摇头。"坏习惯啊，霍勒。"

"说得对。"哈利把那盒骆驼牌香烟放回内袋，"永远不要请人抽烟，而应该假设绅士都会自己买烟。本杰明·富兰克林如是说。"

"是吗？"伊佛森说，不理会韦伯的笑容，"霍勒，你真是博学。或许你知道我们的劫匪又犯案了——就跟之前我们预测的一样？"

"你怎么知道是他？"

"你大概也听说了，整件案子就跟玻克塔路的北欧银行抢劫案一模一样。"

"是吗？"哈利说着深深吸了口气，"那尸体在哪儿？"

伊佛森和哈利互相瞪视。蜥蜴的牙齿闪着光。韦伯插嘴了："这个分行经理动作比较快，她在二十三秒内就把提款机里的钱拿出来了。"

"没有谋杀受害人。"伊佛森说，"失望了吗？"

"不。"哈利说，让烟从鼻孔呼出来。一阵风把烟吹散，但他脑中的雾却拒绝消失。

门开了，正盯着咖啡机看的哈福森抬起头。

"能不能马上帮我泡杯特级浓缩咖啡？"哈利说着一屁股坐进办公椅内。

"早啊。"哈福森说，"你看起来好惨。"

哈利把脸埋进双手。"昨天晚上的事我一点也想不起来。我不知道自己喝了什么，但我再也不碰酒了。"

他从指缝间看到同事眉头紧蹙的担忧表情。

"放轻松，哈福森，只是小事一桩。我现在就跟这张办公桌一样清醒。"

"发生了什么事？"

哈利苦笑一声："我从吐出来的东西看出我跟一个老朋友吃了晚饭，我打了几次电话想求证，但她都没接。"

"女的？"

"对，是女的。"

"啊，那可不是聪明警察的行径喔。"哈佛森谨慎地说。

"你好好泡咖啡吧你。"哈利低吼，"只是旧情人而已，我们还算清白。"

"你什么都不记得，怎么知道清不清白？"

哈利的掌心搓着没刮胡子的下巴，想着奥纳说过毒品只会强化潜伏的倾向。他不知道这句话算不算安慰。片段的细节开始浮现：一件黑色洋装。安娜穿了一件黑色洋装。他躺在楼梯上。有个女人扶他站起来。只有半张脸，就像安娜画的一幅肖像画。

"我每次都会醉成一摊烂泥。"哈利回道，"这一次并没有比其他时候更糟。"

"那你的眼睛呢？"

"大概是我回家或什么时候撞到厨房料理台了吧。"

"哈利，我是不想让你担心，但你的样子可比撞到厨房料理台严重多了。"

"喂！"哈利说着用双手握住咖啡杯，"我像在担心吗？反正我每次醉得不省人事的时候，身边也都是些就算我清醒时也不会喜欢的人。"

"对了，莫勒叫我传话给你，他说没问题，但没说是什么事。"

哈利用浓缩咖啡在口中漱了漱，然后才吞下。"哈福森，你会知道的，很快就会知道了。"

那天下午在警察总署，调查小组开简报会时详细地讨论了那起银行抢劫案。古德蒙松告诉大家，警铃响起后三分钟，警车就到了，但那时劫匪已经逃离了犯罪现场。警方不仅立刻以巡逻车包围并封锁了最近的街道，在接下来的十分钟内还布下外围封锁线，范围涵盖几条交通干道：扶那布区的E18线、伍立弗体育场的三环线、阿克尔医院的特隆赫姆路、贝兰姆市外的格里尼路，以及卡尔柏纳广场的十字路口。

"真希望能说这是钢铁封锁线，但你也知道现在人手不足。"

托莉·李询问了一位目击者，那人说看见一个戴头套的男子跳进一辆停在麦佑斯登路步行区里等待的白色欧宝车，那辆车立刻左转开上雅各奥斯街。麦格斯·里安也说，另一位目击者看到一辆可能是欧宝的白色汽车，开进文登的车库，紧接着就有一辆蓝色大众开了出来。伊佛森研究着挂在白板上的地图。

"听起来挺合理的。奥拉，也请你传出注意蓝色大众车的消息。韦伯那边有什么发现？"

"布料纤维。"韦伯说，"在他跳过的柜台后方找到两条，门口还有一条。"

"好！"伊佛森向空中挥出一拳。他开始绕着桌子在大家身后踱步，哈利觉得他烦死了，"所以现在我们只要找到几位候选人就行了。一等贝雅特做完录像剪接，我们就把抢劫视频公开到网络上。"

"这样好吗？"哈利问，把椅背往后抵在墙上，截断伊佛森的路。

这位长官讶异地看着他。"当然，我们总不能拒绝别人打电话进来，把视频里的人名告诉我们吧？"

奥拉插嘴道："你记得上次有个妈妈打电话进来，说她看到网络上的抢劫视频里有她儿子的事吗？结果那个儿子早就因为另一件抢劫案坐牢了。"

笑声更大了。伊佛森微笑道："霍勒，我们绝对不会拒绝接受新目击者的消息。"

"或者说新的仿效者？"哈利把双手放在头后方。

"你说模仿犯？霍勒，拜托！"

"嗯，如果我今天准备抢银行，我当然会模仿挪威目前最难抓的银行劫匪，乱人耳目，让警察以为是那个劫匪干的。玻克塔路抢劫案的所有细节，网络上都找得到。"

伊佛森摇摇头道："霍勒呀，恐怕现在的银行劫匪没那么厉害。有谁愿意向犯罪特警队说明，惯性劫匪的标准行为是什么吗？没有人？嗯，这种人总是一成不变地重复之前成功的经验。只有在他失败——比方没抢到钱或被捕的时候，才会改变行为模式。"

"这证实了你的理论，但并没排除掉我的啊。"哈利说。

伊佛森不知所措地看了桌旁的人一眼，好像在求助。"好吧，霍勒。你有一次机会实践你的理论。其实呢，我正好决定试行一个新办法。简单说来就是让一小组人独立作业，跟调查组分头进行。这个办法是联邦调查局创立的，目的是避免掉进死胡同，只用一个观点去看案子。通常在有一大群警官的时候，大家会有意识或无意识地形成对调查案中主要特点的共识。这一小组人能让大家以不一样的崭新角度来看案子，因为他们不一起工作，也不会受到另一组人的影响。实验证明，这个办法对棘手的案件很有效。我相信在座多数人都会同意，哈利·霍勒无疑符合这个小组的成员资格。"

笑声此起彼落。伊佛森走到贝雅特身后停步。"贝雅特，请你跟哈利同一组。"

贝雅特脸红了。伊佛森像个父亲般把一只手放在她肩头。"你有什么问题，只管开口。"

"我会的。"哈利说。

哈利正准备打开自家公寓大楼的门锁，又改变主意，往回走了十米来到那家小杂货店。阿里正在人行道上搬一箱蔬果。

"哈喽，哈利！觉得好点了吗？"阿里脸上是个不怀好意的大笑容，哈利闭上眼睛静了一秒。正和他担心的一样。

"阿里，你有没有帮我？"

"只有帮你上楼。我们打开你房门的时候，你说你可以自己来。"

"我是怎么到家的？走路还是……"

"出租车。你还欠我一百二十克朗。"

哈利咕哝了一声，跟在阿里后头进了杂货店。"阿里，真是对不起。你能不能简短跟我说一下经过？难堪的细节就不必多提了。"

"你和司机在马路上吵架，我们的卧房就对着那个方向。"他带着胜利的笑容，又补充说，"窗户在这边简直糟透了。"

"那时候几点？"

"半夜。"

"阿里，你早上五点就起床，我怎么知道你这种人的半夜是几点？"

"至少是十一点半以后。"

哈利承诺下次不会再发生这种事，阿里连连点头，脸上却是"这种话我听多了"的表情。哈利问他该怎么表示谢意，阿里则建议哈利可以把不用的地下室租给他。哈利说自己会好好考虑，然后把出租车钱还给阿里，又在他店里买了一瓶可乐、一包通心面和一袋肉丸子。

"这下就两不相欠了。"哈利说。

阿里摇摇头道："还有季费没交。"这位住户合作委员会主席兼财务兼打杂说。

"妈的，我都忘了。"

"埃里克森。"阿里微笑。

"那是谁？"

"今年夏天我收到他写来的信，要我把账户号码给他，他才能付一九七二年五月和六月的费用。他认为这是过去三十年来他一直睡不好的原因。我回信说整栋大楼都没人记得他，所以他不必付了。"阿里用食指指着哈利，"但我才不会让你欠账呢。"

哈利举起双手作势投降。"我明天就把钱转账给你。"

哈利一进到自己公寓，马上就又拨了一次安娜的号码。跟之前一样，又是同样的语音消息。他还没把那包通心面和肉丸子倒进嗞嗞作响的煎锅，就听到盖过煎锅声音的电话铃声。他冲进走廊，抓起电话。

"喂！"他叫着。

"喂？"电话那头传来一个熟悉的女性声音，他感觉有点被吓到。

"噢，是你啊。"

"对，不然你以为是谁？"

哈利紧闭起眼睛。"同事。又发生一件抢劫案了。"这句话像胆汁和辣椒一样又苦又辣。眼睛后方麻木的疼痛又回来了。

"我刚才还打了你的手机。"萝凯说。

"我手机丢了。"

"丢了？"

"不知道放到哪里去了，不然就是被偷。天晓得。"

"哈利，有什么不对劲吗？"

"不对劲？"

"你好像……压力很大。"

"我……"

"嗯？"

哈利吸了口气。"官司打得怎么样了？"

哈利听着，却没办法把那几个词组成有意义的句子。他只听见"财务状况""对孩子最好"和"仲裁"，于是猜想事情没什么进展。下次跟律师的会面推到了周五；欧雷克很好，但已经受不了住旅馆了。

"告诉他我很希望你们快点回来。"他说。

电话挂断后，哈利还站着，不知道该不该回拨。但回拨做什么呢？告诉她有个旧情人邀他共进晚餐，然后他完全不知道之后发生了什么事？哈利把手放在电话上，但厨房的浓烟警报器却响了。他把煎锅拿离炉火，打开窗户，电话又响了。事后哈利回想，要是莫勒没选在那天傍晚打电话给他，很多事情都会不一样。

"我知道你刚下班。"莫勒说，"但我们人手不太够，有个女人死在了自己的公寓里，看来她是举枪自杀的，你可不可以去一趟？"

"当然好，老大。今天的事我还欠你一个人情。对了，伊佛森把并行调查的事说得好像是他自己想出来的点子。"

"如果你是长官，却接到上级的这种命令，你会怎么做？"

"光想想我去当长官就够吓人的了。我要怎么去那个公寓？"

"你待在原地，会有人来接你。"

二十分钟后，一阵刺耳的嗞嗞声响起，这声音哈利实在太少听到了，吓了一大跳。那个被对讲机扭曲了的铿锵声音说，出租车已经到了，但哈利只觉得后颈的汗毛都竖了起来。他下楼，看到那辆低底盘的丰田 MR2 红色跑车，更证实了心中的怀疑。

"霍勒，晚安。"声音从敞开的车窗内传来，但那声音距离柏油路面实在太近，哈利一时没看出说话的是谁。哈利打开车门，迎面而来的就是放克贝斯的声响、跟蓝色硬糖一样虚假的风琴声和耳熟的男性假音："你这性感的混蛋！"

哈利好不容易挤进狭窄的桶型赛车椅中。

"看来今晚只有我们俩了。"汤姆·瓦勒警监说，他张开嘴，被太阳晒黑的脸中央，露出一排无懈可击的牙齿，但那淡蓝色的眼睛仍是冷冰冰的。警察总署里的很多警察都不喜欢哈利，但据他所知，把讨厌化为恨意的只有一个人。哈利很清楚，自己在汤姆眼中是警力的冗员，因此也冒犯了汤姆这个人。哈利曾在不少场合明确表态，他不同意汤姆和其他几位同事对同性恋、诈领救济金的人、巴基斯坦人、黑人、吉卜赛人和外国佬的秘密法西斯主义式看法，而汤姆则称哈利为"烂醉摇滚记者"。然而，哈利怀疑汤姆憎恨自己的真正原因是他喝酒。汤姆无法容忍弱点。哈利猜想，这也是他为什么花这么多时间上健身房、对着沙包和几位新来的拳击对手练习高踢和出拳的原因。在员工餐厅里，哈利曾在不经意中，听到一位年轻警员语带崇敬地描述汤姆如何在奥斯陆中央车站，打断了越南帮派分子中一个功夫小子的双臂。以汤姆对有色人种的观点来看，哈利实在搞不懂他那些同事为什么花那么多时间做日光浴，不过或许有个爱打趣的人说对了：汤姆并没有种族歧视，他殴打新纳粹主义者的时候，也像殴打黑人一样开心。

除了那些事实以外，还有一些事虽然没人清楚，但仍有少数人能琢磨出梗概。一年多以前，斯韦勒·奥尔森——唯一可以告诉警方爱伦为什么被杀害的人——被发现躺在自家床上，手里有把还温热的枪，两眼中间有一颗从汤姆的史密斯威森手枪射出的子弹。

"汤姆，小心一点。"

"你说什么？"

哈利伸手把那做爱的呻吟声关小。"今晚路上结冰。"

引擎发出缝纫机的咻咻声，但那声音是骗人的；随着车子加速，哈利体验到这座椅的椅背有多硬。他们沿着索姆街冲上史登斯公园旁边的上坡。

"我们要去哪里？"哈利问。

"到了。"汤姆说着一个急转向左，避开一辆迎面而来的车。车窗还是开着的，哈利听到湿叶子黏到轮胎上的声音。

"欢迎回到犯罪特警队，"哈利说，"密勤局那边不是要你过去吗？"

"人事重整。"汤姆说，"而且总警司和莫勒都要我回来。也许你还记得，我在犯罪特警队干出不少漂亮的成绩。”

“我怎么忘得掉。”

“嗯，谁都知道长时间喝酒会有什么后果。”

突来的刹车把哈利往前甩向风挡玻璃，他只来得及用手臂撑住仪表板。置物箱弹了开来，有个重物撞上哈利的膝盖，然后掉在地上。

“妈的什么东西？”哈利哼了一声。

“杰里科941式手枪，以色列警察的配备。”汤姆说着把引擎熄了火，“没装子弹。别捡了，我们到了。”

“这里？”哈利惊讶地问，弯身仰望着面前的一排黄色公寓大楼。

“不行吗？”汤姆说，人已经快出车门了。

哈利觉得心跳加快。他摸索着门把，各种思绪在脑中窜过，只有一个留了下来：他应该打电话给萝凯的。

雾又回来了。雾渗进马路，从街上树后紧闭的窗缝中，从那扇蓝色的门里——门在对讲机里传出韦伯突如其来的吼声后打开；雾也从他们上楼时经过的每扇门的锁孔里飘出，像条厚棉毯裹住了哈利。他们走进那间公寓，哈利觉得仿佛走在云端：周围的一切——人、声音、对讲机的杂音、相机的闪光灯——都蒙上了如梦似幻的光泽，披了一层隔离衣，因为这一切不是也不可能是真的。但站在那张床前，床上躺着的女性死者右手握着枪，太阳穴上有个黑洞，他实在不敢看枕头上的血，不敢注视她那空洞、责备的目光。他只好去注意那块床头板，看着那只头被咬掉的马，希望这阵雾很快会散，自己也会清醒。

10　索根福里街

声音在他周围来来去去。

"我是瓦勒警监，谁可以跟我简单汇报一下？"

"我们在四十五分钟前抵达这里，发现她的是电工。"

"什么时候发现的？"

"五点。他立刻报了警。他的名字是……我查一下……勒内·延森。我记下了他的身份证号码和地址。"

"很好。打电话去局里确认他的数据。"

"是。"

"勒内·延森吗？"

"我是。"

"你能不能到这里来？我是汤姆·瓦勒。你怎么进到屋子里的？"

"我跟另一个警察说过了，用的备用钥匙。她周二把钥匙留在我店里，因为我要来的时候她不在。"

"因为她在上班吗？"

"不知道。她应该没有工作。嗯，不是一般的工作啦，她说她要准备一个什么展。"

"所以她是艺术家了。这里有人听说过她的名字吗？"

沉默。

"延森，你在卧室做什么？"

"找浴室。"

另一个声音："浴室在那扇门后面。"

"好。延森，你进入这间公寓时，有没有察觉什么异状？"

"呃……怎么样才叫异状？"

"门是锁住的吗？有没有窗户开着？怪味或者怪声音？这些都算异状。"

"门是锁住的，没看到开着的窗户，但我也没特地去看。只有一个溶剂的味道……"

"松节油吗？"

另一个声音："其中一个大房间里有些美术材料。"

"谢谢。延森，你还有没有注意到什么事？"

"刚才你说的最后一项是什么？"

"声音。"

"哦对，声音！没有，没什么声音，就跟坟墓一样静悄悄的。啊，哈哈，我不是故意要说……"

"没关系。你以前见过死者吗？"

"在她到我店里以前都没见过。她那时看起来挺有精神的。"

"她要你做什么事？"

"修理浴室地暖的定温器。"

"你能不能帮我们一个忙，检查一下线路是不是真的有问题？说不定她根本没有暖气线。"

"为什么？噢，我懂了，整件事可能是她故意安排，好让我们找到她？"

"有可能。"

"哦，那定温器烧了。"

"烧了？"

"故障了。"

"你怎么知道？"

停顿。

"延森，一定有人告诉过你，不要碰任何东西吧？"

"对……可是你们一直没来，我有点不安，只好找点事情做。"

"所以，现在死者的定温器运作正常了？"

"呃……呵呵……对。"

　　哈利想从床边移开，但双脚却不听话。医生已经合上安娜的眼睛，现在她就像在睡觉。汤姆叫那位电工回家，但请他接下来几天随传随到。他也把接到报警电话的制服巡警遣走了。要不是这件事，哈利绝对不会相信自己竟然很高兴汤姆在场。没有这位经验老到的同事，他一个聪明的问题都问不出来，更别提做出聪明的决定了。

　　汤姆问医生能不能下几个暂时的结论。

　　"子弹显然贯穿了颅骨，让脑部受损，因此遏止了所有重要身体机能。假设室内温度没变，尸体温度显示她已经死了至少十六小时。没有遭受暴力的迹象，也没有注射或体外用药的痕迹。不过……"医生故意卖关子，"手腕上的疤痕表示她以前尝试过自杀。我可以凭这些揣测，她有躁郁或忧郁症，还有自杀倾向。我们不妨打赌医生那里也有她的病历档案。"

　　哈利想说点什么，但舌头也不听使唤了。

　　"更多数据要等我仔细检查过才知道。"

　　"谢谢你，医生。韦伯，你有什么消息？"

　　"枪是伯莱塔 M92F，极不寻常的枪。我们只在枪柄上找到几组指纹，而且指纹都是她的。子弹嵌进其中一块床头板，也跟那把枪吻合，所以弹道报告上会显示了弹由这把枪射出。明天你会收到完整报告。"

　　"很好，韦伯。还有一件事：电工过来的时候，门是锁着的。我注意到门上装的是标准锁，而不是弹簧锁，表示不可能有人进来这里然后又离开，当然了，除非那人有死者的钥匙，离开时从外面锁上门。换句话说，如果我们找到她的钥匙，就可以结案了。"

　　韦伯点头，举起一支黄色铅笔，笔端挂着一个钥匙圈和一把钥匙。"就在走廊的五斗柜上。这是那种系统钥匙，可以打开大楼大门和所有公用的房间。我已经试过，钥匙可以打开这间公寓的门。"

"太好了。现在我们只缺一张有署名的遗书了。这是案情明朗的案子，有人看法不同吗？"

汤姆轮流看着韦伯、医生和哈利。"好。可以把这个不幸的消息告诉她的家人，请他们来认尸了。"

他走进走廊，哈利仍站在床边。不久，汤姆又探头进来。

"霍勒，事情拼凑得严丝合缝，不是很棒吗？"

哈利的脑子发出要他点头的信号，但他完全不知道自己点头了没有。

11 幻象

我在看第一段影片。如果我一个个画面往下看，就会看到一阵火光。火药的粒子这时还没转变成纯粹的能量，就像一群闪亮的小行星随着大彗星进入大气层燃烧殆尽，但彗星仍持续安详地行进，没有人能阻止，因为这是百万年前，在人类、情感、憎恨和慈悲诞生前就已注定的航程。子弹进入头颅，截断脑部活动，唤起梦境。头颅中央，最后一个念头、来自疼痛中心的神经冲动被粉碎了。那是最后的、矛盾的自我求救信号，之后的一切就归于沉寂。我按下第二段影片的标题，看着窗外，等电脑慢慢地在网络之夜中搜索。天上有星星，我想每个星星都是宿命无可避免的证明。星星的存在并无意义，它们高悬于人类对逻辑和情境的需求之上。我想，正因如此，星星才那么美丽。

第二段影片找到了。我按下播放键。播放影片。就像一个巡回剧团，每次演出相同的戏码，但演出的地点都不同。相同的对话和动作、相同的服装和布景，不同的只有临时演员，还有最后一幕。今晚没有悲剧。

我很满意自己的发现。我找到了我扮演的角色的核心——我是清楚知道自己要什么的职业选手，为达目的可以不择手段。没人想拖延时间，玻克塔路的案子过后也没人敢。正因如此，在这两分钟、在我给自己的一百二十秒内，我才是神。幻象真有用。连身工作服下的厚布料、双层鞋内垫、有色隐形眼镜和排练过的动作。

我关闭电脑，房间变得漆黑。外界唯一让我有感觉的是遥远的市区噪声。我今天见到王子了。那个怪人。他总让我心生矛盾，好像他是鳄鱼，而我成了替鳄鱼清洁牙齿的鳄鸟，随时可能被吞下肚。他对我说，一切都在掌控中，劫案组并没找到任何线索。他拿到了他的那一份，我也拿到了他答应要给我的犹太枪。

或许我应该高兴，但再也没什么能让我感觉完整了。

后来我从公共电话亭打电话给警察总署，但他们不想对我泄露消息，除非我说自己是家属。他们说那是自杀，说安娜举枪自尽，结案了。我只来得及在纵声大笑前把话筒放下。

第二部

———————————

　　"游戏开始了。验尸结果显示她死的时候你可能在场。是因为这样，你才不说出实情的吗？这样大概是聪明的做法吧，虽然看起来像是自杀。不过，还是有几件事凑不拢，对不对？"

12　自杀

"加缪说过，自杀是哲学上唯一真正的大问题。"奥纳说，鼻子朝玻克塔路上方的灰色天空一顶。"因为决定生命是否值得活，正是哲学最根本问题的答案。其他的一切——如世界是不是立体、心灵有九个还是十二个区——都是那之后的事。"

"哦。"哈利说。

"我有很多同事都在研究人为什么会自杀。你知道他们发现最常见的原因是什么吗？"

"我正盼着你告诉我呢。"哈利得在狭窄的人行道上左闪右拐地避开人潮，才跟得上这位胖胖的心理学家。

"答案是他们不想再活了。"奥纳说。

"这答案可以得诺贝尔奖。"哈利前一天晚上打电话找奥纳，说今天九点会去他在史布伐街的办公室接他。他们经过北欧银行分行，哈利注意到那个绿色资源回收箱还在马路对面的 7-11 便利店门外。

"我们常会忘记，自杀通常是有理性的人经过理性思考，认为再也无法从生命中得到什么之后所做的决定。"奥纳说，"比方说失去另一半，或是身体不再硬朗的老人。"

"这个女人年轻又充满活力。她会有什么理性的原因？"

"首先，你必须定义什么叫理性。当忧郁的人选择以结束生命的方式逃离痛苦，你就必须假设痛苦的当事人已估量过生死两种选择。话说回来，一般情况下，很难把自杀看成理性行为，因为患者已经在走出阴霾的路上，而他们只在那时才有动力去执行主动行为，也就是自杀。"

"自杀有没有可能是完全冲动的行为？"

"当然可能。不过更常见的是先有几次尝试，尤其以女人为多。根据统计，美国的女人十次假自杀尝试中，就有一次真的死亡。"

"假自杀？"

"吞五颗安眠药是一种求救信号，是够严重了没错，但如果床头柜上还有半瓶没动，那我不会把这归为自杀尝试。"

"这女的拿枪自杀啊。"

"那就是阳刚式自杀了。"

"阳刚式？"

"男人自杀的成功率较高，其中一个原因就是男人会选择比女人更激烈且致命的方法。用枪或从高楼上跳下来，而不是割腕或吞药。女人举枪自尽非常不寻常。"

"不寻常到应该起疑的地步？"

奥纳仔细打量哈利。"你有理由相信这不是自杀吗？"

哈利摇摇头道："我只想更确定。我们得在这里右转，她家就在转弯后再过去一点。"

"索根福里街？"奥纳咯咯一笑，眯起眼抬头看着飘过天际的乌云，"当然了。"

"当然了？"

"索根福里是海地国王克里斯多夫的宫殿名称，国王被法国人抓走之后就自杀了，或者用他们的话来说就是 Sans Souci，也就是无忧。无忧路。索根福里街。你可知道，他把炮火对着天空发射，向神报复。"

"哦……"

"我想你也知道那个作家奥拉·鲍尔（Ola Bauer）是怎么说这条路的吧？'我搬到了无忧路，但这样也没多大帮助。'"奥纳笑得连双下巴都抖动起来。

哈福森站在门外等。"我离开警局的时候遇见莫勒了。"他说，"他以为这件案子已经结案了。"

"我们只想澄清几个小疑点。"哈利说着用电工给他的钥匙打开了门。

警察贴在门口的封锁带已经撤掉，尸体也运走了。除此之外，一切就跟前一天晚上一模一样。他们走进卧室，那张大床上的白床单在微弱的光里发亮。

"那我们要找什么？"哈福森问正要拉上窗帘的哈利。

"这间公寓的备用钥匙。"哈利回答。

"为什么？"

"我们认为她有一把备用钥匙，是她给电工的。我调查过，系统钥匙不是随便哪个锁店都能配的，必须请制造商向授权过的锁匠定制。由于系统钥匙能打开大门和地下室，这栋公寓大楼的住户委员会会加以管控，公寓住户想配新的钥匙，必须先向委员会提出书面申请。根据委员会的同意书，授权的锁店有义务列出每一把发给住户的钥匙。我昨晚打电话给威博街的拉斯曼登锁行，他们给了安娜·贝斯森两把备用钥匙，所以钥匙总共有三把。我们在公寓找到一把，电工有一把，那么第三把在哪里？除非找到那把钥匙，不然我们不能排除她死亡时有人在场、那人出去时又把门锁上的可能性。"

哈福森缓缓点头道："嗯，第三把钥匙。"

"第三把钥匙。哈福森，你从这里开始找好吗？我想请奥纳帮我看个东西。"

"好。"

"对了，还有一件事。如果你找到我的手机，不必惊讶。我昨天晚上忘在这里了。"

"你不是说你前天就掉了吗？"

"后来我找到了，然后又掉了，你也知道……"

哈福森摇摇头。哈利带奥纳进了走廊，往接待室走去。"我要听听你的意见，因为我只认识你这么一个会画画的人。"

"可惜，这么说有点夸张了。"刚爬完楼梯的奥纳还有点喘不过气。

"没错，但你懂一点艺术，所以我希望你能给我点意见。"

哈利拉开最远端房间的滑门，打开电灯，往里一指。奥纳倒抽一口气，看的不是那三幅画，反而走到那盏三向落地灯旁。他从花呢夹克内袋取出眼镜，弯身研究起沉重的底座。

"哇！"他满怀热情地喊，"格里默尔灯的真品。"

"格里默尔？"

"就是贝尔托·格里默尔啊，世界知名的德国设计师。除了其他东西以外，他还设计了胜利纪念碑，就是希特勒一九四一年在巴黎建起的那一座。他本来可能成为我们这个时代最伟大的艺术家之一，但在他艺术生涯的最高峰时，却发现自己有四分之三的吉卜赛血统。他被送进了集中营，名字也从设计过的数栋建筑和艺术作品中剔除。格里默尔活了下来，双手却在吉卜赛人工作的采石场上受了伤。大战后他仍持续创作，却因为手伤再也达不到同样的巅峰。不过我敢打赌，这个灯一定是大战后期的作品。"奥纳拿下灯罩。

哈利咳了一声："其实我是想请你看那些画。"

"初学者。"奥纳轻哼，"还是专心看这座高雅的女人雕像好得多。涅墨西斯是贝尔托·格里默尔战后最喜欢的主题，也就是复仇女神。有意思的是，自杀者常以复仇为动机。他们觉得人生不顺遂是别人的错，就用自杀的方法把这种罪恶感加诸他人身上。贝尔托·格里默尔的妻子有了外遇，他在杀害妻子后也自杀了。复仇、复仇、复仇，你知不知道，人类是唯一会复仇的生物？复仇最有意思的地方在于……"

"奥纳！"

"噢对，那些画。你是要我诠释吧？嗯，这些跟罗氏墨渍测验倒是挺像的。"

"就是你给病人看，要他们说出联想的那些画？"

"对。这里的问题是，如果我诠释这些画，说出的可能多半是我的内心生活，而不是她的。只不过，反正没人相信罗氏墨渍测验了，所以管它呢？

我看看……这些画的色调都很暗，或许画里的愤怒多、忧郁少。不过其中一幅显然还没画完。"

"说不定本来就该这样，也许这样三幅画才形成一个整体？"

"你为什么这么说？"

"不知道。也许因为那盏灯上，三个不同灯泡的光正好各照在一幅画上。"

"嗯。"奥纳把一臂横放胸前，食指轻点嘴唇，"对哦，当然了。哈利，你知道吗？"

"什么事？"

"这些画对我毫无意义。原谅我的用词，但真的一点屁用也没有。可以走了吧？"

"好。噢，对了，既然你会画画，我还有一件小事。你看，调色板在画架左边，这样不是很不方便吗？"

"对，除非你是左撇子。"

"了解。我要去帮哈福森了。真不知道该怎么谢你。"

"我知道。我会在下笔账单上多加一小时的钟点费。"

哈福森查完了卧室。

"她的个人物品不多。"他说，"好像在搜旅馆房间一样。只有衣服、化妆品、熨斗、毛巾、床单等等，没有家人照片、信件或个人文件。"

一小时后，哈利完全明白了哈福森是什么意思。他们找遍了整个公寓，再度回到卧房，却仍然连一张电话费账单或银行账单都没找到。

"我从没遇到过这么稀奇的事。"哈福森说着在哈利对面的写字台边坐下，"她一定整理过了。也许她想在死时把所有东西、她整个人都一起带走。你懂我意思吧？"

"我懂。你有没有看到笔记本在哪儿？"

"电脑吗？"

"对。"

"你在说什么？"

"你没看到这边的木头上有块颜色稍淡的方形吗？"

哈利指着他们面前的书桌道："看起来像是原本有台笔记本电脑，后来被拿走了。"

"是吗？"

哈利感觉到哈福森探询的目光。

他们站在马路上，抬头望着这栋淡黄色建筑门面上属于她的那扇窗。哈利在外套内袋里找到一根皱巴巴的香烟，于是抽了起来。

"这家人的事挺奇怪的。"哈福森说。

"什么事？"

"莫勒没跟你说吗？他们找不到她父母、兄弟姐妹或任何家人的地址，只有一个在坐牢的叔叔。莫勒得亲自打电话给殡仪馆，请他们抬走这个可怜的女子。好像她还死得不够孤单似的。"

"是啊。哪家殡仪馆？"

"桑德曼。"哈福森说，"她叔叔希望把她火化。"

哈利吸了一口烟，看着烟雾上升又消散。这个过程从农夫在墨西哥的田野播下烟草种子开始，种子在四个月内长成跟人一样高的烟草，两个月后采收，经过筛选、晾晒、切丝、包装，然后运到佛罗里达或得克萨斯的雷诺烟草公司，摇身一变成为装了滤嘴的香烟，再装进黄色骆驼牌的真空包装袋，放进纸盒，运往欧洲。一片原本在墨西哥艳阳下一株绿色植物上的叶子，八个月后，在一个醉汉走下楼梯、下出租车，或因为不敢打开卧室房门面对床下的妖怪而只好拿外套披在身上当被子的时候，掉出他的外套口袋。然后，等他终于找到这根皱巴巴、缠在一堆口袋棉屑里的香烟，他把香烟的一端放进有口臭的嘴里，在另一端打火点燃。那些干燥、切碎的烟草叶被吸入他体内，给他带来短时间的喜悦后，又被呼了出去，终于能够自由。自由消散、化为空无。被人遗忘。

哈福森轻咳了两次。"你怎么知道她在威博街的锁匠那里订了钥匙？"

哈利把烟屁股丢到地上，拉了拉外套裹住自己。"奥纳好像说对了。"他说，"马上就会下雨。如果你要直接回总署，就顺道带我一程。"

"哈利，奥斯陆肯定有上百家锁店。"

"没错。是我打电话到业主委员会，问他们副主席克努特·阿尔内·林内斯的，他人挺不错。他们二十年来都请同一家锁店打锁。可以走了吗？"

"你来了真好。"贝雅特看到哈利走进痛苦之屋时说，"我昨晚有了新发现。看看这个。"她倒转录像带，按下"暂停"键。屏幕上出现一闪一闪的静止画面，画面上丝蒂恩的脸转向劫匪的头套："我把部分影格放大了，因为我想让丝蒂恩的脸越大越好。"

"为什么？"哈利问，一面倒进椅子中。

"你看计时显示，就会发现现在是屠夫开枪前八秒……"

"屠夫？"

她不好意思地笑了："我私下都这样叫他。我祖父有个农场，所以我……嗯。"

"在哪里？"

"塞特斯达尔村的山谷。"

"你在那里看过动物被屠杀吗？"

"对。"那是不欢迎别人多问的语气。贝雅特按下慢速播放键，丝蒂恩的脸开始有了变化。哈利看到她以慢动作眨眼、动嘴唇。他正担心会看到开枪那一幕，贝雅特忽然暂停影片。

"看到没？"她兴奋地问。

几秒钟后，哈利才明白过来。

"她在说话！"他说，"她在被杀的前几秒说话了，但录音没录到。"

"因为她在说悄悄话。"

"我怎么会没注意到？可是为什么？她说了什么？"

"希望我们很快就会知道。我已经从聋哑学院找到一位唇语专家，他现在正赶过来。"

"太好了。"

贝雅特看了看表。哈利咬住下唇，吸了口气，沉声说："贝雅特，我以前……"

他直接喊她的名字，她全身一僵。"我以前有过一位同事，叫爱伦·盖登。"

"我知道。"她急忙说，"她在河边被杀了。"

"对。她跟我一起办案碰到瓶颈时，会用几个办法来打开尘封在潜意识里的信息。算是联想游戏吧，把词句写在纸片上之类的。"哈利不安地笑了笑，"听起来或许很笼统，但有时候挺有效的。不知道我们能不能也试试看。"

"可以啊。"哈利再次感觉到，贝雅特在专心看录像带或电脑屏幕时，比平常更有自信。现在她看着他的样子，好像他刚才是提议玩脱衣扑克牌。

"我想知道你对这件案子有什么感觉。"他说。

她紧张地笑着。"感觉嘛，嗯。"

"暂时把冷冰冰的事实忘掉。"椅子里的哈利倾身向前，"别当聪明女孩，你不需要对说出的话负责，只要把你的直觉说出来就好。"

她盯着桌子。哈利等待着。然后她抬眼直视着哈利的眼睛说："我全下在二。"

"二？"

"足球赛赌博，客队总是赢家。那百分之五十的概率是我们永远无法解开的。"

"好。为什么会这样？"

"简单的算术。如果想想我们没抓到的那些笨蛋，一个像屠夫这样的人，三思而行，又知道警察的办案方式，他赢的概率就很大。"

"嗯。"哈利揉了揉脸，"所以你的直觉会心理算术？"

"不只如此。他行动的方式也很特别，很果断，好像是被什么驱使着……"

"被什么驱使？是钱吗？"

"我不知道。根据统计，劫匪的主要动机都是钱，第二是追求刺激和……"

"贝雅特，别管统计。你现在是警探，你要分析的不只是录像画面，还要用潜意识来诠释你所看到的东西。相信我，那是一位警探最重要的线索。"

贝雅特望着他。哈利知道自己正在把她诱出躯壳。"说啊！"他鼓励她，"是什么在驱使屠夫？"

"情感。"

"哪种情感？"

"强烈的情感。"

"贝雅特，哪种强烈情感？"

她闭上眼睛。"爱或恨。是恨。不，是爱。我不知道。"

"他为什么开枪杀她？"

"因为他……不对。"

"尽管说。他为什么开枪杀她？"哈利把椅子朝她挪近。

"因为他非这么做不可。因为这是预设好的……"

"很好！为什么是预设好的？"

有人敲门。

哈利宁可聋哑学院的弗里茨·比耶尔克动作没那么敏捷，还骑自行车横跨市区来协助他们，但人家现在已经站在门口了。这位温和、矮胖的男人戴着圆边眼镜，还有一顶粉红色的自行车头盔。比耶尔克并不聋，更不是哑巴，为了让他尽可能把丝蒂恩的唇部位置弄清楚，他们播放了录像带的前面那部分，也就是可以看见丝蒂恩说话的那一段。影片播放时，比耶尔克也说个不停。

"我是专家，但其实每个人都会读唇，即使我们听得见别人说什么。正因为如此，提早或延后百分之一秒的电影配音才会给人不舒服的感觉。"

"是吗？"哈利说，"以我来说，我根本读不出她说了什么。"

"问题在于，只有百分之三十到四十的话语能够直接通过读唇看懂。要弄懂其他部分，就必须研究脸部和肢体语言，利用你本身的语言学直觉和逻辑去填补缺少的词汇。思考就跟视觉一样重要。"

"她现在开始低声说话了。"

比耶尔克立刻闭上嘴，聚精会神地看起屏幕上小得难以辨别的唇部动作。贝雅特在劫匪开枪前停下了影片。

"好。"比耶尔克说，"再来一次。"

之后他说："再来一次。"然后是："拜托再来一次。"

七次之后，比耶尔克点点头表示看够了。

"不知道她那样说是什么意思。"比耶尔克说，哈利和贝雅特交换了一个眼神，"但我想我知道她说了什么。"

贝雅特几乎是跑着才能追上哈利。

"他是全国这领域里最顶尖的专家啊。"她说。

"那有什么用。"哈利说，"他自己都说他不确定了。"

"但要是她真的说了比耶尔克看出来的话呢？"

"那就不合理了。他一定漏读了一个否定词。"

"我不同意。"

哈利停步，贝雅特差点撞上他。她带着警戒的神情抬头，一只眼睁得老大。

"很好。"他说。

贝雅特满头雾水。"什么很好？"

"不同意是好事。不同意代表你看到或明白了什么事，即使你并不确定到底是什么。有件事我就不懂。"他又迈开步子，"先假设你是对的好了，这样我们就能探讨接下来会怎样。"他停在电梯前，按下按钮。

"你现在要去哪里？"贝雅特问。

"去查几个细节。我一小时之内就回来。"

电梯门打开，伊佛森跨了出来。

"啊哈！"他一脸笑容，"大警探出动啦。有什么新发现吗？"

"平行调查小组的目的就是不需要一天到晚报告，不是吗？"哈利说着从他身边绕过，走进电梯，"假如我对你和联邦调查局的理解没错的话。"

伊佛森灿烂的笑容和眼神仍然没变。"重要消息当然得互相分享。"

哈利按下一楼的按钮，但伊佛森用身体挡在门中间。"所以呢？"

哈利耸耸肩道："丝蒂恩在被杀以前，对劫匪低声说了一句话。"

"哦？"

"我们相信她说的是：都是我的错。"

"都是我的错？"

"对。"

伊佛森皱起眉头。"不对吧？如果她说的是'不是我的错'，还比较合理一点。分行经理把钱放进旅行袋时多花了六秒钟，那并不是她的错呀。"

"我不同意。"哈利说着，故意看了看表，"有位在这领域顶尖的国内专家前来协助我们，贝雅特可以把详细经过告诉你。"

伊佛森靠着电梯一边的门，门不耐烦地一直推挤着他的背。"不然就是她心里一急，漏说了一个'不'字。贝雅特，你们就进展到这里？"

贝雅特脸红了。"我才刚开始研究基克凡路的银行抢劫案录像带。"

"有什么结论？"

她的目光从伊佛森转向哈利，然后又回到伊佛森身上。"目前还没有。"

"没有啊。"伊佛森说，"那有个好消息可能会让你们高兴哦。我们已经从叫来审讯的人里找出了九名嫌犯，也终于想出了让洛斯可开口的办法。"

"洛斯可？"哈利问。

"洛斯可·巴克斯哈，下水道鼠王。"伊佛森说，手指扣着皮带扣。他吸口气，把裤子往上一提，露出开心的笑容，"或许待会儿贝雅特可以把详细经过告诉你。"

13 大理石

　　哈利知道自己在某些事情上心胸狭隘。就拿玻克塔路来说吧：他不喜欢玻克塔路。他不知道原因，也许是因为这条镶金戴玉、快乐国土之快乐的马路上没有人笑。哈利自己也不笑，但他住在毕斯雷路，没人付钱要他笑，而且现在也有不笑的好理由。但这并不表示哈利跟大多数挪威人一样，不喜欢看到别人对他笑。

　　哈利试着在内心深处原谅 7-11 柜台后方的男孩。他大概讨厌这份工作，搞不好也住在毕斯雷路，而且现在又下起了倾盆大雨。

　　这张苍白且长满红色青春痘的脸百无聊赖地看了哈利的警察证一眼。"我哪知道资源回收箱在外面放多久了？"

　　"因为那是绿色的，还挡住你往玻克塔路看的一半视野。"哈利说。

　　男孩咕哝了一声，双手叉腰，腰际的裤子好像随时会掉下来。"差不多一周吧。喂，有一堆人在你后面排队呢。"

　　"嗯，我看过里面了，除了几个瓶子和报纸之外什么都没有。你知道是谁订的吗？"

　　"不知道。"

　　"我看到你们柜台上面有个监控摄像头。那角度应该刚好能拍到回收箱吧？"

　　"你说会就会啰。"

　　"如果你们还有上周五的录像，我想看一下。"

　　"明天再打电话来，托本会在。"

　　"托本？"

　　"我们店长。"

"你最好现在就打给他，让他准许我看监控录像，我就不继续烦你了。"

"你自己去找。"他说，脸上的痘痘更红了，"我才没时间去找什么鬼录像带。"

"噢。"哈利说，身子却没动，"那下班以后呢？"

"我们二十四小时营业。"男孩说着翻了个白眼。

"开玩笑吧。"哈利说。

"对啦，哈哈哈。"男孩以梦游般的声音说，"你到底买不买东东？"

哈利摇摇头。男孩对哈利身后的人说："这边可以结账。"

哈利叹口气，转向面对柜台的长排队伍。"这边不能结账，我是奥斯陆警局的。"他亮出证件，"我要逮捕这个人，因为他不会说'东西'。"

哈利或许在某些事情上心胸狭隘。不过在这一刻，他对结果满意至极。他喜欢别人对他笑。

但他不喜欢那种被职业训练出来的笑容，如牧师、政客和殡葬业者的笑。他们边说话边用眼睛笑，这样的笑容让桑德曼殡仪馆的总监桑德曼先生有种诚挚感，再加上麦佑斯登区教堂里棺材储放室的温度，哈利不禁打了个寒战。他打量着四周。两副棺材、一张椅子、一个花环、一个殡葬总监、一套黑色西装和一颗头发梳成条形码的头。

"她这样真美，"桑德曼说，"平静、安详、有尊严。你是家属吗？"

"不算是。"哈利亮出警察证，希望那股诚挚只是做给亲近的家属看的。结果并不是。

"这么年轻的生命却这样结束，真是个悲剧。"桑德曼微笑着说，双掌交握。这位殡葬总监的手指异乎寻常地纤细弯曲。

"我希望能看看死者被发现时身上的衣着。"哈利说，"警局那边说，你把衣服带到这里了。"

桑德曼点点头，拿来一个白色塑料袋，说他这么做是想在死者的父母或兄弟姐妹过来的时候可以领走。哈利翻了翻那件黑色洋装的口袋，但什么也没找到。

"你是想找什么特别的东西吗？"桑德曼在哈利背后看着他的动作，一面用无辜的语气这么问。

"一把家里的钥匙。"哈利说，"在你帮她……"他盯着桑德曼微弯的手指，"……脱衣服的时候，什么都没发现吗？"

桑德曼闭上眼睛，摇摇头。"裙子下面唯一的东西就是她的身体。当然，鞋子里的照片除外。"

"照片？"

"对。很奇怪吧？他们的习俗就是不一样。照片还在她鞋子里。"

哈利从袋中取出一只黑色高跟鞋，脑中闪过自己抵达她家时，她站在门口的景象：黑洋装、黑鞋、红唇。

照片的一角被折了起来，上面是一个女人和三个小孩在海滩上。看起来像是张度假快照，在挪威某个有着大而圆的岩石、背景的山坡上长着高大松树的海边。

"她家里有人来过了吗？"哈利问。

"只有她叔叔。当然是跟你们的一名警察一起来的。"

"当然？"

"对啊，他还在服刑。"

哈利没有回答。桑德曼倾身向前，弓着背，小小的头缩在两肩当中，看起来像一只秃鹰。"真不知道那是何必。我是说，反正也不会准许他来参加葬礼啊。"

哈利清了清喉咙问："我能不能看看她？"

桑德曼似乎有些失望，但他仍朝其中一具棺材摆了摆手。

跟往常一样，专业的遗体化妆工作总让哈利震惊。安娜的模样的确很安详。他碰了碰她的前额，感觉像在摸大理石。

"这是什么项链？"哈利问。

"金币。"桑德曼说，"她叔叔带来的。"

"这个呢？"哈利拿起用棕色粗橡皮筋绑起的一沓纸。那是一沓一百克朗的钞票。

"是他们的习俗。"桑德曼说。

"你一直说'他们''他们'的，他们是谁？"

"你不知道？"桑德曼又薄又湿的唇边多了一朵微笑，"她是吉卜赛人啊。"

警察总署的餐厅里，每张桌旁都有同事在热切讨论，只有一张桌子除外。哈利走了过去。

"你会慢慢跟大家混熟的。"他说。贝雅特抬头，不解地看着他，他才发觉自己跟她的共同点搞不好比想象中还多。他坐了下来，把一卷录像带放在面前。"这是抢劫案发生当天，位于银行斜对面的7-11拍的。再加上前一天、也就是周四的录像。能不能请你看看有没有什么发现？"

"你是说，看看那名劫匪是不是在录像带里？"贝雅特嘴里塞满面包和肝酱，含糊不清地说。哈利打量着她自备的午餐。

"嗯，只希望他会在。"他说。

"当然。"她说，努力想把食物吞下，眼泪都快流出来了，"一九九三年，福隆纳路的信贷银行遭到抢劫。劫匪拿有壳牌商标的塑料袋放钱，所以我们去查附近壳牌加油站的监控录像。结果劫匪在抢劫前十分钟就在加油站的便利店里买过袋子，穿着同样的衣服，只是没戴头套。我们半小时后就抓到人了。"

"我们？八年前吗？"哈利想也没想就冲口而出。

贝雅特的脸色像红绿灯那样变了变。她抓起一片面包，想躲在面包后面。"是我爸。"她低声说。

"对不起，我不是那个意思。"

"没关系。"她随即答道。

"你父亲……"

"被杀了。"她说，"那是很久以前的事了。"

哈利一面坐着听她咀嚼，一面打量自己的手。

"你为什么要拿抢劫案发生前一周的录像带？"贝雅特问。

"因为资源回收箱。"哈利说。

"资源回收箱怎么了？"

"我打电话到资源回收箱公司问过了。是一个住工业街、名叫斯泰因·索斯塔的人在周四订的，要求他们隔天送到 7-11 的外面。奥斯陆共有两位斯泰因·索斯塔，两位都否认订了这东西。我的看法是，劫匪叫人把资源回收箱放在那里，好挡住窗内人的视线，这样他走出银行时，摄像头就不会拍到他穿越马路。如果他订资源回收箱的那天也查探过 7-11 周边环境，我们或许会看到有人看着镜头、看着窗外的银行，要查看角度之类的。"

"那得运气好。7-11 外面的目击者说，劫匪穿越马路时还是戴着头套，那他何必大费周章地订资源回收箱？"

"也许他原本的计划是在过马路时摘掉头套。"哈利叹口气，"我也不知道。我只知道那个绿色资源回收箱有问题。东西都在那里放了一周，但除了偶尔把垃圾丢进去的路人以外，根本没人用过。"

"好。"贝雅特说着拿起录像带，站了起来。

"还有一件事。"哈利说，"你对洛斯可·巴克斯哈知道多少？"

"洛斯可？"贝雅特皱眉，"在他自首以前一直是个神秘人物。如果谣言是真的，那么他或多或少参与过奥斯陆百分之九十的银行抢劫案。我猜，过去二十年来，他可以操控犯下银行抢劫案的任何人。"

"所以伊佛森要利用他就是为了这一点。他人在哪儿？"

贝雅特用大拇指往身后一指。"那边的 A 翼。"

"你是说波特森监狱？"

"对。他拒绝在服刑期间对任何警员吐露一个字。"

"那伊佛森为什么觉得他有办法？"

"他终于找到洛斯可想要的东西，作为谈判筹码。波特森监狱的人说，自从洛斯可进去之后，就只要求过这件事，也就是请求获准参加一位亲戚的葬礼。"

"真的吗？"哈利说，希望脸上的表情没泄露什么。

"她再过两天就要下葬了，洛斯可向狱方提出紧急申请，希望能获准参加。"

贝雅特走了以后，哈利仍待在桌旁。午餐时间结束，餐厅的人越来越少。这里本该明亮又温馨，由国营的餐饮公司经营，所以哈利才喜欢去市区吃饭。但他忽然想起，这里正是他跟萝凯在圣诞派对上跳舞的地方。就是在这里，他决定对她展开追求。或许是她先追的他？他的手仍感觉得到她背部的曲线。

萝凯。

安娜再过两天就要下葬了，她的自杀不会有人起一丝疑心。他是唯一到过她家、可以反驳他们的人，可是他却什么都想不起来。那么他为什么不能让事情就这样过去？他可能失去一切，而且什么好处也没有。如果没有其他原因，他为什么就不能忘掉这个案子？算是为了他们，也为了他和萝凯？

哈利的手肘撑在桌上，双手捧着脸。

如果他当时可以反驳，他会那么做吗？

隔壁桌的人听到椅子刮过地板的声音都转过身来，看着这位留着小平头的长腿警察，狼狈地倒退，快步奔出了餐厅。

14 运气

阴暗、拥挤的小杂货店门上铃声大作，两个男人冲了进来。埃尔默的水果烟草店已经是同类店家中绝无仅有的了，店内的一面墙上挂着汽车、打猎和钓鱼杂志，另一面墙上则是色情书刊、香烟和雪茄，柜台上有三堆抽奖优惠券，放在渗出水珠的甘草棒和灰扑扑的杏仁小猪糖果中间，小猪糖果绑着缎带，是去年圣诞节剩下的。

"没淋得太惨嘛。"埃尔默说。年纪六十开外的他，光头，瘦瘦的，留了一把胡子，说话有北方口音。

"哇，这雨下得还真突然。"哈福森说，一面拍掉肩上的雨水。

"标准的奥斯陆秋天。"这位北方人改说起标准挪威语，"不是干旱就是暴雨。二十包骆驼牌香烟？"

哈利点点头，取出钱包。

"这位年轻警官要来两张刮刮乐吧？"埃尔默把刮刮乐卡递给哈福森，哈福森对他开心地笑，迅速把卡片收进口袋。

"埃尔默，我可不可以在这里抽烟？"哈利问，一面望着外面的倾盆大雨。脏兮兮的窗外，人行道上已是空无一人，雨水拍打着路面。

"请便。"埃尔默说着找给他们零钱，"毒药和赌博就是我的生计。"

他矮身穿过身后扭曲的棕色窗帘，他们听到里面传来咖啡机的咕嘟声。

"这里有张照片，"哈利说，"我只是想请你查一下这女人是谁。"

"只是？"哈福森看着哈利给他的这张照片，照片不是很清晰，边角还折了起来。

"先从找出拍摄地点开始。"哈利说，他想让烟留在肺腔，却忽然一阵猛咳，"看起来是在度假区。若是这样，就一定有小杂货商或出租农舍的人之类的，如果照片上的这家人是常客，在那边工作的人就会知道他们是谁。你查出来以后，剩下的就交给我。"

"这一切都因为照片放在鞋子里吗？"

"拜托，鞋子不是一般人会放照片的地方吧？"

哈福森耸耸肩，走上马路。

"雨还没停啊。"哈利说。

"我知道，但我得赶回家。"

"为什么？"

"因为我有生活，虽然你对这点不感兴趣。"

哈利扮了个笑脸，表示他很清楚这句话是开玩笑。"好好享受啰。"

铃声又响，门"砰"的一声在哈福森身后关上。哈利吸了口烟，打量着埃尔默店里的书刊，猛地惊觉自己跟一般挪威男人的兴趣多么不同。是因为他已经不再有兴趣了吗？音乐，对，但近十年来根本没人做出像样的音乐，包括他以前喜欢的歌手在内。电影呢？如果哪天他从电影院出来而不觉得自己像动了脑叶切开手术，那就算幸运了。没别的了。换句话说，唯一仍然让他兴致勃勃的事就是把人抓起来。但即使这件事也不再让他像以前那样感到刺激。可怕的是，这个情形他丝毫不觉得烦恼，哈利一面兴致盎然地想，一面把手放在埃尔默那冰冷光滑的柜台上。他已经屈服了，变老真令人感觉舒畅。

铃声又叮当乱响起来。

"我忘了告诉你，昨晚我们逮到一个非法持有武器的人。"哈福森说，"罗伊·柯维斯，他是贺伯比萨屋里的光头男之一。"他站在门口，雨水在他淋湿的鞋子旁飞舞。

"哦？"

"他吓得要死，我就说如果他能说出一些有用的情报，我就放他走。"

"然后呢？"

"他说爱伦被杀的那天晚上，他在基努拉卡区看到斯韦勒·奥尔森。"

"那又怎样？有好几个目击者都证实了这件事。"

"对，但这个人看到奥尔森和某人坐在车里聊天。"

哈利的烟掉到地上，他毫不理会。

"他知道那人是谁吗？"哈利慢慢地问道。

哈福森摇头道："不知道，他只认得奥尔森。"

"他有没有描述相貌？"

"他只记得觉得那人长得像警察，但他说如果再见到，大概可以认得出来。"

哈利感到外套下的身体开始发热，他小心翼翼地吐出每个字："他说得出是哪种车吗？"

"不，他只是匆忙路过。"

哈利点头，一手在柜台上游走。

哈福森清了清喉咙："但他觉得应该是一辆跑车。"

哈利发现香烟在地上冒烟。"什么颜色？"

哈福森抱歉地摊了摊手。

"是红色吗？"哈利发问的声音低沉嘶哑。

"你刚才说什么？"

哈利挺直身子。"没什么。记下他的名字，回去过你的生活吧。"

铃声又响起。

哈利的手在柜台某处停下，感觉那里好像忽然变成了冰冷的大理石。

阿斯特丽·蒙森今年四十五岁，住在索根福里街的公寓里，靠翻译法国文学维生。她身边没有男人，却有段狗叫的录音，一到晚上就播放。哈利听到她在门后的脚步声，还听到至少三道锁被打开的声音，然后门开了一条缝，露出一张隐藏在黑色鬈发下的小脸，脸上满是雀斑。

"啊。"看到哈利高大的身形，那张脸发出轻喊。

那张脸或许陌生，但哈利立刻有种在哪里见过她的感觉。或许是因为安娜详细描述过这位鬼魅般的邻居吧。

"我是犯罪特警队的哈利·霍勒。"他说着拿出证件，"抱歉这么晚来打扰你。有关安娜·贝斯森死亡那天傍晚的事，我有几个问题想请教。"

看到她一副合不上嘴的模样，他想做出一个安慰的笑容。哈利从眼角看到这位邻居门上的玻璃后方有点动静。

"蒙森女士，我可以进去吗？不会占用太久时间的。"

阿斯特丽·蒙森退后两步，哈利趁机溜进门缝，关上身后的门。现在他可以看到她那非洲发型的全貌了：那头黑发显然是染过的，头发像颗巨大的球，裹住她那颗小小的白色头颅。

他们面对面，站在走廊的廉价灯下，身旁是干枯的花和从尼斯的夏加尔美术馆买来的装框海报。

"你以前见过我吗？"哈利问。

"什……什么意思？"

"只是问你以前有没有见过。待会儿我再问其他问题。"

她张开嘴又闭上，然后坚决地摇摇头。

"好。"哈利说，"周二晚上你在家吗？"

她不确定地点头。

"你有没有看到或听到什么动静？"

"没有。"她说。但在哈利听起来，她回答得太仓促了。

"慢慢来，好好回想一下。"他说，尝试做出友善的微笑，这可不是他最常练习的一种面部表情。

"没有……"她说，目光搜寻着哈利身后的门，"完全没有。"

哈利回到马路，点起一根烟。他一到她家门口外，就听到阿斯特丽·蒙森锁上安全锁的声音。这女人真可怜。她是哈利名单上的最后一位，现在他可以确定安娜死亡那天晚上，没有人看到或听到他或任何其他人出现在楼梯上。

吸了两口烟后，他扔掉香烟。

他坐在家里的椅子上，瞪着亮着红灯的录音电话好一阵子，才按下播放键。一通留言是萝凯祝他晚安，另一通是一个记者请他针对两起银行抢劫案发表意见。听完后，他回放，重听安娜的留言："还有，你介不介意穿那条我很喜欢的牛仔裤？"

他抚了抚自己的脸，然后取出录音带，扔进垃圾桶。屋外的雨滴滴答答地下，屋内的哈利迅速切换着电视频道：女子手球、肥皂剧和什么答对了就能成为百万富翁的猜谜游戏。哈利停在一个瑞典电视频道，看一位哲学家跟社会人类学者讨论起复仇的概念。其中一个人认为像美国这种代表自由和民主等特定价值的国家，在道德上有责任向侵犯其领土的人展开复仇，因为这也等于侵犯了美国的价值："光是报复以及报复的实际行动，就能保障像民主这样脆弱的系统。"

"要是民主本身所代表的价值成为报复行为的受害者呢？"另一位反问，"要是这样违背了另一个国家由国际法律所赋予的权利呢？如果你在猎捕有罪对象时，剥夺了无辜民众的权利，那么你所保障的是什么样的价值？再说，换一边脸给别人打，这样的道德价值是什么？"

"问题在于我们的脸只有两边。"另一个男人笑着说，"不是吗？"

哈利关掉电视。他不知道是不是该打电话给萝凯，但又觉得现在已经太晚了。他想看看吉姆·汤普森的书，却发现第二十三到三十八页都不见了。他从椅子上起身，在房间里来回踱步，然后又打开冰箱，沮丧地瞪着一块白奶酪和一罐草莓酱。他想吃点东西，却不知道要吃什么，于是用力关上冰箱的门。他想骗谁？其实他只想喝酒。

凌晨两点，他在自家的椅子上醒来，身上的衣服都没脱。他起身，走到浴室，喝了杯水。

"妈的。"他对镜中的自己说。他走到卧室，打开电脑，在网上找到一百零四篇有关自杀的挪威文文章，但没有一篇提到报复，只在文学作品和希腊神话中找到有关报复动机的关键词和链接。他正准备关机，才想起自己已经有两周没查电子邮箱了。他有两封邮件，一封是他的网络服务商在两周前发出的，警告他服务即将终止；另一封的地址是 anna.beth@chello.no，他双击打开，看到信息：嘿，哈利。别忘了拿钥匙，安娜。寄件时间是他上次准备去见安娜的两个小时前。他又看了一次那条信息。好短，好……简单。他想大家都是这样写电子邮件的吧。嘿，哈利。在局外人看来，一定认为这口吻表示他俩是老朋友了，但其实他们才认识了六周，而且是很久以前的事，他甚至不知道她有他的电子邮箱地址。

他睡着了，又梦到自己带着枪站在银行里，身边的人都是大理石做的。

15 外地人

"今天天气真好。"第二天早上，毕悠纳·莫勒一面步履轻快地走进哈利和哈福森的办公室，一面这么说。

"嗯，你当然清楚了，你有窗。"正在喝咖啡的哈利头也没抬，"还有一把新椅子。"看到莫勒一屁股坐进哈福森的破椅子里，椅子发出痛苦的呻吟，哈利又补上后面一句。

"嘿，老兄。"莫勒说，"今天心情不好啊？"

哈利耸耸肩。"我快四十岁了，开始迷上赌博。有什么不对吗？"

"没有啊。对了，能看到你穿西装还挺不赖的。"

哈利拉起外套的翻领，好像现在才发现身上有这件深色西装。

"昨天有个主管会议。"莫勒说，"你要听原始版还是浓缩版？"

哈利用铅笔搅拌着咖啡。"爱伦的案子得停止侦办了，对不对？"

"哈利，事情早就结案了。鉴识组组长说，你一直吵着要他们鉴识各种老证据。"

"我们昨天找到一名新的目击者，他……"

"哈利，新目击者经常出现。他们就是不想办这个案子。"

"可是……"

"哈利，已经否决了。抱歉。"

莫勒转向门口。"去太阳下走一走吧，可能得等上好一阵子才会再出现像今天这么暖和的天呢。"

"听说今天出太阳了。"哈利走进痛苦之屋，看到贝雅特时这么说，"只是让你知道一下。"

"把灯关掉。"她说，"我有东西要给你看。"

电话里的她听起来很激动，但并没有说原因。她拿起遥控器说："有人订资源回收箱的那天，我在录像带上没有发现。但你看看这一段，是抢劫案当天的影片。"

哈利看到屏幕上出现 7-11，看到店家窗外有绿色资源回收箱，也看到店内的奶油餐包和前一天才跟他谈过话的那个露股沟男孩。他正在替一个女孩结账，女孩买了牛奶、一本《柯梦波丹》杂志和保险套。

"时间是下午三点零五分，差不多是抢劫案发生前十五分钟。现在你看。"

女孩拿了东西离开，队伍往前移动，一个穿黑色工作服、头戴尖顶帽、帽缘的遮耳片拉得老低的男子指了指柜台上的某样东西。他低着头，所以看不到他的脸，但臂膀下却有个折起的黑色旅行袋。

"妈的！"哈利轻呼。

"他就是屠夫。"贝雅特说。

"确定吗？很多人都穿黑色工作服，而且劫匪也没戴帽子。"

"他离开柜台的时候，你就会看到他穿的鞋跟录像带上的一样。还有，他身体左边鼓起，里面就是那把 AG3 步枪。"

"所以他把枪用胶带黏在身上。但他在 7-11 干吗？"

"等运钞车，而且他需要一个可以把风又不会显得可疑的地方。他事先查过这一区，知道运钞车会在三点十五分到三点二十分之间过来。在这五分钟内，他总不能戴着头套到处乱走，暴露企图，所以他用帽子遮住大半个脸。你仔细看，他走到柜台时，你会看到一小点闪光，那是眼镜的反光。戴了墨镜是吧，你这个混蛋屠夫。"贝雅特的声音很低，说话速度却很快，语气里有种哈利从没听过的愤怒，"他一定也知道 7-11 里面有摄像头，所以才完全不露脸。看他检查角度的样子！说真的，我得承认他真的很会躲摄像头。"

柜台后方的收银员给了他一个奶油餐包，拿起他放在柜台上的十克朗硬币。

"还有呢？"

"哦对。"贝雅特说，"他没戴手套，但他好像没碰店里的任何东西。这里，你可以看到我刚才说的反光。"

哈利没说话。

队伍里的最后一个人准备付账时，那男人已经走到了店外。

"嗯，我们又得开始找目击者了。"哈利说着准备起身。

"我可没那么乐观。"贝雅特说，眼睛仍然看着屏幕，"记得吗？只有一位目击者说，在周五的高峰时段看到屠夫逃离现场。劫匪的最佳藏身地点就是人潮。"

"嗯，那你有其他点子吗？"

"坐下，不然你会错过好戏的。"

哈利瞥了她一眼，觉得有点窘，然后看着屏幕。收银员现在转向摄像头，一根手指插进鼻孔。

"所谓的好戏还真……"哈利咕哝。

"看窗外的资源回收箱。"

窗台有反光，但他们还是看到了那个穿黑色工作服的男人。他就站在资源回收箱和一辆停着的汽车中间，背对摄像头，一手撑在资源回收箱的边缘。他一面吃奶油餐包，一面似乎也在注意银行的动静。之前提着的那个旅行袋现在就放在柏油路上。

"这里是他的把风地点。"贝雅特说，"他订了资源回收箱，请人分毫不差地放在这个位置。这么简单的法子真亏他想得出来。他可以躲开摄像头，又能观望运钞车何时抵达。再注意看他的站姿：首先，因为有那个资源回收箱，一半的路人根本看不到他；看到的也只会是一个穿工作服、戴帽子的男人站在资源回收箱旁，以为他是建筑工、搬运工或是收垃圾的。简单来说，没有一样东西会在人的大脑皮层留下印象。难怪我们找不到目击者。"

"他在资源回收箱上留下几个清楚的指纹。"哈利说，"可惜上周日那天下雨。"

"但他吃了奶油餐包……"

"也把指纹一起吞了。"哈利叹气。

"……就会口渴。现在看这个。"

男人弯下腰，打开旅行袋，取出一个白色塑料袋，又从里面拿出一个瓶子。

"可乐。"贝雅特低语，"在你进来以前，我把静止影像放大看过了，那是一瓶有瓶塞的可乐。"

男人抓住瓶颈，拔开瓶塞，然后仰头，把瓶子高举空中，往喉咙里灌。他们看到最后几口可乐流出，但瓶盖遮住了男人张开的嘴和脸。然后他把瓶子放回塑料袋，绑好开口，正准备放回旅行袋，却忽然停下动作。

"看仔细了。现在他在想。"贝雅特轻声说，声音是低低的独白，"那些钱会占去多大空间？那些钱会占去多大空间？"

男人打量着旅行袋，又看了看资源回收箱。然后他下定决心，手臂迅速一甩，就把塑料袋连同里面的可乐瓶一起丢了进去，袋子在空中画了个弧，落进打开的资源回收箱里。

"三分球！"哈利大叫。

"观众欢声雷动！"贝雅特也叫了起来。

"妈的！"哈利喊道。

"不会吧。"贝雅特一声呻吟，沮丧地一头撞在方向盘上。

"他们一定刚来过。"哈利说，"等一等！"

他猛地打开车门，车门后方的马路上有个骑自行车的人一转车头躲开。哈利跑过马路，冲进那家 7-11，跑到柜台前方。

"资源回收箱是什么时候被运走的？"他问收银员，这男孩正准备把两个大汉堡包起来，交给两个大屁股女孩。

"拜托去后面排队。"男孩头也不抬地说。

其中一个女孩生气地叫了一声，因为哈利斜身挡住她要拿番茄酱的手，一把揪住那男孩的绿色衬衫领口。

"你好呀，又是我。"哈利说，"现在给我仔细听好，否则这个大汉堡就会直接塞进……"

看到男孩惊恐的脸，哈利才觉得自己太过分了。他松开手，指了指窗子。从这里可以看到对街的挪威银行，因为原本挡住视线的资源回收箱不在了："他们什么时候抬走资源回收箱的？快说！"

男孩咽了咽口水，瞪着哈利。"就是刚才，没多久。"

"刚才是什么时候？"

"两分钟前。"他的眼睛开始泛泪。

"他们开往哪里？"

"我怎么会知道？资源回收箱的事偶又不熟。"

"是'我'。"

"什么？"

但哈利已经走了。

哈利把贝雅特的红色手机放在耳边。

"奥斯陆废弃物管理处吗？我是哈利·霍勒警探。你们收走的资源回收箱都运到哪里？对，是私人用的。梅托帝卡，好。那是在……亚纳布区的凡赛福里兰路吗？谢谢。什么？不然就是格鲁莫？那我怎么会知道是哪儿……？"

"你看，"贝雅特说，"堵车了。"

一堵无法穿越的车墙一路延伸到黑德哈路的 Lorry 咖啡店前方。

"刚才应该走乌朗宁堡路的。"哈利说，"不然就是基克凡路。"

"可惜开车的不是你。"贝雅特说着把前轮开上人行道，按下喇叭，同时加速。行人慌忙跳开。

"喂？"哈利对着手机说，"你们刚才从玻克塔路和工业街交叉口拿走了一个绿色资源回收箱。要送到哪里去？好，我等。"

"我们去亚纳布区碰碰运气。"贝雅特说，一转方向盘，开上电车前方的十字路口。轮胎在钢轨上空转，最后总算开上了柏油路面。哈利忽然隐隐觉得，这情景以前也遇到过。

他们开到彼斯德拉街的时候，奥斯陆废弃物管理处的人才又拿起电话，说他们的司机没接手机，但那个资源回收箱应该是在前往亚纳布区的路上。

"好。"哈利说，"你能不能打电话到梅托帝卡，请他们不要把资源回收箱里的东西倒进焚化炉，等我们……你们公司十一点半到十二点午休？小心！不，我刚才是跟司机说话。不是，是我这边的司机。"

哈利在易卜生隧道里打电话到警察总署，请他们派一辆巡逻车去梅托帝卡，但最近的一辆却在十五分钟的车程外。

"妈的！"哈利把手机往肩后一丢，一手重重敲上仪表板。

到了白波顿购物中心和广场饭店之间的环岛，贝雅特悄悄把车开进一辆红色公交车和雪佛兰货车中间，骑着白线行驶。她以每小时一百一十公里的速度开到俗称"交通机器"的高架路口，在轮胎的尖叫声中演出一个完美的漂移开上奥斯陆中央车站靠峡湾那边的急弯，于是哈利发觉并不是完全没有希望追上。

"是哪个失心疯的浑蛋教你开车的啊？"他边问边稳住身子，汽车在三车道的车阵中转进转出，前往艾克柏隧道。

"我自己学的。"贝雅特回答。

开到弗勒卡隧道中央时，一辆又大又丑、边开还边漏柴油的大卡车缓缓出现在他们前方，卡车慢吞吞地切到右线，车后方夹在两条黄色机械手臂中间的，正是一个写着奥斯陆废弃物管理处的绿色资源回收箱。

"太好了！"哈利大喊。

贝雅特车子一转，开到那辆卡车前，放慢车速，打开红色警示灯。哈利摇下车窗，伸出拿着证件的一只手，挥手要卡车开到路旁。

卡车司机对哈利要看资源回收箱一事没有异议，却不解哈利为何不等车子开到梅托帝卡垃圾场再说，因为到那里就能把箱子里的东西都倒到地上。

"我不想让瓶子被压扁！"哈利吼叫着才能盖过卡车后方隆隆驶过的车的声音。

"我是替你那套漂亮的西装着想。"卡车司机说，但那时哈利已经七手八脚地爬进资源回收箱。接着里面传来一阵哐当乱响，卡车司机和贝雅特听到哈利厉声咒骂和翻找东西的声音。最后只听他喊了声"找到了"，然后人就出现在资源回收箱上，手里像拿着奖杯似的高举着那只白色塑料袋。

"立刻把瓶子拿去给韦伯，跟他说这是急件。"贝雅特发动车子的时候，哈利这么说，"也帮我跟他问好。"

"这样有用吗？"

哈利抓了抓头。"没用。就说是急件吧。"

她笑了。不是特别大声，也没有多开怀，但哈利注意到了。

"你总是这么热血吗？"她问。

"我？那你呢？为了这个证据，你刚才差点把我们送上西天。"

她笑着没有回答，只看了看后视镜，又开上马路。

哈利看了看表，道："可恶！"

"开会迟到了吗？"

"你能不能载我去麦佑斯登区的教堂？"

"好啊。你穿西装就是为了去那里？"

"对。是……一个朋友。"

"那你最好先把肩膀上那块咖啡色的污渍弄掉。"

哈利扭头去看。"被资源回收箱弄的。"他说着拍了拍，"好了吗？"

贝雅特递给他一条手帕。"吐点口水试试。是你的好朋友吗？"

"不是，也可以说是……或许有一阵子是。但不管怎样，换作你也会去参加葬礼的吧。"

"是吗？"

"你不会吗？"

"我这辈子只参加过一次葬礼。"

车上的两人沉默了。

"你父亲的吗？"

她点头。

他们经过辛松区的路口。哈洛斯饭店下方幕瑟伦登飞盘竞技场的大草坪上，有个男人和两个小男孩在放风筝，三个人都站着看蓝天，哈利看到男人把风筝线给了个子比较高的那个男孩。

"我们还是没抓到杀他的那个人。"她说。

"没错。"哈利说，"但总有一天会的。"

"上帝赐予生命，也夺走生命。"牧师说，目光落在空荡荡的几排长椅上，看着一个理小平头的高个子男人轻手轻脚地走进来，在最后一排找了个位子坐下。一声响亮、悲痛的啜泣响起，回荡在拱形的天花板间，他等着声音散去。"但有时候你会觉得，神只是夺走生命。"

牧师加重语气说出"夺走"两字，说话的声响把这个词传到了教堂后方。啜泣声更响了，哈利看着这一切。他本以为，安娜这么活泼又外向，一定会有很多朋友，可是他却只数出八个人，六个坐在前排，两个坐在后排。八个。好吧，会有几个人出席他的葬礼呢？看来八个已经算不错了。

啜泣声来自前排，哈利看到三颗围了鲜艳围巾的头和三个光头的男人。另外的两个人，坐左边那个是男的，坐中间那个是女的。他认出了有着爆炸头的阿斯特丽·蒙森。

管风琴的踏板发出嘎吱声，音乐响起。是首圣歌。圣主恩典。哈利闭上眼睛，觉得自己好累。管风琴的琴声抑扬顿挫，高音像流水从天花板淌下，微弱的声音唱着原谅与慈悲。他真想让自己沉浸在温暖、能够裹住身体的东西里。上帝将审判生者与死者。上帝的复仇。上帝是复仇之神。管风琴的低音让空长椅起了共振。一手拿剑，一手拿天平，惩罚与正义。或是没有惩罚，也没有正义。哈利睁开眼睛。

四个男人抬起棺材。哈利认出警官奥拉·李在两个皮肤黝黑的男人后方，那两人穿着阿玛尼西装，白衬衫最上面的扣子没扣。第四个人身材高得让棺材都倾斜了，西装松垮垮地挂在他瘦削的身子上，但他也是四个人当中，唯一不像被棺材压得喘不过气来的。这人的脸尤其吸引哈利的目光：他有张窄窄的脸，脸部线条柔和，一双盛满痛苦的棕色大眼嵌在深陷的眼窝中，一头黑发向后绑成辫子，露出光亮的高额头。一张敏感的心形嘴巴上覆着梳理整齐的长胡子，仿佛基督从牧师身后的祭坛走了下来。还有一件事：很少有人的脸会让人用到这个形容词，但这人的脸的确给人发亮的感觉。这四个人来到过道尽头的哈利身边，他试着看出究竟是什么让那个人有这种表情。是悲痛？总不会是喜悦吧。还是善良？邪恶？

他们经过时，哈利的目光与他短暂相接。跟在他们后面的是目光低垂的阿斯特丽·蒙森，一个像是会计的中年男子和两老一少的三个女人，都穿着色彩鲜艳的裙子。他们啜泣、哀号，不时双眼望天、绞着手，静静地伴着棺材向前走。

哈利站着不动，等这一小队人离开教堂。

"霍勒，这些吉卜赛人还真有意思，对吧？"话声回荡在教堂中。哈利转身。是穿黑西装打领带的伊佛森，脸上还挂着微笑。"我小时候，家里有个吉卜赛园丁。你知道，吉卜赛驯熊师会带着跳舞的熊到处旅行。他叫约瑟夫，喜欢音乐和恶作剧。但是死亡……这些人跟死亡的关系比我们还要紧绷，他们怕死了缪尔，也就是死者的灵魂，而且相信死人会回来。约瑟夫以前都会去找一个可以把鬼魂赶走的女人。显然这种事只有女人做得到。我们走吧。"

伊佛森轻轻碰了一下哈利的臂膀，哈利得咬紧牙关才压下想把他的手甩掉的冲动。他们一起走下教堂的楼梯，基克凡路上的车流声盖过了教堂的钟声，一辆黑色的凯迪拉克敞着后门，正在松宁斯街等候葬礼队伍。

"他们会把棺材送去维斯特火葬场。"伊佛森说，"火葬是他们从印度承袭下来的印度教习俗。在英国，他们会焚烧死者的拖车，但把寡妇锁在车上已经被禁止了。"他大笑，"他们可以把个人财产带进棺材。约瑟夫跟我说过，匈牙利有个吉卜赛家庭，从事爆破工作的一个男子死了，家人就把他的炸药放进棺材，结果把整间火葬场炸得飞上了天。"

哈利取出那包骆驼牌香烟。

"霍勒，我知道你为什么过来。"伊佛森说，脸上仍挂着笑容，"你想看看能不能在这个场合跟他搭上几句话，对不对？"伊佛森朝行进队伍歪了歪头：队伍中那个高瘦的男子缓缓跨步，另外三个快步想跟上他。

"他就是那个洛斯可？"哈利问，把香烟塞进唇间。

伊佛森点头道："是她叔叔。"

"其他人呢？"

"看来都是朋友。"

"那家人呢？"

"他们不承认死者跟他们的关系。"

"哦？"

"洛斯可是这么说的。吉卜赛人都是说谎不打草稿的骗子，但他的话符合约瑟夫所说的思考模式。"

"什么模式？"

"家庭荣耀重于一切。所以她才被踢出来。洛斯可说，她十四岁时，跟西班牙一个说希腊语的外地吉卜赛人结了亲，但在完婚之前，她就跟一个外地人跑了。"

"外地人？"

"就是非吉卜赛人。一个丹麦水手。没有比这更糟的了，她让全家族蒙羞。"

"嗯。"哈利说话时，没点燃的香烟在嘴里上下晃动，"据我了解，你跟这个洛斯可已经混得挺熟了？"

伊佛森作势拍散假想中的烟雾。"我们有过一次诡异的谈话，我会说那次是个小争执。要等我们这边遵守约定了，交谈才会更具体。也就是说，要等他参加完葬礼之后。"

"所以目前为止他并没说多少喽？"

"他没说什么对调查本案有影响的话，但他的语气很积极。"

"积极到我看见警察帮忙抬他的亲人去墓园？"

"牧师问奥拉或我能不能帮忙抬棺，因为他们还缺一个人。我觉得没关系，反正我们也要来这里监视他，而且会继续下去。我是指继续监视他。"

哈利眯起眼，看着刺目的秋日太阳。

伊佛森转身面对他。"霍勒，我想把话说清楚。在我们跟洛斯可谈完以前，谁都不准打他的主意。谁都不行。三年来我一直想跟这个什么都知道的人打交道，现在终于有了机会，我绝对不准事情被搞砸。我的话你听懂了吗？"

"伊佛森，既然现在是私下谈话，那请你告诉我，"哈利说着从嘴上摘掉一片烟草屑，"这件案子已经变成你我的竞赛了吗？"

伊佛森仰起脸对着太阳，咯咯笑了起来。"假如我是你，你知道我会怎么做吗？"他闭着眼睛说。

"怎么做？"哈利忍不住打破沉默问道。

"我会把西装送去干洗。你这个样子好像刚从垃圾堆里爬出来似的。"他把两根手指放在眉角，"午安。"

哈利单独站在台阶上抽烟，看着那口白色棺材一边高三边低地走过人行道。

哈利进来时，椅子上的哈福森猛地转身。

"你来了真是太好了，我有好消息。我……妈的这什么味道！"

哈福森捏住鼻子，以播报渔业气象的机械化音调说："你的西装怎么了？"

"掉进垃圾堆里了。你有什么消息？"

"哦……对，我想那张照片可能是索兰德的度假区，所以就把照片寄给东阿德格尔郡的所有警局。然后，好巧，一位瑞瑟市的警察马上打电话来，说他对那片海滩很熟。但你知道怎样吗？"

"当然不知道。"

"那地方不在索兰德，而在拉科伦村！"

哈福森满脸期待地笑着看向哈利，等不到哈利做出反应，他又说："在东福尔郡，莫斯市外面。"

"哈福森，我知道拉科伦村在哪。"

"对，但这个警察是……"

"南部的人也会度假好不好。你打电话到拉科伦了吗？"

哈福森受不了似的翻了个白眼。"那还用说。我打电话到那个露营地和两个出租农舍的地方，还问了那边仅有的两家杂货店。"

"运气如何？"

"很不错。"哈福森又露出笑脸，"我把照片传真过去，经营杂货店的其中一个男子知道她是谁。他们租了那一区最棒的一间农舍，他有时候就负责开车送货过去。"

"那女人叫什么名字？"

"薇格蒂丝·亚布。"

"亚布？"

"对，全挪威只有两个叫这名字的人。一个出生于一九〇九年，另一个现年四十三岁，跟阿尔内·亚布住在史兰冬区的毕攸卡特路十二号。还有，这是他们的电话号码，老大。"

"别这样叫我。"哈利说着抓过电话。

哈福森哀叫一声："怎么？你心情不好？"

"对，但那不是原因。莫勒才是老大，我不是，好吗？"

哈福森正准备回嘴，哈利急忙举起一只手。"亚布太太吗？"

当初建造亚布家肯定花了不少时间、金钱和空间。还有品位。或者以哈利看来，这房子充斥着大量糟糕的品位。要是当初真有建筑师，那么他似乎是想把挪威农舍的传统融进美国南方农场的风格中，又加了一抹粉色的喜悦郊区气氛。哈利的脚陷进圆石铺成的车道，车道经过一处修剪整齐、长满装饰灌木的庭院和一只正在喷水池旁喝水的青铜雄鹿像。车库的屋脊上有个铜制的椭圆形标志，标志上装饰着一面蓝旗，旗子上是黄色三角形叠在黑色三角形上的图案。

狗儿愤怒的叫声从屋内传来。哈利走上两个柱子之间的宽台阶，按了门铃，心想来应门的说不定会是穿白围裙的黑人女佣。

"哈喽。"门一开，她清脆的声音几乎也同时响起。薇格蒂丝·亚布符合一种女人形象，是哈利晚上回家偶尔看电视时在健身广告上会看到的那种：露出一口白牙的笑容、芭比娃娃般的金发，还有一副坚实、线条优美且属于上流社会的身躯，裹在紧身慢跑裤和过小的上衣里。她还隆过胸，但至少没把尺寸做得太夸张。

"我是哈利——"

"请进！"她微笑，一双又大又蓝的眼睛化了无瑕的裸妆，眼角几乎看不见皱纹。

哈利踏进宽广的门廊，里面众多又肥又丑的木雕怪物堆到他的腰际。

"我正在洗东西。"薇格蒂丝解释说。她又露齿一笑，用食指小心地擦掉汗水，免得弄花眼影。

"那我还是脱鞋吧。"哈利说完才想起右脚大拇指那里的袜子破了个洞。

"不必，真的，我不是在打扫房子，房子有别人打扫。"她笑着，"但我喜欢自己洗衣服。总得限制一下让陌生人在自家进出的程度吧，你不觉得吗？"

"对极了。"哈利含糊地说。他得加快脚步才跟得上她。他们经过一个漂亮的厨房，来到客厅。两扇玻璃拉门外是一个宽敞的露台，客厅主墙上有个大型的砖造建筑，像某种介于奥斯陆市政府和纪念碑之间的房子。

"是佩尔·胡梅尔为阿尔内的四十岁生日设计的。"薇格蒂丝说，"佩尔是我们的朋友。"

"嗯，佩尔他真是设计了……好一个壁炉。"

"你一定听过建筑师佩尔·胡梅尔吧？他设计了霍尔门科伦区的新教堂呀。"

"恐怕没有。"哈利说着把照片递给她，"能不能请你看看这张照片？"

他打量着她脸上越发惊讶的表情。

"这是阿尔内去年在拉科伦村拍的照片。你怎么会有？"

哈利确认了她始终维持着的如假包换的困惑表情，然后才回答。

"我们是在一个名叫安娜·贝斯森的女人鞋子里找到的。"他说。哈利看着薇格蒂丝脸上露出的一连串思考、推论和情绪起伏，就像一出快进的肥皂剧。先是惊讶，之后是纳闷和困惑，然后是直觉反应。先以不信的笑容来否认，冷静下来后似乎有种恍然大悟的领会，最后是一张绷紧的脸，上面写着：总得限制一下让陌生人在自家进出的程度吧，你不觉得吗？

哈利把玩着刚取出的那包烟。一个玻璃大烟灰缸傲气十足地放在茶几中央。

"亚布太太，你认识安娜·贝斯森吗？"

"当然不认识。我应该认识吗？"

"我不知道。"哈利据实以告，"她已经死了，但我很纳闷这样一张私人照片为什么在她的鞋子里。你有什么看法？"

薇格蒂丝想做出宽容的微笑，但嘴角却上扬不起来。她只好用力摇头。

哈利等着，身子不动，放松。如同让鞋子陷进那些圆石，他让身体陷进那又深又白的沙发。经验告诉他，沉默是让人说话最有效的办法。两个陌生人面对面坐着时，沉默就像吸尘器，会把话吸出来。他们这样对坐了漫长的十秒钟。薇格蒂丝咽了口口水："或许是清洁工在哪里看到这张照片，就顺手拿走了，然后交给了这位……她是叫安娜·贝斯森吧？"

"对。亚布太太，介意我抽烟吗？"

"家里全面禁烟。我先生和我都不……"她迅速举起一只手去摸辫子，"而且我们最小的儿子亚历山大有哮喘。"

"真是遗憾。你丈夫平常都做些什么？"

她惊讶地望着他，原本已经很大的蓝眼睛现在睁得更大了。

"我是说，他的职业是什么？"哈利把香烟放回内侧口袋。

"他是投资人，但三年前把公司卖掉了。"

"什么公司？"

"亚布公司，为旅馆和公共部门进口毛巾和浴室地垫的。"

"那毛巾的量一定很大了，还有浴室地垫。"

"整个斯堪的那维亚都有我们的经销商。"

"恭喜。你们车库上有面旗子，那不是领事馆的旗帜吗？"

薇格蒂丝恢复了镇静，把发圈解了下来。哈利这才发现她脸上也做过整形，整个比例怪怪的。这表示整形整得太好了，她的脸几乎被人工整成完全对称的。

"圣露西亚。我先生在那里当过十一年挪威领事。我们在那里有个缝浴室地垫的工厂，也有一栋小房子。你有没有去过——？"

"没有。"

"那个小岛美丽又迷人，有些年纪较大的岛民还会说法语。虽然他们的法语我听不懂，但他们真的很迷人。"

"克里奥尔式法语。"

"什么？"

"我看过介绍。你想你先生会不会知道这张照片为什么在死者那里？"

"我想不出这是怎么回事。他为什么应该知道？"

"嗯。"哈利微笑，"说起来这就跟一个人的鞋子里为什么会放了张陌生人的照片一样困难吧。"他站了起来，"亚布太太，我在哪里可以找到他？”

　　哈利写下阿尔内·亚布办公室的电话号码和地址，目光正好瞥到刚才坐过的沙发。

　　“呃……”他开口时看到薇格蒂丝顺着自己的目光看去，“我掉进资源回收箱了。当然，我会……”

　　“没关系。”她打断他的话，“反正下周沙发套就会送去干洗。”

　　来到屋外后，她对哈利说她又想了想，能不能请他等到五点再打电话去找她先生。

　　“那时候他就回家了，不会那么忙。”

　　哈利没有回答，只看着她的嘴角上下移动。

　　“那时候他和我就能……看看能不能帮你理出头绪。”

　　“谢谢你的好意，但我有车，而且他办公室就在我回去的路上，所以我就直接开过去，看看能不能见到他吧。”

　　“好。”她带着勇敢的笑容说。

　　哈利走在长车道上的时候，犬吠声一直没停。到了大门，他转过身。薇格蒂丝仍然站在那栋粉红色农舍的台阶上。她低着头，太阳照上她的头发和身上闪亮的运动衣。从远处看过去，她像一尊小小的青铜像。

　　哈利找不到停车位，也没在维卡中庭饭店的地址找到阿尔内·亚布。只有一个接待员告诉他，亚布跟另外三位投资人租了一间办公室，正在跟银行经纪人共进午餐。

　　离开那栋大楼时，哈利在风挡玻璃的雨刷下面发现一张罚单。他拿起罚单，心情恶劣地来到“刘易斯号”——这不是一艘蒸汽船，而是位于阿克尔港的一家餐厅。跟施罗德酒馆不同的是，这里提供的食物能够让人下咽，顾客群则是一批出得起饭钱的人，他们的办公室就在勉强可以称为“奥斯陆华尔街”的地方。哈利在阿克尔港总觉得不自在，但那可能是因为他是土生土长的挪威人，而不是观光客。他跟服务生简短交谈了几句，服务生指了指靠窗的一张桌子。

"各位，抱歉打扰一下。"哈利说。

"啊，终于来了。"桌边三位男士其中之一轻喊，一面把刘海往后拨，"服务生，你说这瓶酒是适饮温度？"

"我会说这是倒进帕普酒庄的瓶子里醒过的挪威红酒。"哈利说。

吓了一跳的刘海男打量起穿黑色西装的哈利。

"开玩笑的。"哈利笑着，"我是警察。"

惊讶转成了警戒。

"我不是来查环境犯罪的。"

放松转成了疑问。哈利听到男孩般的笑声，吸了口气。他已决定了要怎么做，却不知道结果会怎么样。"哪位是阿尔内·亚布？"

"是我。"笑着的那个人回答。他身材瘦削，一头深色的头发又短又卷，眼睛周围有笑纹，这点让哈利知道他经常笑，而且比他原本猜测的三十五岁年纪更大。"抱歉，我们误会了。"他继续说，声音里仍带着笑，"警官，我帮得上忙吗？"

哈利打量着他，想先对他有点了解再开口。他的声音铿锵有力，目光坚定，闪亮的白色衣领上系了一条领带，打得不太松也不太紧。他并没有在说了"是我"之后就开始沉默，反而加上一句道歉和"警官，我帮得上忙吗？"——还故意用些许挖苦的语气强调"警官"两个字，这表示阿尔内·亚布不是非常有自信，就是为了给人留下自信的印象而下过苦功。

哈利收敛心神，他不是要专心想该说什么，而是要注意亚布的反应。

"是的，你帮得上忙，亚布。你认识安娜·贝斯森吗？"

亚布那双跟他太太一样的蓝眼睛看着哈利，想了一会儿之后，用清楚、洪亮的声音回答："不认识。"

亚布脸上所透露的跟他嘴上说的一样。倒不是哈利早知道会这样，他已经不再相信天天跟谎言为伍的人能够识破谎言的迷思。有位警察曾说，以他丰富的经验来看开庭审理，他知道被告何时说的是谎话。再度为被告发声的史戴·奥纳则说，研究显示每个专业团体识破谎言的能力都差不多，不论是清洁工、心理学家或警察都一样好，也就是说，大家都一样差。在比较研究中，唯一得分高于平均值的是秘密情报员。但哈利并不是秘密情报员，只是个承受时间压力的奥普索乡男人，心情恶劣，而且判断力明显不足。在毫无怀疑根据的情况下，拿不太站得住脚的事去质问一个男人，还当着旁人的面，根本称不上有效率，也绝对不公平。因此哈利心知肚明他不应该这么问："你知不知道给她这张照片的可能是谁？"

三个男人都盯着哈利放在桌上的那张照片。

"不知道。"亚布说，"会不会是我太太？或是我的小孩？"

"嗯。"哈利寻找瞳孔的变化和脉搏加快的征兆，如出汗或脸红。

"警官，我不知道这到底是什么情况，但既然你不嫌麻烦地来找我，我猜一定不是小事。或许等我跟这三位瑞典商业银行的男士开完会之后，我们再私下谈如何？如果你要等，我可以请服务生找一张吸烟区的桌子给你。"

哈利看不出亚布脸上的笑究竟是嘲弄还是真心想帮忙。他连这个都无法判断。

"我没有时间。"哈利说，"如果可以现在就……"

"恐怕我也没有时间。"亚布以冷静但坚决的声音说，"现在是我的上班时间，所以我们只能等下午再谈。当然，这是在你仍然认为我帮得上忙的情况下。"

哈利咽了咽口水。他毫无招架之力，而且知道亚布也看得出来。

"那就这样吧。"哈利说，自己都觉得这么说很没用。

"谢谢你，警官。"亚布微笑着点头，"还有，你刚才对酒的形容可能是对的。"他转头看着瑞典商业银行的人，"斯泰因，你刚才说奥普特康公司怎么样？"

哈利拿起照片，临去前不得不对那位有刘海的银行经纪人几乎掩饰不住的笑容忍气吞声。

来到码头边，哈利点燃了一根烟，但觉得烟一点味道也没有。他低吼一声，把烟丢掉。阳光把阿克什胡斯堡垒的一扇窗照得发亮，大海平静得像是结了薄薄的一层冰。他为什么要这么做？为什么要用这种损人不利己的方式羞辱一个根本不认识的人？结果却被人用丝质手套拎起来，轻轻撵出去。

他转向阳光，闭上眼，心想是不是该改弦易辙，去做点聪明事，比如把整个案子抛在脑后。一切都不合理，情况还是跟以前一样混乱、令人困惑。此时市政厅的钟声响了。

但哈利一点也不知道，莫勒说对了：这的确是今年最后一个暖日。

16 南梦宫 G-Con45 光枪

欧雷克真勇敢。

"没关系的,"他在电话里一遍又一遍地说,好像有什么秘密计划,"妈妈和我很快就会回去。"

哈利站在窗前,看着面前那栋建筑屋顶上的天空,傍晚的阳光把薄而皱的云层底部染成了橘色和红色。他回家的路上,气温骤降,好像有人打开了一扇看不见的门,把门里的热气全都吸了出去。事实上,寒意已经开始从地板渗进来了。他把毛拖鞋放到哪里去了?地下室还是阁楼?他连自己到底有没有拖鞋都不记得。他答应欧雷克,要是他能打破哈利在 Game Boy 上玩俄罗斯方块的纪录,自己就要买一套 PlayStation的游戏套件给他。幸好他把那东西的名称抄了下来:南梦宫 G-Con45光枪。

身后的十四英寸电视里正不停地播着新闻。又一场要替受害者募款的星光盛会。茱莉娅·罗伯茨展现同情,西尔维斯特·史泰龙接听捐款者的来电。复仇的时刻来临,电视播出山脉遭到地毯式轰炸的画面,黑色的烟柱从岩石间升起,山间寸草不生,景色荒凉。电话响了。

是韦伯打来的。在警察总署,大家普遍认为韦伯是个顽固又阴沉的老头,而且很难相处。哈利却觉得正好相反,你只要知道,他只有在你找他麻烦或对他不敬的时候才会变得很难搞就行了。

"我知道你在等结果。"韦伯说,"我们没在瓶子上找到任何 DNA,但找到了几个模糊的指纹。"

"很好,我还担心包在塑料袋里的指纹也会毁掉。"

"幸好那是玻璃瓶。如果是塑料瓶,过了这么多天,上面指纹的油渍就会被吸收掉了。"

哈利听到电话那头有棉花棒擦拭的轻碰声。"你还在上班?"

"对。"

"你什么时候会去比对数据库的指纹?"

"你想找我麻烦?"这位鉴识老将怀疑地低吼。

"当然不是,我有的是时间。"

"明天。我不是电脑专家,那些年轻小鬼都已经下班回家了。"

"那你呢?"

"我只想拿指纹用老法子去比对几个东西。霍勒,你好好睡吧。慢吞吞大叔会替你保持警觉的。"

哈利挂了电话,走进卧室,打开电脑。清脆的开机音乐短暂地盖过客厅的美国复仇新闻,他点了几下鼠标,打开基克凡路上的银行抢劫案录像,重看了几遍,但依旧没有什么新的想法,又按下电子邮件的图标。屏幕上出现沙漏和"你有一封新邮件"的文字,走廊的电话又响了。哈利瞥了一眼手表,拿起话筒,用专门为萝凯准备的轻柔声音"喂"了一声。

"我是阿尔内·亚布,很抱歉在晚上打电话给你,但我太太把你的名字告诉我,所以我想把事情弄清楚。现在方便说话吗?"

"没问题。"哈利改用原本的声音,有些不好意思地说。

"是这样的,我刚才跟我太太谈过,我们都不认识这个女人,也不知道她怎么会有这张照片。但照片是专业人士冲洗的,或许可以请那家冲洗店的人看一下。此外,我们家里来来去去的人很多,所以可能会有很多种解释。"

"嗯。"哈利注意到亚布的声音不像之前那么沉着。几秒有噪声的沉默过后,亚布又说:"如果你想进一步谈谈,希望你能到公司找我。我知道我太太把电话号码给过你。"

"我也知道你上班时不想被打扰。"

"我不希望……让我太太有压力。拜托，死掉的女人鞋子里有我们的照片！我宁可你直接找我。"

"我了解，但那是你太太和小孩的照片啊。"

"告诉你，她完全不知道这件事！"他立刻后悔用了愤怒的语气，又说，"我保证会尽一切努力来解释这可能是怎么回事。"

"谢谢你提议帮忙，但我有想跟谁谈就跟谁谈的权利。"哈利听着亚布的呼吸声，又说，"希望你能理解。"

"我告诉你……"

"恐怕这件事没有讨论空间。要是我想知道什么事，会再跟你或你太太联络。"

"等一下！你不明白，我太太她……很不舒服。"

"对，我是不明白。她生病了吗？"

"生病？"亚布的语气诧异，"不，可是……"

"那我建议我们的对话到此结束。"哈利看到镜中的自己，"现在不是我的上班时间。晚安了。"

他放下电话，又看着镜中的自己。那抹积怨得报的欢畅笑容现在已经消失。那是器量狭窄的表现。自以为是而且蓄意残忍。这些都是报复的表现。不过，还有其他东西：有哪里不大对劲，少了点什么。他打量着镜中的反射影像。或许只是光照角度的不同吧。

哈利在电脑前坐下，心里想着一定要把报复的几项表现说给奥纳听，他会搜集这种事。那封电子邮件来自一个他从来没见过的地址：furie@bolde.com，他在那上面点了一下。

他坐在那里，感到一股寒意流窜全身，而且很可能一整年都不会消散。

事情发生在他看向电脑屏幕的时候。后颈的汗毛竖起，皮肤像缩水的衣服般绷紧。

要不要玩个游戏？想象一下：你跟一个女人去吃晚餐，第二天她却死了。你该怎么办？

S^2MN

电话哀怨的铃声响起。哈利知道是萝凯打来的，但他没有接。

17　阿拉伯之泪

看到哈利走进他们共享的办公室，哈福森大吃一惊。

"你来了？你知道现在才……"

"睡不着。"哈利含糊地说，双臂交叉着坐进电脑屏幕前面的椅子，"这机器慢得要死。"

哈福森转过头说："速度取决于你连上网络时的数据传输速率。你现在用的是标准 ISDN 线，但想开点吧，我们就快有宽带了。你在找《今日商业报》吗？"

"嗯？对。"

"阿尔内·亚布？你跟薇格蒂丝·亚布谈过了？"

"对。"

"他们跟这起银行抢劫案有什么关系？"

哈利没有抬头。他并没说事情跟抢劫案有关，但也没说没有，所以他同事会有这样的联想也很正常。这时屏幕上正好出现阿尔内·亚布的脸，才让哈利免于作答。显然哈利之前看到的那抹开怀笑容一直在那个打得太紧的领带上。哈福森咂咂嘴，大声念了出来：

"价值三千万的家族企业。日前'乔伊斯'连锁饭店买下亚布公司的所有股份，如今阿尔内·亚布才能存下三千万克朗。亚布说他想多奉献时间给家人，这也是他出售名下这家成功公司的最大原因。'我想看着孩子长大，'亚布接受访问时这么说。'家庭是我最重要的投资。'"

哈利按下"打印"。

"你不想看其他文章了吗？"

"不想，我只要这一篇。"哈利说。

"银行里有三千万，现在他又开始抢银行？"

"我待会再解释。"哈利说着从椅子上站起来，"在那以前，你可不可以教我怎么看电子邮件的发件人是谁。"

"邮件上有地址啊。"

"可以在电话簿里找到吗？"

"不行，但你可以找出发邮件的是哪个邮箱服务器，地址上面会写服务器。服务器上有用户地址列表，很简单的。你收到有意思的邮件了？"

哈利摇头。

"给我地址，我马上就帮你查出来。"哈福森说。

"好。你有没有听过一个叫 bolde.com 的服务器？"

"没有，但我会去查。其他部分的地址呢？"

哈利迟疑了。"我忘了。"他说。

哈利向车库征用了一辆车，慢慢开进格兰区。刺骨的风吹搅着昨天在人行道上被晒干的树叶，行人把手插在口袋里走着，头缩在肩膀里。

哈利在彼斯德拉街上的电车后方停好车，把广播转到 NRK 新闻广播电台。他们没提丝蒂恩·格雷特的案子，只说上万名难民儿童无法撑过阿富汗的严冬，一位美国士兵被杀了，然后是一段对他家人的访谈。他们想要报仇。毕斯雷区因为交通堵塞而不开放，但可以绕路走。

"喂？"光是从门禁对讲机传来的这么一个音，就可以听出阿斯特丽·蒙森得了重感冒。

"我是哈利·霍勒。谢谢你之前的帮忙。我可以再请教几个问题吗？你现在有空吗？"

她吸了两次鼻子，才回答："什么问题？"

"我希望可以不必站在这里问。"

又是两下吸鼻子声。

"现在方便吗？"哈利问。

门锁哗的一声打开，哈利推开了门。

阿斯特丽·蒙森站在走廊，肩上裹了条披肩，双臂交叉，看着哈利走上楼梯。

"我在葬礼上看到你了。"哈利说。

"我想她至少该有一位邻居出席。"她说，那声音像是用扩音器说出来的。

"不知道你认不认识这个人？"

她勉为其难地拿起那张有折角的相片。"哪个人？"

"随便哪一个。"哈利的声音在楼梯间回荡。

阿斯特丽·蒙森仔细地凝视照片。

"怎么样？"

她摇头。

"你确定？"

她点头。

"嗯。你知道安娜有男朋友吗？"

"固定的吗？"

哈利深深吸了口气问："你是说，她的男朋友不止一个？"

她耸肩。"这栋楼里什么声音都听得到。我这么说吧，只要有人上楼，楼梯就会嘎吱嘎吱响。"

"有认真的对象吗？"

"我不清楚。"

哈利等待着。她并没有沉默太久："今年夏天，她信箱旁边贴了一张写了名字的纸条。不知道这样算不算认真……"

"哦？"

"我想纸上是她的笔迹，只写了埃里克森四个字。"她薄薄的唇上有一抹笑意，"说不定那人忘了告诉她自己叫什么名字。总之，纸条一周后就不见了。"

哈利低头看着栏杆，楼梯很陡。"一周总比什么都没有好，不是吗？"

"对某些人来说，或许是吧。"她说，一手放上门把，"我要回去了，我刚听到收到电子邮件的声音。"

"邮件又不会跑掉。"

又一个喷嚏让她全身一颤。"我要回邮件。"她说，泪水蒙上她的眼，"是跟一个作家，我们在讨论我的翻译。"

"那我就说快一点。"哈利说，"我只想让你再看看这个。"

他把那张纸递给她。她接过，瞥了一眼，然后怀疑地望着哈利。

"仔细看一下。"哈利说，"需要多久都没关系。"

"没必要。"她说着把纸条还给他。

哈利花了十分钟从警察总署走到科博街 21 号 A 座。这栋老旧的砖造建筑曾经是制革厂、印刷厂、锻造厂，或许还有过其他用途，是奥斯陆曾经存在过这些工业的见证。但现在，这栋楼已经被鉴识中心占据了。尽管有了灯光和现代装潢，这栋楼仍给人一种工业建筑的感觉。哈利在其中一个又大又冷的房间里找到了韦伯。

"妈的！"哈利说，"你真的确定？"

韦伯疲倦地一笑。"瓶子上的指纹很清楚，只要我们档案里有，电脑就找得出来。当然，我们也可以人工比对，以求百分之两百确定，但那样要花上好几周，而且反正也不会有结果。我很肯定。"

"对不起。"哈利说，"我只是满心以为逮到他了。我以为像他这样的情况从来没被逮捕过的概率小得不得了。"

"他不在我们的数据库里，这代表我们必须去别处找。但至少我们现在有了确实的证据，也就是这个指纹和基克凡路上的纤维。如果你能抓到人，我们就有能让他定罪的证据。赫尔格森！"

一个年轻人正好经过，立刻停下。

"有人用没密封的袋子把这顶从奥克西瓦找到的帽子给了我。"韦伯咕哝着，"我们这里又不是猪舍。你听懂没？"

赫尔格森点头，用了然于心的神情望了哈利一眼。

"你必须坦然接受事实。"韦伯说着又转向哈利，"至少你不必忍受伊佛森今天那种情况。"

"伊佛森？"

"你没听说今天发生在警狱地道的事吗？"

哈利摇摇头，韦伯搓着手咯咯笑了。"既然这样，我就跟你说个精彩的故事，帮你度过低潮期好了。"

韦伯的说明跟他写的警察报告很像：用简短、潦草的句子说出动作，没有任何啰唆的描述提及感情、语气或面部表情。但这些细节哈利都可以轻易地自行补上。他可以想象伊佛森和韦伯到 A 翼的某间会客室，听到门在他们身后上了锁。两个房间都紧邻着接待柜台，专为家人而设。囚犯可以跟最亲的人在房间中享受几分钟的宁静。甚至有人布置过房间，想营造出温馨的气氛：房里有基本的家具、假花，墙上还有几幅惨淡的水彩画。

他们走进房间时，洛斯可是站着的，腋下夹了本厚书。他们面前的矮桌上放了个棋盘，上面的棋子已经布好。他什么话也没说，只用盛满痛苦的棕色眼眸望着他们。他穿了一件外套式的白色衬衫，下摆几乎长到了膝盖。局促不安的伊佛森唐突地叫这位高瘦的吉卜赛人坐下。洛斯可面露微笑地服从了指示。

伊佛森后来带韦伯同行，没带侦办组的年轻警官，因为他认为这只老狐狸能帮他"掂量洛斯可的斤两"，这话还是他自己说的。韦伯把一张椅子放在桌旁，拿出笔记本，伊佛森坐在这位恶名昭彰的因犯对面。

"伊佛森组长，请。"洛斯可说，他摊开手掌，邀请这位警察开始下棋。

"我们是来这里收集情报的，不是来下棋的。"伊佛森说着把五张玻克塔路抢劫案的照片并排放在桌上，"我们想知道这个人是谁。"

洛斯可一张一张地拿起照片打量着，一面大声发出"哦"的声音。

"可以借支笔吗？"他看完照片后问。

韦伯和伊佛森交换了一个眼色。

"用我的吧。"韦伯说着把一支钢笔递过去。

"我喜欢用普通的那种。"洛斯可说话时，目光不离伊佛森。

这位长官耸耸肩，从上衣内袋取出一支圆珠笔，递给他。

"首先，我想说明一下染色墨盒的设计原理。"洛斯可边说边把伊佛森的白色圆珠笔转开，笔身上正好有挪威银行的商标，"你们也知道，银行员工会把染色墨盒放进钞票里以防被抢。墨盒装在提款机的出钞口上，有些墨盒则跟传输器连接，只要一被移动，比方说被放进袋子里，墨盒就会启动。其他墨盒会在经过如银行大门口等出口时启动。墨盒里可能有个跟接收器联机的微传输器，只要传输器跟接收器之间达到特定距离，比如一百米，墨盒就会爆炸。其他墨盒会在启动后预定的时间才爆炸。墨盒本身可能有各种样式，但几乎都很小，才能藏在钞票间。有些就跟这个一样小。"洛斯可用大拇指和食指比出两厘米的间隔，"爆炸对劫匪没有危害，问题在于染色，也就是墨水。"

他举起圆珠笔的笔芯。

"我父亲是做墨水的，他告诉过我，古时候都用阿拉伯胶来做鞣酸铁墨水，胶来自相思树，又称阿拉伯之泪，因为大约这么大滴的黄色树液会从树上流出来。"

他用大拇指和食指比出圆形，差不多是一颗橡果的大小。

"这胶的特质是会变稠，缩小墨水的表面张力，让铁盐维持液状。你也需要溶剂。很久以前，用雨水或白酒都可以，不然醋也行。我爷爷曾说，如果写信给敌人，就应该在墨水里加醋；如果是写信给朋友，就应该在墨水里加酒。"

伊佛森清了清喉咙，但洛斯可仍旁若无人地说着。

"一开始，墨水是看不见的，要洒在纸上才看得见。染色墨盒中有红色粒子，跟银行纸钞接触时就会起化学作用，使得墨痕永远擦不掉。那些钱永远会是抢来的钱。"

"我知道染色墨盒的事，"伊佛森说，"但我更想知道……"

"亲爱的长官，耐心点。这项科技惊人的地方在于，它非常简单。简单到我可以自己做染色墨盒，选个地方放，然后让它在跟接收器达到一定距离时爆炸。制作所需要的所有工具，可以放进一个午餐盒里。"

韦伯停止做笔记了。

"但是，伊佛森组长，墨盒的原理并不是科技，而是用来指控。"洛斯可脸上一亮，满脸笑容，"墨水也会沾上劫匪的衣服或皮肤。墨水的固着性，强到一碰到手就永远洗不掉。彼拉多和犹大，对吧？手上沾满鲜血。沾了鲜血的钱。仲裁者的痛苦。告密者的惩罚。"

笔芯掉在桌子后方的地上，洛斯可弯身去捡。这时伊佛森打手势要韦伯把笔记本给他。

"我想请你把照片上的人的名字写下来。"伊佛森说着拍了拍桌上的笔记本，"我说过了，我们不是来下棋的。"

"当然不是来下棋的。"洛斯可说，慢吞吞地把圆珠笔装好，"我答应过你，会说出那个抢走钱的人的名字，是吧？"

"我们的约定是这样。"伊佛森说。他倾身向前，看着洛斯可开始写字。

"我们索兰森人最懂得约定了。"他说，"我不只会写出他的名字，还会告诉你他常去嫖的妓女、他雇用的一个男人叫什么名字。他请那男人去打碎一个年轻人的膝盖，因为那个年轻人最近让他女儿伤了心。不过那男人拒绝了这份工作。"

"呃……太好了。"伊佛森迅速转身面对韦伯，脸上是兴奋的笑。

"来。"洛斯可把笔记本和笔递给伊佛森，伊佛森马上看起那张纸来。

得意的笑容消失了。"可是……"他结巴起来，"赫尔格·克莱门森。他是那个分行经理。"他露出恍然大悟的神情，"他也涉案了？"

"没错。"洛斯可说，"拿走钱的不就是他吗？"

"还把钱放进劫匪的旅行袋。"韦伯低沉的嗓音从门口传来。

伊佛森的表情缓缓从疑问转为愤怒。"说这么多废话干什么？你答应过要帮我的。"

　　洛斯可打量着他右手小指上又长又尖的指甲，然后神情肃穆地点点头，倾身靠向桌子，招手叫伊佛森靠过去。"你说得对。"他低语，"我给你一个暗示。学学人生的重点吧。坐下来好好观察你的小孩。想找到弄丢的东西并不容易，但并非绝无可能。"他拍了拍这位长官的背，朝棋盘挥了挥手，"组长，该你下了。"

　　伊佛森跟韦伯踱步走过连接波特森监狱和警察总署的三百米地下通道，一路上伊佛森都气得半死。

　　"我相信了一个发明欺骗的种族！"伊佛森咬牙说，"我相信了一个他妈的吉卜赛人！"他的声音在砖墙间回荡。韦伯小跑步跟在一旁，只想快点离开这个又冷又湿的隧道。地下通道是让囚犯进出警察总署接受审讯用的，有关在这段路上发生的事有很多谣言。

　　伊佛森拉紧身上的西装外套，跨了出去。"韦伯，答应我一件事：你绝对不会把这件事告诉任何人，可以吗？"他转向韦伯，扬起一边的眉毛，"怎么样？"

　　伊佛森的问题得到了令人满意的"是"。他们已经抵达地道橘色墙面之处，韦伯听到"砰"一声，伊佛森发出惊恐的尖叫，双膝跪在一摊水里，双手抓胸。

　　韦伯跳过去查看隧道前后。没有人。然后他转身面对伊佛森，这位组长正瞪着自己染成红色的手。

　　"我流血了。"他呻吟，"我快死了。"

　　韦伯看到伊佛森的双眼越睁越大。

　　"干吗？"伊佛森问。看着韦伯目瞪口呆的模样，他发颤的声音充满恐惧。

　　"你得去一趟干洗店。"韦伯说。

　　伊佛森的目光下移。红色墨水已沾满衬衫的前方整片，连莱姆绿外套上也沾到了不少。

　　"红墨水。"韦伯说。

伊佛森拔出那支挪威银行圆珠笔的剩余部分。这场小爆炸把笔的中间都炸弯了。他仍然跪在地上，闭上双眼，直到呼吸恢复正常。然后他盯着韦伯。

"你知道希特勒最大的罪行是什么吗？"他问，一面伸出干净的那只手。韦伯握住他的手，拉起伊佛森。伊佛森眯眼看着他们来处的隧道说："没把吉卜赛人都杀光。"

"不准对任何人说起这件事。"韦伯模仿那个语气，边说还边笑，"后来伊佛森直接走进车库，开车回家。墨水至少会在他身上留三天。"

哈利不敢置信地摇头。"那你们拿这个洛斯可怎么办？"

韦伯耸肩。"伊佛森说会把他单独关起来。但我想这样也没什么用就是了。这个人……很不一样。说到不一样，你跟贝雅特进行得怎样了？除了这个指纹，有没有别的发现？"

哈利摇摇头。

"那女孩很特别。"韦伯说，"我从她身上可以看到她父亲的影子。她将来可能会很出色。"

"可能。你认识她父亲？"

韦伯点头道："她父亲是个忠心耿耿的好人。可惜事情最后变成那样。"

"一个那么有经验的警察竟然会失算，真是奇怪。"

"我不觉得那是失算。"韦伯说，把咖啡杯拿到洗碗槽里冲洗。

"哦？"

韦伯含糊说了几句话。

"韦伯，你刚才说什么？"

"没事。"他沉声说，"我只是说，他这么做一定有他的理由。"

"bolde.com一定是服务器。"哈福森说，"我的意思是说，它并没有注册。比方说，它可能在基辅的地下室，由匿名的客户互相发送特别的色情图片。我哪知道？在网络丛林里，假如有人不想被找到，像我们这种普通人就不可能找得到。你必须找真正的专家，请他们帮忙。"

门上有人敲了敲，敲门声太轻，哈利没听到，但哈福森却喊："请进。"
有人小心翼翼地开了门。

"嘿。"哈福森面带微笑地说，"你是贝雅特，对吧？"

她点头，目光立刻飘向哈利。"我一直在找你。你在通讯簿上的手机号码……"

"他手机掉了。"哈福森说着站了起来，"请坐，我替你泡一杯哈福森特调浓缩咖啡。"

她迟疑了一下。"谢谢。但是哈利，我有东西要请你去痛苦之屋看看。你现在有空吗？"

"我有的是时间。"哈利说着靠进椅子里，"韦伯那边只有坏消息，指纹比对没有结果，还有，洛斯可今天把伊佛森耍得团团转。"

"那算坏消息吗？"贝雅特脱口而出，她警戒地掩住嘴巴。哈利和哈福森大笑起来。

"贝雅特，再次见到你真好。"哈福森在哈利和贝雅特离开前这么说。他没得到响应，哈利只用探询的眼光看着他，站在房间中央的哈福森有些不好意思。

哈利注意到，痛苦之屋的宜家双人沙发上有条皱巴巴的毯子。"你昨晚睡在这里？"

"只是小睡一下。"她说着按下录像带播放器的开关，"注意看影片中的屠夫和丝蒂恩。"

她指着屏幕，屏幕上是丝蒂恩靠在劫匪身上的定格画面。哈利觉得后颈的汗毛都竖直了。

"这里有点玄机吧？"她说。

哈利细看那名劫匪，然后又看着丝蒂恩。他知道正是这个定格画面让他把影片看了一遍又一遍，却一直捉摸不出究竟是哪里让他觉得怪。

"什么玄机？"他问，"有什么是你看得出，我却看不出来的？"

"再试一次。"

"我已经试过了。"

"把画面印在你的视网膜上，闭上眼睛，用感觉的。"

"说真的……"

"拜托，哈利。"她微笑，"办案就是要这样，不是吗？"

他有些讶异地望着她，然后耸耸肩，照她说的去做。

"哈利，你看到什么？"

"我的眼皮内侧。"

"专心一点。把觉得奇怪的地方告诉我。"

"他们两个这样有点怪，好像是……他们站着的方式。"

"很好。他们的站姿有什么古怪？"

"那模样……我不知道，就是觉得不大对。"

"怎样不大对？"

就跟在亚布家的时候一样，哈利现在也有种下沉的感觉。他看着丝蒂恩坐着倾身向前，好像想听清楚劫匪的话。他从头套的眼洞往外望，看着那个即将杀害的人。他在想什么？她又在想什么？在时间冻结的这一刻，她是想知道他是谁吗？这个躲在头套下的人？

"怎样不大对？"贝雅特又问了一次。

"他们……他们……"

手里拿着枪，手指放在扳机上，身边的一切都化为了石头。她正张开嘴巴，他可以看到她的眼睛。枪管戳着她的牙齿。

"怎样不大对？"

"他们……他们太近了。"

"了不起，哈利！"

他睁开眼。阿米巴虫形状的光点飘过他的视野。

"了不起？"他咕哝着，"什么意思？"

"你把我们看到的情景形容出来了。哈利，你说得完全正确。他们站得太靠近了。"

"对，我听到我说的话了，但太靠近是以什么做比较？"

"以两个从来不认识的人该站的距离。"

"什么？"

"你有没有听说过爱德华·霍尔？"

"不太清楚。"

"他是人类学家，第一个提出人与人之间的距离跟他们的关系有关联。有很多相关的文献。"

"可以解释一下吗？"

"不认识的人之间的社交空间为一到三点五米，在情况许可之下，你会保持这样的距离，但等公交车或排队上厕所时就不同了。东京的人会站得比较近，而且不觉得不舒服，但事实上，文化差异带来的影响相对来说并不大。"

"他又不能从一米外跟她说悄悄话。"

"是不能，但他大可以在所谓的个人空间内说，也就是四十五厘米到一米之间。那是面对陌生人或所谓认识的人会保持的距离。可是你看，屠夫和丝蒂恩打破了这个界线。我量过了，他们之间只有二十厘米，那表示他们在亲密空间以内。在这种距离中，你跟对方接近得看不清对方的脸，也无法避免对方的气味和身体热度。那是保留给伴侣或亲密家人的空间。"

"嗯。"哈利说，"我很钦佩你的知识，但这两个人正处在极度紧绷的情况下。"

"对，但这就是特别的地方！"贝雅特一面喊，一面抓住椅子的扶手，免得自己跳起来，"如果没必要，他们就不会跨越爱德华·霍尔所说的界线。而屠夫和丝蒂恩就没有那个必要。"

哈利揉了揉下巴。"好，继续朝这方向去想。"

"我认为屠夫认识丝蒂恩。"贝雅特说，"就这样。"

"很好，很好。"哈利把脸埋在手掌中，声音从指缝间蹦出来，"所以丝蒂恩认识专业银行劫匪，对方还在开枪杀她以前演绎了一场完美的抢劫。你知道这个论点厘清后，接下来该怎么做吧？"

　　贝雅特点头："我马上去查丝蒂恩这个人。"

　　"很好。之后我们再去跟那个经常进入她亲密空间的人聊一聊。"

18 美好的一天

"这地方好可怕。"贝雅特说。

"这里以前有过一个大名鼎鼎的病人,名叫阿诺尔·尤克洛德。"哈利说,"他说过,这里是病态疯子——也就是俗称精神病的中心。所以丝蒂恩那边没有发现?"

"没有。纪录清白,银行账户也不像有财务异常的样子。没在服饰店或餐厅大肆采购,也没有毕雅卡赛马场的付款记录或任何赌博迹象。我找出的唯一大笔花费是今年夏天去圣保罗的旅行。"

"她先生呢?"

"完全一样,都是清清白白的。"

他们走过古斯达精神病院的通道,来到一个周围有大型红砖建筑的广场上。

"让人联想起监狱。"贝雅特说。

"海因里希·席尔墨(Heinrich Schirmer)。"哈利说,"十九世纪的德国建筑师,波特森监狱也是他设计的。"

接待柜台处的一个看护过来接他们。那人把头发染成黑色,一副应该进乐团演出或做设计工作的模样。事实上,他还真做过。

"崔恩·格雷特一直都坐着看窗外。"他们走过通往 G2 的走廊时,看护这么说。

"他可以说话了吗?"哈利问。

"嗯,他是可以说话……"这个看护花了六百克朗把一头黑发弄出凌乱的造型,现在却一面拨弄起一撮头发,一面从黑色牛角边框眼镜后方对哈利眨了眨眼。他这模样就像个书呆子,但不会太夸张,因为内行人就看得出他不是书呆子，而是很懂得打扮。

"我同事想知道，格雷特先生是否可以谈谈他太太了。"贝雅特说。

"到时候你们就知道了。"看护说着，把那撮头发放回眼镜前方，"如果他又发起疯来，就表示他还没准备好。"

哈利没有问该怎么看出一个人有没有疯。他们来到走廊尽头，看护打开一扇门，门上有圆形的窗。

"你们一定要把他关起来？"贝雅特问，看着明亮的接待室四周。

"没有。"看护说，却没多做解释。他指着一个人的背影，那人穿着白色浴袍坐在椅子上，椅子被拉到了窗边。"我在值班室，就在你们出来后的左边。"

他们走向椅子里的那个人。他凝视着窗外，全身只有右手有动作，正缓缓地在笔记本上移动着笔，动作有一下没一下地，而且机械化，像只机械手臂。

"崔恩·格雷特？"哈利问。

那人转过身时，哈利并没认出来。崔恩把头发剃光了，脸颊更瘦削，那天傍晚在网球场上的狂野眼神现在换成了平静、空洞又缥缈的瞪视，好像完全没看到他们。哈利见过这种眼神。被关进监狱、开始赎罪的人在头几周的眼神也是那样。哈利立刻察觉，这男人的情况正是如此，他是在赎罪。

"我们是警察。"哈利说。

崔恩的目光移向他们。

"想请问银行抢劫案和你太太的事。"

崔恩半闭上眼，好像要收敛心神才听得懂哈利在说什么。

"我们想知道，能不能请问你几个问题。"贝雅特大声说。

崔恩缓缓点头。贝雅特拉过一张椅子，坐了下来。

"可以说说你太太这个人吗？"她问。

"说说？"他的声音嘶哑，像没好好上油的门。

"对。"贝雅特露出温柔的笑，"我们想知道丝蒂恩是什么样的人，做过些什么事，喜欢什么东西，还有你们对未来有过什么打算之类的。"

"之类的？"崔恩看着贝雅特，然后他放下了笔，"我们原本要生小孩的，那就是我们的打算，试管婴儿。她想生双胞胎，总说这样就是两大两小了。两大两小。我们都准备开始了，就是现在。"泪水涌上他的眼眶。

"你们结婚好几年了，对不对？"

"十年了。"崔恩说，"就是他们不打网球，我也不会介意。总不能强迫小孩喜欢爸妈喜欢的事吧？说不定他们会喜欢骑马，骑马也蛮好的。"

"她是什么样的人？"

"十年了。"崔恩重复着，又转向窗外，"我们是一九八八年认识的，当时我刚开始念奥斯陆管理学校，她念尼森高中三年级，是我这辈子见过的最漂亮的女孩。我知道大家都说，漂亮女生你永远追不到，还可能已经遗忘。但丝蒂恩真的很美，我一直到现在都觉得她是最漂亮的。我们认识了一个月就同居了，三年来的每天每夜都在一起。但我还是不敢相信她竟然答应嫁给我，这样不是很怪吗？你是那么深爱一个人，反而觉得对方也爱你是无法理解的事。事情应该反过来才对，不是吗？"

一滴泪落在椅子的扶手上。

"她人很好。现在已经没有多少人珍惜这项特质了。她很可靠，值得信赖，一直都很温柔，而且勇敢。如果她听到楼下有声音，我又还在睡，她就会从床上爬起来，下楼去看。我说她应该把我叫醒，不然要是哪天楼下真有小偷怎么办？但她只是笑着说：那我就请他们吃松饼，让松饼的香味把你弄醒，因为你每次都这样。松饼香味会让我醒过来，因为……对了。"

他用鼻孔哼了一声。窗外的桦树在大风中向他们招手。"你应该做松饼的。"他低声说。然后像是想笑，但听起来却像在哭。

"她的朋友都是怎样的人？"贝雅特问。

崔恩的笑声还没停，贝雅特只好再问一次。

"她喜欢独处。"他说，"可能因为她是家中唯一的孩子吧。她跟父母亲经常联络。我们拥有对方，不需要别人。"

"她会不会有一些你不知道的朋友呢？"贝雅特问。

崔恩看着她问："什么意思？"

贝雅特惊慌得面颊发红，她急忙笑了一声。"我是说，你太太不一定会把她跟朋友之间的交谈都告诉你。"

"为什么不会？你到底想说什么？"

贝雅特咽了咽口水，跟哈利交换了一个眼神。他接口了："调查案子的时候，我们一定会检查各种可能性，不管那个可能性有多不寻常。其中之一就是有些银行员工可能跟劫匪串谋。抢劫有时候会有内应帮忙计划或执行。比方说，劫匪怎么会知道提款机什么时候装好了钱。"哈利打量着崔恩的脸，想看出他对这段话有何反应。但崔恩的眼睛只告诉他，他又恍神了。"同样的问题我们已经问过所有其他银行员工了。"他撒了个谎。

一只乌鹊在户外的树上高声鸣叫。悲哀，寂寞。崔恩点头，一开始很慢，然后变快。

"啊哈。"他说，"我了解了。你认为是因为这样，丝蒂恩才会被杀。你以为她认识劫匪，所以等她没有利用价值了，劫匪就杀了她灭口。对吗？"

"嗯，至少理论上有这个可能。"哈利说。

崔恩摇摇头，又笑了，悲哀、空洞的笑声。"你果然不认识我的丝蒂恩。她绝对不会做这种事。何必呢？如果她能活久一点，就会是百万富翁了。"

"哦？"

"她八十五岁的祖父瓦尔·伯特克，是市中心三批住宅区的屋主。今年夏天，他检查出患有肺癌。从那时起，情况会怎么样就再清楚不过了。他的每个孙儿孙女会各继承一笔遗产。"

哈利的疑问完全是反射动作。"那谁会得到丝蒂恩的那一笔？"

"其他的孙儿孙女。"崔恩回答的声音里带着不屑，"现在你要查他们的不在场证明了吧？"

"你觉得我们该查吗？"哈利问。

崔恩正想回答，又住了口，眼光与哈利对视。他咬住下唇。

"我道歉。"他说，一手摸过没刮胡子的脸，"你们检查各种可能性，我当然应该高兴，只是这一切看起来太无望，也没有意义。就算你们抓到他，我也拿不回他从我身边夺走的人。就连死刑也帮不上忙。失去生命并不是世界上最糟的事。"哈利已经知道他接下来会说什么了，"最糟的是失去活着的理由。"

"对。"哈利说着站起身，"这是我的名片。如果你想起什么，就打电话给我。你也可以找贝雅特·隆恩。"

崔恩又转头看窗外了，没看到哈利递出名片，所以哈利把名片放在桌上。户外的天色更暗了，他们看到窗户上映出的半透明的人影，像个幽灵。

"我觉得我之前见过他。"格雷特说，"周五我通常会直接从办公室去史布伐街上的焦点健身中心打壁球。因为没人陪我打，所以我进了健身室，去练举重、踩飞轮什么的。那时候的人很多，通常还得排队。"

"没错。"哈利说。

"丝蒂恩被杀时，我就在那里，离那间银行有三百米。我急着想冲澡，回家做饭吃。周五我总是自己煮饭。我喜欢等她，喜欢等待的感觉。可不是每个男人都这样。"

"你说你见过他是什么意思？"贝雅特问。

"我看到一个人经过我旁边，进了更衣室。他穿了松松垮垮的黑衣，像连身工作服那种的。"

"戴头套？"

崔恩摇头。

"或许是鸭舌帽？"哈利问。

"他手里拿着类似帽子的东西，可能就是头套或鸭舌帽吧。"

"你有没有看到他的长……"哈利开口，却被贝雅特打断话头。

"身高呢？"

"不知道。"崔恩说，"标准身高吧。不过标准是多高？一米八吗？"

"你之前怎么没说？"哈利问。

"因为，"崔恩说，手指按上玻璃，"那只是种感觉。我知道不是他。"

"你怎么知道不是？"哈利问。

"因为几天前你们有两个同事过来，两个都姓李。"他一个转身，看着哈利，"他们有亲戚关系吗？"

"没有。他们来干吗？"

崔恩拿开了手。窗上的手印旁起了雾。

"他们要查丝蒂恩跟银行劫匪有没有串通。他们也把抢劫案的照片给我看了。"

"结果呢？"

"连身服是黑色的，上面没有记号。我在焦点健身中心看到的那件，后面有白色的大字。"

"什么字？"贝雅特问。

"警察。"格雷特说着把手印擦掉，"后来我到马路上，就听到麦佑斯登区的警笛。我想到的第一件事就是，有这么多警察在场，小偷怎么还逃得掉。"

"对，没错。你为什么会这样想？"

"不知道。或许是因为有人趁我换衣服的时候，把我的壁球拍偷走了。我的第二个念头是，丝蒂恩的银行被抢了。人的头脑在可以胡思乱想的时候就会这样，对吧。然后我回家，煮千层面，丝蒂恩最喜欢千层面。"格雷特想挤出笑容，但泪水却流了下来。

哈利盯着崔恩写字的纸，免得看到这个大男人在哭。

"我从你六个月来的银行账单上，看到有笔大额提款。"贝雅特的声音粗哑有如金属碰撞，"在圣保罗花了三万克朗。这笔钱都花在哪里了？"

哈利惊讶地抬头看她。她似乎不为所动。

崔恩泪眼模糊地笑了。"丝蒂恩和我去那里庆祝结婚十周年。她有些假期要用掉，所以比我提早一周出发。那是我们分开最久的一次。"

"我刚才问你，那三万块换成巴西币后花到哪里去了。"贝雅特说。

崔恩转向窗户。"那是我家的事。"

"崔恩先生,这是谋杀案。"

崔恩严厉的眼神瞪着贝雅特好一阵子。"显然你从来没爱过人,对不对?"

阴影罩上贝雅特眉间。

"据说圣保罗的德国珠宝商是世界上最棒的。"崔恩说,"我买了一个钻石戒指,就是丝蒂恩死的时候手上戴的。"

两位看护来找崔恩。午餐时间。哈利和贝雅特站在窗旁看着他,也等看护告诉他们怎么出去。

"对不起,"贝雅特说,"我搞砸了,我……"

"没关系。"哈利说。

"我们向来会找银行案件中可疑的财务状况,但这次我做得太过火……"

"贝雅特,我说了没关系。绝不要为问出口的问题道歉,而该为没有问的问题道歉。"

看护回来,打开门锁。

"他要住多久?"哈利问。

"他周三就会被送回家。"那位看护说。

开车回市区的路上,哈利问贝雅特为什么看护总是"送病人回家"。毕竟他们又不会提供交通工具。而且也是病人自己决定想不想回家,或想去哪里的,不是吗?那为什么他们就不能说"准备回家"或"可以出院"了呢?

贝雅特对这一点没有什么看法,哈利看着灰扑扑的天空,心想自己开始像个坏脾气的老头了。从前,他只是坏脾气而已。

"他换了发型,"贝雅特说,"还戴上眼镜了。"

"你说谁?"

"那个看护。"

"噢,我不知道你们认识。"

"我们不认识。我在霍克的海滩上见过他一次，后来又在黄金城电影院和议会街上见过他。我想应该是议会街……一定是五年前的事了。"

哈利打量着她。"我不知道你喜欢这一型的。"

"不是啦。"她说。

"啊！"哈利说，"我都忘了。你有脑功能失调。"

她笑了。"奥斯陆是个小地方。"

"是吗？你进警察总署之前，见过我几次？"

"一次。五年前。"

"地点呢？"

"电视上。你刚侦破悉尼那件案子。"

"哦，那件事一定让你印象深刻。"

"我只记得我很气，大家都把你当英雄，但其实你根本没破案。"

"噢。"

"你并没有把谋杀犯抓上法庭，你一枪让他毙命。"

哈利闭上眼，想着下一根烟吸进来的第一口有多美好。他拍拍胸口，想知道那包烟是不是还在内袋，然后取出一张折起的纸给贝雅特看。

"那是什么？"贝雅特问。

"崔恩写的纸条。"

"美好的一天。"贝雅特念着。

"他写了十三遍。有点像《闪灵》吧？"

"《闪灵》？"

"就是那部恐怖片啊，斯坦利·库布里克的。"他从眼角瞥了她一眼，"杰克·尼科尔森待在饭店，一直重复写某个句子。"

"我不喜欢恐怖片。"她沉声说。

哈利面对着她，正准备说点什么，又觉得还是别说的好。

"你住哪里？"她问。

"毕斯雷区。"

"跟我顺路。"

"哦,你要去哪?"

"奥普索乡。"

"哦?奥普索乡的哪里?"

"维特兰斯路。在车站旁边。你知道琼斯洛克路吗?"

"知道,街角有一栋黄色的大木屋。"

"没错。我就住在那里的二楼,我妈住一楼。我是在那栋屋子里长大的。"

"我小时候也住在奥普索乡。"哈利说,"说不定我们有共同认识的人?"

"说不定。"贝雅特说着看向窗外。

"下次来查查看。"哈利说。

他们两个都没再说话了。

傍晚来临,风变强了。天气预报预测城市南边会有暴风雨,北边有暴风。哈利咳了起来。他取出一件毛衣,毛衣是他妈织给他爸的,他爸在她死后几年当成圣诞礼物送给了哈利。想来令人莞尔,这么做还真怪。他把意大利面和肉丸子加热,然后打电话给萝凯,跟她说起自己小时候住过的那栋房子。

她说得不多,但他知道她喜欢听他谈自己的卧室,谈他玩的游戏和那张小梳妆台,还有他看壁纸花纹编出来的故事,仿佛那些花纹是用密码写成的童话。他和妈妈说好,梳妆台的一个抽屉是他的,妈妈绝不会去碰。

"我拿来放足球卡。"哈利说,"汤姆·隆德(Tom Lund)的签名,还有索菲的信,她是我暑假在翁达斯涅镇认识的女生。后来变成了我的第一包香烟。一包保险套。东西一直没开封,放到过期。后来我跟我妹拿来当气球吹,保险套干得一下就破了。"

萝凯笑了。哈利继续说,就为了听她笑。

通完电话后,他不安地踱着步。新闻重复着昨天播过的内容,贾拉拉巴德当地的动乱更严重了。

他走进卧室，打开电脑。在电脑的咯吱声和嗡嗡声中，他发现自己又收到了一封电子邮件。看到那个地址，他觉得脉搏加快了。他打开邮件。

嘿，哈利：

游戏开始了。验尸结果显示她死的时候你可能在场。是因为这样，你才不说出实情的吗？这样大概是聪明的做法吧，虽然看起来像是自杀。不过，还是有几件事凑不拢，对不对？该你了。

S²MN

砰的一响让哈利跳了起来，原来是他一掌重重拍上桌面的声音。他看了看阴暗的房间，既生气又害怕，但令人丧气的是他的直觉：写这封邮件的人就离他那么……那么近。哈利伸出手臂，把发痛的手放上屏幕。冰冷的玻璃冷却了他的皮肤，但他仍感觉到机器里的那股像体温的热度，正逐渐升高。

19 电线上的鞋

埃尔默匆匆跑进格兰斯莱达街，向邻近商家里面的顾客和员工笑了笑、打招呼。他很生自己的气：又没零钱了，不得不在门上挂出"马上回来"的牌子，跑一趟银行。

他拉开门，大步走进银行，嘴里哼着一贯的"早啊"，一面快步拿了个号。没人理他，但他已经习惯了——在这里上班的只有挪威白人。有个男的好像正在修提款机，而他看到的唯一顾客正站在窗边看马路。这里静得不寻常。是不是发生了什么他还没察觉的事？

"二十。"一个女人的声音喊。埃尔默看了看手上的号，上面写着五十一，但因为每个柜台都关了，他就走向那女人说话的柜台。

"哈喽，亲爱的凯瑟琳。"他说，一面好奇地看着窗户里面，"请给我五元硬币和一元硬币各五卷。"

"二十一。"他讶异地看着凯瑟琳·薛彦，这时才发觉她身边还有一个男人。第一眼看去，他以为那是黑人，后来才看出那人戴了黑色的头套，AG3的枪管从她身上转开，对准了埃尔默。

"二十二。"凯瑟琳尖着嗓子喊。

"为什么是这里？"哈福森问，一面看着下方的奥斯陆峡湾，风吹乱了他的刘海。他们花了不到五分钟把车子开出充满汽车废气的格兰区，来到艾克柏区。这地方就像一座突出于奥斯陆东南角的绿色瞭望台。他们找了张在树下的长椅坐定，面对一栋漂亮的砖造建筑。哈利仍称这栋楼为水手学校，尽管人家现在开的是给商业经理上的课程。

"第一，因为这里风景好。"哈利说，"第二，可以让外国人学一点奥斯陆历史。奥斯陆中的'奥斯'表示山脊，也就是我们所在的山腰，艾克柏山脊。至于'陆'则是下方这块平原。"他指了指，"第三，我们每天坐在这里看山脊，你不觉得应该找出山脊背后有什么吗？"

哈福森没有回答。

"我不想在办公室里说。"哈利说，"或在埃尔默那边。我有事情要告诉你。"虽然他们人在峡湾上方的高处，哈利仍觉得尝到了风中的咸味，"我认识安娜·贝斯森。"

哈福森点头。

"你怎么没有很惊讶的样子？"哈利问。

"我就猜到会是这样。"

"我还没说完。"

"哦，是吗？"

哈利轻点着唇间那根还没点燃的烟。"在我说下去以前，我先警告你，我待会要说的话绝对不能泄露出去，所以你可能会因此惹上麻烦，懂吗？所以，如果你不想介入，我就不必多说，今天就到此为止。你还想听吗？"

哈福森打量着哈利的脸。如果这是在思考，他花的时间倒是很短。他点点头。

"有人开始发电子邮件给我。"哈利说，"事关安娜的死。"

"是你认识的人吗？"

"完全不认识。那个发件地址对我来说毫无意义。"

"难怪你昨天问我怎么查电邮地址。"

"电脑的事我完全不熟，可是你不一样。"哈利想点烟，风却把火吹熄了，"我需要帮助。我认为安娜是被谋杀的。"

西北风把树上的叶子都吹到了艾克柏区，哈利说起自己收到的那封奇怪的邮件，发件人似乎对他们所知的了如指掌，说不定还知道更多。他没提邮件中说安娜死的那天晚上他也在现场，只说那把枪握在安娜的右手里，但她的调色板却证明她是左撇子。他也说了鞋子里的照片，还有他与阿斯特丽·蒙森的交谈。

"阿斯特丽·蒙森说她从没看过照片上的薇格蒂丝·亚布和小孩，但我把报纸上薇格蒂丝的丈夫阿尔内的照片给她看，她却一眼就认了出来。她不知道他叫什么名字，但说他经常来找安娜。她下楼拿信的时候见过他。他下午过去，傍晚离开。"

"原来这就叫作上班到很晚哪。"

"我问阿斯特丽这两人是不是几天前才认识，她说他周末有时候会开车来接她出去。"

"也许他们喜欢来点不一样的，开车去郊外玩。"

"也许，但不是开车去郊外。阿斯特丽这个人喜欢观察，一丝不苟，她说他夏天从来没带安娜出去过。就是这一点让我开始思考的。"

"思考什么？旅馆吗？"

"有可能。但旅馆夏天也可以去啊。再想一下，哈福森。想想更近的地点。"

哈福森噘起下唇，皱起脸，表示他想不出什么了。哈利笑了笑，喷出一口烟："那地方还是你找到的。"

哈福森一阵发窘，扬起眉。"农舍！当然喽！"

"是吧？度假季节过后，家人都回去了，爱打听的邻居也关起窗板，那个爱的小窝隐秘又豪华，而且距离奥斯陆开车只要一小时。"

"可是那又怎样？"哈福森说，"知道这点还是没用啊。"

"不见得。如果我们能证明安娜到过那间农舍，至少能逼亚布有所回应。这事很容易，只要找到指纹或头发就好。有个观察力强的杂货店老板，偶尔会去送送货。"

哈福森揉了揉后颈。"但为什么不直接一点，干脆去安娜的公寓找亚布的指纹呢？那里一定到处都是吧。"

"我想应该已经没了。阿斯特丽说，他一年前忽然没再去找安娜，一直到上个月的某个周日，他又开车来接她。蒙森记得很清楚，因为安娜按了她家的门铃，请她帮忙注意门窗，别让小偷上门。"

"所以你认为他们去了农舍？"

"是的。"哈利说着把烟蒂丢进一个小水塘，火吱的一声熄灭了，"因为这样，安娜才会把照片放进鞋子里。你还记得从警察学校的鉴识课里学到的东西吧？"

"就那么几堂课。你不记得吗？"

"不记得。队上有三辆巡逻车配备了内含基本设备的金属盒，盒里有采集指纹需要的粉末、刷子和胶片，还有量尺、手电筒和钳子这些东西。我要你去登记一辆，明天用。"

"哈利……"

"还有，事先打电话到杂货店，把方向问清楚。尽量说得诚挚、直接一点，别让他起疑心。就说你要建造一座农舍，跟你合作的建筑师要你拿亚布的农舍当参考，你只是想去看看。"

"哈利，我们不能……"

"顺便带一把铁橇。"

"听我说！"

哈福森的叫声惊动了两只海鸥，海鸥发出难听的高分贝鸣叫，向峡湾飞去。他扳着手指数："我们没有搜查令，没有可靠的证据，我们什么都没有。更重要的是我们——我应该说'我'才对——没有事实根据。哈利，你还有事情瞒着我，对不对？"

"你为什么觉得……"

"很简单。你的动机不够强烈。认识那女人并不足以让你忽然违背所有规定，闯进农舍，拿自己的工作来冒险。现在还加上我的。哈利，我知道你有时候会胡来，但你并不笨。"

哈利望着水塘里漂浮的烟蒂。"哈福森，我们认识多久了？"

"就快两年了。"

"这段时间中，我对你撒过谎吗？"

"两年又不算久。"

"我是问你，我撒过谎吗？"

"一定有。"

"我在任何重要的事上撒过谎吗？"

"据我所知是没有。"

"好，我现在也没对你撒谎。你说得对，我并没有把事情全部告诉你。而且，没错，你帮我的确是冒着丢掉工作的风险。我只能说，如果我把其他事也告诉你，只会让你的麻烦更多。现在这种情形，你除了信任我没有别的法子，不然就是退出。你还是可以拒绝。"

他们望着峡湾。那两只海鸥成了远方的两个小白点。

"换成你，会怎么做？"哈福森说。

"退出。"

白点变大了。两只海鸥又飞了回来。

他们回到警察总署，录音电话上有一通莫勒的留言。

"我们去散散步。"哈利回电时，莫勒这么说，"随便去哪儿都可以。"他们到了户外，莫勒又补充。

"去埃尔默的店。"哈利说，"我要买烟。"

警察总署和往波特森监狱的圆石车道之间有块草地，莫勒跟在哈利后头，从草地上一条被踩出来的泥土路走到对面。哈利发觉做土地规划的人似乎从不在乎大家总会找两点之间最近的一条路走，不管那里有没有路。泥土路的尽头有块被踢倒的标牌，上面写：请勿践踏草皮。

"你有没有听说今天一早发生在格兰斯莱达街的银行抢劫案？"莫勒问。

哈利点头。"那人选在离警署只有一百米远的地方作案，真有意思。"

"巧的是，那家银行的警铃还没修好。"

"我认为那不是巧合。"哈利说。

"哦？你认为有内应？"

哈利耸肩。"不然就是有人知道警铃正在修。"

"只有银行和修警铃的人知道。还有我们。"

"老板,你想谈的不是这件银行抢劫案吧?"

"不是。"莫勒说着跨过一个水塘,"市长找总警司谈过,这几宗抢劫案让他很伤脑筋。"

他们在路上停步,给一个带着三个小孩的女人让路。女人用愤怒又疲惫的语气责骂小孩,避开哈利的目光。现在是波特森监狱的探访时间。

"伊佛森做事有效率,这点没人怀疑。"莫勒说,"不过,屠夫似乎拥有我们不熟悉的背景。总警司认为,这一次可能不能用平常的办法。"

"也许吧,但又能怎样?再多一次或少一次'二'也不算丑闻。"

"二?"

"客队总是赢。指未侦破的案子。老大,这是标准行话。"

"哈利,要考虑的不止这个。媒体成天追着我们跑,简直是场噩梦。他们现在叫他新'马丁·佩德森'[1]了。《世界之路报》的网站上还有报道,说他们发现我们称他为'屠夫'。"

"还是老样子。"哈利说,闯红灯过了马路,莫勒则小心翼翼地跟在后头,"媒体决定我们办案的优先级。"

"嗯,但他的确杀了人。"

"可是未受大众关注的谋杀案却被抛在脑后。"

"拜托!"莫勒回嘴,"别又开始这个话题。"

哈利耸耸肩,跨过一个被风吹倒的报纸贩卖盒。马路上有份报纸以疯狂的速度翻页。

"所以你想干什么?"

"可想而知,总警司一心处理公关那边的事。单单一宗银行抢劫案,早在我们决定不办之前就被大众给忘了,没人注意一个在逃的嫌疑人。但

---

[1] 马丁·佩德森(Martin Pedersen),丹麦网球运动员。

现在这情形，却是大家都盯着我们。有关这种抢劫案的谈论越多，大众就越好奇。'马丁·佩德森'这个普通人做出大家梦寐以求的事，他是逍遥法外的现代杰西·詹姆斯①。那种案子创造出让人认同的神话和英雄形象，使得更多人投身抢银行的行列。全国的银行抢劫案数量激增，媒体却报道着马丁·佩德森。"

"你怕事情扩散，很合理。但这跟我有什么关系？"

"我刚才说过，没人怀疑伊佛森的效率，没有人。他是不出差错的传统警察，从不逾矩。可是那个屠夫却不是传统的劫匪。总警司不喜欢目前案子的进展。"莫勒朝监狱点点头，"洛斯可的事传进他耳朵里了。"

"嗯。"

"午餐前我就在总警司的办公室，他提到了你的名字。还提了很多次。"

"天哪，我应该感到荣幸吗？"

"不管怎么看，你都是用非传统办案手法获得成果的警探。"

哈利的笑容变成了冷笑。"神风特攻队比较好听的解释……"

"简单说来就是：哈利，放下你手边在做的事，告诉我你需不需要更多人手。伊佛森的小组会继续办案，但我们仰仗的是你。还有一件事……"莫勒朝哈利跨近一步，"你不受管辖。我们愿意让规定有些弹性，条件是只能在警察权力范围内。"

"嗯，我想我明白了。要是超出范围呢？"

"我们会尽可能掩护你，但想也知道，事情总有个限度。"

门上的铃一响，埃尔默转过身，朝面前的一台便携式收音机点点头。"亏我还把坎大哈②当成滑雪俱乐部呢。二十包骆驼牌？"

哈利点头。埃尔默调低收音机的音量，新闻播报员的声音跟外面的嘻嘻声融成一片：车声、风吹动雨篷的声音、树叶刮着柏油路的声音。

---

① 杰西·詹姆斯（Jesse James），美国著名强盗。

② Kandahar，阿富汗第二大城市，是阿富汗南部的经济、文化、交通中心。

"你同事要不要买点什么？"埃尔默朝站在门口的莫勒指了指。

"他想要神风特攻队的飞行员。"哈利说着打开一包烟。

"真的吗？"

"但他忘了问价码。"哈利说，他不必转头也能感觉到莫勒讥讽的冷笑。

"现在神风特攻队的死亡率多高啊？"杂货店老板这么问，一面把找的钱递给哈利。

"如果他能活下来，之后就可以做他想做的工作。"哈利说，"他只有这个条件，也是他唯一坚持的事。"

"听起来蛮合理的。"埃尔默说，"祝两位顺心。"

回去的路上，莫勒说他会跟总警司谈谈，能否让哈利继续办爱伦的案子三个月。当然，条件是能抓到屠夫。哈利答应了。莫勒在"请勿践踏草皮"的标志前迟疑了一会儿。

"老大，这样走最快。"

"对。"莫勒说，"可是我的鞋子会弄脏。"

"随你便。"哈利说着走上泥路，"反正我的已经脏了。"

过了往乌佛亚岛的岔道后，车就没那么多了。雨停了，瑞安地区的道路地面已经干了，不久便开展成四车道，像是要让车辆加速、竞争的起跑排位。哈利转头看着哈福森，不知道他什么时候也会听到那令人心跳停止的尖叫。但哈福森什么也没听到，因为他乖乖接纳了广播里崔维斯乐队（Travis）的劝告：

"唱吧，唱吧，唱呀！"

"哈福森……"

"为了你带来的爱……"

哈利把广播声音调小，哈福森不解地望着他。

"雨刷。"哈利说，"现在可以关掉了。"

"噢，对。抱歉。"

他们在沉默中开着车，过了德勒巴克市的出口。

"你刚才是怎么跟那个杂货店的人说的？"哈利问。

"你不会想知道的啦。"

"可是他五周前的周四曾经把食物送到亚布的农舍？"

"对，他是这么说的。"

"那时亚布还没到？"

"他只说他通常都自己开门进去。"

"所以他有钥匙喽？"

"哈利，我的借口这么薄弱，问起事情来很有限好吗？"

"你的借口是什么？"

哈福森叹气。"郡议会调查员。"

"郡议会——？"

"——调查员。"

"是干什么的？"

"不知道。"

拉科伦村就在出了高速公路的地方，慢慢地开个十三公里，再转十四个大弯就到了。

"过了加油站，在那栋红屋旁右转。"哈福森凭记忆说着，转进一条石子车道。

"很多浴室地垫嘛。"五分钟后，哈福森停好车，指着林间一栋巨大的木头建筑时，哈利这么咕哝。房子看起来像建得过大的山中农舍，因为发生了小小误会最后沦落到了海边。

"这里蛮荒凉的，对吧？"哈福森说，看着邻近的农舍，"只有海鸥，一大堆海鸥。说不定附近还有垃圾场。"

"嗯，"哈利看了看表，"不管怎样，我们把车子停远一点好了。"

马路尽头是个回车坪，哈福森熄掉引擎，哈利打开车门，跨了出去。他伸展背部，听着海鸥的鸣叫和遥远的海浪拍打海滩岩石的声响。

"啊，"哈福森说着深深吸了一口气，"这里跟奥斯陆的空气很不一样呢。"

"那还用说。"哈利说着在口袋里掏着香烟，"你来拿金属盒好吗？"

从小径往农舍走的路上，哈利注意到篱笆上有只黄白相间的大海鸥。他们经过时，海鸥的头缓缓随着他们转动。整段路上，哈利都觉得后背被鸟儿闪亮的眼睛盯着。

"这可不容易。"他们仔细看着大门上那把坚固的锁，哈福森立刻这么宣布。他把帽子挂在沉重橡木门上方的一盏熟铁灯上。

"嗯。你只有想办法挤进去了。"哈利点燃香烟，"我趁机去查探一下。"

"为什么你抽的烟忽然变多了？"哈福森边问边打开盒子。

哈利站了一会儿，目光飘向森林。"好让你哪天有机会在踩飞轮的时候打败我。"

黑漆漆的木材，密封的窗，这座农舍的一切都显得稳固且牢不可破。哈利忖度着不知道有没有可能从那座宏伟的石造烟囱爬进去，但又否决了这个点子。他走上那条小径，最近下的雨把路面弄成一片泥泞，但他不难想象夏天的时候，小孩子会光着小脚踩上被太阳烘热的小径，绕过那堆被海浪拍圆了的岩石，往海滩跑去。他停步，闭上眼睛，直到那些声音再次出现。昆虫的嗡嗡声、高高的草在风中摇摆的唰唰声、遥远的收音机和随风传来的一阵阵歌声，还有海滩上小孩兴奋的尖叫声。当时十岁的他，小心翼翼地走到店里买牛奶和面包。小石子刺进他脚掌，但他咬牙硬撑着，因为那年夏天他下定决心要把脚底练厚一点，才能跟爱斯坦一起光着脚跑回家。往回走的路上，沉重的购物袋似乎让他在石子路上陷得更深了，那感觉就像是走在烧热的煤炭上。他把注意力放在他前面一点点的东西上：一块大石头或一片树叶，告诉自己只要到那里就好，其实没那么远。等他终于在一个半小时后回到家，牛奶已经发臭，妈妈也很生气。哈利睁开眼睛。灰云迅速飘过天空。

他在小径旁的枯草间发现车轮轨迹，深陷、粗糙的印痕表示那是有着越野轮胎的重型车辆，像是路虎或类似的车型。从最近几周下了那么多雨看来，这些轨迹不会是太久以前的，最多只有几天。

他四处看了看，心想秋天的夏日度假区大概是最荒凉的了。走回农舍的路上，哈利对那只海鸥点点头。

哈福森弯着腰，手拿电子撬锁器想开前门，嘴里抱怨不已。

"怎么样？"

"不妙。"哈福森直起身，擦掉汗水，"这不是普通的锁，要不用铁橇，要不就放弃。"

"不能用铁橇。"哈利抓了抓下巴，"你有没有检查过门垫下面？"

哈福森叹气。"没有，我也不会去检查。"

"为什么？"

"因为现在是新千年，没人会把钥匙放在门垫下面了，住豪华农舍的人更不会。所以我根本懒得查，除非你愿意打赌一百块。怎么样？"

哈利点头。

"好。"哈福森说着蹲下把盒子收好。

"我是说，跟你赌了。"哈利说。

哈福森抬头。"你开玩笑的吧？"

哈利摇头。

哈福森抓起人造纤维的门垫边缘。

"好运快快来。"他低声念着，一把拉开门垫。三只蚂蚁、两只潮虫、一只地蜈蚣忽然动了起来，在灰色水泥地上乱窜，但没有钥匙。

"哈利啊，有时候你还真是够天真。"哈福森说着伸手要钱，"他为什么要留下钥匙？"

"因为，"哈利说，注意力已经被门旁边那盏熟铁灯吸引过去，并没看到哈福森伸出的手，"如果放在太阳下，牛奶就会坏。"哈利走向那盏灯，扭开顶部的螺丝。

"什么意思？"

"杂货是在亚布抵达前一天送到的对吧？东西非得放在屋子里不可。"

"所以呢？也许送货员有备用钥匙？"

"我想不会。我认为亚布会确保他跟安娜在这里的时候，绝对不会有人闯进来。"他扭开灯顶，检视着玻璃内部，"现在我确定是这样了。"

哈福森缩回手，喃喃抱怨着。

"注意那味道。"他们走进客厅，哈利这么说。

"绿肥皂。"哈福森说，"有人把地板都洗过一遍了。"

厚重的家具、乡村式的古董和大大的石头壁炉，加深了复活节假期的氛围。哈利走到房间另一头的松木壁架旁。架上都是旧书。哈利的目光不经意地扫过破旧书脊上的书名，仍有这些书从来没被阅读过的感觉。不会是在这里。这些书很可能是从麦佑斯登区的古董书店整批买来的。旧相簿。抽屉。抽屉里有高斯巴和玻利瓦尔雪茄盒，其中一个抽屉上了锁。

"还说什么不留痕迹。"哈福森说。哈利转身，看到他同事指着横过地板的两行湿答答的棕色脚印。

他们回玄关脱了鞋，从厨房找了一块地板抹布，把地板擦干净。之后，他们说好由哈福森检查客厅，哈利检查卧室和浴室。

在搜索房屋这件事上，哈利所知道的全都来自警察学校：周五午后在闷热的教室里，大家只想回家冲个澡再去市区逛街。课堂上没有讲义，只有一位洛可警监。就在这个周五，洛可警监教了哈利一个让他终身受用的秘诀："别想你要找的东西，只想你找到的东西。它为什么在那里？应该在那里吗？有什么意义？就像在看书——如果你心里想的是'东'，找的却是'西'，你就看不到东西了。"

走进第一间卧室，哈利第一眼看到的是一张大双人床和床头柜上方亚布夫妻的照片。照片不大，却很引人注目，因为那是房间里唯一的一张，而且朝着门的方向。

哈利打开衣柜，别人衣服的气味扑面而来。衣柜里没有休闲服装，只有晚礼服、女装上衣和几套西装,外加一双有装饰钉的高尔夫球鞋。

哈利一个一个将三个衣柜全部打开。他当警探的时间已经长到不再觉得翻弄别人的私人物品有什么不好意思的了。

他在床边坐下,打量着那张照片。背景只有海和天,但光线却让哈利觉得照片是在南方的气候下拍的。阿尔内·亚布的皮肤晒成了棕色,脸上仍是那种孩子气的调皮神情,跟哈利在阿克尔港那家餐厅里看到的一样。亚布紧紧搂着妻子的腰,紧得薇格蒂丝的上半身好像都靠在他身上。

哈利把床罩和被子卷到一旁。如果安娜睡过这张床,他们就一定能找到头发、皮屑、唾液或性分泌物。很可能这些东西全部都找得到。但结果跟他想的一样:他的手摸过浆洗过的床单,把脸贴在枕头上,吸气。刚洗过的。妈的!

他拉开床头柜的抽屉。一包益达牌口香糖、一包未开封的止痛药、一个钥匙扣(上面有一把钥匙和一块印着"亚亚"缩写的铜片)、一张婴儿照片,照片上换尿布桌上的婴儿像幼虫那样蜷起身子,还有一把瑞士刀。

他正准备拿起那把刀,就听到海鸥令人毛骨悚然的一声鸣叫。他不禁打了个冷战,往窗外瞥了一眼。海鸥不见了。他继续翻找,却听到狗儿凶狠的狂吠。

哈福森出现在门口。"有人走小径过来了。"

他的心脏跳得像装了加速器。

"我去拿鞋子。"哈利说,"你把盒子和所有工具都拿来这里。"

"可是……"

"人进来的时候,我们跳窗出去。快!"

屋外的狗吠声越来越大、越来越凶。哈利快步走过客厅来到走廊,哈福森跪在书架前方,正把粉末、刷子和胶带丢进盒子。狗吠声更近了,哈利都能听到两声吠叫之间发自喉咙深处的低吼。门外有脚步声。门没锁,但现在想要补救已经迟了,他可能会被逮个正着!他吸了口气,站在原地不动。也许哈福森可以逃脱。这样一来,他就不必为哈福森被免职感到良心不安。

"葛瑞格！"一个男人的喊声从门的另一边传来，"回来！"

狗吠声变远，他听到外面那个男人走下门垫。

"葛瑞格！不要追鹿！"

哈利往前走上两步，悄悄地锁上门，然后他拿起两双鞋，在门外传来钥匙当啷声时蹑手蹑脚地走过客厅。他关上身后的卧室门，听到前门打开了。

哈福森坐在窗台下的地上，瞪大眼睛盯着哈利。

"怎么了？"哈利悄声说。

"我正准备爬到窗外，那只疯狗就来了。"哈福森悄声说，"是一只大型的罗威纳。"

哈利盯着窗外，看到下方一张一合的狗嘴。狗的两只前爪抵着屋子外墙，看到哈利时整个身子跳起，像疯了似的乱吠，口水从嘴角淌下来。客厅响起沉重的脚步声，哈利一屁股坐在哈福森身边的地上。

"顶多七十公斤。"他低声说，"没什么大不了的。"

"拜托。我见过罗威纳攻击驯狗师维克托。"

"哦。"

"他们训练的时候没把狗管好，扮演坏人的警察后来是在国立医院把手缝回去的。"

"我以为他们会戴厚重的护具。"

"是戴了啊。"

他们坐着听屋外的狗吠。客厅的脚步声停了。

"要不要进去打招呼？"哈福森低声问，"过不了多久他就要……"

"嘘。"

他们听到更多脚步声。接近卧房。哈福森紧闭双眼，好像想挡住难堪。再度张开眼睛时，他看到哈利竖起食指放在嘴前。

然后他们听到卧室窗外传来声音："葛瑞格！快点！我们回家！"

几声吠叫过后，忽然又静了下来。哈利只听见短暂、迅速的呼吸，却分不出那是自己的还是哈福森的。

"那些罗威纳犬真是听话。"哈福森低声说。

他们等到马路上响起汽车声才敢行动。两人冲进客厅，哈利只瞥见一辆海军蓝的吉普车消失了。哈福森倒进沙发，向后靠。

"我的天。"他咕哝着，"刚才我都开始想象我被免职、灰头土脸地回斯泰恩谢尔市去了呢。他到底来干什么？来了不到两分钟。"他又从沙发上跳起来，"你想他会回来吗？也许他们只是去买点东西？"

哈利摇头。"他们回家了。那样的人不会对自己的狗撒谎。"

"确定？"

"对，当然确定。有一天他会喊：'葛瑞格，过来。我们要去兽医那边让你安乐死。'"哈利打量着房间，然后走到壁架旁，手指摸过面前几本书的书脊，从架子上方看到下方。

哈福森表情严肃地点头，瞪着空处。"然后葛瑞格就会摇着尾巴过来。狗真是奇怪的动物。"

哈利停下手上的动作，露出笑容。"哈福森，你没后悔？"

"嗯……这件事不会比其他事情更让我后悔。"

"你说话越来越像我了。"

"就是你好吗！我刚才是引用上次我们买浓缩咖啡机时你说过的话。你在找什么？"

"不知道。"哈利说，一面拉出一本又大又厚的册子，把它打开，"看哪，一本相簿。有意思。"

"是吗？我又搞不懂你了。"

哈利指着他背后，一面继续翻页。哈福森站起来，看到了，也明白了。湿湿的靴子印从前门一直延伸到哈利站着的架子前。

哈利把相簿放回去，取出另一本开始翻。

"好。"一会儿之后他说。他把脸凑近相簿："找到了。"

"什么东西？"

哈利把相簿放在哈福森面前的桌上，指着黑色页面上六张照片的其中一张：一个女人和三个小孩正在海滩上对他们微笑。

"跟我在安娜鞋子里找到的那张照片一样。"哈利说，"闻闻看。"

"不需要。我从这里就能闻到胶水味。"

"对。他刚才把照片贴了回去。如果你把照片拉开一点，就会看出胶水还没全干。你闻闻照片。"

"好。"哈福森把鼻子凑上那四张笑脸，"闻起来……有化学味。"

"哪种化学味？"

"刚洗好的照片都有的一种味道。"

"又说对了。我们从这点得到什么结论呢？"

"这个嘛，呃……他喜欢贴照片。"

哈利看了看表。如果亚布开车直接回家，一小时之内就会到。

"我回车上再解释。"他说，"我们找到需要的证据了。"

他们开上 E6 公路时，又开始下雨了。对向来车的车灯反射在湿漉漉的柏油路上。

"现在我们知道安娜鞋子里的照片是哪里来的了。"哈利说，"如果叫我猜，我会说安娜上一次到农舍来的时候，趁机从相簿里拿了一张照片。"

"但她准备拿照片去干吗？"

"谁知道。或许这样她才知道卡在她和亚布之间的是谁，让她更了解状况，拿到可以攻击的东西。"

"你把照片给他看的时候，他知道照片是哪里来的吗？"

"当然。吉普车的轮胎印就跟之前的一样，表示他几天前才来过，很可能就是昨天。"

"来洗地板，擦掉全部指纹？"

"还有检查他已经在怀疑的事——也就是相簿里少了一张照片。所以他回家，找到底片，拿去冲洗店。"

"也许是那种一小时就能冲好照片的店。然后他今天回到农舍，把照片贴回旧的那张所在的位置。"

"嗯。"

前面的大卡车后轮带起一片又脏又油腻的水，泼在他们的风挡玻璃上，雨刷全速动个不停。

"亚布花了大把力气掩盖这场出轨。"哈福森说，"但你觉得他杀了安娜·贝斯森吗？"

哈利凝视着卡车后门上的商标——Amoroma：永属于你。"为什么不会？"

"他给我的感觉并不像谋杀犯，而是有教养的正派人士，靠得住且完美无瑕的父亲，还有一间白手起家的公司。"

"他不忠实。"

"谁忠实呢？"

"对，谁忠实。"哈利慢慢地重复，忽然感觉不耐烦起来，"我们要一直待在这辆卡车后面，一路被污水喷到奥斯陆吗？"

哈福森看了看后视镜，切进左边车道。"那他的动机是什么？"

"我们去问问，怎么样？"哈利说。

"什么意思？开去他家问？说我们通过非法途径找到了证据，然后被踢出警队吗？"

"你不必去，我自己来就好。"

"你以为这么做会有什么结果？如果我们没拿搜查令就进他农舍，等事情败露，全国没有一位法官会受理这个案子的。"

"就是因为这样。"

"就是因为……抱歉，哈利，我快要受不了这些谜语了。"

"因为我们没有能拿上法庭的东西，只得用更激进的手段去找。"

"不能叫他进局里审讯，给他一把好椅子，倒杯浓缩咖啡然后按下录音键吗？"

"不。在已知的事无法证明他说谎以前，没必要录下一堆谎言。我们需要的是盟友，一个能代表我们、让他露馅的人。"

"谁？"

"薇格蒂丝·亚布。"

"啊哈。这要怎么做？"

"如果阿尔内·亚布曾经出轨，薇格蒂丝就很可能想知道更多细节，她也很可能握有我们需要的信息。而我们知道几件能让她挖掘出更多消息的事。"

哈福森调了调后视镜，免得被紧跟在后的卡车车头灯照得眼花。"哈利，你确定这是个好主意？"

"不确定。你知道什么是回文吗？"

"不知道。"

"从前往后和从后往前都能阅读的文字。看看镜子里的那辆卡车，Amoroma，不管你正着念、倒着念都是同一个词。"

哈福森正想说点什么，又改变主意，只颓丧地甩甩头。

"载我去施罗德酒馆。"哈利说。

沉闷的空气中有汗水、香烟和被雨淋湿的衣服味，好几张桌子上都喊着要啤酒。

贝雅特坐在奥纳坐过的那张桌旁，就像在牛棚的一匹斑马那么不起眼。

"你等了很久吗？"哈利问。

"没有。一点也不久。"她说谎。

她面前是一大杯啤酒，碰都没碰过，气泡都已经没了。她顺着他的目光，尽责地拿起杯子。

"这里不是非得喝酒不可。"哈利说，跟玛雅对视了一下，"只是给人这种感觉而已。"

"其实这酒不难喝。"贝雅特啜了一小口，"我爸说过，他不信任不喝啤酒的人。"

咖啡壶和杯子送到了哈利面前，贝雅特的脸红到了发根。

"我以前会喝啤酒。"哈利说，"我得戒掉。"

贝雅特研究起桌布。

"酒是我唯一要戒的。"哈利说，"我抽烟、撒谎又爱记仇。"他举杯作势敬酒，"隆恩，你受过什么苦？除了是录像带狂魔，又记得每张见过的脸以外？"

"其实也不多。"她举杯，"除了塞特斯达尔抽搐症。"

"很严重吗？"

"蛮严重的。事实上，它的正式名称是亨廷顿舞蹈症，会遗传，常见于塞特斯达尔村民中。"

"为什么是那里？"

"那是……狭窄的山谷，周围都是高耸的石丘，附近没别的城镇。"

"了解。"

"我爸妈都是塞特斯达尔村人，一开始我妈不想嫁给我爸，因为她以为他姑姑就有塞特斯达尔抽搐症。我姑姑会忽然伸长手臂，所以别人都会跟她保持距离。"

"你也得了？"

贝雅特微笑。"以前小时候，我爸常拿这件事来取笑我妈，因为我跟他拿指虎来玩，我打他的动作又快又有力，他以为我一定有塞特斯达尔抽搐症。我只觉得很好笑，真希望……我真的得了抽搐症。但有天我妈说，得亨廷顿舞蹈症可能会死。"她把玩起杯子。

"那年夏天我就明白死亡是什么了。"

哈利对隔壁桌一位老水手点点头，水手并没回礼。他清了清喉咙说："记仇呢？你也爱记仇吗？"

她抬眼看他。"什么意思？"

哈利耸肩。"你看看周围。人性中不可能没有记恨、报仇和惩罚。在学校被霸凌的弱小子就以这个为动力，长大后成为百万富翁，所以劫匪才觉得是社会亏待了自己。再看看我们，将社会热辣辣的报复伪装成冰冷、理智的惩罚，这不就是我们的职业吗？"

"非这样不可。"她说，避开他的目光，"没有惩罚，社会无法运作。"

"对，当然，可是社会并不是只有惩罚。宣泄、复仇、净化。亚里士多德就写过，由悲剧唤起的恐惧和同情洗涤人类的灵魂。我们竟然是透过复仇的悲剧来满足灵魂最深处的愿望，这个想法很可怕吧。"

"我看过的哲学书不多。"她举起杯子，大大喝了一口。

哈利低下头。"我也没有。我只是想让你佩服。查出那人是谁了吗？"

"先说几个坏消息。"她说，"重建头套后的人脸失败了，只得到鼻子和头部轮廓。"

"好消息呢？"

"在格兰斯莱达街被当成人质的女人说，她可以认出劫匪的声音。她说那声音特别尖，几乎让她以为是女人的。"

"嗯。还有吗？"

"有，我跟焦点健身中心的员工谈过，也做了一点调查。崔恩·格雷特是两点半到，四点左右离开的。"

"你怎么能肯定？"

"因为他抵达时，刷卡付了壁球场的费用。那笔钱的登记时间是两点三十四分。你还记得那只被偷的壁球拍吗？他当然也告诉健身房员工了，周五值班的人记下了崔恩在那里的时间，他是四点零二分离开的。"

"这就是好消息吗？"

"不，我现在正要说。你记得崔恩经过健身室时看到的那个穿工作服的人吗？"

"衣服背后写有警察字样的？"

"我一直在看录像带。看起来，屠夫的连身工作服前后都贴了魔术贴。"

"这表示什么？"

"如果屠夫就是崔恩看到的人，他走出摄像头范围时，可以把字样用魔术贴粘在工作服上。”

"嗯。"哈利咕噜咕噜地喝咖啡。

"或许可以解释为什么没人报案，说在那附近看到身穿全黑工作服的人。抢劫案发生后，到处都是黑衣刑警。"

"焦点健身中心的人怎么说？"

"这就是有意思的地方了。值班的那个女人的确记得见过一个穿工作服的男人，她以为他是警察。那人用跑的，所以她认定他订了一间壁球室之类的。"

"所以他们没写下名字？"

"没有。"

"这也不算是多了不……"

"没错，但我还没说到最棒的部分呢。她记得那人的原因是她以为他来自什么特殊单位，因为他身上其他配件都像个肮脏哈利[①]。他……"她顿了顿，惊恐地望了哈利一眼，"我不是故意……"

"没关系。"哈利说，"继续说。"

贝雅特移动杯子，哈利好像看到她的小嘴上有一丝胜利的笑。

"他戴着一个半卷起的头套，一副遮住他半张脸的大墨镜。她说那人带了一个看起来很重的黑色旅行袋。"

哈利的咖啡流进了气管。

多弗列街上房屋之间的电线上吊着一双用鞋带互绑的鞋。电线上的灯尽了最大努力把石子路照亮，但阴暗的秋天傍晚仿佛把镇上的光全都吸掉了。哈利并不担心这一点，就算周围一片漆黑，他也熟知苏菲街到施罗德酒馆的路。他走过好几遍了。

贝雅特有张名单，上面的每个人都在穿工作服的男人在场时，跟焦点

①　美国电影*Dirty Harry*里的角色。

健身中心预约了壁球室或有氧舞蹈课程，她准备明天起一个个打电话去问。如果她没找到那个人，还是可能有别人在他更衣时与他共处一室，可以说说他的长相。

哈利走到电线上吊着的鞋子下方。他看到鞋子在那儿挂了好几年，早已跟自己达成协议，绝不去查鞋子到底是怎么挂上去的。

哈利来到大楼入口时，阿里正在刷楼梯。

"你一定很讨厌挪威的秋天。"哈利说着擦了擦脚，"只有又脏又混浊的水。"

"在我的家乡巴基斯坦，因为污染的关系，能见度只有五十米。"阿里微笑，"全年都这样。"

哈利听见遥远却熟悉的声音。事情总是这样：你会听到电话开始响，但总是来不及去接。他看了看表。十点。萝凯说过她会在九点打来。

"那间地下室……"阿里开口，但哈利已经全速冲上楼了，还在每四级楼梯的台阶上，留下马丁靴的靴印。

他刚打开房门，电话声就停了。

他踢掉靴子，双手掩着脸，走到电话旁，拿起话筒。饭店的号码写在镜子上的黄色便利贴上，他拿起纸条，从镜中看到 S^2MN 寄来的第一封电子邮件。他把邮件打印了出来，钉在墙上。这是老习惯。犯罪特警队的人总用照片、信件和其他线索来装饰墙壁，那些都可能帮助他们看出关联或激发潜意识。哈利看不出镜中影像的文字，但他不必看也知道内容：

要不要玩个游戏？想象一下：你跟一个女人去吃晚餐，第二天她却死了。你该怎么办？

S^2MN

他改变心意，走进客厅，扭开电视，一屁股坐进高背沙发椅。然后他又猛地跳起身，到走廊拨通电话。

萝凯听起来很担忧。

"在施罗德酒馆。"哈利说，"我刚刚才到家。"

"我打了十次了。"

"有重要的事吗？"

"哈利，我觉得害怕。"

"嗯，非常害怕吗？"

哈利站在客厅门口，用肩膀和耳朵夹住话筒，一面用遥控器把电视音量调小。

"没那么严重。"她说，"只是有一点。"

"有一点怕没有大碍，只会让你更坚强。"

"但要是我开始怕得要命呢？"

"你知道我立刻就能赶过去。只要你开口。"

"哈利，我已经说了你不能来了。"

"因此现在我允许你改变主意。"

哈利看着电视上那个缠着头巾、身穿迷彩制服的男人。他的脸怪异地熟悉，跟某个人很像。

"我的世界正在崩塌。"她说，"我只想知道有人陪我。"

"有人陪你。"

"可是你听起来好远。"

哈利转身背对电视，靠着门框。"对不起，但我在这里，而且我想你。就算我听起来好远也一样。"

她开始哭。"对不起，哈利。你一定觉得我很爱哭诉。我当然知道你会陪我。"她轻声说，"我知道我可以依赖你。"

哈利深深吸了口气。头痛来得缓慢而笃定，就像一个铁箍缓缓在他前额缩紧。他们通完电话以后，他几乎感觉不到太阳穴的脉搏跳动了。

他关掉电视，放了电台司令乐队（Radiohead）的唱片，但他无法忍受汤姆·约克的嗓音。于是他走进浴室，洗了把脸，又进了厨房，瞪着打开的冰箱，却不知道自己要找什么。最后，他实在没办法拖下去了。他走进卧室，开机，冰冷的蓝光照着房间，伸手就能跟全世界取得联系。这也提醒了他，他有一封电子邮件。哈利觉得自己喉头一阵干渴，像一群想获得自由的猎犬把铁链扯得哐当作响。他点下邮件的图标。

我真该检查她的鞋子的。那张照片一定是放在床头柜上，她趁我装子弹的时候拿的。不管了，这样会让游戏更刺激……一点点吧。

S²MN

又及，她害怕了。我只是想让你知道。

哈利把手伸进口袋深处，取出一个钥匙扣。上面那块铜牌写着"亚亚"两个缩写字。

第三部

————————————

　　"她那宛如黑玫瑰般缓缓扩张的瞳孔；鲜血在一声疲惫的叹息声中流淌、飞散、降落；她脖子断了，头往后仰。现在，我爱的女人死了。就这么简单。"

20　降落

　　那些人凝视着枪管的时候，心里都在想什么呢？有时候我真好奇他们到底有没有在想。就拿今天我抓到的那女人来说吧。"别杀我。"她说。她真以为这样哀求会让情况有任何改变吗？她的名牌上写着"挪威银行"和"凯瑟琳·薛彦"，但我问她为什么取这种名字的时候，她却用一张蠢牛脸对着我，又说了一遍"别杀我"。我差点失控，对她"哞"地一叫，朝她头部正中开枪。

　　前面的车流动也不动。椅子贴背的地方全是汗，又冷又湿。收音机的频道是NRK二十四小时新闻台，消息还没传出去。我看了看表。通常我能在半小时内安全抵达小木屋的。前面那辆车有排气净化器，我关掉风扇。午后的高峰时段开始了，但这速度比平常还要慢。前面是不是出了车祸？还是警察设了路障？不可能。装钱的袋子放在后座的一件夹克下面，旁边是那把装上子弹的AG3步枪。前面那辆车发动了，放下离合器，前进了两米，然后又动弹不得了。我在想，见到他们的时候，我该觉得无聊、紧张还是恼怒比较好。两个警察沿着车队中间的白线走着，其中一个是穿着制服的女警，另一个高个子男人穿了件灰色外套。他们警戒地看着左右两边的车，其中一个停步，跟一位显然没系安全带的司机说了几句话，笑了笑。也许只是普通临检。他们越来越近了。

　　带着鼻音的NRK二十四小时新闻台，用英语说地面温度超过四十摄氏度，请大家注意不要中暑。我立刻开始流汗，虽然明知外面灰暗又寒冷。他们站在我的车子前面。是那个警察，哈利·霍勒。女的那个长得像丝蒂恩。他们走过我旁边时，女的那个看了我一眼。我欣慰地呼出一口气，正准备大笑的时候，车窗外有人敲了敲。我缓缓转过头，速度很慢很慢。她微笑着，我发现车窗已经摇下来了。真怪。她说了一句话，但声音被前面发动的引擎声淹没了。

"什么？"我问，又睁开眼睛。

"请您竖直椅背好吗？"

"椅背？"我一头雾水地问。

"先生，我们马上要降落了。"她又微笑，然后消失了。

我揉了揉眼睛，回想起一切。抢劫，脱逃，备妥在小木屋里的公文包和里面的机票。王子发来的短信说没什么好担心的。但我在加勒穆恩机场办理登机手续、亮出护照的时候还是觉得有点紧张。起飞。一切已照计划进行。

我看着窗外。我肯定还没完全脱离梦境，有一阵子我好像飞在星星上方，然后才发觉那是城里的灯光。我开始想着事先租好的车。我该在这座热烘烘、臭兮兮的大城市里找家旅馆过夜，明天再往南开吗？不，明天我也会一样累，因为有时差。最好尽快到那边。我要去的地方比传说中更好，甚至还有几个挪威人可以让我跟他们聊聊天。起床就看到阳光、海岸和更美好的生活。就是这个计划，至少，是我的计划。

我拿着饮料，那是趁空乘要收我的餐桌之前抢救下来的。那我为什么不信任这个计划呢？

引擎的嗡嗡声增强又减弱。感觉得出现在是在下降。我闭上眼，不自觉地吸了口气，接下来会怎样我很清楚。她。她身上那件洋装就跟我俩初次相见时一样。天啊，我已经好想她了。但就算她还活着，我的思念也永不满足，这个事实也改变不了什么。她的一切都不可能，贞操和热情。看似能吸收所有光线的发，却像黄金一样闪亮。泪水滚落她的颊，她仍不屈服地笑。我进入她时，她充满恨意的眼。我在违背承诺之后，带着漏洞百出的借口去找她时，她错误的爱情宣示和发自内心的喜悦。这情况重复了好几次，我躺在床上、她的身边时，枕头上却有别人睡过的痕迹。都是好久以前的事了。几百万年前。我紧闭上眼，不想看到以后。我对她射出的子弹。她那宛如黑玫瑰般缓缓扩张的瞳孔；鲜血在一声疲惫的叹息声中流淌、飞散、降落；她脖子断了，头往后仰。现在，我爱的女人死了。就这么简单。但一切还是没道理。这正是美丽之处。那么简单、美丽，到你简直不能与之并存的地步。舱压降低，紧张情绪升高，从内部开始。一股看不见的力量压着我的鼓膜和柔软的脑。我听到一个声音说，事情以后就是这样。没有人会找到我，没有人能逼我说出秘密，但这计划终会曝光。从内部开始。

21 大富翁

哈利被收音机的闹铃和新闻播报声吵醒。不只轰炸更密集，听起来还像二重奏。

他想找起床的理由。

收音机里的声音说，从一九七五年起，挪威男女的平均体重各增加了十三和九公斤。哈利闭上眼，想起奥纳说过的一件事。逃避现实不该被冠上负面名声。睡意袭来。那股温暖、甜蜜的感觉，就像他小时候躺在床上，卧房门开着，聆听他爸爸在屋里走动，逐个把灯关上时一样。每关掉一盏灯，他房门外的黑暗就更深一层。

"最近几周在奥斯陆发生几起暴力抢劫案后，银行员工召集武装警卫，把守市区内最易遭劫的几家银行。昨天在格兰斯莱达街挪威银行分行的抢劫案，是近来一系列武装抢劫案中最新的一起，警方认为被称为屠夫的人有嫌疑。这名屠夫就是开枪射杀……"

哈利把双脚放在冰冷的油毡地上。浴室镜中的那张脸仿佛毕加索的晚期作品。

贝雅特正在打电话。看到哈利站在办公室门口，她摇了摇头。哈利点点头，正准备离开，她却招手要他回来。

"总之还是谢谢你帮忙。"她说完放下话筒。

"打扰你了吗？"哈利问，把一杯咖啡放在她面前。

"没有，我摇头是说焦点健身中心那边没有结果。他是名单上最后一个。在我们所知的于问题时间点在焦点健身中心的男人中，只有一个依稀记得见过穿工作服的人。而他连有没有在更衣室见到那人都不敢肯定。"

"嗯。"哈利坐下，看了看四周。她的办公室跟他意料中一样整洁。

除了窗台上那个他说不出名字的熟悉盆景，她这里就跟他办公室一样没有任何摆饰。他看到她书桌上相框照片的背面，觉得猜得出里面是谁。

"你只跟男人谈？"他问。

"我想他要换衣服应该会进男更衣室吧？"

"然后像个没事人一样走上街头，没错。昨天在格兰斯莱达街的抢劫案有什么新消息吗？"

"要看你所谓的'新'是什么意思。我会说那比较像模仿。同样的服装和 AG3，一样透过人质说话，从提款机取走现金，全都在一分五十秒以内完成，没有线索。简单说来……"

"屠夫。"哈利说。

"这是什么？"贝雅特举起杯子，望着里面。

"卡布奇诺。哈福森对你的问候。"

"加牛奶的咖啡？"她皱起鼻子。

"让我猜猜，你爸说过，绝对不要信任不喝黑咖啡的人？"

看到贝雅特讶异的表情，他立刻后悔了。"对不起。"他含糊地说，"我不是故意……刚才那样说真蠢。"

"所以我们该怎么办？"贝雅特慌忙发问，一面把玩着咖啡杯的把手，"现在又回到原点了。"

哈利倒在座位上，凝视着靴子的靴头。"去监狱。"

"什么？"

"直接去监狱。"他站起身，"不要把行动权让给别人，不要领两千克朗。"

"你在说什么？"

"大富翁游戏。我们只剩下这个了，去监狱碰碰运气。你有没有波特森监狱的电话？"

"这样是浪费时间。"贝雅特说。

她小跑跟在哈利身边，说话声在地下通道的墙上回荡。

"也许。"他说，"跟百分之九十的办案过程一样。"

"我看过从以前到现在所有的报告和审讯记录。他从来不开口，只说过一大篇不着边际的哲理废话。"

到了通道尽头，哈利按下灰色铁门旁的对讲机按钮。

"你有没有听过一句格言，要寻找遗失在光里的东西什么的？我觉得那是故意在描述人类的愚蠢。对我来说，这实在很合理。"

"请把身份证放在摄像头前面。"扩音器的声音说。

"要是你准备单独跟他谈，那我来做什么？"贝雅特问，紧跟在哈利后头。

"爱伦跟我审问嫌疑人的时候都会用这法子：我们其中一个负责谈，另一个只坐着听。如果访谈不顺利，我们就休息。如果刚才发问的是我，现在我就出去，让爱伦问些琐碎的小事，如戒烟啦、现在电视上都播些烂节目啦，或是她跟男友分手后、才发现房租有多高之类的。等他们聊了一阵子，我就会探头进去说出了一点事，审讯要由她继续。"

"有用吗？"

"每次都有。"

他们上楼来到监狱大厅前的屏障。狱方人员在厚厚一层防弹玻璃后面对他们点点头，按下一个钮。"值班守卫马上就出来。"带鼻音的声音这么说。

那个守卫身材矮胖，肌肉突出，走起路来像侏儒一样摇摇摆摆。他带他们进入囚室区：一条三层楼高的回廊，长方形的走廊上围绕着一列列淡蓝色的囚室房门，网状的电线堆在地板上。这里看不到任何人，只有不知哪里传来的关门声打破寂静。

哈利以前来过好几次，但他老是无法理解，为什么社会大众认为应该把这些人关进门内，而不顾他们的个人意志。他不是很清楚为什么自己会觉得这个想法很不人道，但应该是因为看到公开以制度惩罚犯罪个体吧。天平与剑。

守卫的一大串钥匙叮当作响，他打开一扇门，门上写着访客两个黑字：

"到了。你们要离开的时候就敲个门。"

他们走了进去，门在身后砰地关上，在接下来的寂静中，哈利的注意力被日光灯断断续续的嗡嗡声和墙上的塑料花吸引，灯和花在褪色的水彩画上投下惨淡的影子。一个男人直挺挺地坐在椅子上，椅子放在桌子后方那面黄墙的中央；日光灯每闪一下，他那两道明显的眉毛和落在他直挺鼻梁上的阴影，就形成一个清楚的 T 字。不过，主要还是他这副表情让哈利想起葬礼那天掺杂了痛苦和扑克脸的矛盾组合，那张脸让哈利想起另一个人。

哈利打手势要贝雅特坐在门边，他自己抓了把椅子坐到桌前，坐在洛斯可对面："谢谢你愿意抽空见我们。"

"我这里多的是时间。"洛斯可的声音令人讶异地清朗、温柔。他的口音像东欧人，把 "r" 的卷舌音发得很重。

"我了解。我是哈利·霍勒，我同事是……"

"贝雅特·隆恩。贝雅特，你跟你父亲很像。"

哈利听到贝雅特倒抽一口气，半转过身去看她。她并没有脸红，反之，苍白的皮肤显得更白了，双唇扭曲僵硬，好像被人甩了一巴掌。

哈利垂下眼看着桌子，咳了一声，这才头一次注意到他和洛斯可之间原本几近诡异的对称被一件小事破坏了：西洋棋盘上的国王和皇后。

"霍勒，我在哪里见过你？"

"我多半会出现在有死人的地方。"哈利说。

"啊哈，葬礼。你是伊佛森手下的警犬。"

"不是。"

"哦，所以你不喜欢被称为他的手下？你们两个之间的关系这么糟吗？"

"不是。"哈利想了想，"我们只是不喜欢对方。据我了解，你也不喜欢他。"

洛斯可笑了，日光灯闪了闪又亮起。"希望他不会太介意。那套西装看起来很贵的样子。”

“我想受最多苦的是他的西装。”

“他要我告诉他一件事，所以我就说了一件事。”

“说告密者永无翻身之日吗？”

“不赖哦，警监。但时间久了，墨痕还是会褪掉。你下西洋棋吗？”

洛斯可没说错哈利的职称，哈利不想做出任何表示。也许他是猜的。

“你后来是怎么把传输器藏起来的？”哈利问，“我听说他们把整片区域都翻遍了。”

“谁说我藏了？你要黑棋还是白棋？”

“他们说你还是挪威多起大型银行抢劫案的幕后主使，还说这里是你的基地，抢来的钱中属于你的那一份会汇入一个外国户头。你坚持要住进波特森的 A 翼，是不是就因为这里可以见到刑期短的人，他们出去后就能执行你在这里想出的计划？你怎么跟外面的人联络？你也有手机吗？还是电脑？”

洛斯可叹气。“警监，一开始你的表现还很不错，现在却开始让我打哈欠了。到底要不要下棋？”

“下棋很无聊。”哈利说，“除非有赌注。”

“没问题。你想赌什么？”

“这个。”哈利取出一个钥匙扣，上面有一把钥匙和一块铜制的名牌。

“这是什么？”洛斯可问。

“没人知道。有时候你得冒冒险：我拿来赌的东西可能有价值。”

“为什么？”

哈利靠过去。“因为你信任我。”

洛斯可大笑。“给我一个信任你的理由。斯皮欧尼。”

“贝雅特。”哈利对贝雅特说，目光不离洛斯可，“可否让我跟他独处一下？”

他听到身后传来敲门声和钥匙互撞的哐当声。门开了，一声清脆的咔嗒响过后，门锁再度扣上。

"仔细看。"哈利把钥匙放在桌上。

洛斯可的目光不离哈利，问："亚亚？"

哈利从棋盘上拿起白棋国王，那是手工雕成的精致棋子。"那是一个有点状况的男人的姓名缩写。他很有钱，有太太和小孩，有房子和农舍，还有狗和情人。花园里到处开满了玫瑰。"哈利把棋子倒转过来，"但随着时间过去，这个有钱人变了。发生一些事之后，他发觉家庭是人生中最重要的事，于是他卖掉公司，甩掉情人，对自己和家人承诺，从现在起只为他们而活。问题是那个情人开始威胁他，说要让他们的关系曝光，可能还勒索过他。她不是因为贪心，而是因为她穷，也因为她即将完成一件艺术品，满心以为这东西是毕生杰作，因此需要钱做广告。她把对方越逼越紧，有天晚上男人决定去看看她。那不是随便一个晚上，而是个特别的夜晚，因为她告诉男人当天她会有旧情人来访。她为什么要告诉他这一点？也许是想让他嫉妒？或是想表现出她还有其他男人要？但他并不嫉妒，他很兴奋，因为这是难得的好机会。"哈利看着洛斯可。他交叉双臂，也正看着哈利。"他在门外等。一直等，一直等，看到她公寓里的灯熄灭。午夜以前，访客离开了。要是情况真的演变成那样，那名行事冲动的旧情人将没有不在场证明，别人会认定他整个晚上都跟安娜在一起。就算没有别人，安娜那个满怀戒心的邻居也会听到当天晚上男人打的电话。但打电话的并不是这个男人，他是用钥匙自己开门进去的，悄悄爬上楼，打开她公寓的门锁。"

哈利拿起黑棋的国王，跟白棋国王比较。如果不仔细看，就会误以为这两个棋子一模一样。

"枪支没有登记。可能是安娜的，也可能是男人的。我不知道公寓里究竟发生了什么事，世界上大概永远没人知道，因为她已经死了。就警方的观点来看，这件案子已经结束了：自杀。"

"我？警方的观点？"洛斯可摸着山羊胡子，"怎么不说我们和我们的观点？难道你是说，你现在是独立作业？"

"什么意思？"

"你很清楚我是什么意思。叫你同事出去，好让我以为这件事只有你我两人知道，这把戏我可以理解，但是……"他合起双掌，"不过那样也有可能。还有别人知道你知道的事吗？"

哈利摇摇头。

"所以你的目的是什么？钱吗？"

"不是。"

"警监，如果我是你，我可不会回答得这么快。我还没机会说这些情报对我有没有价值。只要你能证明你说的话不假，我们谈的可能是一大笔钱。至于有罪的一方应受的惩罚嘛——这么说吧：惩罚可以通过私人途径解决，不受官方影响。"

"那不是问题。"哈利说，希望没人注意到他前额的汗珠，"问题是你的情报对我有多少价值。"

"你有什么建议？斯皮欧尼。"

"我建议，"哈利说着用一手拿起两枚国王，"我们来交换。你告诉我屠夫是谁，我就去找害死安娜的那个男人。"

洛斯可咯咯笑着。"够了，你可以走了。斯皮欧尼。"

"洛斯可，你考虑一下。"

"没那个必要。我信任追求金钱的人，不信任斗士。"

他们打量着对方。日光灯嗞嗞作响。哈利点头，把棋子放回去，站起身，走到门口敲了敲。"你一定挺喜欢她的。"他背对着洛斯可说，"她在索根福里街上的公寓是用你的名字登记的，我也很清楚安娜有多穷。"

"哦？"

"既然那是你的公寓，我已经请住户委员会把钥匙寄给你了。今天就会有送货员过来。我建议你把钥匙跟我给你的那把比对一下。"

"为什么？"

"安娜的公寓有三把钥匙。安娜有一把，电工有第二把，我在刚才提到的那男人农舍里找到这一把，就在床头柜的抽屉里。这是第三把也是最后一把钥匙，如果安娜是被谋杀的，这也是唯一可能用到的钥匙。"

他们听到门外传来脚步声。

"不知道这样能不能增加我的可信度。"哈利说，"但我只是想洗清自己的嫌疑而已。"

22　美国

口渴的人在哪里都能喝。就拿特雷塞街的麻力客餐厅来说吧：这是一家汉堡酒吧，即便跟到处是缺点的施罗德酒馆相比，这里都称不上一间像样的持照酒吧。这里的确提供汉堡，据说还是竞争下的产物；心地善良的人可能会说，里面稍带印度风的装潢配上挪威皇室的照片的确有种过气的魅力。然而这里终究是快餐店，愿意花钱喝好酒的人绝对不会想喝这里的啤酒。

反正哈利向来不是那种人。

他已经好久没来麻力客餐厅了，但打量了整家店一眼后，他可以肯定这里完全没变。爱斯坦跟他的男性（以及一位女性）酒友坐在吸烟区的桌旁，背景音是过时的流行曲、欧洲体育台和肥油在锅里煎的嗞嗞声。这群人正兴高采烈地谈着乐透、近来发生的三起谋杀案，顺便说说那位还没到的朋友有哪些道德缺陷。

"哎呀，哈喽，哈利！"爱斯坦粗哑的声音盖过这堆噪声污染。他把油腻腻的长发往后拨，在裤腰上擦了擦手，朝哈利伸出手来。

"各位，我刚才说的就是这个警察，就是他对澳大利亚的那个人开枪的。一枪正中脑袋瓜，对不对？"

"干得好。"另一个人说。哈利看不到他的脸，因为他弓着身，长发像帘子一样披在啤酒前。"消灭恶人。"

哈利指着一张空桌，爱斯坦点点头，捻灭手里的烟，把一包帕特罗香烟放进牛仔衬衫口袋，很专心地端起一杯刚倒满的生啤走到桌旁，就怕酒出来。

"好久不见。"爱斯坦说着卷起一支烟，"对了，跟其他人一样，后来都没再见面。大家全都搬了家，又是结婚、又是生小孩的。"爱斯坦大笑，那是沉重、苦涩的笑，"大家都定下来了，每个人都一样。谁会想到呢？"

"嗯。"

"有没有回过奥普索乡？你爸还住在他那栋房子里，对吧？"

"对，我不常过去。我们偶尔会通电话。"

"你妹呢？她好一点没？"

哈利微笑："唐氏综合征病人不会变好，爱斯坦。不过她过得还不错，在松格区有了自己的公寓，还有了伴。"

"老天，那已经比我好多了。"

"开车开得怎样了？"

"还好，我刚换了家出租车公司。上一家公司觉得我很臭，那些笨蛋。"

"还是不想回到计算机行业吗？"

"你疯啦！"爱斯坦发出低沉的笑声，舌尖舔过卷烟纸，"年薪一百万和安静的办公室，我当然愿意，但是哈利，我已经错失机会了。电脑界像我这种摇滚男的时代已经结束了。"

"我之前跟挪威银行数据安全部的人谈过，他说大家仍公认你是解码先驱。"

"哈利，先驱就代表已经过时了。没人有空理一个跟最新科技脱节十年的落伍黑客。这你懂吧？而且还要应付一堆麻烦事。"

"噢，到底发生了什么事？"

"发生了什么事？"爱斯坦翻了个白眼，"你知道我的个性，一日嬉皮，终生嬉皮。我需要面包，所以破解了一个不该破解的密码。"他点燃卷好的烟，看了看桌上却没找到烟灰缸。"你呢？再也不碰酒瓶了吧？"

"尝试中。"哈利伸手从隔壁桌拿来一个烟灰缸，"我有对象了。"

他把萝凯、欧雷克和莫斯科的官司告诉爱斯坦，还谈起了生活。没花多长时间。

爱斯坦说起他们那伙同在奥普索乡长大的朋友，说起席格跟一个在爱斯坦看来是高攀了的女人搬去了贺列督华镇，说克里斯提安在明纳松村北部骑摩托车时出了车祸，现在得坐轮椅。"医生给了他一个机会。"

"什么机会？"哈利问。

"再嘿咻的机会。"爱斯坦说完，把酒杯喝干。

托尔还是老师，但他已经跟西洁分手了。

"他的机会就不怎么样了。"爱斯坦说，"胖了三十公斤。所以她才要分手。真的！托基尔有次在镇上遇到她，她说她受不了他一天到晚哭哭啼啼。"他放下酒杯，"但我猜这些都不是你找我的理由吧？"

"没错，我需要帮忙。我在办一个案子。"

"抓坏人吗？你就想到我？老天爷！"爱斯坦的大笑转成一阵猛咳。

"我自己被牵扯进这个案子里了。"哈利说，"要把整件事说清楚有点困难，但我想追查寄电子邮件给我的人。我想他是在国外的服务器上匿名发送的。"

爱斯坦沉思着点点头。"所以你有麻烦了？"

"有可能。你为什么会这样想？"

"我是酒鬼出租车司机，不了解信息科技的近况；认识我的人都会跟你说，只要跟工作有关的事，找我都靠不住。简单说来，你来找我的唯一原因，就是我们是老朋友，你要的是忠诚，要我守口如瓶，对不对？"他拿起刚斟满的啤酒，大大喝了一口，"哈利，我或许喜欢怪味啤酒，但我可不笨。"他大口吸着烟，"所以……什么时候开始？"

夜晚降临了史兰冬区。门打开，一男一女出现在台阶上。他们在谈笑声中离开了屋主的家，走上车道。碎石子被擦亮的黑鞋踩得嘎吱响，他们低声聊着刚才的餐点、男女主人和其他客人。正因如此，他们走出通往毕收卡特路的小路时，没注意到停在路上稍远处的一辆出租车。哈利捻熄了香烟，调高车上收音机的音量，听着埃尔维斯·科斯特洛在《警探监看中》节目里高谈阔论。那是P4频道，他早已发现自己喜欢的音乐在有了些年头之后，会转到比较冷门的广播频道。当然，他对这可能代表的含义再清楚不过了——他也变老了。昨天他们在克里夫·理查德（Cliff Richard）之后，播放了尼克·凯夫（Nick Cave）的音乐。

一个假惺惺的磁性噪音介绍着《天堂里的另一天》，哈利关掉广播。他摇下车窗，听着亚布屋里传来有节奏的沉闷低音，这是唯一干扰这片寂静的声音。一场成人派对。商务往来对象、邻居和大学老朋友。不全是唱唱跳跳也不太喧闹，而是金汤力、阿巴乐队和滚石乐队。这群人还不到四十岁，受过高等教育。换句话说，回保姆那边的时间不能太晚。哈利看着手表，想起他跟爱斯坦一起打开电脑时，里面的那封新邮件：

好无聊哦。你是害怕还是人蠢？

S²MN

他把电脑交给爱斯坦，向他借了出租车。他开着这辆七十年代的奔驰老爷车驶进住宅区，遇上路面的减速凸起时，车身抖得像个老弹簧床垫，但这辆车仍是爱车人的梦想。看到穿着正式服装的客人离开亚布家，他就决定要等了，没必要把事情闹大。反正他也要花点时间好好想清楚，免得干出蠢事。哈利也想冷静、理性一点，但这句"好无聊哦"却横加阻拦。

"现在你把事情想个清楚，"哈利低声对着后照镜中的自己说，"就可以做点蠢事了。"

薇格蒂丝打开了门。她演出了只有女魔术师才能精通、男人绝对无法探知就里的把戏：她变漂亮了。哈利唯一认得出来的改变就是她穿了一件土耳其蓝的晚礼服，跟她大大的蓝眼睛相呼应。这双蓝眼睛忽然间因为讶异而睁大了。

"亚布太太，很抱歉这么晚了还来打扰你们。我想跟你丈夫谈谈。"

"我们正在开派对，不能等到明天吗？"她露出恳求的微笑，哈利看得出她有多想把门重重关上。

"真对不起。"他说，"但之前你丈夫说他不认识安娜·贝斯森，那并不是实话。我想你也没说实话。"哈利用正式的口吻这么说，不知道是因为那件晚礼服，还是因为这场对质。薇格蒂丝的嘴形成一个无声的O字形。

"我有一位证人曾看到他们在一起。"哈利说，"我也知道那张照片是哪里来的。"

她眨了两次眼。

"为什么……"她结巴起来，"为什么……"

"亚布太太，因为他们是情人。"

"不，我是说——你为什么要告诉我？你哪来的权力这么做？"

哈利开口准备回答，说他以为她有权利知道，而且反正事情终会败露的等等，但他却没开口，只站定了望着她。她很清楚他为什么要告诉她，而他自己也是直到这一刻才知道。他吞了口口水。

"亲爱的，有权力怎么做？"

哈利看到阿尔内·亚布走下楼梯。他的前额闪着汗珠，领结松松地垂在衬衫前面。哈利听见楼上客厅传来大卫·鲍伊硬要坚持"这里不是美国"的乐声。

"嘘，阿尔内，你会把孩子吵醒的。"薇格蒂丝说，恳求的目光一直没离开哈利。

"就算有人丢下核弹，他们都不会醒来。"她丈夫含糊地说。

"我想这位霍勒先生已经丢出核弹了。"她轻声说，"看起来，他是想弄出最严重的伤害。"

哈利凝视着她的眼。

"哦？"阿尔内面露微笑，伸手揽住妻子的肩头，"我可以加入吗？"那个笑容充满兴味，同时又很开朗，几乎给人无辜的感觉，像未经准许就开父亲车子出门的男孩所流露的肆无忌惮的喜悦。

"很抱歉，"哈利说，"游戏结束了。我们已经找到了需要的证据，现在信息科技专家正在追踪你用来发电子邮件的地址。"

"他在说什么呀？"阿尔内大笑，"证据？电子邮件？"

哈利打量他。"安娜鞋子里的那张照片。照片是你跟她在几周前去拉科伦村的农舍时，她从一本相簿里拿的。"

"几周？"薇格蒂丝边问边看着她丈夫。

"我把照片给他看的时候，他就知道了。"哈利说，"他昨天去了拉科伦村，把新洗出来的那张照片放了回去。"

亚布皱起眉，但仍然笑着。"警官，你喝酒了吗？"

"你不该告诉她死期到了。"哈利继续说，很清楚自己就快失控，"不然你至少也应该在事后盯着点她吧。她把照片偷偷塞进了鞋子里。就是这件事出卖了你，亚布。"

哈利听到亚布太太深深吸了口气。

"随便哪里的一只鞋……"亚布说，一手仍抚摸着妻子的颈，"你知道挪威商人为什么没办法在国外做生意吗？他们忘了鞋子。身上的普拉达西装要价一万五千克朗，穿的鞋却是在挪威买的。外国人觉得那样很可疑。"亚布指了指下面，"你看，手工缝制的意大利鞋。一千八百克朗。要是你买的是自信，这个价格很实惠。"

"我想知道的是，你为什么急着让我知道你等在外面。"哈利说，"因为嫉妒吗？"

亚布摇头大笑，他的笑声让妻子挣脱他的怀抱。

"你以为我是她的新欢？"哈利追问，"因为你以为，要是案子扯上我的名字，我会不敢行动，所以你可以跟我玩玩，折磨我，让我发疯。是这样吗？"

"阿尔内，快点！克里斯蒂安要发言了！"一个手拿酒杯和雪茄的男人摇摇晃晃地站在楼梯顶端。

"你们先开始吧。"亚布说，"先让我把这位绅士送走。"

那个人皱起眉问："有麻烦吗？"

"完全没有。"薇格蒂丝急忙说，"托马斯，你回去他们那边吧。"

男人耸耸肩，走开了。

"另一件让我惊讶的事是，尽管我已经拿照片跟你对质过，你竟然还自大地继续发电子邮件给我。"哈利说。

"警官，抱歉我得一再重复我的话。"亚布口齿不清地说，"但你一直在说的这个……电子邮件到底是什么？"

"好。很多人认为，只要不用真实身份登录服务器，就可以发出匿名电子邮件。他们都错了。我的黑客朋友刚才把全部情况都跟我说了，说得详细清楚。你还是会在网络上留下电子轨迹，别人可以透过这个轨迹追查出邮件的来源。以目前的情况来说，我们绝对会查出来，问题只在于该从哪里去找而已。"哈利从内袋中取出一包烟。

"我宁可你没有……"薇格蒂丝开口，但没把话说完。

"亚布先生，请告诉我。"哈利说着点燃香烟，"上周二晚上十一点到凌晨一点之间，你人在哪里？"

阿尔内和薇格蒂丝互看了一眼。

"你要在这里或在警局回答都可以。"哈利说。

"他在家。"薇格蒂丝说。

"我刚才说过了。"哈利从鼻孔喷出一缕烟，他知道这样唬人很勉强，但要是不装得像一回事，就一定会失败，而且现在也没办法收回了，"我们可以在这里或去警局。要不要我告诉你的客人派对结束了？"

薇格蒂丝咬紧下唇。"但我不是已经说他在……"她开口。她已经不美了。

"薇格蒂丝，没关系。"亚布说着拍了拍她的肩，"去照顾客人好了，我送霍勒先生出去。"

虽然高处的风肯定很大，但哈利几乎连一丝风都没感觉到。一片片的云飘过天空，偶尔遮住了月亮。他们慢慢走着。

"为什么是这里？"亚布问。

"是你要求的。"

亚布点头道："或许是吧。但为什么要这样让她知道？"

哈利耸肩道："不然你要她怎么知道？"

音乐停了，一阵怪异的爆笑声从屋里传来。克里斯蒂安开始了。

"可以借一根烟吗？"亚布问，"反正我放弃戒烟了。"

哈利把烟盒递给他。

"谢谢。"亚布把香烟叼在唇间，凑近去用哈利的火，"你想得到什么？钱吗？"

"为什么大家都这么问？"哈利咕哝着。

"你单独行动，没有逮捕令，还想用唬我去警局的理由唬我。如果你去过拉科伦村的农舍，你惹上的麻烦至少跟我一样大。"

哈利摇摇头。

"不要钱？"亚布拉开身子，天上有几颗闪烁的星星，"那这是私事喽？你们曾经是情侣吗？"

"我以为你都已经都知道了。"哈利说。

"安娜看待爱情的态度很认真。她热爱爱情。不，该说崇拜，对。她崇拜爱情。爱与恨是她生命中唯一有分量的东西。你知道中子星是什么吗？"

哈利摇头。亚布举起烟说："那是密度和重力都很大的天体，要是我在这种星球上掉了一根烟，就会产生跟核弹一样的效果。安娜也是这样，爱与恨在她这里的重力非常强，中间无法容纳任何东西存在。任何一件小事都会造成核爆炸。你懂吗？我花了一阵子才明白，她就像木星，藏在永恒的硫化物云层之后，也藏在幽默与性感之中。"

"那是金星。"

"你说什么？"

"没事。"

月亮从两片云中探出头来，那只铜鹿雕像从花园的影子里踏出来，像只虚幻的猛兽。

"安娜和我约好在半夜会面。"亚布说，"她说她有几件我的东西要还我，我在十二点到十二点十五分之间，把车停在索根福里街上，我们约好我在车上打电话给她，而不去按电铃，因为她说她邻居很爱问东问西。总之，她并没有接电话，所以我就开车回家了。"

"所以你太太说谎？"

"当然。你拿照片来的那天，我们就达成一致，她会替我做不在场证明。"

"那你现在为什么把不在场证明戳破？"

亚布笑了。"这很重要吗？现在只有你我两人，月亮是沉默的目击者。我事后可以全盘否认。老实说，反正我也不觉得你有任何能让我定罪的证据。"

"既然都说这么多了，你何不把其他事情也交代一下？"

"你是指我杀了她的事吗？"他又笑，笑声比刚才还大，"调查这种事，不是你的工作吗？"

他们走到了门口。

"你只想看我会有什么反应，对不对？"亚布在大理石上捻熄香烟，"你想报复，所以才把事情告诉我太太。你生气了。一个对攻击他的东西展开反击的愤怒男孩。你现在高兴了吗？"

"等我查到电子邮件地址，就逮到你了。"哈利说。他已经不生气了，只觉得疲倦。

"你不会查到的。"亚布说，"抱歉了，老兄，我们可以继续玩游戏，但你赢不了的。"

哈利向亚布挥出一拳，指节打上去的声音又闷又短。亚布踉跄退后，摸着额头。

漆黑的夜里，哈利看到自己呼出的灰色气息。"你要去缝几针。"他说。

亚布看着沾满鲜血的手，放声大笑。"天哪！哈利，你真是输不起的人。我们互相用名字称呼没关系吧？我想你这一拳让我们更亲近了，你不觉得吗？"

哈利没回答，亚布笑得更大声了。

"哈利，她看上你哪一点？安娜不喜欢输家，至少她不会跟那种人上床。"

笑声越来越高亢，哈利走回出租车，他把车钥匙越握越紧，钥匙参差不齐的边缘切进他的皮肤。

23 马头星云

　　哈利被电话铃声吵醒，眯着眼看向时钟。七点半。是爱斯坦。他三小时以前才离开哈利的公寓，然后就找到了埃及的服务器，现在他又有了进展。

　　"我发了邮件给一个老朋友。他住在马来西亚，有时当黑客作为消遣。ISP①在西奈半岛的埃尔托，那里有几家网络服务公司，可以说是中心据点。你还在睡？"

　　"算吧。你要怎么找到我们要的人？"

　　"恐怕只有一个办法。亲自跑一趟，奉上大叠美钞。"

　　"多少？"

　　"要能让人告诉你该去找谁，还要让你找的人告诉你真正该找的人是谁，然后要让你真正该找的人……"

　　"懂了。这样是多少？"

　　"一千应该够用上一阵子。"

　　"是吗？"

　　"我猜的啦，我哪会知道？"

　　"好吧。你愿意跑一趟吗？"

　　"当然。"

　　"我出不起高价。你坐最便宜的飞机去，住最烂的旅馆。"

　　"成交。"

　　现在是十二点，警察总署的员工餐厅挤满了人。哈利咬紧牙关，走了

---

① Internet Service Provider，互联网服务提供商。

进去。他不是因为有什么原则才讨厌这些同事，而是直觉就不喜欢。此外，过了这些年，情况只有更糟。

"完全正常的偏执症状。"奥纳有次是这么说的，"我也有同样的感觉。我老觉得所有心理学家都在关注着我，但实际上大概只有不到一半的人而已。"

哈利扫视房间一圈，发现自备午餐的贝雅特和另一个在她身边的人的背影。哈利从餐桌之间走过，尽量不去注意别人投来的目光。有人含糊说了声"嘿"。但哈利觉得那一定是蓄意挖苦，所以没有回答。

"打扰了吗？"

贝雅特抬头看哈利，一副被逮个正着的样子。

"完全没有。"一个熟悉的声音说着站起来，"反正我也该走了。"

哈利后颈的毛发竖了起来，不是因为原则，而是因为直觉。

"那就今晚再见喽。"汤姆·瓦勒微笑，对贝雅特涨红的脸露出一口白牙。他拿起自己的托盘，对哈利点点头，然后离开。贝雅特低头望着那块山羊奶酪，趁哈利坐下时，想尽办法做出没事的表情。

"怎么样？"

"什么怎么样？"她故作开心地问，假装没听懂。

"你在我的录音电话上留言说有了新发现。"哈利说，"我想应该是急事。"

"我想通了。"贝雅特从杯子里喝了一口牛奶，"用计算机软件画出的屠夫的相貌图，我一直在回忆这些图让我想起谁。"

"你是说你给我看过的那些打印文件吗？那根本不像脸嘛，只是乱七八糟的线条。"

"是没错。"

哈利耸肩。"反正有梭状回的是你。说吧。"

"昨天晚上我忽然想起那是谁了。"她又喝了一口牛奶，用餐巾纸把沾到牛奶的嘴角擦干。

"结果呢？"

"崔恩·格雷特。"

哈利凝视着她。"你是开玩笑的吧？"

"不，"她说，"我只说两者有点像。毕竟，在谋杀案发生时，格雷特距离玻克塔路不远。但我刚才也说过了，我已经想通了。"

"怎么说？"

"我问过古斯达精神病院，如果是同一个人去抢劫基克凡路上的挪威银行，那人就不会是崔恩。那时候他跟至少三名看护一起坐在电视间里。我请鉴识组的几个人去崔恩家里采集指纹，让韦伯拿来跟那个可乐瓶比对，那肯定不是他的指纹。"

"所以你终于错了一次？"

贝雅特摇头。"我们要找的人，跟崔恩的外在特征有几个相同之处。"

"贝雅特，抱歉我这么说，可是崔恩并没有任何外在特征。他是长得像会计师的会计师，而且我都忘了他长什么样。"

"对。"她说着开始把另一块三明治上的蜡纸剥掉，"但我没忘。这才是重点。"

"嗯。我可能有几个好消息。"

"哦，是吗？"

"我要去波特森。洛斯可想跟我谈谈。"

"哇！祝你好运。"

"谢谢。"哈利站起来，迟疑了一下，做了个深呼吸，"我知道这不关我的事，不过我想提醒你一下。"

"请说。"

哈利看了看四周，确定没人会听见。"如果我是你，跟汤姆相处会小心一点。"

"谢谢。"贝雅特在三明治上大大咬了一口，"你说的对，这的确不关你的事。"

"我一直住在挪威，"哈利说，"在奥普索乡长大，父母都是老师，我爸已经退休。我妈死后，他就像个梦游者那样活着，偶尔才会来现实世界拜访。我的小妹很想他，我想我也是吧。我想念他们两个。他们以为我也会当老师，我也这么以为，但结果却念了警察学校，还念了一点法律。要是你问我为什么会成为警察，我会给你十个合理的答案，但没有一个是我自己相信的。我现在都不去想了。这是工作，人家付我薪水，而有时候我想我做了点好事。做好事可以让人高兴很久。我三十岁……还是二十岁以前是酒鬼，我想这取决于你怎么看待事情吧，有人说都是基因造成的，有可能。我在成长过程中发现我那住翁达斯涅镇的爷爷，五十年来每天都喝得醉醺醺的。我们每年夏天都去找他，一直到我十五岁都没发现这回事。可惜我并没有遗传到他的天分，我做出一些事情，后来还是被发现了。简单来说，我现在还能在警局工作，真是个奇迹。"

哈利抬头看着那个"禁止吸烟"的标志，然后点燃香烟。

"安娜和我当了六周的恋人。她并不爱我，我也不爱她。我提出分手，对她的解脱其实比我还大，但她却不这么想。"

房间里的另一个男人点了点头。

"我这辈子爱过三个女人。"哈利继续说，"第一个是童年时代的恋人，我准备娶她的时候，我俩的情况开始走下坡。我不再去找她，很久之后她自杀了，但这件事跟我一点关系也没有。第二个女人死于非命，我在地球另一端追捕一个男人，这人却杀害了她。同样的情况也发生在我一个女同事爱伦身上。我实在不懂，但我身边的女人都死了。或许这也是基因吧。"

"那第三个女人呢？"

第三个女人。第三把钥匙。哈利摸着"亚亚"的缩写和那把钥匙的边缘，钥匙是他进来时洛斯可隔桌交给他的。哈利当时问这把钥匙跟他拿到的是否相同，洛斯可点了点头。

然后他请哈利谈谈自己。

洛斯可的手肘撑在桌上，双手交握，仿佛在祈祷。之前坏掉的日光灯管换了，照在他脸上的灯光像泛着蓝光的白粉。

　　"第三个女人现在在莫斯科。"哈利说，"我想她是幸存者。"

　　"她是你太太？"

　　"我不会这么说。"

　　"但你们在一起？"

　　"对。"

　　"你准备跟她共度余生？"

　　"嗯，我们没计划。现在说这些还太早。"

　　洛斯可朝他忧郁地一笑。"你是说，你没计划吧。但女人会计划，她们向来如此。"

　　"像你一样？"

　　洛斯可摇摇头。"我只知道怎么计划银行抢劫。每个男人在虏获芳心一事上都是新手，我们或许认为这是一场征战，像将军那样攻占堡垒，但等我们发现自己被愚弄时，已经太迟了，有些人甚至从头到尾都不知道。你有没有听说过孙子？"

　　哈利点头道："中国将军和战略家。他写了《孙子兵法》。"

　　"是大家认为他写了《孙子兵法》。我个人认为作者是女人。从表面上看，《孙子兵法》是本教人在战场上用计获胜的书，但其核心却在探讨如何成为冲突中的赢家。或者，说得更清楚些，是教你如何能以最低代价取得想要的东西。战场上的赢家不见得是胜利者，很多人赢得了王位，却丧失了众多士兵，表面上是击败了敌人，实际上却只能依循敌人的条件去统治。在权力上，女人不像男人那么虚荣。她们不需要让权力被看见，只想透过权力取得想要的东西。安全感、食物、快乐、复仇、和平。她们是理性的追求权力的计划者，不会只想到一场战争或是庆祝胜利。因为她们天生具有看出受害者弱点的能力，凭直觉知道应该何时、如何发动攻击，以及何时停止。你学不会这种事。斯皮欧尼。"

　　"你是因为这样才进监狱的吗？"

　　洛斯可闭上眼，无声地笑了。"我可以轻易告诉你答案，但你不会相信我的话。孙子说战争的第一原则是欺蒙。相信我，每个吉卜赛人都说谎。"

　　"嗯。相信你？像希腊悖论那样？"

　　"嗯，想不到一个警察竟然知道刑法以外的事。如果每个吉卜赛人都说谎，而我是吉卜赛人，那么每个吉卜赛人都说谎就不是真的。所以真相是，要是我说的是实话，那么每个吉卜赛人就都说谎，所以我也在说谎。这是永远打不破的循环论。我的生活就像这样，而那是唯一的真实。"他轻笑了一声，几乎像是女人的笑声。

　　"现在你看见我的开局第一步了，该你了。"

　　洛斯可看着哈利，他点点头。

　　"我叫洛斯可·巴克斯哈。这是阿尔巴尼亚文，但我爸拒绝接受我们是阿尔巴尼亚人的事实。他说阿尔巴尼亚是欧洲的屁眼，所以他告诉我和兄弟姐妹们，我们是在罗马尼亚出生，在保加利亚受洗，在匈牙利行割礼的。"

　　洛斯可说，他们家大概是麦卡利，也就是阿尔巴尼亚最大的吉卜赛人团体。他们从恩维尔·霍查对吉卜赛人的迫害中逃出来，翻山越岭来到黑山，慢慢往东移动。

　　"不管到哪里，我们都被人追赶。他们说我们是小偷。我们当然偷东西，但他们甚至懒得找证据。证据就是我们是吉卜赛人。我告诉你这些，是因为要辨认吉卜赛人，你必须知道他从出生起，额头上就有个低下阶层的标记。欧洲的每个政体都迫害我们，只是法西斯主义者的迫害比较有效而已。吉卜赛人不会特别张扬大屠杀，因为这跟我们习以为常的迫害并没有多大差别。你好像不相信？"

　　哈利耸肩。洛斯可交叉双臂。

　　"一五八九年，丹麦判吉卜赛首领死刑。"他说，"五十年后，瑞典人认为所有吉卜赛男人都应该被吊死。摩拉维亚人把吉卜赛女人的左耳割掉，波希米亚人割右耳。美因茨的大主教宣布所有吉卜赛人都应该不经定罪即处死，因为他们的生活方式不合法。一七二五年，普鲁士通过一条法律，所有十八岁以上的吉卜赛人都要不经审判即处死，但后来这条法律被废除了，年龄限制下修成十四岁。我父亲的四个兄弟都在囚禁中死亡，只有一个死于战争。要我继续说吗？"

哈利摇头。

"但就连这种情形都是封闭循环。"洛斯可说，"让我们遭到迫害和让我们生存下来的原因是一样的。我们不一样，也想要不一样。我们被屏除在外，外地人也进不了我们的社群。吉卜赛人是神秘、有威胁性的陌生人，你对他们一无所知，却有各式各样的谣传。世世代代的人都相信，吉卜赛人是食人族。我小时候，在布加勒斯特外围的巴尔塔尼村时，人家说我们是该隐的后裔，注定要落入永恒的地狱。我们的外地人邻居给我们钱让我们逃走。"

洛斯可的目光在无窗的墙上飘移。

"我父亲是铁匠，但在罗马尼亚却找不到工作，我们必须搬到镇外的垃圾场，卡尔德拉什吉卜赛人住的地方。我父亲在阿尔巴尼亚曾经是当地的吉卜赛人首领和仲裁人，但在卡尔德拉什吉卜赛人当中，他只是个找不到工作的铁匠。"

洛斯可深深叹了口气。

"他牵了一只又小又乖的棕熊回家那天，我永远忘不了他眼里的神情——他用仅剩的钱跟一群驯熊师买的。'这一只会跳舞。'我父亲当时说。有人付钱来看跳舞的熊，这样他们就觉得好过一些。我哥史帝方想喂熊，但熊不肯吃东西，我妈问是不是熊生病了。他回答说他们一路从布加勒斯特徒步回来，只是需要休息。那只熊四天后就死了。"

洛斯可闭上眼，又露出那个忧伤的笑。"那年秋天，史帝方和我从家里逃走了。家里少了两张嘴巴要喂。我们往北走。"

"你们当时几岁？"

"我八岁，他十二岁。我们计划先到西德，那时西德接受世界各地的难民，还给他们提供食物。我想那是他们弥补的方式吧。史帝方认为我们越年轻，进去的机会就越大。但我们却在波兰边境被挡了下来。我们抵达华沙，在华沙东站附近围起来的区域里，睡在桥下过夜，一人盖一条毯子。我们知道可以找到偷渡掮客。经过几天的打听，我们找到一个会说吉卜赛语的人，他自称边界导游，答应带我们进入西德。我们没有钱可以给他，但他说可以用其他办法：他知道有些男人对好看的年轻吉卜赛男孩会出高价。我不懂他在说什么，但史帝方显然明白。他把那位导游拉到一旁，两人低声讨论着，导游还一面指着我。史帝方不断摇头，最后导游摊开两臂，勉强接受。史帝方叫我在那里等他坐车回来，我照做了。但好几个小时过去，夜晚来临，我躺下，睡着了。睡在桥下的头两个晚上，我都被货车尖锐的刹车声吵醒，但我年轻的耳朵很快就知道不需要对那些声音保持警觉。于是我继续睡，一直到半夜听到轻轻的脚步声才醒。是史帝方。他爬进毯子里，紧贴潮湿的墙，我听到他在哭，但我紧闭着眼，动也不动。不久我又听到火车声。"洛斯可抬起头，"斯皮欧尼，你喜欢火车吗？"

哈利点头。

"导游第二天又来了。他要更多钱。史帝方又搭车走了。四天后，我在黎明时醒来，看到史帝方。他一定整夜都没睡，像平常那样躺着，眼睛半张，我看到他呼出的气息飘在冰冷的清晨空气里。他头上有血，嘴唇也肿了。我拿起毯子，走到车站厕所外那个一等着向西旅行的卡尔德拉什吉卜赛人家的住处。我跟他们家里最年长的男孩谈过，他说被我们当成偷渡掮客的男人其实是当地的皮条客，常来车站走动，还曾向他父亲提议以三十兹罗提①买下家里最年幼的两个男孩。我把我的毯子给他看，毯子很厚，状况良好，是从卢布林的一条晒衣绳上偷来的。他很喜欢。十二月很快就到了。我问他能不能看看他的刀，刀放在他的衬衫里面。"

"你怎么知道他有刀？"

"每个吉卜赛人都有刀。拿来吃东西用。就连同一家的人都不会共享

---

① 兹罗提（zloty），波兰货币。

餐具，因为怕受到感染①。但他这个买卖很划算，因为他的刀又小又钝。幸运的是，我拿到车站的铁匠工作室那里去磨利了。"

洛斯可右手小指上又长又尖的指甲划过自己的鼻梁。

"那天晚上，史帝方上车之后，我问那个皮条客能不能也替我找个客人。他笑着要我稍等。他回来时，我站在桥下的阴影里，看进出车站的火车。'小子，过来呀，'他喊，'我找到一个好客人，一个有钱的玩家。快来，我们时间不多了！'我回答：'我们要等克拉科夫的火车。'他过来找我，抓住我手臂说：'你现在就给我过来，听懂没？'我还不到他胸口高。'车来了。'我说着指了指。他放开我，抬头看。我们凝视上方，好几节黑色的金属车厢在我们苍白的面孔前驶过。然后我等待的那一刻来临了：刹车时那钢铁互相碰撞的尖锐声音盖过了一切。"

哈利眯起眼，好像这样比较能够看出洛斯可有没有说谎。

"最后一列车缓缓经过时，我看到车窗内有个女人的脸在凝视我。她看起来像个鬼魂。像我妈。我扬起沾满鲜血的刀给她看。你知道怎样吗？斯皮欧尼，那是我这辈子唯一一次感到彻底的快乐。"洛斯可闭上眼，像在重新体会那一刻，"以牙还牙，以眼还眼。这是阿尔巴尼亚对血债血还的说法。这是上帝赐给人类最棒也最危险的毒药。"

"后来怎么了？"

洛斯可又张开眼睛。"你知道巴喀斯特是什么吗，斯皮欧尼？"

"不知道。"

"命运。地狱和业。掌控我们生命的东西。我拿起那个皮条客的钱包，里面有三千兹罗提。史帝方回来后，我们抬着尸体越过铁轨，丢进往东行的一节车厢。然后我们向北走，两周后溜进了一艘从格但斯克到歌德堡的船。从那里到了奥斯陆和德扬的一处田野，那里有四辆拖车，吉卜赛人占据了其中三辆，第四辆就是我们的家，我们在那里住了五年。那年的平安夜，

---

① 吉卜赛词语marime，意为习惯或仪式受到玷污，其具体含义非常复杂。

我们在车上庆祝我的九岁生日，我们仅剩的那条毯子下只有几块饼干和一杯牛奶。圣诞节当天我们闯进了第一家杂货店，那时我们就知道走对了地方。"洛斯可面露笑容，"就像从婴儿手中抢走糖果。"

他们沉默地坐了一会儿。

"你还是一副不太相信我的样子。"洛斯可打破沉寂。

"有关系吗？"哈利问。

洛斯可微笑。"你怎么知道安娜没爱过你？"他问。

哈利耸肩。

他们铐在一起走进地下通道。

"别以为我一定知道劫匪是谁，"洛斯可说，"也可能是局外人。"

"我知道。"哈利说。

"那就好。"

"所以，如果安娜是史帝方的女儿，他又住在挪威，那他怎么没来参加葬礼？"

"因为他死了。几年前他们在修屋顶的时候，他从屋顶上滚了下来。"

"那安娜的母亲呢？"

"史帝方死后，她搬到南方，跟妹妹和弟弟去了罗马尼亚。我没有她的地址，我猜她自己可能也没有吧。"

"你告诉伊佛森说，安娜的家人没去参加葬礼，是因为她让家族蒙羞。"

"有吗？"哈利看出洛斯可棕色眼眸里的调皮神色，"要是我说我是在说谎，你会相信吗？"

"会。"

"但我没有说谎。家族已经跟安娜断绝关系，对她父亲而言，她等于不存在。他拒绝提到她的名字，以防感染。你懂吗？"

"不是很懂。"

他们进了警局，站着等电梯。洛斯可含糊地自言自语了几句，然后又大声说："你为什么信任我？"

"不然我还有什么选择？"

"你总是有选择的。"

"更重要的是：你为什么信任我？你从我这里拿到的钥匙，可能跟安娜公寓那边寄给你的那把类似，但我可能不是在凶手家里找到的。"

洛斯可摇头。"你误会了。我谁也不信任，只信任自己的直觉。我的直觉说，你不是笨蛋。每个人都有生活目标，一个可以被夺走的东西。你也一样。就这么简单而已。"

电梯门打开，他们跨了进去。

哈利在昏黄的灯光中打量着洛斯可。他坐着看银行抢劫案的监控录像，背脊挺直，双掌交握，脸上没有任何表情。就连那扭曲的开枪声响遍痛苦之屋时，他都不动声色。

"你要再看一次吗？"看到屠夫消失在工业街的最后影像后，哈利问。

"没必要。"洛斯可说。

"哦？"哈利想掩饰兴奋之情。

"还有其他的吗？"

哈利有预感，坏消息就快来了。

"我还有银行斜对面一家 7-11 的录像，抢劫前他在那里观望。"

"放出来看看。"

哈利放了两遍。"怎么样？"他又问，他们面前的屏幕转成一片暴风雪。

"我知道他应该参与过其他抢劫案，我们也该看看那些录像带。"洛斯可说着看了看表，"但那只是浪费时间。"

"你不是说你多的是时间。"

"那当然是说谎。"他说着站起来，伸出手，"我最缺的就是时间。你最好把手铐铐回去。"

哈利咒骂自己。他替洛斯可铐上手铐，两人侧身从桌子和墙壁间走向门口。哈利握住门把。

"多数的银行抢劫犯想法都很简单，"洛斯可说，"所以他们才会去抢银行。"

哈利停步。

"世界上最知名的银行劫匪是美国的威利·萨顿①。"洛斯可说，"他被逮捕然后上了法庭，法官问他为什么要抢银行。萨顿的回答是：'因为那里有钱啊！'这句话成为日常美语历久不衰的一句，我想这是在告诉我们，语言可以多么直接，又简单得多么精彩。对我来说，那只表示一个被捕的笨蛋。优秀的银行劫匪既不出名，也不会说什么名垂青史的话，因为他们既不直接也不简单。你要找的就是这一种。"

哈利等待着。

"格雷特。"洛斯可说。

"格雷特？"贝雅特瞪着哈利，眼珠都快掉出来了。"格雷特？"她脖子上的青筋浮起，"格雷特有不在场证明啊！崔恩·格雷特是神经脆弱的会计师，不是银行劫匪！崔恩·格雷特是……是……"

"无辜的，"哈利说，"我知道。"他已经关上了身后的办公室门，身体深深陷进书桌前的椅子里，"但我们说的并不是崔恩·格雷特。"

贝雅特闭上嘴巴，发出吧嗒一声。

"你有没有听过列夫·格雷特这个人？"哈利问，"洛斯可说他看了前三十秒就知道了，但他想把影片看完才好确定，因为已经很多年没人见到列夫·格雷特了。根据洛斯可最后听说的消息，列夫住在国外某个地方。"

"列夫·格雷特。"贝雅特说，目光飘到了遥远的地方，"他真是个谜。我记得听我爸说起过。我看过一些他疑似涉案的劫案资料，那时他才十六岁。他是个传奇，因为警察一直抓不到他。后来他完全销声匿迹了，我们

---

① Willie Sutton，美国著名银行劫匪，四十年抢劫约二百万美元。

还是连他的指纹都没有。"她看着哈利，"我怎么会这么笨？同样的体形、类似的面貌，崔恩·格雷特的哥哥，对吧？"

哈利点头。

贝雅特皱起眉。"但那就表示列夫·格雷特杀了自己的弟妹。"

"但也让几件事说得通了，不是吗？"

她缓缓点头。"两人的脸相距二十厘米，他们互相认识。"

"而且如果列夫·格雷特知道自己被认出来了……"

"当然了。"贝雅特说，"她是目击者，可能会出卖他，他不能冒这个险。"

哈利站起来。"我去叫哈福森把咖啡煮浓一点给我们喝。现在我们来看看录像带。"

"我猜，列夫·格雷特不知道丝蒂恩在那里上班。"哈利说，眼睛盯着屏幕，"有趣的是，他大概认出她了，但仍选择用她当人质。他一定知道只要靠得够近，她就能认出他，再说听声音也听得出来。"

贝雅特不解地摇头，凝视着银行大厅的画面，这一刻里的一切都很静。奥古斯特·舒尔茨踩着摇摇晃晃的步伐，正继续前进。"那他为什么要这样呢？"

"他是专业劫匪。不能留下任何线索。丝蒂恩从这一刻起就注定要遭殃。"哈利让画面暂停，劫匪从门口进来，打量四周，"列夫看到她的时候，就知道自己可能会被认出来，也知道她一定得死。所以干脆拿她当人质。"

"冷血。"

"简直冷到零下四十摄氏度。我唯一不太懂的是，为什么他为了怕被认出宁可杀人，但他本身早就是其他抢劫案的通缉犯了。"

韦伯拿了一托盘的咖啡进来。

"可是列夫并没因任何抢劫案被通缉。"他说，一路端着托盘直到放在茶几上。这个房间看起来像是有人在五十年代布置过一次，之后就再也没变过：厚绒布椅子、钢琴和窗台上积了灰尘的植物，都散发出一股令人毛骨悚然的沉寂感，墙角那座古董钟的钟摆也无声地摇晃着，就连壁炉上那幅裱框画上的白发女郎也悄无声息地笑着。这股沉寂似乎在韦伯八年前丧妻之后就停滞在屋内，让他周围的一切都噤了声，连要让钢琴弹出音符都很困难。这间公寓在德扬区一群老公寓楼的一楼，但户外的车声只强调了这里的寂静。韦伯小心翼翼地坐进一张高背沙发，仿佛那是博物馆的陈列品。

　　"我们从未找到列夫参与抢劫案的确凿证据。没有目击者的证词，没人泄露过他的消息，没有指纹或其他鉴识线索。报告上只能说他是嫌疑人。"

　　"嗯。所以，假如丝蒂恩不举报他，他就是清白的喽？"

　　"对。要不要饼干？"

　　贝雅特摇摇头。

　　今天韦伯休假，但哈利在电话中坚持他们必须立刻跟他谈。他知道韦伯不太愿意在家里见客，那也没办法。

　　"我们请鉴识组的值勤人员把可乐瓶上的指纹跟列夫之前涉嫌犯下抢劫案时的指纹比对过，"贝雅特说，"但没有结果。"

　　"我不是说了吗。"韦伯说，一面检查咖啡壶的盖子有没有盖好，"犯罪现场从来没找到过列夫的指纹。"

　　贝雅特翻阅着笔记。"你同不同意洛斯可的话，认为列夫·格雷特就是我们要找的人？"

　　"有什么好不同意的？"韦伯开始倒咖啡。

　　"因为他之前被怀疑是劫匪时，从来没用过暴力。也因为她是他弟妹。因为你可能会被认出来而谋杀，这不是很薄弱的杀人动机吗？"

　　韦伯停下了倒咖啡的动作，看着她。他疑惑地瞥了哈利一眼，哈利只是耸耸肩。

　　"不。"他说，又继续倒咖啡。贝雅特脸红了。

　　"韦伯有传统调查学校的背景。"哈利几乎是用道歉的语气说，"他认为，谋杀本身就已经不可能有什么合理的动机，只有程度不同的暧昧动机，有时候这种动机看似合理。"

"就是这样。"韦伯说着放下咖啡壶。

"我是不懂,"哈利说,"列夫为什么要去国外,反正警方也没有确凿的证据。"

韦伯作势把椅子扶手上的灰尘拍掉。"我不是百分之百肯定。"

"不是百分之百?"

韦伯将那细而脆弱的瓷质咖啡杯把手,穿过他那又大又胖的大拇指和沾满尼古丁的食指。"那时有很多谣传,但我们一个也不相信。据说,他不是为了躲避警察。还有人听说,上一次抢银行并未按照计划进行,列夫是在仓皇之中离开同伙的。"

"什么叫仓皇之中?"贝雅特问。

"没人知道。有人认为列夫负责接应其他人逃离现场,可是在警方抵达时他却开车走了,把其他人丢在银行里;也有人说那次抢劫很成功,但列夫却把所有的钱带到了国外。"韦伯啜了一口咖啡,小心地把杯子放下,"我们在谈的这件案子,有意思的地方可能不是他为什么如此,而是谁要这么做。谁是另外这个人?"

哈利探询着韦伯的目光。"你是说,是……"

这位经验老到的鉴识专家点点头,贝雅特和哈利互看了一眼。

"妈的!"哈利说。

贝雅特一面注意左边的车辆,一面等右边德扬街上的车流出现空隙。雨水打在车顶上。哈利闭上眼,知道只要够专心,就能让唰唰而过的车声变成打上船头的海浪,他则站在微风里,凝望着下方的白色泡沫,牵着他爷爷的手。但他没那个时间。

"所以洛斯可跟列夫有梁子还没了结,"哈利说着睁开眼,"就选了他来当劫匪。监控录像里的那个真的是列夫,还是洛斯可想利用这个机会报复?或者洛斯可只是又在要我们?"

"不然就是像韦伯讲的，只是谣传。"贝雅特说。右边有车持续驶过，她的手指不耐烦地在方向盘上打鼓似的敲着。

"你可能是对的。"哈利说，"如果洛斯可想报复，不会需要警方帮忙。假设这些只是谣传，如果列夫没涉案，那又为什么要选他？"

"一时兴起？"

哈利摇头。"洛斯可是战略家。他不会毫无理由就说出错误人选。我不确定屠夫是独自干下这件案子的。"

"什么意思？"

"也许有别人帮忙计划。进口枪械的网络、逃亡用车、掩护用的公寓，或是偷偷在事后把衣服和武器弄走的清洁工。还有洗钱的人。"

"洛斯可？"

"如果洛斯可想混淆视听，让我们不去找真正有罪的人，最好的办法就是叫我们去找一个没人知道去向、已经死亡下葬或是换了个新身份生活在国外的人——一个我们搜查时绝不会把他排除的嫌疑人。他可以让我们费尽力气找人，就是不找他的手下。"

"所以你认为他在说谎。"

"每个吉卜赛人都说谎。"

"哦？"

"这话是洛斯可自己说的。"

"那他倒是挺有幽默感的。再说，要是他已经向别人撒过谎了，又为何不该对你撒谎？"

哈利没有回答。

"终于有空隙了。"贝雅特说着轻踩油门。

"等等！"哈利说，"右转，去芬马克街。"

"噢。"她惊慌地说，转上德扬公园前方的一条路，"我们要去哪里？"

"我们去崔恩家里拜访一下。"

网球场的网子被拿掉了，崔恩家没有一扇窗户透出灯光。

"他不在家。"贝雅特按了两次门铃之后说。

邻居的窗户是开着的。

"崔恩在家啦。"细细的声音来自一个女人满布皱纹的脸，哈利觉得跟上次相比，这张脸的颜色更深了一层，"他只是不开门而已。你一直按铃不要松开，他就会出来了。"

贝雅特按着钮，他们听到震耳的门铃声响遍全屋。邻居的窗户关了起来，没多久他们就看到一张苍白的脸和无神双眼下的两个黑眼袋。崔恩穿着黄色的睡袍，一副睡了一周现在才起床，而且还嫌没睡够的模样。他一言不发地举起一只手，招手要他们进来。阳光照上他左手小指的钻戒，光芒闪了一下。

"列夫很不一样。"崔恩说，"他十五岁时就想杀人了。"

他对着空中微笑，好像在回想一段甜蜜的记忆。

"我们似乎有着截然不同的基因。他没有的，我有；反之亦然。我们在雾村路上的这栋房子里长大，列夫是这一区的传奇人物，但我只是列夫的小弟。我记得的第一件事就是在学校里，列夫课间跑上了学校的屋顶。那栋楼有四层，没有一个老师敢上去带他下来。我们站在下面欢呼，他伸展双臂挥舞。现在我都还能看见他的身影映衬着蓝色的天空。那时的我并不害怕，我并没有想过我哥哥可能会掉下来。我想大家当时都这么觉得。列夫是唯一一个不向崔佛路公寓的高斯顿兄弟屈服的小孩，即使他们至少大他两岁，还在少年管教所待过。列夫十四岁时就把我爸的车开到利勒斯特伦，回来时带了一袋从车站杂货店偷来的零食。我爸什么都不知道，列夫把那袋零食给了我。"

崔恩似乎想笑。他们都坐在餐桌旁，崔恩泡了可可。他站着凝视装可可粉的锡罐好一阵子，才把可可粉倒出来。有人用毡笔在锡罐上写了可可粉三个字，那是工整的、女人的笔迹。

"最糟的是，列夫搞不好会有一番成就。"崔恩说，"他的问题是太容易腻烦。大家都说他是斯吉德运动俱乐部多年来最有天分的足球运动员，但他被选上国家代表队时，他甚至懒得出席。十五岁时，他借了一把吉他，两个月后就在学校里演奏自己写的歌。之后有个叫瓦克塔的人问他要不要加入格鲁德区的乐团，但他拒绝了，因为人家不够优秀。列夫是可以做任何事的那一型。只要乖乖做功课、不要老是逃课，他可以轻松完成学业。"崔恩露出扭曲的笑容，"他把偷来的东西给我，要我模仿他的笔迹，替他写作文。至少他在语文上的分数是保住了。"崔恩笑了，但马上又恢复严肃的表情，"然后他玩腻了吉他，开始跟亚沃住宅区的一帮大男孩混在一起。列夫似乎从不觉得放弃拥有的东西有什么危险，反正转个弯总会有其他的、更好的、更刺激的东西。"

"这么问一个做弟弟的可能很蠢，不过你会说你很清楚他的为人吗？"哈利问。

崔恩想了想说："不，这不是个蠢问题。是的，我们一起长大，列夫外向、风趣，不管男生女生，所有人都想认识他。但实际上列夫却是独行侠。他有一次对我说，他从来没有过真正的好朋友，只有崇拜者和女朋友。我对列夫有很多地方不清楚，比如在高斯顿兄弟来找碴的时候：他们有三个人，年纪都比列夫大，我和其他几个当地男生一看到他们过来就溜了，但列夫站在原地不动。五年来，他们一直痛扁他，后来有一天，年纪最长的那个男生单独过来了，他叫罗格。我们像往常一样开溜，但我从屋子转角偷看，看到罗格躺在地上，列夫在他身上。列夫的膝盖顶住罗格的手臂，手里拿了根棍子。我走近去看，他们两人只发出粗重的呼吸声，其他什么声音都没有。就在那时，我看到列夫把那根棍子插进罗格的眼窝。"

贝雅特在椅子上换了个坐姿。

"列夫非常专注，好像在做一件需要极大精准度和极谨慎的事情。他好像想把眼球挖出来。罗格在淌血，血从眼睛里流出来，滑下耳朵，从耳垂滴到柏油路上。周围静得可以听见鲜血滴在地上的声音。答，答，答。"

"你当时做了什么？"贝雅特问。

"我吐了。我向来没办法见血，我会头昏、想吐。"崔恩摇摇头，"列夫放走罗格，跟我回家。罗格的眼睛复原了，但高斯顿兄弟再也没到我们的地盘来过。只是，我永远忘不了列夫拿着棍子的景象。只有那种时候，我才会意识到这个哥哥有时候可能会成为另一个人——我不认识的人，只在偶然间毫无预期地来拜访。不幸的是，从那次以后，拜访次数越来越频繁了。"

"你说他想要杀一个人。"

"某个周日早上，列夫拿了螺丝刀和铅笔，在铃环街上的一座天桥上骑自行车。你知道那种天桥吧？有点可怕，因为你要走在金属网格上，还会看到下面七米的柏油路。我刚说过，那天是周日早上，附近没什么人。他松开其中一个网格的螺丝，留下一边的两颗螺丝，又把铅笔放在网格下的凹处。然后他开始等。先是有个女的走过来，根据他的形容，那女的看起来'就像刚被人上过'。打扮得很漂亮，头发凌乱，穿了一只坏掉的细高跟鞋，边咒骂边一拐一拐地走来。"崔恩沉声笑了，"以十五岁的人来讲，列夫真有一套。"他把杯子举到唇边，惊讶地望着厨房的窗外。一辆垃圾车停在旋转干燥机后方的垃圾桶前。"今天是周一吗？"

"不是。"哈利说，他的那一杯碰都没碰过，"那女的怎样了？"

"金属网格有两排，她选了左边的走。运气不好，列夫说。他说他宁可是那女的中招也不要是那个男的。后来那男的来了，他走的是右边。因为凹处放了一支铅笔，所以松掉的那一格比其他网格高了一些，列夫认为那男的看出不对，因为他走得越近，速度就越慢。就在他要跨出最后一步的时候，整个人好像凝结在了空中。"

崔恩缓缓摇头，注视着垃圾车在嘎吱声中吞掉邻居所有的垃圾。

"他把脚放下时，网格像暗板门那样开了，就是用在绞刑台上的那种门。那男的跌到柏油路上，双腿都断了。如果那不是周日早晨，他马上会被车子碾过。列夫说这是运气不好。"

"他也对警察这样说吗？"哈利问。

"警察，对了。"崔恩说，凝视着自己的杯子，"两天后警察来了，是我开的门。他们问外面那辆自行车是不是我们家的，我说是。原来有人看到列夫骑自行车离开天桥，还形容出自行车和穿红夹克的男孩模样。所以我把列夫穿的那件红色棉夹克拿给他们看。"

"你？"哈利说，"你出卖了亲哥哥？"

崔恩叹气。"我说那是我的自行车，也是我的夹克。列夫和我长得很像。"

"你为什么要这样？"

"我当时才十四岁，还太小，他们不能拿我怎么样。列夫就得被关进罗格·高斯顿也待过的管教所了。"

"但你爸妈怎么说呢？"

"他们能说什么？认识我们的人都知道是列夫干的。他是会偷糖果、丢石头的狂人，我则乖巧善良，会做功课还会带老奶奶过马路。后来这件事再也没人提过。"

贝雅特清了清喉咙。"你替他承担罪名，是谁的主意？"

"我的。我爱列夫胜过爱世界上任何东西。但案子既然已经落幕，现在我就可以说了。而且，事实上……"崔恩又露出心不在焉的笑，"有时候我真希望敢那么做的是我。"

哈利和贝雅特沉默地摸起各自的杯子。哈利心想不知谁会先开口，如果现在他身边的是爱伦，他们凭直觉就知道了。

"你哥……"他俩同时开口。崔恩对他们眨了眨眼，哈利朝贝雅特点点头。

"你哥现在住哪里？"她问。

"列夫……在哪里吗？"崔恩困惑地看着他们。

"对，"她说，"我们知道他离开了一阵子。"

崔恩转向哈利。"你并没有说事情跟列夫有关。"那是责备的语气。

"我们说我们想谈两件事。"哈利说，"现在一件事谈完了，就开始谈第二件。"

崔恩从椅子上起身,抓过杯子,走到洗碗槽,倒掉可可。"可是列夫……毕竟他是我……他到底跟……有什么关系?"

"也许没有关系。"哈利说,"但如果有,他会需要你帮他洗清嫌疑。"

"他根本就不住在国内。"崔恩呻吟着转身面对他们。

贝雅特和哈利互看了一眼。

"那他住哪里?"哈利问。

崔恩迟疑了十分之一秒才回答——已经太长了:"我不知道。"

哈利看着窗外的黄色垃圾车。"你不太会说谎。"

崔恩只用僵硬的目光瞪着他。

"嗯。"哈利说,"或许我们不能期待你帮我们找你哥。但换个角度想,被杀害的是你太太,而我们有位目击证人指称你哥哥就是凶手。"说到最后两个字的时候,他的视线回到崔恩身上,看到他的喉结在苍白的皮肤下跳了一下。在接下来的沉默中,他们只听到隔壁公寓传来的广播声。

哈利咳了一声。"所以如果你可以告诉我们什么事,我们会非常感激的。"

崔恩摇头。

他们坐了一阵,然后哈利起身。"好吧。如果想起什么,你知道该上哪里找我们。"

站在门外台阶上的崔恩,已经没有他们刚到时的那副倦容了。哈利红着眼睛,抬头看着从云朵间探出头来的低垂太阳。

"我明白这对你并不容易,但也许你该脱下那件红夹克了。"

崔恩没有回答,他们开车离开停车场时,还看到他站在台阶上,把玩着小指上的钻戒,也瞥到邻居窗户后方,有张满布皱纹、晒成棕色的脸。

傍晚,云层散去了。准备从施罗德酒馆回家的哈利停在多弗列街街口,抬头上望。星星在没有月亮的夜空里闪烁,其中一个闪光是往北飞向加勒

穆恩机场的飞机。猎户星座的马头星云。马头星云。猎户星座。是谁告诉他这个的？是安娜吗，他纳闷着。

回到公寓后，他打开电视看 NRK 新闻。美国消防队员的英雄事迹。他关掉电视。马路上有个男人的声音大喊着女人的名字，听起来就是个醉鬼。哈利翻着口袋，找到那张抄下萝凯新电话号码的纸条，也发现自己还带着那把刻着"亚亚"缩写的钥匙。他把钥匙放进电话桌的抽屉深处，才开始拨号。没人接。电话铃响了，他无法肯定会不会是她，结果却在一堆噪声中听到爱斯坦的声音。

"妈的，这里的人怎么都乱开车！"

"你不必用吼的，爱斯坦。"

"他们妈的都想让我撞死在马路上！我从沙姆沙伊赫搭出租车过来，还想说一路都很顺，切过沙漠、路上车子不多、马路很直。天哪，我完全错了。告诉你，我现在还活着真是奇迹。又热得半死！你有没有听过这里的蚱蜢叫？还是沙漠的蟋蟀？他们会发出全世界最高的蚱蜢噪声，直接穿透大脑皮质，可怕得很。这里的水实在赞，超赞的！清澈见底，带一点绿色，温度跟人体一样，所以你根本没感觉。昨天我从海里出来，都没办法肯定我是不是……"

"爱斯坦，别再说什么海水温度了，你查到服务器了没？"

"一言难尽。"

"什么意思？"

哈利没听到回答。显然他们被电话那头的一阵讨论声给打断了。哈利只听到几个字，如"老板"和"钱"。

"哈利？抱歉，这边这个人有点疑神疑鬼的，我也是。真是有够热！但我想我找到的服务器没错，他们还是有可能想要我，但明天我会去看东西，亲自跟他们的老板见面。只要在键盘上花三分钟，我就能知道那个服务器对不对，剩下的就是钱的问题了。希望啦。明天再打给你。你该看看这些贝都因人的刀……"

爱斯坦的笑声听起来很空洞。

　　哈利在关灯前做的最后一件事是查百科全书。马头星云是团暗星云，清楚的人不多，猎户星座也一样，除了那是大家公认最美丽的星座之一。猎户星座是希腊神话人物，泰坦和优秀的猎人。他被黎明女神诱惑，然后被愤怒的森林之神杀死。哈利入睡时，觉得有人在想他。
　　第二天早上他睁开眼，觉得思绪飘得好远，只剩破碎的片段、半遗忘的几段画面。仿佛有人在他脑袋里东翻西找，把原本整齐收纳在抽屉和橱柜里的东西全都丢在地上。他一定是做了梦。走廊的电话响了又响，哈利强迫自己下了床。又是爱斯坦打来的：他在埃尔托的办公室里。
　　"我们有麻烦了。"他说。

24　圣保罗

　　洛斯可的嘴与唇形成一个温柔的笑。其实难以判定那究竟是不是温柔的笑容，但哈利猜不是。

　　"所以你请埃及的朋友去查一个电话号码。"洛斯可说。哈利捉摸不透他的语气是挖苦还是就事论事。

　　"在埃尔托。"哈利说，手掌搓着椅子的扶手。他觉得非常不舒服，不是因为他又坐进这间消过毒的访客室里，而是因为任务在身。他已经考虑过所有选择了：借贷、向莫勒招认、卖掉在车库里修过好几次的那辆福特车。但这是唯一实际的机会，唯一合逻辑的办法。疯狂极了。

　　"那个电话号码不是简单的号码。"哈利说，"能让我们查出寄电子邮件给我的人。那封邮件证明他知道安娜的死，还知道一些他不可能会知道的细节，除非她死的时候他在场。"

　　"你朋友说那个ISP的主人要六万埃及镑？那是多少克朗？"

　　"大概十二万。"

　　"你认为我应该给你这笔钱？"

　　"我没认为怎么样，我只是告诉你现在状况是这样。他们要钱，但我没有。"

　　洛斯可的一根手指摸过上唇。"哈利，这怎么会变成我的问题？我们有过协议，我遵守了我那部分。"

　　"我会遵守我那部分，但没有钱可能需要花上更多时间。"

　　洛斯可摇摇头，张开双臂，低声说了几句哈利猜是吉卜赛语的话。电话里的爱斯坦口气很急，说他们毫无疑问找到了服务器，但他以为会是棚屋里的什么生锈古董机型，发出咻咻声但勉强还能运作，而那个缠头巾的马商只要三匹骆驼和一包美国烟就能搞定。没想到他进了一间有空调的办公室，书桌后方坐了个身穿西装的年轻埃及男人，从银框眼镜后方望着他，说"没得讲价"，必须用无法追查的钞票付款，而且期限只有三天。

"我猜你已经考虑过，如果你被人发现在值勤时从我这种人身上拿到钱，会有什么后果？"

"我没值勤。"哈利说。

洛斯可用手掌摸着自己的耳朵。"孙子说如果你不控制事件，事件就会控制你。你对事件完全没有控制力，这表示你已经出了纰漏。我不喜欢出纰漏的人，所以我有个提议。这样对我们两方都简单。你给我这人的名字，我来把事情摆平。"

"不行！"哈利一掌重重拍上桌面，"我不想让他被你手下修理。我要他平平安安的。"

"你真让我惊讶。如果我的理解没错，你已经陷进难搞的局面了，为什么不把正义交给刀剑、用最不痛苦的方式处理呢？"

"不要仇杀。这是我们的约定。"

洛斯可微笑。"哈利，你有骨气，我喜欢。我尊重约定。但现在你却开始把事情搞砸。我怎能肯定这个人没错？"

"你有机会检查我从农舍拿到的那把钥匙是不是跟安娜的一样。"

"但现在你又来找我帮忙，所以你必须多给我一点东西。"

哈利咽了口口水。"我找到安娜时，她鞋子里有张照片。"

"继续说。"

"我的设想是，她在凶手杀她以前，设法把照片放进鞋子里。那是凶手家人的照片。"

"就这样？"

"对。"

洛斯可摇头，看了看哈利，然后又摇头。

"真不知道这里最笨的是谁。是被朋友蒙蔽的你，还是你那个以为从我这里偷了钱还可以躲起来的朋友。"他大大叹了口气，"还是肯给你钱的我。"

哈利以为会感到高兴或至少觉得欣慰，但他只感到胃里那个结更紧了。"那你要知道什么？"

"只要你朋友和他要去提款的那家埃及银行的名字。"

"一小时内就告诉你。"哈利站了起来。

洛斯可揉着手腕，好像才刚解下手铐。"希望你不要以为你了解我。"他头也没抬地沉声说。

哈利停步。"什么意思？"

"我是吉卜赛人。我的世界可能是截然相反的。你知道吉卜赛的神是什么吗？"

"不知道。"

"魔鬼。很怪吧？你在出卖灵魂的时候，能知道是卖给了谁总是好的。"

哈福森觉得哈利看起来很累。

"请定义'很累'。"哈利说着靠进他办公椅里，"等等，不必了。"

等哈福森问哈利进行得是否顺利，哈利又请他定义"顺利"时，哈福森叹口气，离开办公室去找埃尔默碰运气了。

哈利拨了萝凯给他的号码，但那个俄国声音又说话了，他猜是在说他搞错对象了。于是他打给莫勒，想让他老板知道他并没有搞错对象。莫勒听起来不太信。

"我要听好消息，哈利。不要听你怎么消磨时间。"

贝雅特进来说她又看了十次那卷录像带，已经不再怀疑屠夫和丝蒂恩互相认识。"我想他对她说的最后一句话，就是她会死。你可以从她的眼神看出来。同时有反抗和害怕，就像在战争片里会看到反抗的斗士排成一排、等着被枪毙时那样。"

停顿。

"哈喽？"她一手在哈利眼前挥着，"你好像很累。"

他打给奥纳。

"我是哈利。人在知道自己快被枪决的时候，会有什么反应？"

奥纳咯咯笑着。"他们会变得专心，"他说，"专心看时间。"

"害怕呢？惊慌呢？"

"看情形。你在说哪一种枪决？"

"公开行刑，在银行里。"

"了解。我两分钟后打给你。"

哈利边等边打量着自己的表。足足一百二十秒。

"死亡的过程跟出生的过程类似，都是非常私密的。"奥纳说，"处在那种情况下的人会直觉地想躲起来，并不只是因为他们感到身体上的脆弱。公开行刑时，在别人面前死亡是双重惩罚，因为对受害者来说，那是对其隐私最残酷的冒犯方式。一般认为，跟在囚室单独处死相比，公开行刑对防止民众犯罪更有效果，其中一个理由就是如此。不过，也有些调整做法，如让行刑者戴面具。跟很多人以为的不同，这么做并不是为了隐藏行刑者的身份——大家都知道那是当地的屠夫或做绳子的人。面具是基于受刑者的感受考虑的，好让他不觉得在自己死的时候，身边有个陌生人。"

"嗯。这个银行劫匪也戴了面具。"

"心理学研究中就有一个领域是面具的使用。比方说，现代概念中认为戴面具剥夺了我们的自由，这点完全被推翻了。面具可以某种程度上隐藏人的身份，也就是保护了自由。不然维多利亚时代的面具舞会为什么这么受欢迎？把面具用在性游戏上也是一样。不过，银行劫匪戴面具的理由当然就乏味多了。"

"也许吧。"

"也许？"

"我不知道。"哈利叹气。

"你好像……"

"累了。再见。"

　　哈利在地球上的位置缓缓远离太阳，下午的天色也暗得越来越早了。阿里杂货店外的柠檬像是黄色的小星星，哈利走上苏菲街，一阵无声的细雨洒了下来。下午的时间都用来安排汇款到埃尔托了，其实并不复杂：他问了爱斯坦的护照号码和他旅馆附近的银行地址，打电话把这些信息告诉狱友报纸《回归魅影》，洛斯可正在替那份报纸写一篇有关孙子的文章。然后就只剩下等待了。

　　哈利来到前门，正准备找钥匙，却听到身后人行道上传来一阵脚步声。他没有转身。

　　直到他听到一声低吼。

　　事实上，他并不惊讶。如果你把一口压力锅加热，就知道这种事迟早会发生。

　　那只狗的脸就跟夜晚一样黑，跟露出的白牙呈鲜明对比。前门那盏灯放出的昏黄光亮照上狗嘴里一颗大牙上挂着的口水，口水闪着光。

　　"坐下！"一个熟悉的声音传来，来自这条安静、狭窄的马路对面，一间车库入口的阴影中。罗威纳犬不甘愿地把那又大又壮硕的后半身安在潮湿的柏油路上，但那对闪亮的棕色眼睛却一直没离开哈利，那双眼绝不会让人想起"可爱的狗狗眼睛"。

　　棒球帽的阴影落在逐渐走近的男人脸上。

　　"晚安，哈利。怕狗吗？"

　　哈利看着面前的血盆大口。一段无关紧要的小事浮现脑海。罗马人曾利用一批罗威纳犬的祖先征服欧洲。"不怕，有什么事？"

　　"跟你说个建议。一个让你……那句话是怎么说的？"

　　"随便啦，亚布。直接把你的建议说出来吧。"

　　"休战协定。"阿尔内·亚布抬了抬棒球帽的帽檐。他想做出那个大男孩般的笑容，却没有之前那么成功，"你少管我的事，我就少管你的事。"

"有意思。亚布，要是我不答应，你准备怎么办？"

亚布朝那只罗威纳犬点点头，狗已经不是坐着的，而是摆出准备扑击的姿势。"我有我的办法，而且我也不是没有靠山。"

"嗯。"哈利拍了拍夹克口袋想找香烟，但狗的吼声变得更凶，他停止动作，"亚布，你看起来很累。这种奔波的日子很累人吧？"

亚布摇摇头。"奔波的不是我，哈利。是你。"

"哦？在公共场合顶撞警务人员，我会说这是疲劳的征兆。你为什么不想玩下去了？"

"玩？你是这样看的吗？拿人命下棋？"

哈利看到亚布眼中的愤怒，还有一点别的。他咬紧牙齿，太阳穴和前额上的青筋浮起。他慌了。

"你知道你干了什么事吗？"他几乎是压低声音说，不想再摆出笑脸了，"她离开我了，带着孩子走了。因为一场外遇！安娜对我已经没有意义了。"

亚布靠近哈利站着。"安娜和我是在我朋友的画廊里认识的，那时我朋友带我参观，她正好有个展，我买了她两幅画，自己也不知道为什么。我说这些画是要放办公室的，但当然我从没挂起来过。第二天我去拿画的时候，安娜和我开始聊天，忽然间我就约她去吃午餐，然后是晚餐。两周后我们一起去柏林过周末。情况一发不可收拾，我深陷其中，甚至没有想脱身的念头。一直到薇格蒂丝发现，威胁要离开我。"

他的声音开始发抖。

"我向薇格蒂丝保证这只是一时糊涂，男人到了我这年纪，遇到年轻女人偶尔会有这种愚蠢痴狂的行为。她让我想起过往的美好，年轻、健壮又独立。但你已经不是这样了，尤其是独立。等你有了小孩，就会知道……"

他的声音越说越低，呼吸变得粗重，双手插进外套口袋里，又继续说。

"安娜是个热情的恋人，已经到了偏执的边缘。好像她绝对不会放手。我真的得用力脱离她的掌握。我想走出大门的时候，她弄坏了我的一件夹克。我想你应该知道我的意思。有一次她把你离开的情形告诉我，她整个人差点崩溃。"

哈利惊讶得说不出话来。

"但我大概是同情她。"亚布继续说，"否则就不会又答应见她了。我十分清楚地说我跟她之间已经结束，但她说她只是想把我的几件东西还我。我从没想到你会来，把情况搞得一团糟，好像我们……旧情复燃了似的。"他低下头，"薇格蒂丝不相信我。她说她再也没办法相信我了，不可能有第二次。"

他抬起头，哈利从他眼底看到绝望。"霍勒，你拿走了我仅有的东西。我只剩下他们，我不知道还能不能让他们回到我身边。"他的面孔因痛苦而扭曲。

哈利想到压力锅。随时会爆。

"我唯一的机会就是，假如你……假如你不……"

看到亚布在夹克口袋里的手有了动作，哈利凭直觉做出反应。他一脚踢上亚布的膝弯，让他跪在了人行道上；那只罗威纳犬开始攻击，哈利一拳打上狗脸；他听到有东西撕裂的声音，感觉牙齿刺破皮肤，陷进肉里。他希望狗牙就这么咬着别动，但这只聪明的混蛋狗却松口了。哈利朝那块赤裸的黑色肌肉踢出一脚，但没踢中。他听到狗爪刮着柏油路面，狗扑了上来，张开大口要咬他。有人说过，出生不到三周的罗威纳犬就知道杀人最有效的办法就是撕破人的喉咙，现在这只重达七十公斤的肌肉机器冲过了他的双臂，哈利顺着刚才踢出那一脚的势道转身，狗嘴咬上的不是他的喉咙，而是他的脖子。但他的麻烦还没结束。他伸手向后，一手抓住狗的上颚，另一手抓住狗的下颚，全力想把狗嘴扳开。但狗嘴不仅没张开，反而又往他脖子里陷了一些。狗嘴的肌腱就像钢铁，哈利全速后退，身子重重撞在墙上。他听到狗肋骨断裂的声音，但狗嘴却没松开。他感到一阵惊慌。他听过下颌闭合的事，鬣狗的嘴巴紧咬雄狮的喉咙，直到身体被几只母狮子扯成一条条了都没松开。他感觉到热热的血在T恤里沿着背脊流下，发觉自己已经跪下来了。他已经感觉麻痹了吗？大家都到哪里去了？苏菲街是条僻静的街道，但哈利心想，自己从没见过街上像现在这么空旷。他忽然想到这一切的发生都那么静，没有喊声、没有吠叫，只有肉碰到肉和肉被撕裂的声音。他想开口喊，却发不出声音。他的视野边缘开始变黑，他知道有条动脉受到了挤压，现在会有隧道视野是因为大脑接收不到足够血液的缘故。一个又黑、又扁、又坚固的东西靠过来，在他眼前爆开。他尝到了碎石子。从很远的地方，他听到亚布喊着："放开！"

脖子上的压力松开了。哈利在地球上的位置缓缓远离太阳，周围变得一片漆黑时，他听到有人问："你还活着吗？听得见我说话吗？"

然后他耳边有金属的咔嗒声。枪的零件。扣扳机。

"哇……"他听到一声发自喉咙深处的呻吟，一堆呕吐物哗啦一声洒上柏油路。更多金属咔嗒声。保险栓打开了……再过几秒一切就会结束，原来感觉是这样。没有绝望，没有恐惧，甚至没有后悔。只有欣慰。没多少未了之事。亚布不赶时间，故意让哈利明白他果然有未了之事，一件他还没做的事。他让肺叶充满空气，动脉网吸饱了氧，输送到脑部。

"好，来……"那声音又开始了，但哈利一拳打上那人的喉头，声音就停了。

哈利站了起来。他快没力气了，只想保持意识，等待最后痛击。一秒钟过去了，两秒钟，三秒钟。呕吐味在他鼻子里燃烧，头顶上的街灯变得清晰。马路上空荡荡的没有人，只有一个男人躺在他旁边。那人穿着蓝色棉夹克，里面露出一件睡衣模样的上衣，正干噎着喘气。灯光照上金属，那不是枪，而是打火机。现在哈利才看清那人不是阿尔内·亚布，而是崔恩·格雷特。

哈利拿着一杯烫人的热茶，隔着厨房餐桌坐在崔恩对面。崔恩仍费力地咻咻喘气，突睁着一双惊慌的大眼。哈利则是头晕又恶心，脖子上像烧伤似的一阵阵抽痛。

"喝吧。"哈利说，"加了很多柠檬，会麻痹肌肉、让肌肉放松，你就可以呼吸得轻松些。"

崔恩照做了。让哈利大感惊讶的是，这杯茶真的有效。几口下肚，又咳了几阵之后，崔恩苍白的面颊上恢复了一丝血色。

"你……糟。"他喘着气说。

"什么？"哈利坐进另一把椅子里。

"你看起来很糟糕。"

哈利笑了笑，摸着绑在脖子上的毛巾。现在已经浸满了血。"因为这个你才吐的吗？"

"我没法见血。"崔恩说，"我会……"他翻了个白眼。

"嗯，搞不好会更糟。你救了我一命。"

崔恩摇头。"我看到的时候还离你很远，我只大叫了一声，不知道是不是这样，那人才叫狗松口的。抱歉我没记下车牌号码，不过他们离开时开的是一辆吉普车。"

哈利挥手表示那不重要。"我知道他是谁。"

"哦？"

"他还在接受调查。但你最好告诉我，你在这里做什么。"

崔恩不安地摸着杯子。"你那个伤真的应该去看急诊。"

"我会考虑的。我们上次谈完后，你是不是想过了？"

崔恩缓缓点头。

"你有什么结论？"

"我不能再帮他了。"哈利难以判断崔恩是不是因为喉咙痛，才低声说出最后这句话。

"那你哥在哪里？"

"我要你告诉他，是我告诉你的。他会懂。"

"好。"

"塞古鲁港。"

"嗯。"

"那是巴西的一个城。"

哈利皱了皱鼻子。"噢。我们去那里要怎么找他？"

"他只说他在那里有栋房子，不肯给我地址。我只有电话。"

"为什么？他又没被通缉。"

"我不确定这是不是真的。"崔恩又喝了一口茶，"但反正他说我没有地址会比较好。"

"那个城很大吗？"

"列夫说，大约有一百万人口。"

"好。没有别的资料了？其他认识他、可能有他地址的人？"

崔恩迟疑了一下，然后摇头。

"说吧。"哈利说。

"列夫上次跟我在奥斯陆见面时，我们去喝咖啡。他说咖啡比以前更难喝了，还说他开始到当地的阿华喝意诺咖啡①。"

"阿华？那不是阿拉伯咖啡馆吗？"

"没错。意诺咖啡是一种很浓的巴西浓缩咖啡。列夫说他每天都去那里，喝咖啡，吸水烟，跟叙利亚人老板玩骨牌，那老板已经变成他朋友了。我还记得那老板叫穆罕默德·阿里，跟那个拳击手同名。"

"还有其他五千万个阿拉伯人。你哥有没有说是哪一家咖啡馆？"

"可能有，但我不记得了。巴西小城里不会有多少家阿华吧？"

"或许不会。"哈利想。这肯定是条具体线索。他正想把一手放上前额，但一举手脖子就痛。

"最后一个问题。你为什么决定告诉我这些？"

崔恩的茶杯转了几圈。"我知道他来过奥斯陆。"

围在哈利脖子上的毛巾像条沉重的绳子。"你怎么知道的？"

崔恩抓着下巴好一会儿，然后才回答："我们超过两年没联络了，然

---

① Cafezinho，巴西版意式浓缩咖啡，将咖啡粉、热水和糖混合进行过滤，一般是用小杯喝，并装在暖瓶里出售，十分具有当地特色。

后他忽然打电话来，说他在市区。我们在一家咖啡馆见面，聊了好久。所以才会谈到咖啡。"

"那是什么时候的事？"

"银行抢劫案发生前三天。"

"你们聊了什么？"

"什么都聊，但也没聊什么。要是你认识对方像我们这么久，大事通常都变得太大，难以出口，你只会谈些小事，如……老爸的玫瑰之类的。"

"哪种大事？"

"一些最好没做过的事。还有一些最好没说过的话。"

"所以你们只谈了玫瑰？"

"丝蒂恩和我留在老家的时候，我照看玫瑰。那是列夫和我小时候住过的房子，我也想要孩子们在这屋里长大。"他咬着下唇。目光停在棕色与白色相间的油布上，那是哈利唯一留下的母亲的遗物。

"他没说抢劫的事？"

崔恩摇头。

"你知道他那时候就在计划抢劫，也知道要抢的是你太太的银行？"

崔恩深深叹了口气。"果真如此的话，我应该会知道，说不定也会阻止了。要知道，列夫很喜欢把他抢银行的事情告诉我，每次都说得津津有味。他把拿到的拷贝录像带放在雾村路住处的阁楼里，每隔一阵子就坚持要跟我一起看。看他这个做大哥的有多聪明。我娶了丝蒂恩、开始上班后，明确告诉过他不想再听他那些计划了，不然会让我左右为难。"

"哦，所以他不知道丝蒂恩在银行工作？"

"我告诉过他丝蒂恩在北欧银行上班，但我没说哪个分行。我想是没有。"

"但他们互相认识？"

"嗯，他们是在家庭聚会上见过几次。列夫向来不喜欢参加那种聚会。"

"他们相处得如何？"

"嗯，只要列夫想，他可以变得很迷人。"崔恩讽刺地笑了，"我说过，我们有同一组基因。我很高兴他愿意费功夫展现好的一面给她看；而且因为我告诉过丝蒂恩，他对不喜欢的人会有怎样的表现，丝蒂恩觉得自己受到了特别待遇。她第一次来我家的时候，他带她在附近逛了一圈，把他和我小时候玩过的地方都指给她看。"

"但没看那座天桥吧？"

"不，没有。"崔恩沉思着举起手来看，"但你不该以为他是为了自己。只要能说自己干过的坏事，列夫都会很高兴；他没说是因为知道我不希望丝蒂恩知道我有一个这样的哥哥。"

"嗯。你确定没有把你哥哥美化过头吗？"

崔恩摇头。"列夫有黑暗面和光明面，就跟我们一样。他对喜欢的人会两肋插刀。"

"但不是在监狱里？"

崔恩张开嘴，但没有说出回答。他一只眼睛下的皮肤颤动着。哈利叹了口气，困难地站起身。"我要搭出租车去急诊室。"

"我有车。"崔恩说。

引擎低鸣着。哈利凝视着闪过漆黑夜空的街灯、仪表板和崔恩握着方向盘的小指上那只闪亮的钻戒。

"这个戒指的事你说了谎。"哈利低声说，"这颗钻石很小，不必花上三万。我猜大概只要五千，你是在奥斯陆这边的一家珠宝店买给丝蒂恩的。我说得对吗？"

崔恩点头。

"你在圣保罗跟列夫见过面了，对不？那笔钱是给他的。"

崔恩又点头。

"够他生活一阵子。"哈利说，"如果他决定回奥斯陆，另外找份工作，这笔钱也够让他买张机票回来。"

崔恩没有回答。

"列夫还在奥斯陆。"哈利低声说，"我要他的手机号码。"

"你知道吗？"崔恩在亚历山大柯兰斯广场小心地右转，"昨天晚上我梦到丝蒂恩到卧室来跟我说话。她穿了天使的衣服，不是真的天使，只是嘉年华上会穿的那种节日道具服装。她说她不属于上面那边。等我醒来，就想起列夫。我想起他坐在学校屋顶边上，我们要去上下一堂课的时候，他双脚还在空中荡呀荡的。他只是一个小点，但我记得我当时在想什么。他属于上面那里。"

25　小费

伊佛森办公室里坐了三个人：伊佛森坐在一张小书桌后，贝雅特和哈利分别坐在稍低的两张椅子上。低的椅子有个广为人知的妙处，大家可能会以为这个让你矮人一截的技巧已经没人用了，但伊佛森可是清楚得很。他的经验是基本技巧绝不会过时。

哈利把椅子向后倾，好往窗外看：外面是旅馆广场，圆形的云飘过玻璃大楼和市区，一滴雨也没下。哈利在医院打了破伤风针后还吃了颗止痛药，但他并没有睡。他对同事的说法是，有只凶猛的野狗野性未失，值得嘉奖，而他靠得太近，没办法把狗赶走。他的脖子肿了起来，紧缠着的绷带摩擦着皮肤。哈利清楚知道，要是他转头去看现在正在讲话的伊佛森，脖子会有多痛，但他也知道就算脖子不痛，他也不会转头。

"所以你要去巴西的机票，去那里找人？"伊佛森一边说，一边拂拭桌面，假装要压抑笑容，"在屠夫仍然如火如荼地在奥斯陆抢银行的时候吗？"

"我们不知道他在奥斯陆的哪里。"贝雅特说，"或者他到底在不在奥斯陆。但我们希望可以追查他弟弟所说的、在塞古鲁港的房子。如果我们找到了，就会有他的指纹。如果这些指纹跟那个可乐瓶上的一样，我们就有了定罪的证据。那么这趟旅行就值得了。"

"哦？什么指纹只有你们有，别人都没有？"

贝雅特极力想捕捉哈利的目光，却徒劳无功。她咽了口口水。"由于我们应保持两组人独立作业的原则，我们决定保密。除非日后情况有变。"

"亲爱的贝雅特啊，"伊佛森开口，还眨了眨右眼，"你说'我们'，但我只听到哈利·霍勒。我很感激霍勒这么努力地执行我的策略，但我们不该让原则妨碍两组人可以共同达成的结果。所以我再问一遍：什么指纹？"

贝雅特不知所措地望了哈利一眼。

"霍勒？"伊佛森说。

"我们就是这样办事的。"哈利说，"除非日后情况有变。"

"随你便。"哈佛森说，"但就别想去巴西。你们必须跟巴西警方联络，请他们协助你找到指纹。"

贝雅特清了清喉咙："我问过了。我们必须先请巴伊亚州的警长寄出书面申请，让巴西地方检察官熟悉案情，最后他们会发出搜查令。我问的那个人说，如果在巴西行政机关里没有熟人，根据他的经验，这件事要花两个月到两年。"

"我们已经订好了明天傍晚的航班。"哈利边说边研究自己的指甲，"你的决定是？"

伊佛森笑了。"你说呢？你来找我，要我拿钱给你买机票到地球的另一边，却懒得把这趟旅行的理由告诉我。你计划在没有搜查令的情形下搜索一间屋子，所以就算你找到鉴识证据，法庭大概也只能拒绝，因为你是以非法方式取得的。"

"老砖块把戏。"哈利轻声说。

"你说什么？"

"一个陌生人将砖块丢进窗户，如果警察刚好经过，不需要搜查令就可以进屋。他们认为客厅有大麻的气味。主观的想法，却有可以即刻搜查的正当理由。因为要保住那地方的鉴识证据，如指纹。这非常合法。"

"简单来说——你的话我们想过了。"贝雅特匆忙开口，"如果我们找到房子，就会通过合法手段采集指纹。"

"哦，是吗？"

"希望不必用到砖。"

伊佛森摇头。"不够好。我的答案是大声、响亮的'不行'。"他看了看手表，表示会议已经结束，又摆出一个蜥蜴般的假笑："除非日后情况有变。"

"你就不能给他个台阶吗？"贝雅特说，他们走出伊佛森的办公室，上了走廊。

"什么台阶？"哈利说着小心转头，"他一开始就决定了。"

"你甚至没让他有机会给我们买机票。"

"我给了他不被否决的机会。"

"什么意思？"他们在电梯前停步。

"我告诉过你。我们在这件案子上有一点自由。"

贝雅特转过身，盯着他看。"我想我懂了。"她缓缓地说，"所以现在会怎么样？"

"他会被否决。别忘了带防晒霜。"电梯门打开了。

那天稍晚，莫勒告诉哈利，伊佛森接受总警司的决定，让哈利和贝雅特去巴西，在交通费和住宿费上狠狠刮劫案组一笔。

"你高兴了吗？"贝雅特在哈利回家前这么对他说。

然而，在哈利走过广场饭店、天空忽然放晴时，很奇怪地，他完全不觉得满足。只有难堪、疼痛和缺乏睡眠造成的疲倦。

"小费？"哈利朝话筒大喊，"他妈的什么小费？"

"贿赂啦。"爱斯坦说，"在这个国家，不行贿的话，没人肯动一动手指头。"

"妈的！"哈利一脚踢上镜子前方的桌子。电话从桌上滑下来，把话筒从他手里拉掉。

"喂？哈利，你还在吗？"地板上的电话里传来杂音。哈利真不想拿起话筒。走开，或是放上一张金属制品乐队（Metallica）的唱片并把音量开到最大。早期乐队的其中一张。

"哈利，不要被打败！"那声音尖声叫着。

哈利直着脖子，弯下腰捡起话筒。"抱歉，爱斯坦。你刚才说他们要多少？"

"两万埃及镑。也就是四万挪威克朗。他们说，收到以后就会把那人盛在银盘上给我。"

"爱斯坦，他们在耍我们。"

"那还用说。但我们要不要那家伙？"

"我马上就汇钱过去。你一定要拿到收据，好吗？"

哈利躺在床上，瞪着天花板，一面等三倍量的止痛药药效发作。在滚进一片黑暗之前，他最后看到的是一个男孩高高坐在上方，双脚荡啊荡的，从上面望着他。

第四部

那段留言只有五秒，里面只有一条有价值的信息。这就够了。线索不在阿尔内·亚布挂掉电话前所说的那段话里……也不在背景里葛瑞格疯狂的吠叫里。而是令人心寒的高声鸣叫。海鸥。

26　迪亚爵达

　　弗雷德·鲍格斯坦宿醉了。他三十一岁，离了婚，在国家湾第二钻油平台当油井工人。工作很辛苦，上班时禁止喝酒，但薪资很高，房间里有电视、美食，最棒的是，只要上三周的班，就能休四周的假。有些人回家陪妻子、瞪墙壁，有些人开出租车、盖房子，免得闲到发疯，还有些人会跟弗雷德一样：飞到热带国家，把自己灌得不省人事。偶尔，他会写张明信片给女儿卡茉儿，或"小娃儿"——他还是这样叫她，虽然她都十岁了。还是十一岁？总之，她是他在欧洲大陆唯一的亲人，这样就够了。他上次跟父亲说话时，父亲抱怨弗雷德的母亲又因为在力蜜超市偷饼干而被捕。"我替她祈祷。"父亲当时这么说，还问弗雷德手边有没有挪威文的《圣经》。"爸，《圣经》就跟早餐一样缺不得。"弗雷德这么回答。这点倒是真的，因为弗雷德在迪亚爵达时，向来不在午餐前吃东西，除非"乡村姑娘"鸡尾酒也算食物。但这就是定义问题了，因为他在每杯酒里至少都加了四勺糖。弗雷德·鲍格斯坦喝"乡村姑娘"鸡尾酒，是因为这种酒其实很烈。在欧洲，这种酒冠着名不副实的好名声，因为里面用的是朗姆酒或伏特加，而不是用巴西甘蔗酒——一种从甘蔗中蒸馏出来、又纯又苦的巴西高浓度酒精饮料——也因此使得喝"乡村姑娘"成为弗雷德号称忏悔的行为。弗雷德的祖父和外祖父都是酒徒，有了这样的遗传基因，他认为要犯错最好选个安全的法子，去喝烈到绝对不会让人上瘾的酒。

　　今天十二点，他拖着步子来到穆罕默德的店，买了杯浓缩咖啡加白兰地，又在蒸人的热气中，从又低又矮的两排相对还算白的房子之间，沿着那条坑坑洼洼的石子窄路慢慢晃回家。他跟罗格合租的房子就是那些不怎么白的房子之一，灰浆开始剥落，屋内灰色的水泥墙被来自大西洋的潮湿海风完全渗透，只要伸出舌头就能尝到墙壁的刺激气味。不过，弗雷德自我解嘲地想，有谁会想这么做呢。这间房子算不错了，有三间卧室，两张床垫，一个冰箱和一个灶台，再加上房间里的一张沙发和架在两块多孔砖上的一张桌面。因为墙上有个勉强算是方形的洞被他们当成了窗户，这里就顺理成章地成了客厅。没错，他们是该经常打扫——厨房里有大批黄色的火蚁出没，这种火蚁咬人非常痛——但自从冰箱被搬到客厅，弗雷德反正也不常进厨房。现在他躺在沙发上，计划待会儿要做什么，这时罗格进来了。

"你刚才到哪里去了？"弗雷德问。

"去港口的化学药品店啦。"罗格边说边笑，笑容在他那又宽又有疤的脸上漾开，"你他妈的绝对不相信他们可以直接卖你什么。那种东西在挪威就算有医师处方都拿不到。"他倒出塑料袋里的东西，大声念出标签。

"三毫克的苯二氮，两毫克的氟硝安定。妈的，这根本就是迷奸药嘛！"

弗雷德没有回答。

"不舒服吗？"罗格还是兴高采烈的，"你一点东西都没吃？"

"没。只在穆罕默德那里喝了杯咖啡。对了，那里有个神秘男子，在问穆罕默德有关列夫的事。"

罗格的头从那堆药品中猛地抬起。"问列夫的事？他长什么样子？"

"高个子，金发，蓝眼睛。听起来像个挪威人。"

"妈的！弗雷德，不要这样吓我好吗！"罗格又继续看标签。

"什么意思？"

"我这么说吧。如果他个子高、肤色深、身材瘦，那就是我们离开迪亚爵达或整个西半球的时候了。他看起来像不像警察？"

"警察是什么样子？"

"就是……算了，你这个钻油工。"

"他看起来像个酒鬼。我知道酒鬼什么样。"

"好。那也许是列夫的朋友。我们要不要帮他一把？"

弗雷德摇头。"列夫说他住在这里是完全……孤什么的……反正是个表示秘密的字眼。穆罕默德假装从来没听过列夫这个人，假如列夫想被找到，那人就会找到他。"

"我开玩笑的啦。说到这个，列夫人在哪里？我好几周没他消息了。"

"上次我听说他去了挪威。"弗雷德说，慢慢抬起头来。

"也许他抢了银行，然后被捕了。"罗格说，想着想着就笑了。不是因为他想要列夫被捕，而是抢银行的念头总是让他想笑。他自己就干过三次，每次都会让他亢奋上好一阵子。的确，前两次他们被捕了，但第三次却干得滴水不漏。每每说到那次的壮举，他都会略过不提自己正好碰到监控摄像头在维修的幸运巧合。但无论如何，那些报酬让他能在迪亚爵达享受悠闲的生活，偶尔还可以抽抽鸦片。

这座美丽的小村庄坐落在塞古鲁港南边，一直到最近，都住着波哥大以南该洲最大的一批通缉犯。从七十年代以来，迪亚爵达就是那些在欧洲夏季期间靠赌博、出售自制首饰和人体彩绘的嬉皮士和旅客的集结地。这些人代表着迪亚爵达的额外收入，而且多半不会打扰任何人。于是，坐拥该地所有工商业的两个巴西家族跟当地警方达成共识，结果就是警方对有人在海滩、咖啡馆、日益增多的酒吧，甚至马路或其他任何地方抽大麻等事，全都睁一只眼闭一只眼。

不过有一个问题：如果观光客抽大麻或违反其他鲜为人知的法律，就跟在其他地方一样，必须付罚金。对领国家微薄薪水的警察而言，这笔钱是他们重要的收入来源。为了让有利可图的观光业与警察和平共存，这两大家族必须提供警方另一项有保障的利润。事情开始于一位美国社会学家和他的阿根廷男友。这位负责生产、贩卖大麻的男友被迫给警长一笔佣金作为保护费，并请其确保他的市场独占权。换句话说，潜在的竞争者会立刻被捕，送进联邦警局公事公办。金钱源源不绝地流进当地几位警官的口袋，一切顺顺利利，直到墨西哥人提出更高的佣金。然后有个周日早上，那个美国人和阿根廷人被送进联邦警局，公事公办地来到邮局前方的市集广场。总之，这种买卖保护的有效市场调节制度持续繁荣，没多久迪亚爵达就挤进了大批来自世界各地的通缉犯，他们在这块还算安全的地方落脚，仅需支付远比芭堤雅或其他地方低得多的价格。不过，到了八十年代，这块美丽且迄今为止几乎未遭人为破坏的自然珍宝，有着长长的沙滩、红色的夕阳和质量优良的大麻的欢乐地，被一群观光秃鹰——背包客——发现了。他们成批涌入迪亚爵达，个个抱着消费的决心，使得这里的两大家族不得不重新评估迪亚爵达作为庇护不法分子大本营的经济可行性。温馨、阴暗的酒吧逐渐转型成跳水设备出租行，当地人以传统方式跳黏巴达舞的咖啡馆开始规划"狂野月宴"之夜，警察不得不对这些小白屋展开越来越频繁的突袭，把那些疯狂抗议的吸大麻者赶上广场。但相比之下，不法之徒在迪亚爵达仍比待在世界上很多其他地方要安全，尽管妄想症已渗入每个人心里，罗格却还没受到影响。

　　正因如此，像穆罕默德·阿里这样的人才能在迪亚爵达的食物链中找到生存空间。他的存在有个最充分的理由：来自塞古鲁港的巴士都以广场为终点站，而他就占据了广场的战略观察点。迪亚爵达只有这么一个被阳光烘热、铺满圆石的广场，而穆罕默德可以从他那家阿华店的开放式柜台后把广场上的一切尽收眼底。只要有巴士抵达，他就停止端咖啡，把巴西烟草——这种劣质烟草可以替代他家乡生产的麻索①——装进水烟，以便查看到站的人，看看有没有便衣警察或赏金猎人。如果他那双鹰眼发现任何属于第一类的人，他会立刻发出警报。所谓警报是种订阅制的服务，付月费的人会接到电话，不然就是派个头小、手脚快的保利尼奥到这些人门口钉一张纸条。穆罕默德注意进站巴士也有私人原因，自从当年跟罗瑟丽塔一起离开她丈夫和里约，他就时刻担心着对方发现自己的后果。如果你人在里约或圣保罗的贫民区，简单的谋杀只要几百美金就能了事。就连经验丰富的专业级杀手，一趟寻人外加灭口行动，算上旅费也用不着两三千

---

① 麻索（M'aasil），一种阿拉伯的加味烟草，在蜜糖里面浸过。

美金，而且过去十年来，这里一直是买方市场。更何况，杀情侣档还有高折扣。

有时候，被穆罕默德认定是赏金猎人的，还会直接走进他的阿华店。故意要露个脸的他们会点一杯咖啡，在恰当的时间点喝光，然后不可避免地问出那个问题：你知不知道我朋友某某某住哪里？或你认不认识这张照片上的男人？我欠他一笔钱。这种情形下，如果穆罕默德说出标准答案（"先生，我在两天前看到他带着一口大箱子，搭巴士去塞古鲁港了"），并成功让那位赏金猎人搭下一班巴士离开，还会收到额外的费用。

当这个高大的金发男子，穿着皱巴巴的麻料西装，脖子上缠着绷带，把一个袋子和一个 PlayStation 手提袋放上柜台，擦掉额上的汗水然后用英语点了杯咖啡时，穆罕默德可以嗅出在固定费用外还会多几块雷亚尔①的气味。不过，让他心生警觉的不是那个男人，而是跟他一起来的女人。她还不如直接把警察两个字写在额头上算了。

哈利打量着这家店。除了他自己、贝雅特和柜台后方的那个阿拉伯人，店里只有三个人。两个背包客和一个潦倒的观光客，一看就是正想从严重的宿醉中恢复精神的样子。哈利的脖子快把他整死了。他看了看表，从他们离开奥斯陆算起，已经过了十二小时。欧雷克打电话来说他破了俄罗斯方块的纪录，哈利则成功在飞往巴西的累西腓之前，在希思罗机场的电脑游戏店买到了南梦宫 G-Con45 光枪。他们搭螺旋桨飞机来到塞古鲁港。他在机场外跟一个出租车司机谈了一个大概很夸张的价码，让车子载他们去坐到迪亚爵达的渡轮，然后由巴士颠颠簸簸地载他们走完最后几公里。

二十四小时之前，他还坐在会客室里，对洛斯可解释他还需要给埃及人四万克朗。洛斯可对他说，穆罕默德·阿里的阿华店并不在塞古鲁港，而在附近的一个市镇。

---

① 雷亚尔（Real），巴西货币。

"迪亚爵达。"洛斯可说，脸上有个灿烂的笑容。"我认识几个住在那边的人。"

那个阿拉伯人看着贝雅特，贝雅特摇摇头，然后把杯子放在哈利面前。咖啡又浓又苦。

"穆罕默德。"哈利说，看到柜台后的这个人身子一僵，"你是穆罕默德没错吧？"

阿拉伯人咽了口口水。"你是谁？"

"一个朋友。"哈利把右手伸进夹克，看到那张黝黑的脸上出现惊慌，"列夫的弟弟想找他。"哈利取出贝雅特在崔恩家找到的一张照片，放在柜台上。

穆罕默德闭上眼一秒钟，嘴唇似乎喃喃说着听不见的感恩祷告词。

照片上是两个男孩。高的那个穿了件红色棉夹克，大笑着，一只手慈爱地揽着另一个男孩，被揽住的男孩害羞地对着镜头笑。

"我不知道列夫有没有提过他弟。"哈利说，"他弟叫崔恩。"

穆罕默德拿起照片，细细打量。

"嗯，"他说着抓了抓胡子，"这两个人我都从来没见过。我也从没听说过有谁叫列夫。这附近的人我全认识。"

他把照片还给哈利，哈利把照片放回夹克内袋，喝光咖啡。"穆罕默德，我们得找个地方过夜，然后会再回来。在这段时间里，去喝几杯吧。"

穆罕默德摇摇头，抽出哈利放在咖啡杯下的二十美元纸钞还给他。"我不收大钞。"他说。

哈利耸耸肩。"反正我们还会回来的。"

由于现在是淡季，他们在这间名叫维多利亚的小旅馆，一人拿到一间大房。尽管旅馆只有两层楼、二十几个房间，哈利拿到的房间钥匙却是六十九号。一张红色心形的床旁有个床头柜，哈利拉开抽屉，看到旅馆附送的两个保险套之后，他猜自己住进了蜜月套房。整扇浴室门都是镜子，可以从床上看见自己。房间里除了床，唯一的家具是一个大得不搭调的深衣橱，衣橱里挂了两件有点旧、长度到大腿的浴袍，背后还带有东方符号。

接待员看到列夫·格雷特的照片后，微笑着摇头。同样的情形也发生在隔壁餐厅，以及在静得诡异的大街上，多走几步就会看到的一家网吧。大街遵循传统模式，从教堂延伸到墓园，却有个新颖的名字：百老汇大街。在一家出售水和圣诞树吊饰、门上还写着超级市场的迷你杂货店里，他们终于在收款机后方找到一个女人。不管他们问什么，她都用空洞的眼神望着他们，一律回答"是"，最后他们只得放弃走人。回去的路上，他们看到一个孤单的年轻警察，背靠着一辆吉普车，交叉双臂，腰间低低挂着隆起的手枪皮套，观察他们的动向时还打了个哈欠。

回到穆罕默德的阿华店，柜台后方那个瘦瘦的男孩说，老板突然决定休几天假，散步去了。贝雅特问老板什么时候会回来，男孩无言以对，只摇摇头，指着太阳，说："特兰科苏。"

旅馆的女接待员说，沿着绵延十三公里的白沙滩可以走到特兰科苏，那是迪亚爵达最大的地标。撇开广场的天主教堂不算，那里也是唯一的地标。

"嗯。女士，为什么到处都没什么人？"哈利问。

她笑着指着大海。

于是他们往那儿去。在热气蒸腾中，极目所见，两边全是炙人的热沙，做日光浴的人横七竖八地躺着，海滩小贩在松散的沙地上勉力前进，被几袋冷却包和水果的重量压弯了腰。酒保在简陋搭成的酒吧里微笑，稻草屋顶下的扩音器放着震耳欲聋的桑巴音乐，冲浪的人穿着黄色的国家队服，嘴唇用氧化锌涂成白色。还有一男一女两个提着鞋子的人正往南走，女的穿着短裤和暴露的上衣，还戴了顶草帽，都是她到了旅馆之后换上的；男的仍然穿着那套皱巴巴的麻料西装，没戴帽子。

"她刚才说的是十三公里？"哈利说，把吊在鼻端的几滴汗珠吹掉。

"在我们回去以前，天就会黑了。"贝雅特说着指了指，"你看，大家都要回去了。"

　　沿着海滩黑压压的一片，看似无止尽的人潮都准备回家，他们背后是午后的阳光。

　　"就跟我们希望的一样。"哈利说着把墨镜顶上鼻梁，"全迪亚爵达的人排成一列，我们只要睁大眼睛看。假如没看到穆罕默德，搞不好会走运撞见列夫本人。"

　　贝雅特笑了。"跟你赌一百块我们遇不到。"

　　一张张脸在大热天里闪过。黑的、白的、年轻的、老的、漂亮的、丑的、嗑了药的、有节制的、笑着的、板着脸的。酒吧和冲浪板出租摊都不见了，他们只看到沙滩和大海在左边，浓密的热带丛林在右边。几群人东一处、西一处地坐着，大麻烟的特有气味阵阵飘来。

　　"我又想了想亲密空间和我们的内部人理论。"哈利说，"你觉得列夫和丝蒂恩之间的关系，会不会只是大哥和弟媳而已？"

　　"你是说，她也参与了计划，然后他想避免留下线索所以杀了她吗？"贝雅特斜眼看着太阳。"嗯，也不无可能啊。"

　　即使已经过了四点，热度仍然没减退多少。他们脱了鞋，跨过几块岩石，哈利在岩石另一边发现一截被海水冲洗干净的干枯粗枝。他把树枝插进沙里，先从夹克里取出皮夹和护照，然后才把夹克挂上这个临时衣架。

　　现在可以看到远方的特兰科苏了，贝雅特说，刚才经过他们身边的一个男人她在录像带里看到过。一开始，哈利以为她是指哪个小有名气的演员，后来她说那人叫作罗格·佩尔松，除了犯下几次毒品罪之外，还因为抢劫旧城区和费特维车站的邮局坐过牢，也是抢劫伍立弗邮局的嫌疑人。

　　弗雷德在特兰科苏的海滩餐厅里喝掉了三杯"乡村姑娘"，但他仍觉得走十三公里的路只为了——用罗格的话来说——"让皮肤在跟着发霉以前透透气"，是一件蠢事。

"你就是因为吃了那些新药，才没办法好好坐着。"弗雷德对他朋友抱怨，对方举起膝盖踮着脚，蹦蹦跳跳地走在前方。

"那又怎样？总要燃烧一点卡路里才能回北海吃自助餐呀。告诉我穆罕默德在电话里说那两个警察怎么了。"

罗格叹口气，不情不愿地搜索着短期记忆。"他说有个矮个子的女人，苍白得像是透明的；还有一个高大的德国人，有个酒糟鼻。"

"德国人？"

"是穆罕默德猜的。也可能是俄国人，或印第安人，或……"

"很好笑。他确定人家是警察吗？"

"什么意思？"罗格停步，弗雷德差点撞上他。

"我只是说这件事我不喜欢。"罗格说，"据我所知，列夫不在挪威以外的地方抢银行。挪威警察也不会来巴西追捕讨厌的银行劫匪。可能是俄国人。妈的。我们知道是谁派来的，他们要找的不是列夫。"

弗雷德呻吟了一声。"拜托不要又是那套吉卜赛人的蠢话。"

"你以为我是没事找事吗？他可是撒旦化身，就算只骗走他一克朗，他也会毫不犹豫地除掉对方。我从没想过他会发现，我只从其中一袋里拿了几千块当零花，不是吗？但这是原则问题。如果你是帮派首领，就得遵守规定，除非……"

"罗格！如果我想听这些黑手党的废话，我可以去租录像带。"

罗格没有回答。

"哈喽？罗格？"

"闭嘴！"罗格低声说，"不要转头，继续走。"

"什么？"

"要是你没喝醉，就会看到我们刚才经过一个透明人和一个酒鬼。"

"是吗？"弗雷德偏过头，"罗格……"

"怎样？"

"我想你说得对。"他们一起转身。

罗格继续走，没有回头："妈的！"

"现在怎么办？"

弗雷德没听到回答，回头看的时候发现罗格已经不见了。他讶异地望着沙滩，和沙子上罗格留下的一排深脚印，脚印一个急转向左，他在前方看到罗格匆忙的步伐。然后弗雷德自己也开始往那浓密、葱郁的丛林跑去。

哈利立刻放弃了。

"没用的。"他在贝雅特身后大喊，贝雅特晃了一下，也停了步。

他们距离海滩才几米，然而却像进了另一个世界。树叶顶盖下一片漆黑，树干之间悬着一股浓浊如水汽般的热气。就算有两个人逃跑的声音，也被鸟儿的尖叫和海浪的隆隆声给盖过了。

"后面那个看起来应该跑不快。"贝雅特说。

"他们比我们熟悉地形。"哈利说，"我们也没有武器，但他们可能有。"

"如果列夫之前没接到警告，现在就会了。那我们该怎么办？"

哈利揉着脖子上浸湿了的绷带。蚊子已经成功溜进去咬了几口。"我们改用备选计划。"

"哦？备选计划是什么？"

哈利看着贝雅特，纳闷为什么她的额头上看不见一滴汗珠，自己却像个腐臭的水沟，全身大汗淋漓。

"我们去钓鱼。"

夕阳虽短，却另有一番华丽景象，呈现出光谱上各种深浅浓淡不一的红。穆罕默德认为还加上了另外几种，他指着太阳，太阳像热煎锅上的一团奶油，融进了水平线。

但柜台前方的德国人却对夕阳没有兴趣。他只说他会出一千块，给任何能帮他找到列夫·格雷特或罗格·佩尔松的人。可否请穆罕默德把话传出去？感兴趣的线人请到维多利亚旅馆的六十九号房。那个德国人说完之后，就跟那个苍白的女人离开了阿华店。

傍晚时分，出来飞舞的昆虫把燕子搞得发狂。太阳已在海面上融成一团软软的红，十分钟后天就黑了。

一小时后，罗格连声咒骂着出现，晒黑的皮肤上有张苍白的脸。

"吉卜赛流氓。"他低声对穆罕默德说，还说他在弗雷多的酒吧已经听闻大笔酬金的事，马上就离开了。路上他去那家超级市场探了探，彼得拉说那个德国人和金发女人来过两次。上一次买了一根钓竿，他们并没有问任何问题。

"他们要钓竿干吗？"他问，穆罕默德替他倒咖啡时，他一面对四周投以诅咒的眼神，"难不成要钓鱼？"

"好啦。"穆罕默德指了指咖啡杯，"对焦虑症很有效的。"

"焦虑症？"罗格大叫，"这是常识啊，他妈的一千美金！只要十分之一，这里的人就会高高兴兴地把家里的老妈卖掉。"

"那你准备怎么办？"

"做我必须做的。先下手为强。"

"真的吗？怎么做？"

罗格尝了口咖啡，从腰间皮带里取出一把有红棕色短枪把的黑色手枪。"跟来自圣保罗的金牛座 PT92C 打招呼吧。"

"不了，谢谢。"穆罕默德嘘声说，"快把东西拿开。你疯了。以为凭你一个人就能解决那个德国佬？"

罗格耸耸肩，把手枪放回腰间皮带。

"弗雷德在家发抖，他说他再也不要清醒了。"

"罗格，这个人是专业的。"

罗格身子一僵。"那我呢？我可是抢过几家银行的。穆罕默德，你知道最重要的一件事是什么吗？出其不意。这样就对了。"罗格喝完他那杯咖啡，"我怀疑这人他妈的能有多专业，竟然到处跟路人甲乙丙丁说自己住哪间房。"

穆罕默德翻了个白眼，比了个十字。

"阿拉可以看到你，穆罕默德。"罗格冷冷说完，站起身。

一进接待区，罗格就看到那个金发女人。她跟一群男人坐在一起，正在看柜台上方电视里的足球赛。对了，今晚是"弗拉弗鲁赛"，里约当地的传统体育比赛，弗拉门戈队对弗鲁米嫩塞队。难怪弗雷多的酒吧这么多人。

他迅速走过他们，希望没被看见。跑上铺了地毯的楼梯，沿着走廊继续走。他对那房间清楚得很，只要彼得拉的丈夫要出城，罗格就会订六十九号房。

罗格把耳朵贴在门上，但什么也没听到。他透过钥匙孔看，但里面一片漆黑。那个德国人不是出去了就是在睡觉。罗格咽了口口水，一颗心怦怦跳，但刚才吞下的半颗兴奋剂让他的头脑保持冷静。他检查了已装上子弹的手枪，保险栓打开了，然后他轻轻按下门把。门是开的！罗格溜进房间，静悄悄地关上身后的门。他站在黑暗中，屏住呼吸，什么也看不见，也听不见人声。没有动静，没有呼吸，只有天花板吊扇在低声旋转。幸好，罗格对这房间了如指掌。他把枪对准心形床该在的位置，等着眼睛适应黑暗。一束细细的月光把苍白的光泽投上床，被子翻到了一边。床上没人。他迅速思考着。德国人会不会是出去了，却忘记锁门？如果是这样，罗格只要安心等他回来当门口的靶子就好。一切似乎顺利得过了头，就像一家忘了启动时间锁的银行。不会有这种事的。天花板吊扇。

那一刻他忽然灵光乍现。

浴室突然传出冲水声，把罗格吓了一跳。原来那人一直坐在马桶上！罗格用两手抓住枪，伸长手臂对准浴室门所在的位置。五秒钟过去了，八秒钟过去了。罗格已经沉不住气了，这男人他妈的在等什么？他已经冲了水。十二秒钟过去了。或许他听到声音了，或许他想逃走。罗格记得浴室的一面墙上有扇小窗。可恶！这是他的机会，绝不能让这人逃脱。罗格轻手轻

脚地走过那个衣橱，衣橱里那件浴袍穿在彼得拉身上真好看。他站在浴室
门前，一手放上门把，做了个深呼吸，正准备往下按，却感觉到一股凉风。
不是从吊扇或打开的窗吹来的风，而是另外一种。

　　"不准动。"他背后传来一个声音。他抬起头，看了看浴室门上的镜
子，随后乖乖照做了。他吓得牙关都在发抖。衣橱的门打了开来，里头两
件白色浴袍之间，隐约有个壮硕的身形。但让他心头生惧的并不是这个。
你并不会因为自己对武器有所了解，就不那么害怕对方手上比自己的大得
多的武器。正好相反。你清楚知道大口径子弹能够更有效地破坏人体。罗
格的金牛座 PT92C 跟他现在就着月光看到的黑色大怪物相比，简直是小鬼
头的玩具。一个尖锐的声音传来，罗格抬眼看，好像有条钓鱼线闪了一下，
线从浴室门上方的缝连到衣橱。

　　"Guten Abend①。"罗格低声说。

　　六年后，罗格正好来到芭堤雅的一间酒吧，竟然发现留了一把络腮胡
的弗雷德。一开始他惊得呆住了，愣在当地，直到弗雷德拉来一把椅子。

　　弗雷德点了酒，说起自己已经不在北海工作了。他领了伤残津贴。罗
格迟疑地坐下，大略说起过去六年来他都在清莱做快递生意。几杯酒过后，
弗雷德清了清喉咙，问起罗格忽然在迪亚爵达销声匿迹的那天傍晚究竟发
生了什么。

　　罗格望着酒杯，做了个深呼吸，说他当时别无选择。那个原来不是德
国佬的人要了他，正准备当场就把他送上黄泉路。不过，他在最后一刻跟
对方达成了交易：罗格可以有三十分钟的时间离开迪亚爵达，只要他说出
列夫·格雷特住在哪里。

　　"你刚才说那人拿的是哪种枪？"弗雷德问。

　　"当时太暗了，看不见。反正不是常见的型，不过我可以保证，那枪

---

①　德语的"晚上好"。

可以把我的头轰到弗雷多的酒吧。”罗格迅速往门口的方向瞥了一眼。

“我在这里有个公寓。”弗雷德说，“你有地方住吗？”

罗格看着弗雷德，一副根本没想过这件事的模样。他揉了揉太阳穴，好一阵子之后才回答。

“老实说，没有哩。”

27　爱德华·格里格

　　列夫的房子在一条巷子的尽头。就跟附近大多数房子一样，结构很简单，唯一的不同是这里的窗户上有玻璃。一盏孤零零的街灯投下黄色锥形的光，照在争相征讨生活空间的动物身上，动物的种类多得惊人，而贪婪的蝙蝠则在黑暗里进进出出。

　　"看起来不像有人在家。"贝雅特轻声说。

　　"说不定他是在省电。"哈利说。

　　他们站在一扇低矮、生锈的铁门前。

　　"那我们要怎么做？"贝雅特问，"上前去敲门吗？"

　　"不。你打开手机，在这里等。等你看到我在那扇窗户下的时候，就拨这个号码。"他递给她一张从笔记本上撕下的纸。

　　"为什么？"

　　"如果我听到屋里有手机响，我们就可以假设列夫在家。"

　　"好。那你准备怎么逮捕他？用这个吗？"她指着哈利右手拿着的一个大型黑色物体。

　　"有何不可？"哈利说，"对罗格·佩尔松就很有效。"

　　"他当时在黑暗的房间，还是透过哈哈镜看到的，哈利。"

　　"嗯，既然我们不准携带武器来巴西，那只好就地取材。"

　　"比如把钓鱼线绑在马桶和玩具上吗？"

　　"贝雅特，这不是普通的玩具。这可是南梦宫 G-Con45 光枪。"他拍了拍那把尺寸超级真实的塑料枪。

　　"至少可以把那个 PlayStation 的贴纸撕掉吧。"贝雅特摇着头。

　　哈利脱了鞋，弯腰跑过本该作为草坪、现在却干燥龟裂的地面。到了以后，他背靠着墙坐在窗下，对贝雅特打了个手势。他看不见她，但知道她可以看到靠着白墙的自己。他仰望天空，宇宙摊在眼前。几秒钟后，微弱但清晰的手机铃声在屋里响起。《山王的宫殿》，格里格的"培尔金特组曲"。这人挺有幽默感的。

　　哈利盯着一颗星星，想屏除脑海中的所有思绪，只想接下来该怎么做。却办不到。有一次奥纳问过，在知道光是银河系里的恒星就比普通海滩上的沙还要多之后，我们为什么还要好奇太空里有没有生命？我们应该自问，对方有没有可能爱好和平，然后衡量是否应该冒险跟对方取得联系。哈利抓着枪托。他现在也在问自己同样的问题。

　　格里格的手机音乐停了。哈利等了一会儿，然后吸口气，踮着脚走到门口。他竖起耳朵，但只听到蟋蟀叫。他握住门把，心想门应该上了锁。

　　果然是锁着的。

　　他咒骂了一声。他之前就想好，如果门上锁，失了出其不意的先机，他们就要等到第二天买些铁工具再回来。在这种地方买两把不错的手枪应该不成问题。但他也有预感，列夫很快就会听说今天的事，所以他们的时间并不多。

　　一股热辣辣的痛突然袭上哈利的右脚，让他痛得跳了起来。他立刻把脚移开，往下看。在微弱的星光下，他隐约看见白色石灰墙上有条黑线。那条线从门口开始，沿着刚才他右脚所在的楼梯继续往下，然后就看不见了。他从口袋里翻出一个迷你棍棒型手电筒，打亮了灯。蚂蚁。黄色、半透明的大蚂蚁排成两行，一条沿着台阶往下，一条进了门底。这些显然是另一种蚂蚁，跟家乡的黑蚁不同。他看不出蚂蚁在搬什么东西，但哈利够清楚蚂蚁的习性——不管是不是黄蚂蚁——门里面一定有东西。

　　哈利关掉手电筒，想了一下，然后离开原地，下了阶梯朝门口走去。走到半路时，他转过身，开始往前冲。那扇简朴、腐朽的木门被九十五公斤的哈利以不到三十公里的时速一撞，整个脱离了门框。跟破裂的门一起撞上石头地板时，他的一只手肘被压在身下，疼痛从手臂传上脖子。黑暗里的他躺在地上，等着清脆的扳机声咔嗒响起。发觉没有扳机声之后，他站起身，扭亮手电筒。细细的光束照着墙上的一行蚂蚁。哈利感觉到绷带下的热度，知道自己又流血了。他跟着肮脏地毯上蚂蚁发亮的身躯走进隔壁房间，蚂蚁队伍一个急转弯向左，沿着墙往上。手电筒的光照到墙上的一张印度爱经海报。蚂蚁大队在海报边缘分成两行，继续往天花板前进。哈利的身子往后仰，脖子痛得不像话。现在蚂蚁到了他正上方，他不得不转个身。手电筒的光一阵闪动，才又找到蚂蚁。蚂蚁真觉得这是最短的路吗？这个念头刚闪过，列夫·格雷特的脸就映入哈利眼帘。列夫的身体在哈利上方，哈利的手电筒掉了，慌忙后退。他的头脑可能已经告诉他太迟了，但他的手却在惊吓和愚蠢中，摸索着握紧那把南梦宫 G-Con45 光枪。

28 火蚁

　　贝雅特几分钟后就受不了那股臭味，只得冲出去。哈利慢慢走出来，坐在台阶上抽烟时，她还直不起身子。

　　"你难道闻不到吗？"贝雅特呻吟着，唾液从她的口鼻淌下。

　　"嗅觉障碍。"哈利若有所思地看着香烟的光，"嗅觉部分失灵。有些东西我再也闻不到了，奥纳说是因为我闻过太多尸体的关系。情感创伤什么的。"

　　贝雅特又干呕起来。

　　"对不起。"她呻吟着，"都是那些蚂蚁啦。真是的，那些恶心的东西干吗非得用人的鼻孔当双车道高速公路啊？"

　　"嗯，如果你坚持要知道，我可以告诉你人体哪里能找到最丰富的蛋白质来源。"

　　"不要，谢谢！"

　　"抱歉。"哈利把香烟弹到干地上，"贝雅特，你在里面表现得很好。那跟看录像带不一样。"他站起来，又走了进去。

　　列夫·格雷特吊在一条短绳上，绳子绑住天花板上的灯钩。他在离地足足有半米的半空吊着，下面是一把翻倒的椅子，正因如此，苍蝇才享受了尸体的独占权，然后才是黄蚁，持续沿着绳子上下搬运。

　　贝雅特在沙发旁边的地上找到了手机，说她可以查出他最后跟谁通过电话。哈利走进厨房，扭亮电灯。一只泛着蓝色金属光泽的蟑螂站在一张A4纸上，朝哈利晃着触须，然后迅速退到灶台边。哈利拿起那张纸。是手写笔迹。他看过各种各样的自杀遗书，很少能写得文采斐然。最负盛名的遗言通常都是困惑的呢喃、惊慌的求救呼喊或乏味地说明谁会继承烤面包机和割草机。在哈利看过的遗书中，比较有意义的一份，是马里达伦谷的一名农夫用粉笔写在谷仓墙上的：有人在这里上吊了。麻烦报警。抱歉啦。从这点来看，列夫·格雷特的遗书就算不是独一无二，至少也很不寻常了。

亲爱的崔恩：

我总觉得好奇，天桥突然在他脚下消失是什么感觉。当悬崖打开，他知道一件完全没有意义的事即将发生的时候。他就要不明不白地死了。或许他还有想做的事，或许那天早上还有人坐着等他，或许他以为那天会是一个新的开始。这样说来，他想得也没错……

我从来没告诉你，我去医院探望过他。我带了一大把花，跟他说我从自家窗户目睹了这一切。我打电话叫救护车，向警察描述了一个骑自行车的男孩。他躺在床上，看起来又瘦又小、皮肤泛灰，对我说谢谢。然后我问了每个体育播报员都会问的蠢问题："你当时有什么感觉？"

他没有回答，只是躺着，身上插满管子，打着点滴。他望着我，然后再次对我说谢谢，接着护士说我得走了。

所以我一直不知道那是什么感觉。直到有一天，悬崖也在我脚下打开了。事情并没有在我抢完银行、跑上工业街的时候发生，也没有在我事后数钞票的时候发生，更不是在我看新闻的时候发生。就跟发生在那个老人身上那样，有天早上我开心地走着，浑然不觉任何危险，太阳照耀着，我安稳地回到迪亚爵达，可以放松，开始思考。我已经从我最爱的人身上夺走他最爱的东西，我有两百万克朗可以挥霍，但没有生活目标。就是这天早上。

崔恩，我不期待你会了解。我抢了一间银行，发现她认出了我，我陷入不可更改规则的游戏当中，而这一切都跟你的世界沾不上边。我不期待你了解我准备要做的事，但或许你可以明白，这件事也是会让人厌倦的。我是说生活。

列夫

又及，我一直没发现，那老人感谢我的时候并没有笑。但是崔恩，我今天想过了。或许到头来并没有什么事情或什么人在等他，或许悬崖打开时，他只觉得欣慰，心想这样他就不必自己动手了。

哈利走进来时，贝雅特站在列夫尸体旁的椅子上，她想办法弄弯列夫的手指，往一个发亮的金属小盒里按。

"真倒霉。"她说，"墨盒在旅馆里一直放在太阳下，都干掉了。"

"如果没办法拿到清楚的指纹，我们就得用消防队员的办法。"

"什么办法？"

"被困在火里的人，会无意识地用上双手。即使是烧焦的尸体，指尖的皮肤也可能还是完整的，可以用指纹来识别死者身份。有时候为求务实，消防队员会切下一根手指，拿给鉴识组。"

"这叫亵渎尸体。"

哈利耸肩。"如果你看他的另一只手，会发现他已经少了一根指头。"

"我看到了。"她说，"看来是被切掉的。那是什么意思？"

哈利走近，扭亮手电筒。"那表示手指是在他上吊之后才被切掉的。可能是有人来过这里，看到他已经替他们了结了一桩事。"

"谁？"

"这个嘛，在有些国家，吉卜赛人会把小偷的手指切掉当作惩罚。"哈利说，"如果小偷从吉卜赛人身上偷了东西的话。"

"我应该采集到清楚的指纹了。"贝雅特说着擦掉额上的汗，"要不要把他放下来？"

"不，"哈利说，"我们查过四周以后，就收拾干净走人。我在大街上看到电话亭，我会从那里打匿名电话给警察，报告有人死亡。我们回奥斯陆以后，你可以打电话给巴西警局，请他们寄检验报告过来。我一点也不怀疑他是死于窒息，但我要知道死亡时间。"

"那扇门怎么办？"

"也不能怎么办。"

"你的脖子呢？绷带都染红了。"

"不管了。我的手臂更痛。我冲破门的时候压在上面了。"

"伤得有多重？"

哈利轻轻举起手臂，痛得皱起脸。"只要不动就还好。"

"你没有塞特斯达尔抽搐症，已经很走运了。"

屋里的三人中，两个人笑了，但他们的笑声很快就消失。

回旅馆途中，贝雅特问哈利他觉得这一切是否合理。

"从技术层面来看，很合理。除此之外，我从不觉得自杀是合理的。"

他弹掉香烟，烟蒂在仿佛可触及的夜里画了明亮的弧。"但那只是我的看法。"

29　三一六号房

窗户砰的一声打开。

"崔恩去旅行了。"她高声说。从他们上次来访之后，那头染白的头发显然又上了一层化学药剂，因为从失去生命力的头发间可以看见她的头皮。"你们去了南方吗？"

哈利扬起被晒黑的脸，望着她。

"算吧。你知道他在哪里吗？"

"他在把行李装上车。"她说，指着对街的房子，"我想他要去旅行吧，那个可怜人。"

"嗯。"

贝雅特想走，但哈利却没动。"你在这里住很久了吧？"他问。

"噢，对。三十二年了。"

"你大概还记得列夫和崔恩小时候的情形吧？"

"当然。雾村路上，谁不认识他们。"她笑着靠上窗框，"尤其是列夫，真是个迷人的孩子。大家都知道他会是少女杀手。"

"的确是杀手。也许你听过有个男的从天桥掉下去的事？"

她沉下脸，用悲剧的低音说："哦，当然。真可怕。我听说那个人再也没办法正常走路了，可怜的家伙。膝盖僵硬了。你能想象这种可怕的恶作剧是一个小孩想出来的吗？"

"嗯。这孩子性子一定非常野。"

"性子野？"她遮住眼睛，"我可不会这么说。他是有礼貌、有教养的小孩，所以才会这么吓人。"

"这附近的人都知道是他干的吗？"

"每个人都知道。我从这扇窗看到他的。穿红夹克骑自行车走的。他回来的时候，我就该知道事情不对劲了，那孩子脸上一点血色也没有。"一阵冷风吹来，她颤抖了一下。然后她指着马路对面。

崔恩正朝他们走来，手臂垂在身侧，他的脚步越来越慢，最后几乎停了下来。

"是列夫的事，对吧。"终于来到他们身边时，他这么说。

"是的。"哈利说。

"他死了吗？"

哈利从眼角看到窗里那张脸倒抽了一口气。"对，死了。"

"很好。"崔恩说。然后他弯下腰，用手捂住了脸。

哈利从半开的门缝往里张望，只见毕悠纳·莫勒站着凝视窗外，一脸担忧。他轻轻敲门。

莫勒转身，开朗起来。"噢，哈喽。"

"老大，这是报告。"哈利把一个绿色的卷宗夹丢在他桌上。

莫勒坐进椅子里，好不容易把他那双特长的腿塞进书桌下方，然后戴上眼镜。

"啊哈。"他含糊地说，一面打开标着文件清单字样的卷宗。里面只有一张 A4 纸。

"如果你这么说，那我想一定没错。"莫勒边说边浏览稀疏的几行字。

哈利的视线越过莫勒的肩膀看向窗外，外面什么都没有，只有厚重潮湿的雾气，像块用过的尿布，挂在市区上空。莫勒放下那张纸。

"所以你们飞过去，有人说出那人住哪儿，然后就找到屠夫吊在一根绳索上？"

"简单来说，是这样没错。"

莫勒耸耸肩。"只要我们有滴水不漏的证据，证明这人就是我们要找的凶手，我没有异议。"

"韦伯今天早上查过指纹了。"

"结果呢？"

哈利坐进椅子里。"指纹跟我们在劫匪准备行动前手里拿的那瓶可乐上找到的一样。"

"确定瓶子是同一个？"

"老大，放心吧。我们有瓶子，还有录像带为证。你刚才不是看到报告里说，我们有手写的自杀遗书，列夫·格雷特承认犯案了吗？我们今天早上去雾村路通知崔恩·格雷特，问能不能跟他借阁楼上列夫的几本学校作文簿，贝雅特把作文簿拿给克里波刑事调查部的笔迹鉴定员，那人说自杀遗书毫无疑问是同一个人写的。"

"对啦对啦，我只是想在公开破案结果前，百分之百确定这件事。哈利，你要知道，这会上头版新闻。"

"老大，你应该想办法开心一点。"哈利站了起来，"我们刚侦破了一件久违的大案子。这里应该张灯结彩才对。"

"你说的没错。"莫勒叹气。他沉默了一会儿，然后才问："那你怎么没有高兴的样子？"

"除非解决另一件案子，我才会高兴……"哈利走向门口，"哈福森和我今天要整理桌子，明天就开始侦办爱伦·盖登的案子。"

莫勒清了清喉咙，哈利在门口停步。"老大，什么事？"

"我在想，你是怎么发现列夫·格雷特就是屠夫的。"

"嗯，正式的版本是贝雅特从录像带上认出了他。你想听非正式的版本吗？"

莫勒揉着僵硬的膝盖，担忧的表情又回来了。"还是不要好了。"

"嘿。"哈利站在痛苦之屋门口。

"嘿。"贝雅特说，椅子上的她动来动去，看着屏幕上闪过的照片。

"看来我应该感谢你，我们合作得很棒。"

"我也要谢谢你。"

哈利站着把玩他的一串钥匙。"总之,"他说,"我想伊佛森不会生气太久。毕竟,他也沾到了一点光,因为把我们两个编成一组是他的主意。"

贝雅特微微一笑。"虽然时间很短。"

"别忘了我说过的那个人的事。"

"不会。"她的眼光闪了一下。

哈利凑上前。"他是个混蛋。要是不告诉你,我就太没良心了。"

"哈利,很高兴认识你。"

哈利关上了身后的门。

哈利打开自己公寓的门锁,把包包和那只 PlayStation 手提袋放在走廊地板中央,然后爬上床。过了无梦的三个钟头,他被电话铃声吵醒。他转身看到闹钟显示晚上七点零三分。他一甩双腿下了床,拖着步子进了走廊,拿起电话就说:"嘿,爱斯坦。"线路那头的人根本来不及说自己是谁。

"哈喽,奥斯陆的哈利,我在开罗机场。"爱斯坦说,"我们说好要打电话的,不是吗?"

"你根本就是准时的化身。"哈利打了个哈欠,"而且你喝醉了。"

"才没有醉。"爱斯坦含糊不清地说,语气愤慨,"只喝了两瓶时代啤酒,还是三瓶?人在沙漠就要多喝水呀。哈利,我头脑可是清醒得很。"

"很好。希望你有更多好消息了。"

"就跟医生会说的一样,有好消息也有坏消息。我先说好消息吧……"

"好。"

接下来是一段长长的沉默,这中间哈利只听到像是沉重呼吸的杂音。

"爱斯坦?"

"嗯?"

"我还在,跟圣诞节里的小孩一样兴奋难耐啊。"

"什么啊？"

"不是要说好消息？"

"噢，对。是这样的，我有那个客户的号码了。没问题。那是一个挪威手机号码。"

"手机？可能吗？"

"你可以发电子邮件到世界各地，只要把电脑连上手机，让手机连上服务器就好。哈利，这已经不是新闻了。"

"噢，那这个客户有名字吗？"

"呃……当然。但埃尔托的人没有，他们只是向挪威电信运营商收费，这个号码的运营商是挪威通信公司，然后由他们寄账单给客户。所以我打电话到挪威找人，就问到了名字。"

"是谁？"哈利现在完全醒了。

"现在我们要说到没那么好的消息了。"

"哦？"

"哈利，你最近查过你的电话账单吗？"

几秒钟之后，他才恍然大悟。"我的手机号码。那混蛋用的是我的手机号码？"

"我猜，你已经没有手机了吧？"

"对，那天晚上就掉在……安娜家了。妈的！"

"你就从没来想过应该去办理停机吗？"

"想过？"哈利呻吟，"爱斯坦，自从发生了这件鸟事，我就没想过什么合理的事。对不起，我实在吓到了。事情那么简单又明显，难怪我在安娜家里没找到手机，也难怪他会大笑。"

"抱歉毁了你的一天。"

"等一等。"哈利说，忽然精神一振，"如果我们能证明他有我的手机，就可以证明他在我离开以后，去过安娜的家！"

"呀吼！"话筒另一端传来高喊，然后是比较谨慎的声音，"反正你高兴就好喽。喂？哈利？"

"我还在。我在想。"

"想是好事，你继续想，我跟时代啤酒有约，嗯，应该说跟好几瓶啤酒有约。如果我今晚要搭上回奥斯陆的飞机……"

"爱斯坦，一路顺风。"

哈利拿着话筒站着，衡量该不该把话筒往镜子上扔过去。第二天早上起床时，他希望跟爱斯坦的那段对话只是做梦。事实上他真的做了梦，梦的版本有六七种。

洛斯可低头坐着，以手支头，听哈利说话，不动也不插嘴。哈利说他们找到列夫·格雷特，说他自己的手机就是安娜的谋杀案一直找不到证据的原因。哈利说完后，洛斯可两手交握，缓缓抬头。"那么你的案子已经解决了，但我的还没有。"

"洛斯可，我没分成你的案子或我的案子，我的职责是……"

"可是我分了，斯皮欧尼。"洛斯可插嘴，"我管的是军事组织。"

"嗯，你这么说是什么意思？"

洛斯可闭上眼睛。"斯皮欧尼，我有没有跟你说过，吴王请孙子教宫女兵法的故事？"

"没有。"

洛斯可微笑。"孙子很有智慧。一开始，他像教学生似的，向那群宫女细细解释行军的指令。鼓声响起，宫女都没动，只咯咯乱笑。'军令不明，是主将之过。'孙子说完，又解释了一遍。但他再次下达行军命令时，又发生同样的情况。'军令申明之后，依然哗乱，是队长之过。'他说完，叫来两名手下，把两名领头的宫女抓出来，在其他吓坏了的宫女面前排成一列斩首。吴王听说他最喜爱的两名宫女被斩首了，吓出病来，在床上躺了几天。等他病好，立刻命孙子带兵管军队。"洛斯可又睁开眼，"斯皮欧尼，这个故事告诉我们什么？"

哈利没有回答。

"它告诉我们，在军事组织里，逻辑必须贯彻且绝对一致。如果你的要求松懈了，宫廷里就只有一群咯咯乱笑的宫女。你向我要到了四万克朗，是因为我相信安娜鞋子里那张照片的事。因为安娜是吉卜赛人。我们吉卜赛人旅行的时候，会在岔路上留一片树叶。绑在树枝上的一条红丝巾、一块碎骨头，都有不同的含义。照片代表有人死了，或是有人会死。你不可能会知道这种事，所以我信了你的话。"洛斯可把双手放在桌上，掌心向上，"但夺走我侄女性命的人还逍遥在外，我现在看着你，只看到咯咯乱笑的宫女，斯皮欧尼。绝对一致。把他的名字告诉我，斯皮欧尼。"

哈利吸了口气。姓加名，总共五个字。如果他说出亚布的名字，亚布会遭受怎样的刑罚？出于嫉妒而预谋杀人。九年徒刑，六年后可假释？哈利又会有什么后果？调查不可避免地会揭露身为警察的他隐瞒了真相，只求避免身陷嫌疑。自打嘴巴。姓加名，总共五个字。哈利的问题就解决了。需要面对最终下场的人会是亚布。

哈利的答案只有一个字。

洛斯可点头，用悲伤的眼神望着哈利。"我就怕你会这么说。那么，斯皮欧尼，你让我别无选择了。记得你问我为什么信任你的时候，我是怎么回答的吗？"

哈利点头。

"每个人都有生活下去的目标。斯皮欧尼，这句话没错吧？这个目标也可以被夺走。你说，三一六号房有没有让你想起什么事？"

哈利没有回答。

"那就让我告诉你。三一六是莫斯科国际旅馆一个房间的号码。奥尔加负责看守那层楼。她很快就会退休，希望能在黑海边上有个舒服的长假。到那层楼有三个楼梯和一个电梯，清洁人员也可以搭电梯。房间里有两张床。"

哈利倒抽一口气。

洛斯可的前额抵在交握的双手上。"小的那个睡在靠窗的床上。"

哈利站起来，走到门口，重重敲了起来。他听到回声在外面的走廊回荡。他继续用力捶门，直到听见钥匙插进锁孔。

30 振动模式

"抱歉，但我已经尽快赶来了。"爱斯坦说着，把他停在埃尔默水果烟草店外的出租车驶离路边。

"欢迎回来。"哈利说，心想右边开来的公交车是否看出爱斯坦完全没有要停的迹象。

"我们要去史兰冬区没错吧？"爱斯坦毫不理会公交车愤怒的喇叭声。

"毕攸卡特路。你知道这里应该让公交车先行吧？"

"我决定不让。"

哈利转头看着他朋友。他只看出两道窄缝中充血的双眼。

"很累吗？"

"时差。"

"埃及跟这里的时差只有一小时，爱斯坦。"

"至少一小时。"

由于座椅上的避震器和弹簧都坏了，他们驶过弯道往亚布家里开去时，哈利能感觉到路上的每颗石头和凹凸的路面形状，但现在他对这些都不感兴趣。他借了爱斯坦的手机，打电话到国际饭店的三一六号房。欧雷克接了电话。欧雷克问他在哪里时，哈利听出他声音里的喜悦。

"我在车上。你妈呢？"

"出去了。"

"我以为她要到明天才会开庭。"

"每个律师都要在库兹涅斯基桥路开会。"他用大人般的语气说，"她一个小时内就会回来。"

"欧雷克，你听好，能不能转告你妈妈这件事：叫她换一家旅馆，而且马上就换。"

"为什么？"

"因为……是我说的。就这样告诉她，好不好？我晚点再打电话过去。"

"好吧。"

"好孩子。我要挂了。"

"你……"

"怎么？"

"没事。"

"好。别忘了把我刚才说的话跟你妈妈说。"

爱斯坦一个刹车，停在路边。

"在这里等。"哈利说着跳出车外，"如果我二十分钟之内没有回来，就打电话到调度室，用我给你的那个号码，跟他们说……"

"犯罪特警队的霍勒警监要一辆有武装警察的巡逻车马上过来。我记住了啦，哈利。"

"很好。如果你听到枪声，就立刻打电话。"

"好。再说一次，这是什么电影？"

哈利抬头看着那栋房子。听不见狗吠声。一辆深蓝色的宝马从他们旁边缓缓驶过，停在更远一点的马路上。除此之外，一切都很静。

"大部分电影都这样。"哈利轻声说。

爱斯坦笑了。"酷啊！"他的眼底出现一丝担忧，"是酷没错吧？不光是个疯狂的冒险？"

薇格蒂丝·亚布打开门。她穿了一件刚烫好的白色上衣和一件短裙，但迷离的双眼透露出她似乎才刚起床。

"我打电话去你先生的公司了。"哈利说，"他们说他今天在家。"

"有可能。"她说，"警监，他已经不住在这里了。是你扯出这桩……这桩……"她挥着手，仿佛想找正确的用词，但一抹厌恶的笑容过后，她不得不承认没别的词可以说，"……妓女事件的。"

"亚布太太，我可以进屋里吗？"

她耸耸肩，又打了个颤表示厌恶。"叫我薇格蒂丝，或随便怎么称呼都行，就是别那样叫我。"

"薇格蒂丝，"哈利躬身问道，"我可以进去吗？"

拔过的细眉一挑。她迟疑着，然后摊摊手。"有何不可？"

哈利觉得好像闻到一丝金酒的气味，但那可能是她的香水。屋里没有任何不寻常——干净、清香又整齐。餐具柜上的花瓶里插着鲜花。哈利注意到，沙发套比他上次坐的时候，又更白了一点。小声的古典音乐发自他看不到的扬声器。

"马勒？"哈利问。

"精选辑。"薇格蒂丝说，"阿尔内只买合辑。他总说，不是最好的东西就不值钱。"

"那他没把那些精选辑带走就是好事了。说到这个，他人在哪里？"

"首先，你在这里看到的一切，都不是他的。我不知道，也不想知道他人在哪儿。警监，你有烟吗？"

哈利把一盒烟递给她，看着她想办法用那个柚木与银质的台式打火机点火。他横过桌面，伸出他的可抛弃式打火机。

"谢谢。我会猜他出国了，去某个热带地方吧。但在我看来，恐怕还不够热。"

"嗯。你刚才说，这里的东西都不是他的，是什么意思？"

"就是那个意思。这栋房子、家具还有车子，全是我的。"她用力喷出一口烟，"去问我的律师。"

"我以为你先生有钱买得……"

"别这样叫他！"薇格蒂丝似乎想把香烟里的烟草全部吸光，"对，阿尔内有钱。他有足够的钱买这栋房子、家具、车子、西装、那间农舍和珠宝，他买这些东西给我只有一个原因，就是在他那票所谓的朋友面前炫耀。阿尔内唯一在乎的就是别人对他的看法，懂吧？他的家人、我的家人、同事、邻居和同学、朋友。"愤怒使她的声音有种粗哑的金属音质，仿佛她刚才是透过麦克风说话，"每个人都是阿尔内·亚布精彩生活的观众，情况顺利时，他们应该鼓掌。如果阿尔内用争取掌声的力气去经营公司，或许亚布公司现在就不会走下坡了。"

"《今日商业报》上说，亚布公司是成功的企业。"

"亚布公司是家族企业，不是登记在股票交易所上的公司，因此不必公开账目细节。阿尔内出售资产，做出有利润的样子。"她把抽了一半的烟在烟灰缸里捻熄，"几年前，公司出现严重的周转危机，由于阿尔内本人要负责债务，他就把房子和所有物产都放到我跟孩子名下了。"

"对，但买家付了一笔可观的金额。报上说有三千万。"

薇格蒂丝苦涩地叹了口气。"所以这个成功企业家金盆洗手、要多花点时间陪家人的故事，你就照单全收了？我承认，阿尔内的公关的确做得很好。这么说吧，阿尔内不是失去公司，就是破产。他当然选了前者。"

"那三千万呢？"

"只要阿尔内想，就能施展魅力，别人也会相信。这就是他为什么擅长谈判，尤其是处在压力之下时。也因为这样，银行和供货商都尽可能让公司维持运营。阿尔内跟供货商谈判的结果，是把合约中本该是无条件屈从的两个条款改了。他得以保留仍在他名下的农舍，还让买家提出三千万的购买金额。对他们来说，这笔钱不算什么，因为他们可以从亚布公司的债务抵销。阿尔内把破产弄得像买卖竞争，那不是什么坏事吧。"

她仰头大笑。哈利看到她下巴下方整容手术留下的一道小疤痕。

"安娜·贝斯森呢？"他问。

"那个骚货吗？"她跷起纤细的双腿，用一根手指拨开脸上的头发，神情冷漠地凝视空中，"她只是个玩具。他犯下的大错是急着想把这个纯正的吉卜赛恋人炫耀给那些朋友看。我们可以说，不是每个被阿尔内当成朋友的人，都觉得该对他忠心。简单说来就是，话传到我耳朵里了。"

"然后呢？"

"我给了他另一个选择。为了孩子。我是理智的女人。"她从沉重的眼皮下看着哈利，"但他没有接受。"

"或许他发现对方不只是玩具？"

她没回答，但薄薄的唇变得更薄了。

"他有没有类似书房的地方？"哈利问。

薇格蒂丝点头。

她带头走上楼梯。"他以前会把自己关进去，大半夜都坐在里面。"她打开一扇门，门内是个阁楼房间，可以看到邻居的屋顶。

"是在工作吗？"

"上网。他简直入了迷。说他是在看车子，但天知道他在做什么。"

哈利走到桌前，拉开一个抽屉。"清空了？"

"他把这里所有的东西都带走了。装满了一个塑料袋。"

"电脑也是吗？"

"是笔记本电脑。"

"拿来连接到手机的笔记本电脑吗？"

她扬了扬眉。"我不清楚。"

"我只是好奇。"

"还想看什么吗？"

哈利转身。薇格蒂丝靠着门框，一条手臂高举过头，另一手叉在腰际。似曾相识的感觉简直让人头昏。

"我还有最后一个问题，薇格蒂丝。"

"噢，警监，你赶时间吗？"

"外面的出租车还在跳表等我。我的问题很简单：你认为他有可能杀了她吗？"

她慢条斯理地打量着哈利，鞋跟轻敲门槛。哈利等待着。

"我告诉他我知道那个骚货的事以后，你知道他跟我说的第一句话是什么吗？薇格蒂丝，答应我你绝不会说出去。我不应该说出去！对阿尔内来说，我们在别人眼中是幸福的，远比我们是否真正幸福还要重要。警监，我的答案是，我根本不知道他能做出什么事。我不了解这个人。"

哈利从内袋拿出一张名片。"如果他跟你联络，或是你知道他的行踪，希望你能立刻打电话给我。"

薇格蒂丝看着他的名片，淡粉红色的唇边有一朵小小的笑容在跳。"只有那时才能打吗，警监？"

哈利没有回答。

在屋外的台阶上，他转身看她。"那你后来说出去了吗？"

"说我先生不忠？你说呢？"

"我会说你是个务实的女人。"

她露出笑容。

"十八分钟。"爱斯坦说，"妈的，我的心跳都开始加快了。"

"我在里面的时候，你有没有拨我那个旧手机的号码？"

"当然有，铃声响了好久。"

"我什么都没听到。电话已经不在那里了。"

"可惜，但你有听到振动声吗？"

"什么？"

爱斯坦做出癫痫症发作的模样。"就像这样。振动模式，静音手机。"

"我的手机是花一克朗买的，只有响铃模式。爱斯坦，他把手机带走了。马路上那辆蓝色宝马到哪儿去了？"

"什么？"

哈利叹气。"我们走吧。"

31 手电筒

"你是说，有个疯子要追杀我们，因为你找不到杀了他家人的凶手？"萝凯的尖叫声从电话那头传来。

哈利闭上眼睛。哈福森到埃尔默店里去了，办公室里只有他一个人。"简单来说就是这样。我跟他达成了协议，他遵守了他那部分。"

"所以我们才会被人追杀？所以我才得带儿子离开这家旅馆，在儿子过几天就会知道能不能留在妈妈身边的时候？这实在……实在……"她的声音提高成气愤、断断续续的高音。他让她继续说，不打断话头。"为什么，哈利？"

"世界上最古老的原因。"他说，"血债血还。复仇。"

"那跟我们有什么关系？"

"我说过了，没有关系。你和欧雷克不是结果，只是手段。这个人把向杀人者报仇视为自己的责任。"

"责任？"她的尖叫穿透哈利的耳膜，"你们男人就喜欢报复这种抢地盘的事。这不是什么责任，而是原始的冲动！"

他等到觉得她应该说完了的时候才开口："这件事我真的很抱歉，但我现在也没有别的办法。"

她没回答。

"萝凯？"

"嗯。"

"你在哪里？"

"如果你说得没错，他们很容易就能找到我们，那我不确定我该在电话里冒险告诉你。"

"好。你在安全的地方吗？"

"我想是。"

"很好。"

一个俄国人声出现又淡出，像是来自短波无线电台。

"哈利，为什么你不能安慰我，说我们没有危险？告诉我这都是你在想象，他们只是在唬人……"她的声音愈说愈低，"……什么都好……"

哈利花时间整理思绪，然后用低沉、清楚的声音说："萝凯，你需要害怕。人要够害怕，才能做出正确的事。"

"那是什么事？"

哈利做了个深呼吸。"我会把事情摆平的，我答应你。我会摆平的。"

萝凯的电话一挂掉，哈利就打给薇格蒂丝。她在铃响一声之后接了电话。

"我是霍勒。亚布太太，你是坐在电话旁边等吗？"

"你以为呢？"从含糊不清的说话声中，哈利听出她在他离开后，至少又喝了两杯酒。

"我不知道，但我想请你报案，说你先生失踪。"

"为什么？我又不想他。"她悲哀地笑了一声。

"这个嘛，我需要找理由发起搜索行动。你可以选择：不是报案说他失踪，就是我宣布他受到警方调查。因为他有谋杀嫌疑。"

接着是一段长长的沉默。"警官，我不懂。"

"亚布太太，没什么好不懂的。我可以说你报案说他失踪了吗？"

"等等！"她喊，哈利听到电话那头有酒杯碎裂的声音，"你到底在说什么？阿尔内已经受到警方调查了。"

"是我在调查，没错，但我还没知会任何人。"

"哦？那在你离开之后，又过来的那三个警察是怎么回事？"

哈利感到背脊一阵发凉。"三个警察？"

"你们警察局里的人都不互相沟通的吗？他们不肯走，我简直快吓坏了。"

哈利已经从办公椅上站了起来。"亚布太太，他们是开一辆蓝色宝马过去的吗？"

"哈利，还记得我说过别叫我亚布太太吗？"

"你怎么跟他们说的？"

"没说什么。我想我说的都是已经告诉过你的话。他们取走了几张照片和……对了，他们不是很有礼貌，不过……"

"你怎么打发他们离开的？"

"离开？"

"他们没找到要找的东西是不会走的。相信我，亚布太太。"

"哈利，我真的不想再提醒你……"

"快想！事情很重要。"

"天哪！我什么也没说啊。我……对了，我放了一段阿尔内两天前在录音电话上的留言。然后他们就走了。"

"你说你没跟他谈过话。"

"是没有。他只说他把葛瑞格带走了。那是真的，我听到录音里有葛瑞格的吠叫声。"

"他从哪里打来的？"

"我怎么知道？"

"不管怎样，那三个人知道。这件事攸关……"哈利努力想有没有别的方式可以说，最后放弃了，"……生死。"

在马路和交通方面，哈利有很多事不知道。他不知道计算结果显示，维特布鲁村建造的两条隧道和高速公路延长路段，会减少奥斯陆南向 E6 公路在高峰时段的拥堵。他不知道最后倾向投入十亿克朗建设费的关键论据，并非来自在莫斯区和德勒巴克区之间通勤的选民，而是交通安全。公路局用一条公式计算社会利益，评估基础是每条人命值两千零四十万克朗，该数字包含救护车费用、车流改道费和未来会减少的税收。行驶在南向的 E6 公路上，前后都是动弹不得的车辆，在爱斯坦那辆奔驰车里的哈利，甚至不知道他把阿尔内·亚布的性命放在哪个价值段上。他更不知道救下这条命自己会得到什么好处。他只知道他已经放手一搏了，不能连赌注也失去。不管在什么情况下都一样。所以多想无益。

薇格蒂丝在电话里放给他听的那段留言只有五秒，里面只有一条有价值的信息。这就够了。线索不在阿尔内·亚布挂掉电话前所说的那段话里：我把葛瑞格带走了，只是跟你说一声。也不在背景里葛瑞格疯狂的吠叫里。而是令人心寒的高声鸣叫。海鸥。

通往拉科伦村的岔道标志出现时，天已经黑了。

农舍外有辆吉普车，但哈利继续开向回车道。没有蓝色宝马。他把车停在紧邻农舍的下方。不必想办法偷溜进去了，他过来的路上，摇下车窗时已经听到了狗叫声。

哈利知道应该把枪带来的。倒不是因为他觉得亚布会带枪，因为他不可能知道有人想要他的命——说得更确切一些，是要他死。但他们已经不是这出戏仅有的两个演员了。

哈利下了车。他看不见海鸥也听不到海鸥叫，也许它们只有白天会叫吧，他心想。

葛瑞格被拴在屋前台阶的栏杆上。一口森森白牙在月光下闪闪发亮，一股凉意传到哈利仍然作痛的脖子上，但他强迫自己跨出缓慢的大步，接近这只吠叫中的狗。

"还记得我吗？"哈利靠得很近，近得几乎摸得着那狗的气息时，他轻声问道。紧绷的链子在葛瑞格身后微微颤动。哈利弯下身，惊讶地发现狗吠声慢慢减弱。嘶哑的声音表示狗儿已经这样叫了好一阵子。葛瑞格伸出两只前脚，低下头，完全停止吠叫。哈利握住门把，门上了锁。它能听到里面的声音吗？客厅里有灯光。

"阿尔内·亚布！"

没有回答。哈利等了一会儿，又喊了一次。

灯里没有钥匙，于是他找了一颗称手的大石头，爬过走廊栏杆，砸破走廊门上的一小块玻璃，伸手进去把门打开。

房子里不像有过打斗，倒像是有人急着离开。一本摊开的书放在桌上，哈利拿了起来。莎士比亚的《麦克白》，里面有一行字用蓝笔圈了起来：我无话可说；我的声音在剑里。他打量着房间，却没看到那只笔。

只有最小的那间卧房里面的床有被用过的痕迹。床头柜上有本男性杂志。

一台小收音机调到接近 P4 新闻台的频段，低低的播报声从厨房传来。哈利把收音机关掉。料理台上有块化冻的牛排，西兰花还包在塑料袋里。葛瑞格扒着门，哈利把门打开。一对棕色的可爱狗眼仰望着他，说得更确切一点，是望着那块牛排。牛排还没啪的一声跌落在地，就被扯成了碎片。

哈利一面看狗儿狼吞虎咽，一面思考该怎么做。如果还有事可做的话。亚布不看莎士比亚的书，这点可以肯定。

最后一点肉消失之后，恢复精力的葛瑞格又对着马路吠叫起来。哈利走到栏杆旁，解开链子，葛瑞格立刻开跑了，他只能勉强在湿地上不摔倒。狗儿拉着他走过小径，穿过马路，走下一段陡坡。哈利只看到黑色的浪撞击着被半月的月光照得白白亮亮的平滑岩石。他们从高而湿的草间穿过，草叶勾着哈利的腿，好像不想放他走，但葛瑞格却不停步，直到哈利脚下那双马丁靴踩到了圆石和沙。葛瑞格圆滚滚的尾巴直竖着，他们站在海滩上。现在是涨潮，海浪几乎拍打到直挺的长草，冲出许多泡泡，仿佛海水退去时，沙里的泡沫还留有二氧化碳。葛瑞格又开始吠叫。

"他划船出海了吗？"哈利问，一半是问葛瑞格，一半也问自己，"他一个人，还是有人陪他？"

他没有得到回答。不过，这里很空旷，小径也到了尽头。哈利竖起衣领，这只大罗威纳犬却不肯屈服。哈利只好亮起手电筒，照着大海。他只看到一排排白浪，像放在一面黑镜子上的几行可卡因。水面下可以清楚看见一个缓坡，哈利又拉了拉狗链，但狗儿发出凄厉的嚎叫，开始用爪子扒沙。

　　哈利叹了口气，关掉手电筒，走回农舍。他在厨房煮了杯咖啡，听着遥远的狗吠。他洗好杯子，又走回海边，在岩石间找了个避风的凹处坐下。他点燃一根烟，想要思考。然后他把外套拉紧，闭上眼睛。

　　有天晚上他们躺在她床上，安娜那时说了一句话。那一定是他们六周的恋情接近尾声的时候，而他一定比平常清醒得多，因为他还记得。她当时说，她的床是一艘船，她和哈利是两个遭逢船难的孤单幸存者，在海上漂流，一心只想看到陆地。接下来发生的就是这样吗？他们看到了陆地？他不记得有这样的事。他觉得仿佛自己跳船下海了。也许是他的记忆在搞怪。

　　他闭上眼，想唤起有她的画面。不是他们当船难生还者的时候，而是他上次见到她的时候。显然，他们还一起吃了饭。她替他斟满酒杯——是酒吗？他喝了吗？显然有。她又替他斟满。他有点把持不住，一口把杯子喝干，她笑他，亲他，跳舞给他看。在他耳边轻声说些甜言蜜语。他们倒上床，出了海。对她来说，一切真的这么容易？对他也是？

　　不，不可能。

　　但哈利没办法肯定。他不能自信满满地说，他没有躺在索根福里街的床上，唇边还带着狂喜的笑。他跟旧情人重圆了，而萝凯却在莫斯科瞪着旅馆的天花板，因为害怕失去孩子而无法入睡。

　　哈利缩起身子。寒冷刺骨的风透体而入，仿佛他是个鬼魂。有些他一直不愿面对的思绪现在都回来了：如果他都无法知道自己有没有能力欺骗这辈子最珍惜的女人，又怎么知道自己还做过些什么事？奥纳说过，喝酒和吸毒只会强化或削弱人潜藏的本质，但谁又清楚地知道那些人体内有些什么呢？人类不是机器，脑部的化学作用随时在变。不管在正当情况还是错误用药的影响之下，谁能清楚记得所有我们做过的事？

　　哈利打了个冷战，咒骂了一声。他现在知道了。知道为什么他得找到阿尔内·亚布，在别人将他灭口之前向他告解。不是因为他的血里流着职业精神，也不是因为法律已成为个人素养，而是因为他非知道不可。阿尔内·亚布是唯一能够告诉他的人。

哈利又闭上眼睛。在坚持、有催眠韵律的海浪声中，仍能听见风吹上花岗岩的低啸。

他睁开眼时，周围已经不黑了。风把云吹散，黯淡的星光在上方闪烁。月亮换了位置。哈利看了看表。他在这里坐了快一小时。葛瑞格仍在对海狂吠。他撑起僵硬的身躯站起来，蹒跚地走向狗儿。月亮的引力变了，海平面降低，哈利走下宽广的沙滩。

"葛瑞格，来吧。我们在这里找不到东西的。"

他想抓住项圈，狗却想咬他一口，哈利本能地往后跳了一步。他凝视着海面，月光在一个黑色的平面上闪烁，现在他看出之前海水涨潮时没看出来的东西了：那东西像两根系泊杆突出海面。哈利走到水边，打开手电筒。

"老天爷。"他轻呼。

葛瑞格跳进水里，他也跟了过去，涉水走了十米，水都还不到膝盖。他盯着一双鞋：手工缝制，意大利牌子。哈利拿手电筒照着水下，一双裸露在外的腿白得发青，反射着光，像两块倒竖着的惨白墓碑。

哈利的叫声被风刮走，又立刻被拍打的海浪声淹没。但他的手电筒掉进水里被海水吞没之后，仍在水底的沙地亮了将近二十四小时。次年夏天，有个小男孩拿着手电筒跑向他父亲，手电筒黑色的外壳已被盐水侵蚀，父子俩都没把手电筒跟发现尸体的可怕经过联系在一起。这件事在一年前上了各大报纸，但在夏日的阳光下，那却像是好几辈子以前的事。

第五部

　　"奇怪的是，世界开始崩塌时，你会变得全神贯注。在我放下电话前，我知道要做什么事。复仇。很原始吗？一点也不会……只有复仇心最强的人才得以存活。复仇，不然死路一条。"

32　戴维·哈塞尔霍夫

晨光像一根白柱破天而下，在峡湾上投射出汤姆·瓦勒所说的"基督之光"。他家里的墙上也挂了几幅类似的照片。他大步跨过围绕犯罪现场的塑料封锁线。自认为了解他的人可能会说，依他的个性应该会从封锁线上面跳过去，而不是弯腰从下面走过。他们说对了后者，却没说对前者。汤姆·瓦勒怀疑是否真有人了解他，他也有意维持这种情况。

他把数码相机举到警配墨镜泛着金属蓝光的镜片前。这种墨镜他家里还有好几副，是感恩的客人给他的回礼。说起来，这部相机也是。镜头拍下了地上那个洞和洞里的那具尸体。尸体穿着黑色长裤，那件衬衫本来是白色的，现在却被沙土弄成了棕色。

"又拍照片存进私人照片集吗？"韦伯问。

"这是新手法。"汤姆头也没抬地说，"我喜欢有创意的凶手。你查出这人的身份了吗？"

"阿尔内·亚布。四十二岁，已婚，有三个小孩。似乎有不少钱，后面那间农舍就是他的。"

"当时有人看到或听到什么吗？"

"他们正在挨家挨户地调查，但你也看得出来这里有多荒凉。"

"也许是旅馆那边过来的人？"汤姆指着海滩尽头的一栋黄色木造大楼。

"我怀疑。"韦伯说，"不会有人在这个时节去住旅馆。"

"是谁发现尸体的？"

"有人从莫斯市的电话亭打匿名电话报案，电话是打给莫斯市警局的。"

"是凶手本人吗？"

“我想不是。那人说他遛狗的时候，看到两只脚露出来。”

“他们有没有留下电话录音？”

韦伯摇头。“他没打紧急求救电话。”

“你觉得这是怎么回事？”汤姆朝那具尸体指了指。

“法医还没送报告过来，但我看他像是被活埋的。没有体外受虐的迹象，但口鼻里的血和眼睛上的爆裂血管，都说明了脑部有大量积血。此外，我们发现他的喉咙深处有沙，表示他被埋进去的时候还在呼吸。”

“了解。还有呢？”

“那只狗当时被绑在死者农舍外的栏杆上。这只丑罗威纳是很棒的狗，健康状况良好。农舍的门没锁，里面也没有打斗痕迹。”

“换句话说，有人开门进去，拿枪威胁他，把狗绑了起来，替他掘了个洞然后恭请他自己跳进去。”

“如果凶手不止一个的话。”

“大罗威纳犬，一米半深的洞。韦伯，我想这点毋庸置疑。”

韦伯没有反应。他跟汤姆合作从来没出过问题。这人是万中选一的天生警探，办案经历辉煌。但那并不代表韦伯必须喜欢他，不过，说不喜欢好像也不对。那是另一种感觉，类似要你分辨两幅很相似的画那样，你说不上来哪里有异状，但就是觉得不对劲。不对劲，就是这个词。

汤姆在尸体旁蹲下。他知道韦伯不喜欢他，但没关系。韦伯是鉴识组的老警察了，不会再升职，也就是说不会对汤姆的仕途或生活造成任何影响。简单来说，汤姆不需要被韦伯喜欢。

“是谁指认他的？”

“几个当地人。”韦伯回答，“杂货店老板认出了他。我们联络上他在奥斯陆的太太，把她带来这里，她确认这人就是阿尔内·亚布。”

“她人现在在哪？”

“在农舍。”

"有人讯问过她了吗？"

韦伯耸肩。

"我喜欢第一个到现场。"汤姆说着身体前倾，拍了一张脸部特写照。

"莫斯市警局接下了这起案子，我们只是被请来协助的。"

"我们有经验。"汤姆说，"有没有人向那群乡巴佬委婉解释过？"

"事实上，我们有人以前也调查过谋杀案。"他们身后有个声音说。汤姆抬眼，看到一个面带微笑的男人，他穿着警察的黑皮夹克，配着有金边的一星徽章。

"我不介意啊。"那位警监大笑，"我是保罗·瑟伦森，你一定是瓦勒警监了。"

汤姆简单对他点了个头，却没理会瑟伦森伸出的手。他不喜欢跟不认识的人有身体接触，或者该说，就算对认识的人他也不想。但对女人就不同了，反正只要主控权在他手里就行。而他总是能掌控一切。

"瑟伦森，你们还没调查过这样的案子。"汤姆说着拨开死者的眼皮，露出充血的眼球，"这不是酒吧遇刺或酒醉意外。所以你们才请求我们协助，对吧？"

"这的确不像本地会有的案子，没错。"瑟伦森说。

"我建议你和手下在这里留守，让我去跟死者的太太谈。"

瑟伦森大笑，仿佛汤姆刚才说了个大笑话似的，但看到汤姆的警配墨镜后方挑起的眉，又立刻噤声。汤姆·瓦勒站了起来，开始往警察封锁线走。他慢慢数到三，然后头也不回地大喊："把那辆警车开走。瑟伦森，我看到你把车停在回车道上。多亏了你，鉴识组待会儿会查凶手车辆的轮胎痕。"

他不必转身也知道瑟伦森开朗脸上的笑容已经消失，这个犯罪现场也改由奥斯陆警察接手。

"亚布太太？"汤姆走进客厅，喊了一声。他已经决定要把案子速战速决了，他跟一个相貌姣好的年轻女孩还有午餐约会，他可不想取消。

正在翻一本相簿的薇格蒂丝·亚布抬起头："是。"

汤姆喜欢眼前的景象。精心呵护过的身躯、自信的坐姿、刻意摆出的电视主持人的随兴态度和三颗没扣的上衣扣子。他也喜欢听到这种声音。那轻柔的嗓音轻易吐出那个特别的字，他就喜欢身边的女人这样说。他也喜欢那张嘴，他已经希望能听到那个字从这张嘴里说出来。

"我是汤姆·瓦勒警监。"他说着在她对面坐下，"我明白这件事一定让你非常震惊。当然我知道这么说很老套，也怀疑此时此刻这句话对你是否有意义，但我还是想表达同情。我也曾经失去过亲人。"

他等待着。等她感激地抬眼，好让他正视她的目光。那眼光是朦胧的，一开始汤姆以为她目中含泪，听到她回答之后才明白她已经醉了。"警官，你有没有烟？"

"叫我汤姆就好。我不抽烟，对不起。"

"汤姆，我要在这里待多久？"

"我可以安排让你尽快离开。我只要问几个问题，好吗？"

"好。"

"很好。你知不知道有谁可能会想要你先生的命？"

薇格蒂丝以手支着下巴，凝视着窗外。"汤姆，另一位警官在哪里？"

"对不起，你说什么？"

"他不是也该来吗？"

"亚布太太，你是说哪位警官？"

"哈利。他负责这件案子，不是吗？"

汤姆任职警察期间，之所以升迁得比别人都快，主要是因为他设法不让包括辩护律师在内的任何人刺探他是如何取得被告有罪的证据的。第二个原因是他有敏感的天线。当然了，有时候天线在应该敏感的时候并没有反应，但却从没在不该敏感的时候有反应。现在天线有反应了。

"亚布太太，你是指哈利·霍勒吗？"

"可以停这里。"

汤姆还是喜欢那个声音。他在路边停车，身子向前靠，仰望着山丘顶上那栋粉红色的房子。早晨的阳光在庭院中一个动物模样的物体上闪烁。

"你人真好。"薇格蒂丝说，"不只说服瑟伦森让我先走，还载我回家。"

汤姆给她一个温暖的笑容。他知道那个笑是温暖的。很多人都说他长得像《海滩游侠》里的明星戴维·哈塞尔霍夫，有同样的下巴、身材和笑容。他看过《海滩游侠》，明白别人那样说是什么意思。

"我才应该感谢你。"他说。

这话没错。从拉科伦村开来的一路上，他得知了几件趣事。如哈利曾经想找出她丈夫杀害安娜·贝斯森的证据，而如果他没记错，安娜·贝斯森是前阵子在索根福里街自杀的女人。那个案子已经结了，还是他亲自判定为自杀并写了报告的。那么那个白痴霍勒想干什么？是输了不服气所以想扳回一城吗？霍勒是不是想证明安娜·贝斯森是犯罪行为的受害者，好让他——汤姆·瓦勒受制？挖旧账的确很像那个疯子酒鬼的作风，但汤姆觉得不太合理的是，霍勒怎么会花这么多力气去查一件最多只能让汤姆稍显武断的案子。他根本不相信哈利的动机只是想澄清这件案子。只有电影里的警察才会把下班时间拿来做这种事。

既然哈利认定的嫌疑人已死，这起案子自然只有几个其他解释。汤姆不确定是哪个，但直觉告诉他，只要牵涉到哈利，他就有兴趣去查。因此，当薇格蒂丝问汤姆想不想进去坐坐喝杯咖啡时，最让他心动的并不是对这位新寡女人的兴奋念头。这可能是个好机会，摆脱那一直以来——多久了？一年多了？——对他紧追不舍的人。

一年多。是的，没错。自从爱伦·盖登警官——多亏斯韦勒·奥尔森干的蠢事——发现汤姆·瓦勒是奥斯陆军火走私组织的幕后主使以来，已经过了一年多。在吩咐奥尔森把她干掉以防她把事情抖出来的时候，他太清楚霍勒绝不会放弃追查凶手。所以他故意让人在犯罪现场找到奥尔森的棒球帽，好在逮捕这位谋杀嫌疑人时，以"自卫"的理由对奥尔森开枪。

没有什么可以牵扯到他身上，但汤姆有种诡异的不安感，总觉得霍勒就快查出来了。他可能会危及自己。

"大家都不在，房子变得好空哦。"薇格蒂丝说着打开门锁。

"你……呃……一个人住有多久了？"汤姆问，一面跟着她走上台阶，进入客厅。他还是很喜欢眼前的景象。

"孩子都在诺德比市，我爸妈那边。我们的打算是让他们待在那儿，直到情况恢复正常。"她叹了口气，坐进一张宽大的扶手椅里，"我得喝杯酒，然后最好打个电话给他们。"

汤姆站着观察她。她刚才那番话破坏了一切，他之前感觉到的小小刺激已经消失了。她忽然显得很老，或许是酒精的效用过了。酒精抚平了她嘴角的皱纹，现在那张嘴僵成扭曲的粉红色的裂缝。

"汤姆，请坐。我来泡两杯咖啡。"

他一屁股坐进沙发，薇格蒂丝消失在厨房。他张开双腿，注意到沙发布料上有个淡淡的污痕。他想起自己沙发上的污痕，那是经血。

想到这件事，他就笑了。

贝雅特·隆恩。

甜蜜、天真的贝雅特·隆恩，坐在茶几对面，把他的话一字不漏地听了进去，仿佛那些话是方糖，被她加进了拿铁咖啡里。小女孩的饮料。我认为，人有做自己的勇气非常重要。两人关系中最重要的就是诚实，你不觉得吗？面对年轻女孩，很难知道如何让那些看似深奥的老套话对上她们的胃口，但他的话显然正投贝雅特所好。在他替她调了杯适合年轻女孩喝的酒之后，她就温顺地跟他回家了。

他不得不笑。即使到了第二天，贝雅特·隆恩还以为她不记得昨晚的事是因为太累，还有那杯酒比她惯常喝的要烈的缘故。放对药量是重点。

最棒的是，他早上走进客厅，看到她拿着湿布猛搓沙发上的那块地方。前一天晚上，他们刚把前戏上演了一遍，她就昏了过去，之后好戏才登场。

"对不起。"她都快哭出来了，"我刚刚才看到，真的很不好意思。

我以为我下周才会来的。"

"没关系。"他当时这么回答，还拍了拍她的面颊，"只要你想办法把那脏东西弄掉就好。"

然后他不得不冲进厨房，打开水龙头，把冰箱的门弄得乒乓响，才盖过自己的笑声。贝雅特刷洗着的那块血渍，是琳达留下的，还是卡伦？

薇格蒂丝在厨房喊："汤姆，你的咖啡要加牛奶吗？"她的声音听起来有点生硬，里面有奥斯陆西部的腔调。总之，他已经知道他需要的事了。

"我刚刚才想起，我在市区还有个会要开。"他说。他转身，看到她端着两杯咖啡站在厨房门口，讶异地睁大了眼，好像他刚甩了她一巴掌。他琢磨着这个念头。

"你需要时间静一静。"他说着站起来，"我了解。我刚才说过，我最近也失去了一个亲密的好友。"

"我很遗憾。"薇格蒂丝说，依旧困惑，"我甚至没问是谁。"

"她叫爱伦，是我同事。我很喜欢她。"汤姆偏过头打量薇格蒂丝，她以不确定的微笑作答。

"你在想什么？"她问。

"也许我哪天会过来看看你。"他对她做出特别温暖的笑容，最棒的戴维·哈塞尔霍夫式微笑，心想要是人人都能看透别人的心思，这世界不知会有多乱。

33 嗅觉障碍

　　午后的高峰时段开始了，格兰斯莱达街里开着车的工薪族缓缓驶过警察总署。一只篱雀坐在枝头，看着最后一片树叶飘落，被风吹起，又翻飞着经过五楼会议室的窗户。

　　"我不擅长演讲。"毕悠纳·莫勒开口。曾经听过莫勒之前几次演讲的人都点头表示同意。

　　一瓶要价七十九克朗的欧普拉气泡酒，十四个还未拆封的塑料酒杯，还有每个曾参办屠夫一案的人，都在等莫勒把话说完。

　　"首先，欢迎来自奥斯陆市议会的市长和警察局长光临，也感谢大家让案子圆满终结。各位都知道，我们承受了不少压力，尤其这犯人还连抢了几家银行……"

　　"我可不知道谁会只抢一家！"伊佛森大喊，带起一波笑声。他选择站在房间后方靠门口的位置，以便看清与会的警察。

　　"我想你可以这么说。"莫勒微笑，"我想说的是，呃……各位都知道……我们很高兴案子已经结束了。在开始喝香槟以前，我想特别向一个人致谢，他应该得到最大的赞赏……"

　　哈利感到大家都在看他。他最讨厌这种场合了，老板上台讲话，上台对老板讲话，感谢众位小丑，一场毫无意义的演出。

　　"领导本案的鲁内·伊佛森。鲁内，恭喜你。"

　　一阵掌声。

　　"鲁内，你要不要说几句话？"

　　"好的。"伊佛森说。集合的警察都伸长了脖子。他清了清喉咙："可惜，我不像毕悠纳一样，有说自己不擅长上台讲话的权利。因为我很擅长。"

更多笑声，"我担任过其他成功结案的案件发言人，从那些经验来看，我知道要感谢所有人是一件很累的事。大家都知道，警察工作需要团队合作。贝雅特和哈利有幸得分，但全组人都下了基本功。"

哈利不可置信地看着群众点头同意。

"所以，谢谢大家。"伊佛森的目光扫过全体警员，显然有意让每个人都觉得受到注意和感谢。然后他以更兴高采烈的语气大喊："大伙儿这就来开香槟吧！"

有人递了个酒瓶过来，他用力摇晃一阵，开始转动松木塞。

"我实在懒得看下去。"哈利低声对贝雅特说，"我走了。"

她责备地望了他一眼。

"小心！"木塞嘣地弹出，飞向天花板，"大家拿杯子啊！"

"抱歉，"哈利说，"明天见。"

他走进办公室，拿起自己的夹克，搭电梯下楼，身子靠在电梯间的墙上。昨晚在亚布的农舍，他只睡了几个小时。早上六点，他开车到莫斯市的火车站，找到电话亭和莫斯市警局的电话，报案说海边有一具尸体。他知道他们会请奥斯陆警方协助。八点，他抵达奥斯陆，在伍立弗路的咖啡小铺里喝了一杯可塔朵调味咖啡，等到确定这案子已经转到别人手里，可以安心进办公室。

电梯门滑开，哈利从双开弹簧门中走出来，进入冷冽的奥斯陆秋日空气。据说，这里的空气污染比曼谷还要严重。他告诫自己不必赶时间，强迫自己放慢脚步。今天他什么都不想去想，只要睡觉，也希望不会做梦。希望到了明天，所有的门都会在身后关起。

除了一扇门。这扇门永远不会关，他也不想让它关。不过，他要等到明天再去想这件事。然后他要跟哈福森在奥克西瓦河边散步，停在当初发现她的那棵树下，第一百次重建当时的情景。不是因为他们已经忘记，而是想让感觉回来，让鼻子再次嗅到气味。他已经开始渴望了。

他走上草坪中央的小路，这是快捷方式。他并没看左边的灰色监狱大楼，里面的洛斯可想必已经把西洋棋都收好了。他们绝对不会在拉科伦村发现任何事，或者任何让人联想到这个吉卜赛人或他手下喽啰的事，即使负责侦办的人是哈利。他们只得尽可能去调查。屠夫已经死了。阿尔内·亚布死了。正义就像水，爱伦有一次这么说，终会找到出路。他们知道这不是真的，但至少他们有时能在这个谎言里得到慰藉。

哈利听到警笛声。警笛已经响了一阵子了。有着旋转蓝灯的白色车辆从他身旁驶过，消失在格兰斯莱达街。他设法不去想这些警车为什么会出来。或许跟他没有关系。就算有，也只能等。等到明天。

汤姆·瓦勒发现自己到得太早。这个淡黄色住宅区的居民，白天并不会闲坐在家。他已经按下最下面一排的按钮，正准备转身离开，却听到一个滞闷、金属般的声音："哪位？"

汤姆猛地转身。"嘿，请问是……"他看了看按钮旁边的名牌，"阿斯特丽·蒙森吗？"

二十秒后，他来到楼梯顶端，一张写满惊恐的雀斑脸从保险链条后方凝望着他。

"蒙森小姐，我可以进去吗？"他问，做出戴维·哈塞尔霍夫特有的露齿笑容。

"最好不要。"她的尖嗓音说。她大概没看过《海滩游侠》。

他把证件拿给她看。

"我是来请教，安娜·贝斯森的死有没有我们应该知道的事？警方已经不能肯定那是自杀了。我知道有个同事私下来调查过，我想知道你有没有跟他谈过。"

汤姆听说，动物能嗅出恐惧，尤其是猎食性动物。他不觉得惊讶，让他惊讶的是，竟然不是每个人都能嗅出恐惧。恐惧跟牛尿一样，有股转瞬即逝的苦味。

"蒙森小姐，你在怕什么？"

她的瞳孔扩张得更大了。汤姆的天线现在嗡嗡直响。

"有你的帮助，对我们非常重要。"汤姆说，"警察与民众之间，最重要的一层关系就是坦诚，这你应该同意吧？"

她的眼光开始闪烁，他决定冒险："我相信我同事可能涉嫌本案。"

下巴掉下，她露出绝望的表情。中了！

他们坐在厨房里。咖啡色的墙面上布满小孩的涂鸦，汤姆猜她大概是一群小孩的姑姑。他边听她说话，边做笔记。

"我听到走廊有东西掉下来的声音。我走出去，看到一个男人四肢着地，趴在我门外。看样子他一定跌倒了，于是我问他需不需要帮忙，但我并没有听到清楚的回答。我上楼按安娜的门铃，但里面也没人应。那男人口袋里的东西掉了满地，我在他皮夹里找到他的名字和住址，然后我扶他到马路上，招手叫了一辆出租车，把地址给了司机。我就只知道这样。"

"你确定那是后来又来找你的那个人？也就是哈利·霍勒？"

她咽了口口水，然后点头。

"阿斯特丽，没关系的。你怎么知道他去过安娜家里？"

"我听到他进了门。"

"你听到他进公寓楼，又听到他走进安娜的家？"

"我的书房就在走廊旁边，走廊上发生什么事都可以听得很清楚。这一区很静，平常都没人。"

"你在安娜公寓附近有没有听到其他动静？"

她迟疑着。"那个警察走了以后，我好像听到有人蹑着脚走上安娜家的声音，但那声音像是女人的。你也知道，高跟鞋的声音不一样。但我想应该是三楼的古德森太太。"

"哦？"

"她在老市长酒吧喝过几杯以后，通常都会偷溜回来。"

"你有没有听到枪声？"

阿斯特丽摇头。"两栋公寓之间的墙壁有隔音。"

"你还记得出租车的车牌号吗？"

"不记得。"

"你听见走廊上有东西掉落的声音时是几点？"

"十一点十五分。"

"阿斯特丽，你非常确定吗？"

她点头。做了个深呼吸。

她再度开口，语气里突如其来的坚定让汤姆很讶异："他杀了她。"

他感觉心跳变快了，就快了那么一点。"阿斯特丽，你为什么这样说？"

"听说安娜那天晚上自杀的时候，我就觉得不对劲了。会有人醉得像团烂泥、躺在楼梯上吗？而且她也没来应门。我想过要报警，可是他却到这里来……"她看着汤姆，仿佛就快溺水而死，而他是救生艇，"他第一个问我的问题就是我认不认得他。我当然知道他这样问是什么意思。"

"他是什么意思？"

她的声音高了半度："凶手问唯一的目击者认不认得他？你说呢？他是来警告我，要是我说出去的话会有什么后果。我照他要的做了，说我从来没见过他。"

"但你刚才说，他后来又回来找你，问阿尔内·亚布的事？"

"对，他要我把罪名加在别人头上。请你了解我当时有多害怕。我假装什么都不懂，顺着他的意思……"他听出她语带哭腔。

"但现在你却愿意把事情告诉我们？你也愿意上法庭做证？"

"是的，如果你……如果我能确定自己很安全。"

另一个房间传来收到电子邮件的叮咚声。汤姆看了看表，四点三十分。他的行动要快，可能的话最好在今晚。

四点三十五分，哈利打开自家的门，顿时想起他忘了约哈福森去健身房踩飞轮的事。他踢掉鞋子，走到客厅，在闪动着的电话录音电话上按下播放键。是萝凯。

"法庭周三会做裁决。我已经订了周四的机票。十一点会到加勒穆恩机场。欧雷克问你能不能来接我们。"

我们。她说得好像判决马上就生效了似的。如果输了官司，他就不会接到"我们"，只会是一个丧失了一切的人。

她没留下号码，好让他回电说一切已经结束，她再也不需要担惊受怕。他叹口气，倒进那张绿色扶手椅里，闭上眼睛，看到她出现。萝凯。冰冷的白床单烧得他皮肤发痛，敞开的窗前那几乎不动的窗帘，透进一束月光，照上她裸露的手臂。他的指尖轻轻滑过她的眼、手、窄窄的肩、又长又细的颈和跟他交缠着的双腿。他感到她那均匀、温暖的气息吹上自己的脖子，听着这副熟睡身躯发出的呼吸在他轻柔抚过她颈背时，几乎难以觉察地改变了节奏。她的臀部也几乎难以察觉地开始朝他移动，仿佛她刚才只是在休息，在等待。

五点，在奥斯特瑞斯镇家里的鲁内·伊佛森拿起电话，准备告诉来电者他一家刚要坐下吃饭；而在他家，吃饭是一件大事，可否请他晚点再拨？

"伊佛森，很抱歉打扰了你。我是汤姆·瓦勒。"

"嘿，汤姆，"伊佛森嘴里含着嚼了一半的马铃薯，"听我说……"

"我要你下令逮捕哈利·霍勒。还要一张搜他家里的搜查令，外加五个人负责搜查。我有理由相信，霍勒很不幸地涉嫌一起谋杀案。"

马铃薯呛进了气管。

"事情紧急，"瓦勒说，"证据可能有被毁的风险。"

"毕悠纳·莫勒。"咳个不停的伊佛森好不容易说出这几个字。

"好，我知道严格来说这是莫勒的职责，"汤姆说，"但我想你一定也同意，他会有成见。他和哈利已经共事十年了。"

"说得也是。但我们今天在忙别的事，所以我的手下都抽不开身。"

"鲁内……"伊佛森的太太说。他不太想刺激她。今天的香槟庆祝会过后，他晚了二十分钟到家，然后葛森街挪威银行分行的警报就响了。

"汤姆，我再回你电话。我会打给警方律师，看看有什么办法。"他清了清喉咙，又用大得能让太太听见的声音说，"等我们吃过饭以后。"

哈利醒来时，听见有人重重敲门。他的脑子自动下了结论，这人已经敲了好一阵子的门，而且肯定知道哈利在家。他看了看表，五点五十五分。刚才他一直梦到萝凯。他伸了个懒腰，从椅子上起来。

更多敲门声，更重了。

"来了啦，来了啦！"哈利一面喊一面走向门口。透过门上凹凸不平的玻璃，他看出一个人影。一定是哪个邻居，哈利想，才会没用对讲机。

他的手刚碰到门把，就停止了动作。一股寒意蹿上后颈，眼前看到黑点，脉搏加快。糟透了。他开了门。

是阿里，正眉头深锁。

"你答应过今天以前要把地下室的储藏间收拾好的。"他说。

哈利一手拍上前额。

"妈的！对不起，阿里。我真是个没用的糊涂鬼。"

"没错，哈利。如果你今晚有空，我可以帮忙。"

哈利讶异地打量他。"帮我？我的东西十秒内就能拿光。老实说，我还真想不起来下面到底放了些什么。但没关系。"

"哈利，那些是贵重物品。"阿里摇摇头，"把那种东西放在地下室，你真是疯了。"

"那我就不知道了。我现在要去施罗德酒馆吃点东西，吃完我就回来。"

哈利关上门，倒回椅子里，按下遥控器。手语新闻。哈利以前调查过一个案子，需要找几位聋人问话，他也因此学了几句手语。他比对着记者的手语和出现的字幕。中东前线很安静。一位美国人因为替塔利班打仗而受到军法审判。哈利放弃了。施罗德酒馆的招牌菜，一杯咖啡，一根烟，他沉思着。还是去地下室，然后直接上床。他拿起遥控器，正准备关电视，却看到打手语的人伸直五指，竖起大拇指对着他。他记得这个手势。有人被枪杀了。哈利立刻想到阿尔内·亚布，但他是窒息死的。他的目光沿着字幕看去，椅子里的身体僵住了。他开始疯狂地按遥控器。很糟——可能还是非常糟的消息。电视即时新闻上说的并不比字幕多多少：

银行职员在抢劫时遭到枪击。今天下午在奥斯陆葛森街的挪威银行分行，劫匪对一名职员开枪。该名职员有生命危险。

哈利走进卧室，打开电脑。银行抢劫案是首页上的头条，他轻点两下鼠标：

该银行今日准备结束营业前，一个戴头套的劫匪持枪进入，命令女性分行经理取出提款机里的所有现钞。由于事情并未在限定时间内完成，劫匪对现年三十四岁的银行职员开枪。据称这位女性伤者有生命危险。鲁内·伊佛森组长表示，警方目前尚无线索，对本案似乎遵循所谓"屠夫"犯下的几起抢劫案模式一事不予置评。警方也表示，屠夫已于本周被人发现死在巴西的迪亚爵达。

可能是巧合，当然有可能，但并不是。哈利一手摸过脸，他从一开始就在担心这件事。列夫·格雷特只抢了一家银行，接下来的抢劫案都是别人干的。有人干得从容至极，到了一丝不苟地模仿屠夫的原始抢劫手法并引以为傲的地步。

哈利想要撇开这个思绪。他现在不想担心银行抢劫案或银行员工被杀的事，也不愿去想如果竟然有两位屠夫会怎么样。还有他可能又得在伊佛森手底下侦办，再度搁置爱伦的案子。

停。今天不要再想了。明天再说。

但他的双腿仍把他带到走廊，他的手指也自发地拨打了韦伯的电话："我是哈利，有什么新消息吗？"

"当然。"令人讶异的是，韦伯听起来很高兴，"好孩子最后总会走运。"

"这倒是新鲜事。"哈利说，"说说看。"

"我们还在银行里的时候，贝雅特从痛苦之屋打电话给我。她开始看抢劫案录像带，发现了一件有趣的事。那个人说话时，站得离柜台的塑料玻璃很近。她建议我们去查口水。当时抢劫案才发生了半小时，所以还有机会找到东西。"

"结果呢？"哈利不耐烦地问。

"玻璃上没有口水。"

哈利呻吟。

"但有呼气浓缩的微滴。"

"真的？"

"对，真的。"

"最近一定有人做了祷告。恭喜啦，韦伯。"

"我想我们三天内就能拿到染色体调查结果，然后就可以开始进行比对。我猜不必过完这周，就会知道他的身份了。"

"希望你是对的。"

"当然啦。"

"好吧，谢谢你救回了我的胃口。"

哈利挂了电话，穿上夹克，准备离开，却想起电脑还没关，于是又走回卧室。他正想关机，就看到了。他的心一沉，血管里的血几乎要凝固。他有一封电子邮件。当然他还是可以不理会，还是可以关掉电脑。应该这样的，反正没有急事。可能是其他人寄来的，不可能的寄件人只有一个。哈利很想现在就去施罗德酒馆，在多弗列街上，想着那双挂在半空中的旧鞋究竟怎么回事，或享受萝凯在梦里的画面，诸如此类的。不过现在已经太迟了：他的手指再度取得控制权，体内的机器嘎嘎启动。然后邮件出现了，是一封长信。

嘿，哈利：

干吗拉长了脸？也许你以为再也不会有我的信了。唉，哈利，生命是充满惊喜的呀。你看到这封信时，阿尔内·亚布也已经发现了这件事。你我两个让他无法承受生命，不是吗？如果我没弄错，我猜他太太已经带着孩子离开了他。很残忍吧？夺走一个男人的家人，尤其当你知道这是他私生活中最重要的事的时候。但他也只能怪自己，不忠的人受到再严厉的惩罚都不为过。对不对，哈利？总之，我的小小复仇在此结束。

但既然你以无辜者的身份卷进了这件事里，或许我欠你一个解释。这个解释其实很简单。我爱过安娜，真的，我爱她这个人，和她给我的一切。

不幸的是，她并不爱我给她的东西。"海"开头的，深沉睡眠。你知道她有毒瘾吗？我说过，生命充满惊喜。在她某一次——咱们就打开天窗说亮话了——失败的画作展览之后，我介绍毒品给她。然后她和它一见钟情，一"针"即合。多年来，安娜是我的客户，也是我的秘密情人，这两个角色可以说无法分割。

困惑了吗，哈利？因为你剥光她衣服的时候并没看到针孔？是的，"一针即合"只是个形容，其实安娜根本没法打针。我们把海洛因放在古巴巧克力的锡箔纸上，用吸的。这样比注射还贵，但只要安娜跟我在一起，就只需要付批发价。我们俩——那个词是怎么说来着的——如胶似漆。想到往日时光，我还会眼眶泛泪呢。她把女人能为男人做的事都做了：她跟我做，替我煮饭，帮我"装草"，逗我开心，安慰我，甚至苦苦哀求我。基本上，她唯一没做的就是爱我。哈利，这怎么会有这么难呢？毕竟，她爱过你，而你却对她弃若敝屣呀。

她甚至还爱了阿尔内·亚布。我还以为她只把他当摇钱树——以便用市价买毒品——暂时离开我一阵。

但五月的一天傍晚，我打电话给她。我犯了芝麻大的罪，刚坐完三个月的牢，因此安娜跟我有一阵子没见面。我说我们应该庆祝一下，我刚收到来自清莱工厂的全世界最纯的一批货。我立刻就从她的声音里听出情况不对。她说结束了，我问她是指"海"还是指我，她说两个都是。她说，事情是这样的，她开始画一件会让她名留青史的艺术作品，需要保持头脑清醒。你也知道，安娜这个人一旦决定做什么事，就固执得像头牛似的。所以我猜你没在她血液里找到毒品，对吧？

然后她跟我说有一个男人，阿尔内·亚布。他们开始约会，还打算同居。首先，他必须先跟他太太离婚。听过这故事吧，哈利？我也听过。

奇怪的是，世界开始崩塌时，你会变得全神贯注。在我放下电话前，我知道要做什么事。复仇。很原始吗？一点也不会。复仇是会思考的人类的反射行为，是行动与一致性的复杂结合，目前为止没有他种动物成功演化出来。就演化论来说，施加报复的行为显然极为有效，只有复仇心最强的人才得以存活。复仇，不然死路一条。听起来很像西部电影的片名吧？但别忘了，正是报复的逻辑创造出宪政国家的。以牙还牙、有罪者在地狱被焚烧，或至少一颗头吊在绞刑台边上，这些都是神圣的担保。哈利，复仇其实是文明的基础。

所以那天傍晚我定下心来，想出了一个计划。

计划很简单。

我向崔奥芬[1]订了一把安娜公寓的钥匙，细节我就不告诉你了。等你离开她家，我就开门进去。安娜已经上床了，她、伯莱塔 M92F 手枪和我进行了一场漫长又有开导性的对话。我请她找出阿尔内·亚布给她的一样东西——卡片、信件、名片什么都好。我的计划是把东西放在她身上，帮你把谋杀案跟他联系在一起，但她只有他家人在农舍拍的一张照片，是她从他相簿里拿出来的。我猜这样可能太难懂了，你可能会需要多一点帮助，于是我想了个办法。伯莱塔先生说服她告诉我怎么进入亚布的农舍，钥匙

---

[1] 即安娜订购过钥匙的锁店。

就在门外的灯里。

　　对她开枪以后——细节我就不多说了，因为结果实在令人扫兴（没有露出恐惧或后悔的样子）——我把照片放在她鞋子里，然后立刻动身前往拉科伦村。我把安娜的备用钥匙放进农舍，那把钥匙你现在肯定也已经发现了。我想过把钥匙贴在马桶水箱里，我最喜欢那里，《教父》里的迈克就把枪藏在那边。但你大概不会想到去那里找，这样就失去意义了，所以我放进床头柜抽屉里。很简单吧？

　　就这样，舞台布置完毕，可以让你和其他木偶登场了。只希望你不会因为我放在半路上的几个小线索而生气：你们警察的智力程度实在令人担忧啊。哈利，很高兴能跟你合作。

S²MN

34 鳄鸟

一辆警车停在哈利家公寓大楼门口，另一辆挡在多弗列街往苏菲街的路口。

汤姆·瓦勒已下令不要开警笛和警灯。

他用对讲机确认所有人都已就位，也接到一连串夹带噪声的确认回复。伊佛森那边的消息是，四十分钟以前已接获警方律师发下的那张蓝纸——也就是逮捕搜查令。汤姆明确地表示他不要支持小组，而要亲自率队，且要其他人手待命。伊佛森并无异议。

汤姆搓着手，一半是因为从毕斯雷球场那条路上吹来的寒风，但大部分是因为兴奋。逮捕是这工作最棒的部分，这点他从小就发现了：秋天的傍晚，他和约阿基姆在爸妈的果园，等住户委员会的烂人来抢苹果。他们果真来了，一伙人通常有八到十个。不过人数多少不重要，因为他和约阿基姆打开手电筒用自制的扩音器大喊时，现场总是乱成一团。他们依照野狼猎捕麋鹿的法子，选定猎物里最小最弱的下手。但让汤姆着迷的是逮捕——围住猎物的部分，而约阿基姆喜欢的则是惩罚。他在这方面的创意已先进到有时候汤姆都必须加以阻止。倒不是因为汤姆对小偷起了同情心，而是因为尤亚肯不像他能保持头脑清醒，衡量后果。汤姆经常觉得，他和尤亚肯会在一起并非凑巧。尤亚肯现在是奥斯陆法庭里的法官副手，前途无量。

汤姆申请加入警队时，吸引他的就是逮捕这件事。汤姆的父亲想要他学医，或步他后尘念神学。汤姆在学校成绩优异，为什么要当警察？他父亲当时说，拥有良好教育对自尊心很重要，还说起他那在五金行卖螺丝的大哥憎恨天下所有人，因为他觉得自己没有人家好。

汤姆带着啼笑皆非的笑容聆听这些忠告，清楚知道父亲最讨厌这样。父亲担心的并不是汤姆的自尊，而是邻居和亲戚的看法，认为他唯一的儿子"只不过"当了个警察。他父亲从来不懂，即使你比人家好，也可以憎恨人家。就因为你比较好。

他看了看表。六点十三分。他按下一楼的门铃。

"哪位？"一个女人的声音说。

"我是警察。"汤姆说，"可以请你替我们开门吗？"

"我怎么知道你是警察？"

巴基斯坦人，汤姆心想，一面请她从窗户看一下警车。门锁吱的一声开了。

"请待在屋子里。"他朝对讲机说。

汤姆要一个人守住房子后方的消防逃生口。上网研究过这栋公寓的平面图之后，他已经记住了哈利公寓的位置，也知道无须担心后楼梯的问题。

他们戴上了头套。关键词是速度、效率和决心。最后一项其实代表下手要狠，而且有必要的话，不惜下杀手。但很少有那种必要。整体说来，就连最棘手的罪犯在没有预警状况下看到戴着头套、携带武器的男人闯入，都会吓得无法动弹。简单来说，银行劫匪用的就是这一招。

汤姆定了定心神，对其中一人点点头。那人用两个指节在门上轻轻敲了敲。这个动作只是为了事后写报告时，可以说他们事先敲过门。汤姆用机关枪枪柄敲碎玻璃框，伸手进去，利落地把门打开。他喊了一声，所有人冲进了公寓。他不确定自己喊出的是拟声词，还是哪句话的第一个字，他只知道他和尤亚肯扭亮手电筒时，口中喊的也是这个。这种时候最棒了。

"马铃薯饺，"玛雅说着端起哈利的盘子，用责备的眼神看了他一眼，"你碰都没碰。"

"对不起，"哈利说，"我没胃口。请替我转告厨师，说不是他没煮好。这次不是。"

玛雅大笑着往厨房走去。

"玛雅……"

她缓缓转身。哈利的声音里有点什么，那语气是不祥的预兆。

"给我一杯啤酒，好吗？"

她继续往厨房走。不关我的事，她心想。我只是替客人服务，跟我一点关系也没有。

"玛雅，怎么回事？"她把盘子里的东西倒进垃圾桶时，厨师这么问。

"又不是我的生活。"她说，"是他的。那个傻瓜。"

贝雅特办公室的电话发出尖锐的声响，她拿起话筒，听到人声、笑声和碰杯的哐当声，然后是那个声音。

"打扰你了吗？"

一时之间，她不敢肯定。他的声音好陌生，但除了他不会是别人。"哈利？"

"你在忙吗？"

"我……我在查网络找线索。哈利……"

"所以你把葛森街银行抢劫案的录像放上了网？"

"对，可是你……"

"贝雅特，我有几件事要告诉你。阿尔内·亚布……"

"好，但你先听我说。"

"贝雅特，你好像有点紧张。"

"当然！"她的叫声从电话里传来，然后又变得镇静，"哈利，他们去抓你了。他们离开以后，我一直打电话要警示你，但你家没人。"

"你在说什么？"

"汤姆·瓦勒。他拿到你的拘捕令。"

"什么？我要被逮捕了？"

现在贝雅特知道哈利的声音哪里不对了。他喝了酒。她深吸了一口气：

"告诉我你在哪里，哈利。我过来接你，然后我们可以说你是自首的。我还不知道这是怎么回事，但我会帮你，哈利。我保证。哈利？别做傻事，好吗？喂？"

她坐着听那些人声、笑声和碰杯的哐当声，然后是脚步声，接着一个女人沙哑的声音说话了："我是施罗德酒馆的玛雅。"

"他去哪儿……"

"他走了。"

35　求救信号

　　薇格蒂丝·亚布被外头葛瑞格的叫声吵醒。雨打鼓似的在屋顶上敲，她看了看表。七点半，她一定是不小心睡着了。面前的酒杯是空的，家里是空的，一切都是空的。这并不是她计划里的模样。

　　她起床，走到露台门口，看着葛瑞格。狗儿面对铁门，耳朵和尾巴都竖得笔直。她该做什么呢？把它送走？让它安乐死？就连孩子们对这只过度好动又紧张兮兮的动物都没什么感情。计划，对了。她看了一眼玻璃茶几上半空的金酒酒瓶。现在该想个新计划了。

　　葛瑞格的吠叫声撕裂了空气。汪！汪！阿尔内曾经说，他觉得这个扰人的叫声让他很安心：给你一种有人警戒中的模糊感觉。他说狗可以闻出敌人，因为心存不善的人散发出的气味跟朋友不一样。她决定明天打电话给兽医。她厌倦了花钱养这只每次她走进房间都会叫的狗。

　　她一寸寸地打开露台门，聆听着。在狗吠声和雨声当中，她听出碎石子被踩过的声音。她才拨了拨头发，擦去左眼的眼影抹痕，就听到门铃响起亨德尔《弥赛亚》乐曲的三个音，这是她公婆送的乔迁礼物。她大概知道来者可能是谁。她猜对了。几乎猜对了。

　　"警官，是你？"她说，由衷地感到惊讶，"什么好风把你吹来了？"

　　台阶上的男人全身湿透，水滴还挂在眉毛上。他的一臂靠着门框，看着她，没有回答。薇格蒂丝把门完全打开，半闭上眼。"怎么不进来？"

　　她带头先走，听到他的鞋子发出吧唧声跟在身后。她知道他喜欢眼前这幅景象。他在一张扶手椅上坐下，外套都没脱。她注意到椅子的布料吸了水，颜色变深了。

　　"警官，要来杯金酒吗？"

"有没有金宾威士忌？"

"没有。"

"那金酒好了。"

她取出水晶杯——那是她公婆送的结婚礼物——替他和自己都倒了一杯。"请节哀。"那位警察说，用闪亮、发红的眼睛望着她。她看出这不是他今天的第一杯酒。

"谢谢。"她说，"干杯。"

她放下酒杯，看到他那杯只喝了一半。他坐着把玩酒杯，突然说："是我杀了他。"

薇格蒂丝直觉地把手放在颈边的项链上。这是他们新婚时阿尔内送她的礼物。

"我并不想让结果发展成这样。"他说，"但我愚蠢又粗心，让凶手找上他。"

薇格蒂丝把酒杯放在嘴前，这样他就看不到她差点大笑出声的样子。

"现在你知道了。"他说。

"哈利，现在我知道了。"她轻声说。她好像看到他眼里的一丝讶异。

"你跟汤姆·瓦勒谈过了。"这话听起来不像疑问，反而像陈述事实。

"你是指那个自认为是上帝赠礼的……嗯，对，我跟那个警探谈过了。当然，我把我知道的一切都告诉了他。哈利，我这样不应该吗？"

他耸肩。

"哈利，我害你陷入僵局了吗？"沙发上的她把双腿收拢在身下，从酒杯后方用担忧的神情看着他。

他没回答。

"要不要再来一杯？"

他点头。"至少，我有个好消息要告诉你。"他的目光谨慎地跟着她的手，看她把酒杯斟满，"我今天傍晚接到一封电子邮件，发件人坦承他杀害了安娜·贝斯森。当初就是这人耍了我，害我以为凶手是亚布。"

"太好了。"她说，不小心把金酒洒到了桌上，"哎呀，一定是酒太烈了。"

"你没有惊讶的样子。"

"已经没有什么事会让我惊讶了。老实说，我也不认为阿尔内有杀人的胆子。"

哈利揉着后颈。"无论如何，现在我有了安娜·贝斯森是遭到谋杀的证据。我晚上出门前，把这份供书寄给了一个同事，那表示对我来说，已经把所有的牌都摊在桌上了。安娜是我的前女友，我的问题是她被杀的那天晚上，我跟她在一起。我本该拒绝她的邀约，但我愚蠢又粗心，以为能够靠自己侦破案子，同时确保自己不会被扯进去。我实在……"

"愚蠢又粗心。你刚才说过了。"她深思地打量他，看他抚摸着身边的沙发靠垫，"当然，这说明了很多事。但我还是不懂，为什么陪伴一个你想……陪伴的女人会是犯罪。哈利，这部分是怎么回事？"

"嗯，"他大口吞下那些发亮的液体，"我第二天早上醒来，什么都不记得。"

"我懂了。"她从沙发上起身，走向他，站在他面前，"你知道那男的是谁吗？"

他仰起头靠着沙发背，抬眼看她。"谁说是'男的'了？"他的咬字有些模糊。

她伸出纤细的手。他探询地望着她。

"脱外套。"她说，"然后去浴室洗个热水澡。我来煮咖啡，替你找几件干衣服。我想他不会介意的，他在很多方面都是个理智的男人。"

"我……"

"来吧，快点。"

热水的包围让他浑身舒泰得打战。温热从大腿爬上他腰际，让他全身起了鸡皮疙瘩。他呻吟了一声，然后全身都浸在滚烫的水里，身子往后靠。

他听见外面的雨声，也注意听着薇格蒂丝的动静，但她放起了唱片。

警察乐队（The Police）。精选辑，方便一网打尽。他闭上眼。

斯汀发出求救信号①。说到这个，他想贝雅特现在一定看过那封信了。她会传出讯息，猎狐行动会被取消。酒精让他眼皮沉重，但每次他闭上眼，就看到两条腿和手工缝制的意大利皮鞋从热气蒸腾的浴缸水里冒出来。他伸手到头后面摸索刚才放在浴缸边上的酒杯。他从施罗德酒馆打电话给贝雅特时，只喝了两大杯啤酒，那绝对还不足以让他醉到不省人事。但妈的那个酒杯到底去哪儿了？不知道汤姆·瓦勒是否还是不顾一切要抓他，哈利知道他就是想逮捕自己。但在所有细节安稳地各就各位之前，哈利绝不会自首。从现在起，他不能信任任何人。他会想出办法，只要先休息一下，再喝一杯。今晚就借用这里的沙发过夜，等头脑清醒。明天再说。

他的手碰到沉重的水晶杯，杯子在沉闷的哐当声中掉在瓷砖地上。

哈利咒骂了一声，站起来。他差点跌倒，但及时扶住了墙。他把厚厚的长毛浴巾围在腰间，往客厅走去。金酒酒瓶还在茶几上，他从酒柜里取出酒杯，把酒斟满到杯缘。他听见咖啡机的声音，走廊里有薇格蒂丝的说话声。他回到浴室，小心地把酒杯放在薇格蒂丝替他放好的那堆衣服旁。淡蓝色和黑色的整套比约恩·博格运动服。他用浴巾擦过镜子，在没被雾气蒙住的那块地方看着自己的双眼。

"你这白痴。"他低声说。

他坐在地上。一道红色的水顺着瓷砖间的缝无声地往排水孔流去。他循着那道红水的痕迹往回看向自己的右脚，鲜血正从脚趾间淌出来。他从碎玻璃中央站起来。他根本没注意到，什么都没注意到。他又看了看镜子，笑了。

---

① Sting，英国歌手，警察乐队前贝斯手，"发出求救信号"是他创作的歌曲*Message in a Bottle*中的歌词，"I'll send an S.O.S. to the world"。

薇格蒂丝放下话筒。她不得不胡诌一气，虽然她最讨厌这样。事情脱离计划会让她觉得像是生了病。她从小就知道，事情不会自己发生，计划是一切。她还记得自己读三年级的时候，全家人从希恩市搬到史兰冬区，她站在新同学面前做自我介绍，全班都坐着盯着她瞧，她的衣服和那只奇怪的塑料袋让几个女孩咻咻笑着、指点着。上最后一堂课时，她写了一张名单，上面列出班上哪些女生可能当她最好的朋友、哪些女生可能冷眼看她、哪些男生会爱上她、哪些老师会选她当最喜欢的学生。她回家后就把名单钉在床头，一直到圣诞节都没取下来。那时名单上的每个名字旁边都多了一个钩。

但现在不同。现在她得靠别人才能让生活重回轨道。

她看了看表。九点四十分。汤姆·瓦勒说他们十二分钟内就会到这里，还保证会在进入史兰冬区以前关掉警笛，免得她担心吵到邻居。她根本没提到这点。

她坐在走廊等，希望霍勒已经在浴室里睡着了。她又看了看表，听着音乐。幸好这些恼人的警察乐队歌曲已经结束了，现在是斯汀的个人专辑，用他那美妙、舒缓的嗓音唱着歌。关于雨……像星星的泪。歌曲好美，她都想哭了。

然后她听到葛瑞格沙哑的吠叫声。总算来了。

她打开门，依照约定跑上台阶。她看到一个人影跑过庭院往露台去了，另一个人绕到房子后面。两个身穿黑色制服、戴着头套的男子，拿着小巧的手枪，在她面前停步。

"还在浴室？"其中一个戴黑色头套的人低声说，"上楼后左转？"

"对，汤姆。"她轻声说，"谢谢你这么快就……"

但他们已经进了屋。

她闭上眼，聆听着。脚步声跑上楼梯，露台上葛瑞格凶狠地吠叫，斯汀轻柔地唱着"我们多么脆弱"，浴室门咔啦一声被踢开。

她转身进屋，上楼，走向喊叫声的方向。她得喝杯酒。她看到汤姆站在楼梯顶端，已经摘下了头套，但他面容扭曲，几乎让她认不出来。他指着地毯上的什么，她低头看。一道血迹。她的目光顺着血迹通过客厅，来到敞开的露台门口。她听不见那个穿黑衣的白痴对自己大喊了什么。她现在唯一能想到的就是计划，这不在计划里。

36　丛林流浪

哈利跑着。葛瑞格断断续续的刺耳吠叫就像背景里愤怒的节拍器，除此之外，他身边的一切都是安静的。他赤脚踩上湿漉漉的草，双臂在身前伸长，又冲过一个围篱，几乎没感觉到尖刺扎破了手掌和那套比约恩·博格的衣服。他找不到自己的衣服和鞋子，猜想她一定拿到楼下放在她坐着等待的地方了。他在找鞋穿的时候听到葛瑞格的哀嚎，只得硬着头皮穿着裤子和衬衫跑出去。雨水打进他的眼睛，眼前的房屋、苹果树和树丛都模糊了。黑暗中又出现一座庭院，他冒险跳过低矮的篱笆，却失了平衡。他正带着含有酒精的血液不住狂奔。修剪整齐的草坪打上他的脸。他趴在地上，聆听着。

他好像听到几只狗的叫声。维克托也在？这么快？汤姆一定早叫他们等着了。哈利站了起来，打量周遭。他一路跑到了山丘顶的目的地，故意远离有灯的马路，那里很快会有警车开始巡逻，他也很容易被发现。他在毕攸卡特路附近，可以看到亚布的房子，前门外停着四辆车，其中两辆闪着旋转的蓝灯。他往下看着山丘的另一边。那里是叫霍尔门还是格瑞斯巴纳运动场？总之是那类的名字。一辆平民的车停在十字路口旁的人行道上，车灯没关。哈利已经很快了，但汤姆却更快。只有警察会那样停车。

他用力揉着脸，想摆脱他最近一直想要的醉意。蓝色的光闪过车站路上的树，他逃不掉，汤姆太厉害了，但他不太明白。这不可能是一场个人行动，一定有人授权使用这么多的资源来逮捕一个人。发生了什么事？贝雅特没收到他的电子邮件吗？

他听着。可以肯定的是，狗吠声更嘈杂了。他打量着四周，看着漆黑山丘间疏落的点着灯的独栋房子。他想着那些窗户后方舒适温暖的房间。

挪威人喜欢光。他们有电力。只有在去南方度假两周时才会关灯。他的目
光扫过一栋栋房子。

汤姆·瓦勒凝视着把风景装饰得像圣诞夜的那些独栋房屋。又大又黑
的花园。苹果窃贼。他坐在维克托特别改装过的小货车里，脚跷在仪表板上。
他们有最精良的通信器材，所以他把行动控制中心移到了这里，刚才还用
无线电跟慢慢缩小搜查范围的各组人员通了话。他看了看表。狗儿都出去了，
跟主人走进黑暗，在庭院里移动，已经过了快十分钟。

无线电响了："车站路呼叫维克托一号。这里有辆车要去瑞福哈芬
十七号，车主是斯蒂格·安东森，他说他下班要回家。我们要不要……"

"检查身份、地址，然后放他通过。"汤姆说，"其他的人也照办，行吗？
多用点头脑。"

汤姆从上衣口袋取出一张CD，放进音响里。几个假音，王子唱着《雷
声》。身边驾驶座上的男子扬起一边眉毛，但汤姆假装没看到，把音量调大。
主段，副歌，主段，副歌。下一首歌：《流行老爸》。汤姆又看了一次手表。
妈的，这些狗怎么花这么久。他敲着仪表板，驾驶座上的男人又瞄了他一眼。

"有新鲜的血迹可以追踪。"汤姆说，"有这么难吗？"

"那些是狗，又不是机器人。"那个男人说，"放轻松吧，很快就会
找到他的。"

永远以王子之名为人所知的歌手，一首《钻石与珍珠》唱到一半，又
有报告进来了："维克托三号呼叫维克托一号，我们应该找到他了。我们
在一栋白屋外，地址是……呃，埃里克正在找那条路的路名，但墙上写着
十六号就对了。"

汤姆关掉音乐。"好。查出地址，等我们过去。我听到的响声是什么？"

"是屋里的声音。"

无线电又响："车站路呼叫维克托一号。抱歉打断通讯，但这里有辆
保安用车。他们说要去赫洛拉本十六号，他们公司的控制室收到这里发出

的盗窃警报。我该不该……"

"维克托一号呼叫所有组员！"汤姆大喊，"全员靠近赫洛拉本十六号。"

毕悠纳·莫勒的心情很差。他最喜欢的电视节目才看到一半！他找到那栋白屋，门牌十六号，把车停在外面，走过大门，来到打开的房门口，一位警员牵着一只德国牧羊犬站在一旁。

"汤姆在吗？"这位队长问。警员朝门口指了指。莫勒发现玄关窗户的玻璃被打碎了。汤姆正在玄关跟另一位警察愤怒地争论。

"妈的这里到底怎么啦？"莫勒直接切入正题。

汤姆转身。"嘿！莫勒，你怎么来了？"

"贝雅特·隆恩打电话给我的。这件蠢事是谁授权的？"

"我们的警方律师。"

"我不是指逮捕，我问是谁批准进行第三次世界大战，只因为我们的一个同事可能——可能！——有几件事情必须交代。"

汤姆把重心放回脚跟，瞪着莫勒。"是伊佛森组长。我们在哈利家里找到几样东西，他已经不只是我们想约谈的对象，而是涉嫌谋杀。莫勒，你还有什么事情不清楚？"

莫勒讶异地扬起眉，认定汤姆一定是兴奋过头了。这是他第一次听他用这种挑衅的语气对上级长官说话。"有。哈利在哪儿？"

汤姆指着拼花地板上的红色脚印。"他之前还在。你也看出他是闯进来的。要解释的事情越来越多了，可不是吗？"

"我是问他现在人在哪里。"

汤姆和另一位警员互看了对方一眼。"哈利显然没那么急着解释。我们抵达的时候，要捉的鸟儿已经飞了。"

"哦？我怎么以为你已经把整片地区都围住了。"

"是没错。"汤姆说。

"那他是怎么逃掉的？"

"用这个。"汤姆指着桌上的一部电话。话筒上的斑点看起来像是血。

"他用电话逃走了?"把他的坏心情和整件事的严重程度都算进去,莫勒简直有股想笑的不理智冲动。

莫勒看着"戴维·哈塞尔霍夫"下巴上强健的肌肉开始绷紧。"我们有理由相信,"汤姆说,"他叫了一辆出租车。"

爱斯坦缓缓开进小巷,把出租车开进奥斯陆监狱前铺满圆石子的半圆形区域,倒车开进两辆汽车中间,车子后方是空荡的公园和格兰斯莱达街。他熄了引擎,但风挡玻璃的雨刷却仍在左右摇摆。他等待着。附近没有人,广场和公园里都没有。他抬眼看了看警察总署,然后拉拉方向盘下方的杆子。咔嗒一声轻响,后车厢盖弹了开来。

"出来吧!"他看着后视镜喊。

车子晃动着,后车厢盖完全打开,又重重合上。然后后车门打开,一个男人跳上车。爱斯坦从后视镜里打量着这个浑身湿透、发着抖的乘客。

"你的气色真不错,哈利。"

"谢了。"

"这身行头蛮酷的。"

"不合我的尺寸,但这是比约恩·博格牌的。鞋子借我。"

"什么?"

"我只在玄关找到拖鞋。不能穿成这样进监狱找人。还要借你的夹克。"

爱斯坦翻了个白眼,好不容易才把那件短皮衣脱下。

"你通过路障时没遇到什么问题吗?"哈利问。

"只有进去的时候。他们要查我有没有包裹收件人的名字和地址。"

"我在门上找到名字的。"

"我出来的时候,他们只看了看车子,就挥手放我走了。三十秒钟后,收音机里才爆发骚动,呼叫各组人员什么的,哈哈。"

"我在后面好像听到一点声音。但你知道收听警用频道是不合法的吧？"

"收听没有不合法，利用才是。我几乎从来没用过。"

哈利绑好鞋带，把拖鞋丢到前座给爱斯坦。"老天爷会奖励你的。如果他们记下了出租车的车牌，然后又登门找人，你就把事情经过告诉他们。说有人用手机打电话叫车，乘客坚持要躺在后车厢。"

"那还用说。这也是真话。"

"而且是这么久以来听到的最真的话了。"

哈利深吸一口气，按下门铃。第一阶段的风险还不大，但很难查出他现在受到通缉的消息散布得有多快。毕竟这座监狱一天到晚有警察出入。

"哪位？"对讲机里传来一个声音。

"我是哈利·霍勒警监。"哈利咬字太过清晰了，他看着入口上方的摄像头，希望自己脸上是镇定的表情，"我要找洛斯可·巴克斯哈。"

"你不在访客名单上。"

"是吗？"哈利说，"我请贝雅特·隆恩打电话过来帮我预约的。昨天晚上九点的事。你问洛斯可就知道。"

"警监，如果不是一般会客时间，就只有名单上的人能进去。你必须明天上班时间再打来约了。"

哈利把重心移到另一只脚上。"你叫什么名字？"

"贝格赛特。恐怕我没办法……"

"贝格赛特，你听我说。这场会面关系到一个警方重要案件的消息，没办法等到明天。我想你听到今晚警察总署周边的警笛声了吧？"

"对，可是……"

"除非你明天想跟媒体说明你是怎么把行程弄错的，不然我建议我们跳出一成不变的思考模式，按下常识思考按钮。也就是你前面那个钮，贝格赛特。"

哈利瞪着没有生命的摄像镜头。过了好长一段时间，锁吱的一声开了。

哈利进来的时候，洛斯可坐在囚室里的椅子上。

"谢谢你确认了我们的会面。"哈利说着打量起这间八平方米大的牢房：一张床，一张书桌，两个衣柜，几本书。没有收音机、杂志，没有私人物品，墙上也光秃秃的。

"我喜欢这样。"洛斯可回答了哈利心中的疑问，"更容易专心。"

"那听听这个，看会不会让你专心吧。"哈利说着在床边坐下，"结果杀害安娜的并不是阿尔内·亚布。你杀错人了。洛斯可，你手上沾了无辜者的血。"

哈利好像看到这位吉卜赛人冰冷却柔和、有如殉道者的面具在微微抽动，但他不确定。洛斯可低下头，双手放在太阳穴旁。

"我收到凶手寄来的电子邮件，"哈利说，"原来他从一开始就在耍我。"他一手顺着棉被上的十字纹路上下移动，一面说出那封邮件的内容大要。之后又简略说了这一天的经过。

洛斯可动也不动地坐着，听哈利把话说完，然后他抬起头。"这表示你的手上也沾了无辜者的血，斯皮欧尼。"

哈利点头。

"现在你来告诉我，我是玷污你双手的人。所以我欠你一份情。"

哈利没有回答。

"我同意。"洛斯可说，"告诉我我要怎么还。"

哈利停止摸棉被。"三件事。第一，在我把事情查个水落石出以前，我需要有个地方藏身。"

洛斯可点头。

"第二，我需要安娜家的钥匙，让我查几件事。"

"我已经还你了。"

"不是写着'亚亚'的那把，那把在我家抽屉，但我现在不能回去。第三……"

哈利顿了顿，洛斯可好奇地打量着他。

"如果我听到萝凯说，就算只是有人斜眼看他们，我都会去自首，把所有事情都抖出来，指认你是害死阿尔内·亚布的人。"

洛斯可给他一个纵容、友善的笑。好像他替哈利对他俩都再清楚不过的事感到遗憾——没人能够成功找出洛斯可和谋杀案之间的任何关联。"斯皮欧尼，你不需要担心萝凯和欧雷克。我的线人接到的命令是，只要我们解决亚布，他就会叫回手下。你应该担心的是审判的结果。我的线人说，状况看起来不太妙。据我所知，父亲的家族有不少靠山？"

哈利耸肩。

洛斯可拉开书桌抽屉，取出一把闪亮的崔奥芬系统钥匙递给哈利。"到格兰区的地铁站，走下第一段楼梯，你会看到一个女人坐在厕所旁的窗户后面。你要付五克朗才能进去，跟她说哈利到了，然后进男厕，把自己锁在其中一个厕所里。等你听到有人吹口哨，曲子是《丛林流浪》，就表示你的移动工具准备好了。祝你好运了，斯皮欧尼。"

大雨哗啦啦地下着，在柏油路上溅起一片水雾。要是谁肯花点时间，就会看到苏菲街狭窄单向路段尽头的街灯里，有一道道小彩虹。不过毕悠纳·莫勒没那个时间。他下了车，把外套披在头上，越过马路冲到门口。伊佛森、韦伯和一个看样子是巴基斯坦籍的男人站在那里等他。

莫勒跟他们一一握手，那个深肤色的男人自我介绍说他叫阿里·尼亚齐，是哈利的邻居。

"汤姆一把史兰冬区那边的事处理完就过来。"莫勒说，"你们找到了什么？"

"恐怕是挺有意思的东西。"伊佛森说，"现在最重要的事，是想出该怎么跟媒体说明，我们自己警员中有人……"

"喂喂，等一下，"莫勒低吼，"没那么快。先来段任务报告如何？"

伊佛森冷冷地笑。"跟我来。"

这位劫案组组长带着其余三人通过一道矮门，走下通往地下室的歪斜楼梯。莫勒尽量缩起他那又长又瘦的身躯，免得碰到天花板或墙壁。他讨厌地下室。

伊佛森的声音在两面砖墙间成了空洞的回音："你也知道，贝雅特·隆恩接到霍勒转寄的几封邮件。他宣称这些邮件是自承杀害安娜·贝斯森的人发的。我一小时以前去了总署，看过那些邮件。我直说好了，邮件里大部分的内容都是毫无条理、教人摸不着头脑的废话，但其中的确有些信息，对安娜·贝斯森死亡当晚没有详细了解的人是写不出来的。这些信息虽然表明霍勒当天晚上也在安娜家，但显然也给了他不在场证明。"

"显然？"莫勒低头从另一个门框下走过，室内的天花板更低，他弯着身子走，尽量不去想头上的四层楼建筑是几个世纪以前用抹灰篱笆墙固定的，"伊佛森，你这话是什么意思？你不是说那些邮件里有招供吗？"

"首先，我们搜查了霍勒家里，"伊佛森说，"我们打开他的电脑，打开收件箱，找到所有他收到的邮件，就跟他寄给贝雅特的一样。换句话说，这是种明显的不在场证据。"

"我听到了。"莫勒一副不耐烦的样子说，"能不能快点切入正题？"

"当然啦，关键在于把这些邮件发到哈利邮箱的是谁。"

莫勒听到声音。

"就在转角。"自称是霍勒邻居的男人说。

他们在一间储藏室前停步，两个男人蹲在网格后方，一个用手电筒照着一台笔记本电脑的背面，一面读出数字，另一个则把数字抄下来。莫勒看到墙上插座上挂了两条电线，一条连到笔记本电脑，一条连到一部有刮痕的诺基亚手机，手机又连接到电脑。

莫勒尽可能挺直身子。"这些证明了什么？"

伊佛森一手放在哈利邻居的肩上。"阿里说他在安娜·贝斯森被杀之后几天来过地下室，那时是他第一次看到哈利的储藏间里有这台连接着手机的电脑。我们已经查过了手机。"

"结果呢？"

"手机是霍勒的。现在我们要查是谁买下这台电脑。不过我们已经查过发件箱了。"

莫勒闭上眼。他已经开始背痛了。

"果不其然。"伊佛森摇着头，一副有先见之明的模样，"里面的邮件全是哈利想让我们相信是神秘凶手寄给他的。"

"嗯。"莫勒说，"听起来不妙。"

"韦伯在公寓里找到真正的证据。"

莫勒看着韦伯要找解答，韦伯一脸阴郁的神情，举起一只透明小塑料袋。

"一把钥匙？"莫勒说，"上面还写着缩写'亚亚'？"

"在电话桌的抽屉里找到的。"韦伯说，"跟安娜·贝斯森家的锁相符。"

莫勒面无表情地瞪着韦伯。电灯泡刺目的光把他们的脸照得惨白，就像旁边粉刷成白色的墙壁。莫勒有种置身在墓穴里的感觉。"我要出去了。"他低声说。

37 日耳曼斯皮欧尼

哈利睁开眼，仰头看着微笑女孩的脸，感到大锤重重敲了第一下。

他又闭上眼睛，但那女孩的笑声和头痛都没有消失。

他尝试回忆昨天晚上的情景。

洛斯可、地铁站的厕所、穿着阿玛尼西装的矮胖男人吹口哨、戴着一堆金戒指的手朝自己伸来、黑色的毛发和小指上又长又尖的指甲。"嘿，哈利，我是你朋友赛门。"跟破旧的西装形成强烈对比的，是一辆闪亮的全新奔驰车，车上的司机就像赛门的哥哥，有一样愉悦的棕色眼睛，手上一样戴满了金戒指，也一样长满了手毛。

车子前座的两个男人你一言我一语地说个不休，用混合着挪威语和瑞典语，外加一种马戏团团员、卖刀子的、传教士和舞团歌手的特殊腔调。但他们并没真正说了什么。"老哥，你好吗？""天气真够烂的。""老哥，这套衣服不错喔。要不要跟我换？"开怀的大笑和打火机的闪动。哈利抽烟吗？俄国烟哦。抽一根吧，味道可能有点呛，但"有它的好味道"。更多笑声。没人提到洛斯可的名字，或他们要去哪里。

原来目的地并不远。

过了蒙克美术馆以后，他们驶离马路，车子颠簸地开过坑坑洼洼的路，驶上荒凉、满是泥泞的足球场，停在足球场前方的停车场上。停车场的尽头有三辆露营拖车，两辆大而新，第三辆又小又旧，而且没有轮胎，车身架在多孔砖上。

一辆大拖车的门打开，哈利看到一个女人的身影，几个小孩从她身后探头出来。哈利数了数，一共五个。

他说他不饿，只坐在角落看他们吃。食物由拖车里的两个女人中年轻的那个端出来，很快就被一扫而空，也没有饭前祈祷。那群小孩看着哈利，一边咯咯笑一边互相推挤。哈利对他们眨眨眼，笑了笑，觉得自己僵硬、麻痹的身躯慢慢有了感觉。这是好事，因为他将近两米的身躯，每一寸都在痛。之后，赛门给了他两条毛毯，在他肩上友好地拍了拍，朝那辆小拖车点了点头。"虽然不是希尔顿饭店，但你在这里很安全，老哥。"

哈利体内的每一丝暖意，在进入那有如蛋形冰箱的拖车之后都消失无踪了。他踢掉爱斯坦那双比他的尺寸至少小了两号的鞋，揉着双脚，想办法在短短的床上找地方放他的一双长腿。他记得的最后一件事，是想脱掉身上湿了的裤子。

"嘻——嘻——嘻。"

哈利又睁开眼。那张棕色的小脸不见了，笑声来自外头，透过开着的门，一束阳光大剌剌地射入车内，照上他身后的墙和钉在墙上的几张照片。哈利用手肘撑起身子看。其中一张是两个小男孩搭着背在他现在躺着的这辆拖车前方。两个男孩看起来很满足。不，不只是满足，他们很开心。大概因为这样，哈利差点认不出年轻的洛斯可。

哈利的双腿跨出床外，决定不理会头痛了。为了确保肚子没问题，他多坐了几秒钟。他经历过比昨天更糟、糟上数倍的事。前一天晚上吃饭时，他差点就要开口问他们有没有更烈的东西可以喝，但最后还是忍住了。在克制了这么久之后，或许他的身体现在比较可以接纳烈酒了？

这个疑问在他跨出车外时得到了解答。

那群小孩讶异地看着哈利靠着拖杆，对着棕色的草地呕吐。他咳了一声，又呃了几下，用手背擦过嘴角。他转身看到赛门站着，一脸灿烂的笑容，好像倒出胃里的东西是展开一天最自然的事。"吃坏东西啦，朋友？"

哈利咽了口口水，点头。

赛门借给哈利一套皱巴巴的西装、干净的宽领衬衫和一副大墨镜。他们爬进奔驰车，开上芬马克街，在卡尔柏纳广场的红绿灯路口，赛门摇下车窗，对站在杂货店外抽雪茄的一个男人大喊。哈利隐约觉得见过这个人。根据经验判断，他知道这感觉通常代表这个人有前科。那人大笑，回喊了一句话，但哈利没听清楚。

"是熟人吗？"他问。

"线人。"赛门说。

"线人。"哈利跟着说了一遍，看着一辆警车在十字路口对面等红灯。

赛门转向西，往伍立弗医院。

"告诉我，"哈利说，"洛斯可在莫斯科的线人是哪种，竟然能在一座有两千万人口的城市里，一下子就找到人？"哈利弹了一下手指，"是俄国黑手党吗？"

赛门大笑。"也许哦。如果你想不出还有谁更会找人。"

"克格勃特工？"

"朋友，要是我没记错，他们已经不存在了。"赛门笑得更大声了。

"密勤局的俄国专家告诉我，前克格勃特工还在暗中操纵。"

赛门耸肩。"朋友，这是帮忙和回礼。都是这样的。"

哈利的目光扫视马路。一辆小巴迅速驶过。他请泰丝——叫醒他的那个棕色眼睛女孩——到德扬区替他买一份《每日新闻报》和《世界之路报》，但两份报纸都没有警员遭到通缉的消息。那并不表示他就可以到处露脸，除非他错得离谱，否则每辆警车里都会有他的照片。

哈利迅速走到门口，把洛斯可的钥匙插进锁孔，转了转。他尽量不在走廊弄出声音。阿斯特丽·蒙森家门外有份报纸。一进入安娜的公寓，他立刻轻轻关上门，吸了口气。

别去想你要找的东西。

公寓里的空气很闷。他走进最里面的房间。自从他上次来过之后，这里的一切都没动过。灰尘在透窗洒入的阳光里飞舞，阳光照亮了那三幅画。他站着看画。那几个扭曲的头颅有种怪异的熟悉感。他走到画前，指尖摸过凸起的油彩。如果画在对他说话，那么他也不了解它们在说什么。

他走进厨房。

这里有垃圾和油脂变质的气味。他打开窗户，查看厨房水槽里的盘子和餐具。这些东西冲了水，但没洗过。他用叉子戳了戳变硬的食物残块，弄下酱汁里的一小粒红色东西，放进嘴里。节朋椒。

大平底锅后面有两个大酒杯，一个有细细的红色沉淀物，另一个似乎还没用过。哈利把鼻子凑近杯口，但只闻到杯子的气味。两个酒杯旁还有两个普通的水杯。他找来一块擦碗巾，方便举杯对光看而不留下指纹。一个杯子很干净，另一个有黏黏的一层。他用指甲刮了一下，吸吮着手指。糖。有咖啡的味道。可口可乐？哈利闭上眼。酒跟可乐？不对。一个人喝水和酒，另一个人喝可乐，没用酒杯。他拿擦碗巾把酒杯包起来，放进夹克口袋。接着他一阵冲动，走进浴室，把马桶水槽的盖子转开，摸了摸里面。没有东西。

回到马路上，他看到云层从西边掩来，空气里有一丝寒意。哈利咬住下唇，下定决心，开始往威博街走去。

哈利立刻认出这家锁店柜台后方的年轻男子。

"早安，我是警察。"哈利说，希望对方不会要求看他的证件，因为证件留在史兰冬区薇格蒂丝·亚布家的夹克里了。

男孩放下报纸。"我知道。"

一时之间，哈利感到一阵惊慌。

"我记得你来过这里拿钥匙。"男孩开朗地笑了，"我记得住我每一位顾客。"

哈利清了清喉咙："呃，我并不是真正的客户。"

"哦？"

"对，那把钥匙不是我的。但我并不是因为……"

"一定是啊。"男孩插嘴，"那是系统钥匙，不是吗？"

哈利点头。他从眼角看到一辆警察巡逻车缓缓驶过。"我就是想问系统钥匙的事。像这种系统钥匙，如崔奥芬钥匙，不知道外人能不能拿到备份？"

"不能。"男孩以科幻漫画杂志读者那种信誓旦旦的语气说，"只有崔奥芬能做出有用的备份钥匙。所以唯一的办法是假造住户委员会的书面授权书。但就算那样也会被查出来，因为你来领钥匙的时候，我们会请你拿出证件，跟该公寓户主的名单比对。"

"可是我就拿到了一把这种系统钥匙。而且还是别人的。"

男孩皱眉。"不，我记得很清楚，你拿出证件，我还检查了名字。你说你拿的是谁的钥匙？"

哈利从柜台后方玻璃的倒影中，看到刚才那辆警车从相反方向过来。

"算了。要拿到备份钥匙，还有没有其他办法？"

"没有。打这些钥匙的崔奥芬公司，只接受像我们这种授权经销商下的订单。而且我刚才说过，我们会检查证件，密切留意共享物业和住户委员会订购的钥匙。这个流程应该蛮有保障的。"

"听起来的确如此。"哈利不耐烦地用手揉了揉脸，"我前阵子打过电话来，你们说有个住在索根福里街的女人收到她家的三把钥匙。一把我们在她家里找到，第二把她给了一位电工，要对方修理东西，第三把我们在另一个地方找到了。但现在的情况是，我不相信她订了第三把钥匙。能请你帮我查查吗？"

男孩耸肩。"当然可以，但你为什么不自己问她？"

"有人朝她头上开了一枪。"

"哎呀！"男孩说，眼皮连眨都没眨。

哈利动也不动地站着，仿佛感觉到了什么事。一股轻微的战栗，会不会是门口吹来的风？足以让你后颈的汗毛竖起。一阵迟疑的清喉咙声，但他没听到有人进来。他没转身，他想看那人是谁，但所站的角度却看不到。

"警察。"一个洪亮的尖嗓子在他身后说。哈利咽了一大口口水。

"什么事？"男孩说，视线越过哈利肩头。

"他们在外面。"那声音说，"说住十四号的那个老女人被闯空门了，她需要立刻换新锁，所以警察在问我们能不能马上派人过去。"

"嗯，那你跟他们去吧，阿尔夫。你也看得出来，我正在忙。"

哈利留神听着脚步声越来越远。"安娜·贝斯森。"他听到自己低声说，"你能不能查一下，她是不是亲自领取所有钥匙的？"

"不必查，她一定是亲自领的。"

哈利倾身靠向柜台。"但还是请你查一下好吗？"

男孩用力叹口气，消失在后面的房间，不久拿着一本档案夹回来，一面翻阅着。"你自己看，"他说，"这里，这里，还有这里。"

哈利认得这些送货单，就跟他之前帮安娜来领钥匙时签收过的那几张一样。但这三张都是安娜签的名，他正想问他签的那张在哪里，目光却先扫到了日期。

"这上面说，最后一把钥匙是在八月领走的，"他说，"但那是在我过来以前好久的事，而且……"

"怎样？"

哈利凝视着空气。"谢谢你。"他说，"我找到我要找的东西了。"

到了外头，风增强了。哈利在瓦尔基莉广场找了个电话亭打电话。

"贝雅特？"

两只海鸥朝水手学校塔上的风里飞去，在塔上盘旋着。海鸥下方是已转成一片可怕墨绿色的奥斯陆峡湾和艾克柏区，长椅上的两个人成了两个小点。

哈利已经说完安娜·贝斯森的事。说他们见面的时间、他对最后那个晚上的记忆，还说到洛斯可。贝雅特也对哈利说完他们成功追查到那台笔记本电脑的事。电脑是三个月前从罗马竞技场电影院旁的专卖店买的，保证书上的名字是安娜·贝斯森。连到电脑的手机则是哈利声称掉了的那部。

"真讨厌海鸥叫。"哈利说。

"你就只有这句话可说吗？"

"在这种时候——对。"

贝雅特从长椅上站起来。"我不该来的，哈利。你不应该打电话给我。"

"可是你来了。"哈利放弃在风中点烟，"这表示你相信我。对不对？"

贝雅特的反应是生气地甩开手臂。

"我知道的不比你多。"哈利说，"我甚至不敢说我没开枪射安娜。"

海鸥振翅飞起，在一阵强风中表演出优雅的回旋。

"再把你知道的事情跟我说一遍。"贝雅特说。

"我知道这个人不知怎么拿到安娜家的钥匙，然后在谋杀案发生当晚开门进去。他离开时，拿走了安娜的笔记本电脑和我的手机。"

"你的手机为什么会在安娜家？"

"一定是那天晚上从我夹克口袋里掉出来的。我说过，那时我醉醺醺的。"

"后来呢？"

"他原本的计划很简单：杀了人以后，开车到拉科伦村，把刚才用过的那把钥匙放在阿尔内·亚布的农舍，加上写有'亚亚'缩写的钥匙圈，免得有人起疑。但是他后来发现了我的手机，就突然想到可以把计划稍微改变一下，让事情看起来像是我先杀了安娜，再嫁祸给亚布。然后用我的手机连上埃及的服务器，开始用让人追查不出发件人的方式，发电子邮件给我。"

"那要是追查得到，结果就会是……"

"我。不过，我会一直被蒙在鼓里，等收到挪威电信的账单之后才会发现不对劲。搞不好就算到那时候我也不会察觉，因为我不会仔细看账单。"

"手机掉了以后也不会去停机。"

"嗯。"哈利从长椅上跳起来，开始前后踱步，"更难理解的是，他是怎么进入我家地下室的储藏间的。你们没找到破门而入的迹象，我家那栋楼的人都不会让陌生人进来。换句话说，他一定有一把钥匙。事实上，他需要的只是一把钥匙，因为我们用一把系统钥匙就能开大门、阁楼、地下室和公寓，可是要拿到钥匙并不简单。安娜家的那把钥匙也是系统钥匙……"

哈利停步，看着南方。一艘载有两架大起重机的绿色货船正驶进峡湾。

"你在想什么？"贝雅特问。

"我在想要不要请你替我查几个名字。"

"最好不要，哈利。我刚才说了，我根本不该过来的。"

"我也在想你的淤青是怎么来的。"

她立刻把手放在脖子上。"健身。柔道。除此之外你还在想什么事？"

"对了，我在想你能不能把这个拿给韦伯。"哈利从夹克口袋取出用布裹住的酒杯，"请他检查上面的指纹，跟我的指纹比对。"

"他有你的指纹吗？"

"鉴识组有每一位在犯罪现场警员的指纹。你请他分析杯子里的东西。"

"哈利……"她用告诫的语气开口。

"拜托啦。"

贝雅特叹口气，接下那包东西。

"拉斯曼登锁行。"哈利说。

"这是什么意思？"

"如果你改变心意，想查名字了，可以去查拉斯曼登的员工名单。这是一家小锁店。"

她做出放弃争辩的表情。

哈利耸肩。"你如果能把酒杯给韦伯，我就很高兴了。"

"等韦伯有了结果，我要怎么跟你联络？"

"你真的想知道？"哈利微笑。

"我想知道得越少越好。你跟我联络好了。"

哈利拉紧身上的夹克。"走吧？"

贝雅特点头，但没动。哈利扬起眉。

"他所写的，"她说，"有关'只有复仇心最强的人才得以存活'那段。哈利，你觉得是真的吗？"

哈利在拖车的短床上伸展双腿。芬马克街上的车声让哈利想起在奥普索乡的童年，他都躺在床上听车声。从前暑假时，他们在爷爷家，翁达斯涅镇上一片寂静，当时他唯一渴望的就是回到有车声的地方，那种规律、催眠的嗡嗡声，只会被摩托车、嘈杂的排气声和遥远的警笛声打断。

有人敲门。是赛门。"泰丝明天也想请你讲睡前故事给她听。"他说着走了进来。哈利已经给她讲过袋鼠学跳的经过，还得到每个小孩的晚安拥抱作为回礼。

两个男人静静地抽烟。哈利指着墙上的照片问："那是洛斯可和他哥哥，对吧？叫史帝方，是安娜的父亲？"

赛门点头。

"史帝方现在在哪里？"

赛门耸肩，对这话题不是很感兴趣。哈利知道这是禁忌。

"他们在照片上看起来像是好朋友。"哈利说。

"他们就像连体双胞胎，是好伙伴。洛斯可还替史帝方坐过两次牢。"赛门笑了，"朋友，你好像吓到了。这是传统啦，你懂吗？能替兄弟或父亲受惩罚是一种荣誉。"

"警察可不会这样想。"

"他们分不出哪个是洛斯可、哪个是史帝方。吉卜赛人兄弟，要挪威警察分辨并不容易。"他冷笑一声，递给哈利一根烟，"尤其他们当时还戴了头套。"

哈利长长吸了口烟，朝黑暗喷出。"他们之间出了什么事？"

"你说呢？"赛门睁开眼，比出夸张的手势，"当然是女人。"

"安娜？"

赛门没有回答，但哈利知道答案已经不远了。"史帝方跟安娜断绝关系，是因为安娜跟那个外地人走了吗？"

赛门捻熄了烟，站起身。"不是安娜，但安娜有个母亲。晚安了，斯皮欧尼。"

"嗯，再问最后一个问题？"

赛门停步。

"斯皮欧尼是什么意思？"

赛门呵呵笑了："那是日耳曼斯皮欧尼的简称，意思是德国间谍。但朋友你放心，这个词没有冒犯的意思。有些地方还拿来当男孩的名字。"

然后他关上门，走了。

风势减弱了，现在只剩下芬马克街上的嗡嗡车声。然而哈利还是睡不着。

贝雅特躺在床上，听着户外的车声。小时候，她经常听他讲话听到睡着。他说的故事不在书本里，都是他临时编的。那些故事从来不重复，尽管有些有类似的开场，或有同样的人物：两个坏小偷，一个聪明的爸爸和他勇敢的女儿。故事也总是以小偷被关进牢里作结。

贝雅特怎样也想不起见到过她父亲读书。长大之后她才发觉，父亲得了一种叫阅读障碍的病。要是没这样，他早就当律师了，母亲当时这么说。

"我们也希望你当律师。"

但那些故事讲的并不是律师。当贝雅特告诉母亲，自己被警察学校录取的时候，母亲哭了。

贝雅特惊醒。有人按了门铃。她咕哝一声，双腿跨下了床。

"是我。"对讲机里的声音说。

"我说过不想再见到你了。"贝雅特说，穿着薄薄睡衣的她打着寒战，"走开。"

"我道完歉就走。是我失心疯了，我平常不会那样的。我……失控了。拜托，贝雅特，只要五分钟。"

她迟疑了。脖子还有僵硬感，还被哈利注意到淤青了。

"我带了礼物来。"那个声音说。

她叹气。不管发生了什么事，她迟早会跟他见面，在这里把话说清楚总比上班时要好。她按下钮，拉紧身上的睡衣，站在门口等，一面听着他上楼的脚步声。

"嘿。"看到她时，他微笑着说。一个灿烂的露齿的戴维·哈塞尔霍夫笑容。

38　梭状回

　　汤姆·瓦勒把礼物递过去，极为小心地不要碰到她，因为她举手投足间仍像只受惊的羚羊，散发出猎食者闻得出的恐惧气味。他绕过她走进客厅，自行在沙发上坐下。她跟了过来，却仍站着。他看了看四周，发觉自己每隔一阵子就会到年轻女人的公寓，而这些公寓里的陈设几乎都差不多。有个人风格却毫无创意，温馨却乏味。

　　"你不打开吗？"他问。她照做了。

　　"一张 CD。"她困惑地说。

　　"可不是普通的 CD。"他说，"是《紫雨》。放出来听听，你就会明白了。"

　　他打量着她，看她打开一台多功能收音机，这东西对像她这样的人来说，就是所谓的音响了。这位隆恩小姐的容貌称不上漂亮，不过人却挺可爱的。她的身材没什么看头，曲线不够玲珑有致，却纤瘦结实。她喜欢他对她所做的事，展现出热烈积极的态度——至少在他头几次轻柔以对的时候。是的，事实上，他们这样不止一次了，说起来挺不可思议的，因为她根本不是他会喜欢的那一型。

　　然后有天晚上，他给了她全套。而她——也跟他遇到的多数女人一样，跟他的波长不完全相同。这一点只会让整件事更有吸引力，只不过通常也表示这是他最后一次见这个女人。他并不觉得怎么样。贝雅特应该高兴，因为情况可能会更糟。几个晚上之前，她忽然毫无来由地说起她第一次是在哪里见到他的。

　　"在基努拉卡区。"她当时说，"那时是傍晚，你坐在一辆红色的车子里。马路上都是人，你的车窗摇了下来。那是去年冬天。"

他大感惊讶。尤其因为他唯一想得起来的傍晚，就是去年冬天在基努拉卡区把爱伦·盖登送往阴间的那个周六。

"我记得人的面孔。"看到他的反应，她露出胜利的笑容，"梭状回。就是人脑中识别面孔形状的那部分。我的梭状回不正常。我应该去庆典上表演的。"

"原来如此。"他说，"你还记得什么？"

"你在跟一个人讲话。"

他当时用手肘撑起身子，靠向她，拇指抚摸着她的喉咙，感觉着她脉搏的跳动，快得像只惊慌的小野兔。还是他感觉到的其实是自己的脉搏？

"我猜你也记得另外那个人的脸喽？"他当时问，脑中飞快地转着念头。还有别人知道她今晚在这里吗？她是否遵照他的要求，没让他俩的关系曝光？他的洗碗槽下面有没有大垃圾袋？

她带着困惑的笑容转头看他。"什么意思？"

"如果你看到照片，会记得另外那个人的长相吗？"

她意味深长地凝视着他，谨慎地亲吻他。

"说呀。"他当时说，一面把另一只手从被子里抽出来。

"嗯，不记得。他当时背对着我。"

"但你记得那人身上穿的衣服喽？我是说，如果有人要你指认他的话呢？"

她摇摇头。"梭状回只记得人脸。我头脑的其他部分都正常。"

"可是你记得我开的车的颜色？"

她大笑，身子朝他贴紧。"那一定代表我喜欢看到的东西，不是吗？"

他悄悄把手从她颈边移开。

又过了两个晚上，他就让她享受全套了。她并不喜欢被迫看到、听到或感受到的一切。

扩音器里传来《当鸽子啼哭》的开场歌词。

她调低音量。

"你想做什么？"她问，坐在扶手椅里。

"我说过了，来道歉的。"

"现在你已经道过歉了。这件事就算结束了吧？"她作势打了个哈欠，"汤姆，我正准备上床。"

他感觉怒气在上升。不是会扭曲的朦胧的红雾，而是带来清晰与能量的白热。"好，我们来谈正事吧。哈利·霍勒在哪里？"

贝雅特大笑。王子唱出尖厉的假音。

汤姆闭上眼，感到怒气像冰河渐融成水般在血管里奔流，让自己越来越强壮。"哈利失踪的那天晚上打过电话给你。他也转发过电子邮件给你。你是他的联络人，也是目前他唯一信任的人。他在哪里？"

"汤姆，我很累了。"她站起身，"如果你还有更多我回答不出的问题，我建议我们明天再处理。"

汤姆没动。"我今天跟波特森监狱的警卫谈过了，挺有意思的。哈利昨天晚上在那里，趁我们和半数便衣刑警到处找他的时候，明目张胆地现身。你知道哈利跟洛斯可结盟吗？"

"我完全不知道你在说什么，也不知道这件事跟案子有什么关系。"

"我也不知道，但贝雅特，我建议你坐下来，听我说个哈利和他朋友的小故事，你就会改变心意了。"

"汤姆，我的回答是不要。出去。"

"就算你父亲在故事里也不要？"

他看出她嘴角抽了一下，心知自己说到了重点。

"我的几个情报来源是——该怎么说呢——是普通警察接触不到的，也就是说，我知道你父亲在瑞恩区被射杀时的情景，也知道是谁开的枪。"

她目瞪口呆。

汤姆大笑。"你没想到会听到这些，对吧？"

"你说谎。"

"击中你父亲的是一把乌兹枪，他胸口中了六颗子弹。根据报告，他孤身一人，没带武器就走进银行谈判了，这表示他没有谈判筹码，因此他只能希望这么做能让劫匪紧张、激动。他大错特错，让人难以理解。尤其你父亲还是传奇的专业人士。事实上，他还有个同事。这位前途大好的年轻警官很有抱负，是明日之星，但他以前从未经历过真实的银行抢劫，更没见过真正会开枪的银行劫匪。

"他热切地想追随这位资深警官，那天下班后，他原本要载你父亲回家。因此你父亲是搭车抵达瑞恩区没错，但报告上却没提那辆车并不是他的。因为你接到消息时，他的车还在家里的车库，跟你和妈咪在一起。对不对？"

他看出她颈边的血管充血，变得越来越粗，颜色也越来越深。

"去你的，汤姆。"

"快过来听爸爸的小故事。"他说，还拍了拍身边的软垫，"因为我要用很轻很柔的声音说，也诚心诚意地认为，你应该听听这个故事。"

她迟疑地跨出一步，但不再往前。

"好。"汤姆说，"在这一天——贝雅特，那是几月的事呀？"

"六月。"她轻声说。

"六月，对了。他们通过无线电听到消息，银行就在附近，于是那位年轻警官和资深警监开车过去，带武器守住了外面。他们照着规矩来，等待支援，或等劫匪走出银行，没想过要进银行。直到其中一个劫匪出现在门口，枪口对准一位女银行职员。他叫着你父亲的名字，因为看到他们在外面，他认出了隆恩警监。他喊着说他不会伤害那个女人，但他需要有个人质。如果隆恩来代替那女人，他们也可以接受。但他必须先丢下枪，单独走进银行，一人换一人才行。你父亲怎么办呢？他想着。他必须想得很快。那女人受到相当大的惊吓，可能会因为惊吓过度而死。他想起他的妻子、你的母亲。六月，周五，马上就要周末了。还有太阳……贝雅特，当天有阳光吧？"

她点头。

"他想着银行里会有多热。那种压迫和惊慌。然后他下了决心。他决定怎么样呢？贝雅特，他的决定是什么？”

“他进去了。”这句低语充满了感情。

“他进去了。”汤姆放低声音，“隆恩警监走了进去，年轻警员在外面等，等待支援，等那女人出来，等别人告诉他该怎么做，或告诉他这只是做梦或演习，他可以回家去，因为今天是周五，又出了太阳。可是他却听到……”汤姆用舌头抵着上颚，做出嗒嗒嗒的枪声，“你父亲倒向前门，把门撞开，他半个身子在内、半个身子在外地躺成大字形，胸口中了六枪。”

贝雅特瘫进了椅子里。

“那位年轻警员看到警监躺在那里，知道这不是演习，也不是梦境。对方真的有自动武器，也真的会冷血地对警察开枪。他过去和此后都没有这么害怕过。他读过这类案件，他的心理学成绩很好，但脑中似乎有什么碎裂了。他被惊慌淹没，而这还是他考试时回答得极为流畅的东西。他上了车，开走了。他一直开，一直开，直到开回家，他的新婚妻子见到他很生气，因为他错过了晚餐时间。他像个学生站着接受训斥，还答应以后不会再迟到，他们开始吃饭。饭后，他们一起看电视。记者说有位警察在银行抢劫案中被枪杀，你父亲死了。”

贝雅特把脸埋进手里。往事全都回来了，那一整天的情景。她好奇、讶异地看着毫无意义的蓝天，看着蓝天上那颗圆圆的太阳。她当时也以为只是做梦。

“劫匪是谁呢？谁知道你父亲的名字、知道整个银行的状况、知道站在外面的两名警察中，隆恩警监才是会带来威胁的那个？谁那么冷血、那么工于心计，知道能让你父亲处于两难的困境，还知道你父亲会做出怎样的决定？好让他对你父亲开枪，把那个受惊的年轻警员玩弄于股掌之间？贝雅特，那人是谁？”

泪水从她指缝间流下。“洛斯……”她吸着鼻子。

“我没听到，贝雅特。”

“洛斯可。”

"洛斯可,没错。只有他。他的同伙气死了。他们是劫匪,不是杀手,那人说。他笨得威胁说要去自首,指认洛斯可。幸好,他在洛斯可逮到他以前,离开了挪威。"

贝雅特还在啜泣。汤姆等待着。

"你知道这件事里最好笑的是哪一点吗?你竟然让自己被父亲的谋杀案拖下水。跟你父亲一模一样。"

贝雅特抬起头。"什么……这是什么意思?"

汤姆耸肩。"你要洛斯可指认凶手。他要追一个威胁会在谋杀案审判中指认他的人。所以他怎么做呢?他当然会说是那个人。"

"列夫·格雷特?"她擦干眼泪。

"有何不可?这样你才能帮他找到人。我看到报告,你们发现格雷特上吊,说他是自杀的。我可不会这么笃定。要是有人在你们之前找到他,我也不会讶异。"

贝雅特清了清喉咙:"你忘了几个细节。第一,我们找到一份遗书。列夫写过的东西不多,但我请他弟弟把列夫上学时的作文簿从雾村路房子的阁楼里找了出来。我拿去给克里波刑事调查部的笔迹专家琼·休看过,确认那是列夫的笔迹。第二,洛斯可已经在坐牢了,还是自己去自首的。这点跟意图谋害他人以避免受惩并不符合吧。"

汤姆摇摇头。"你是个聪明的女孩,但跟你父亲一样,缺乏心理学方面的洞见。你不明白犯罪者的心理。洛斯可并没有在监狱里,那只是他在波特森的暂时根据地,一个谋杀罪名就会改变这一切。在那之前,他等于受到你和他朋友哈利·霍勒的保护。"

他倾身向前,一手放上她手臂。"如果这个事实让你痛苦,我很抱歉。但贝雅特,现在你知道了。你父亲并没有失败,而哈利却跟害死他的人合作。现在你怎么说?要不要我们一起找哈利?"

贝雅特揉了揉眼睛,挤出最后一滴泪水。然后她又睁开眼。汤姆取出手帕,她接了过去。

"汤姆，"她说，"我必须跟你解释一下。"

"不需要。"汤姆揉着她的手，"我明白。你觉得像是出卖了朋友。想想如果是你父亲会怎么做吧。这就叫敬业，不是吗？"

贝雅特打量着他。然后她缓缓点头，吸了口气。这时电话铃响了。

"你不接吗？"铃响了三声后，汤姆说。

"是我妈，"贝雅特说，"我三十秒后会回她电话。"

"三十秒？"

"我要用这三十秒告诉你，就算我知道哈利的下落，也绝对不会告诉你。"她把手帕还给他，"请你用这三十秒穿上鞋子出去。"

汤姆感觉到怒火像热锅炉般蹿上颈背。他特地享受了一阵这种感觉，然后扯过她手臂，把她拉到自己身下。她倒抽一口气，抗拒着，但他知道她可以感觉到他的勃起，而且她很快就会张开那紧咬着的唇。

铃响六声过后，哈利挂了电话，离开电话亭，好让后面排队的女孩进去。他转身背对着科博街和风势，点燃香烟，朝停车场和那几辆拖车喷出烟雾。说来好笑，他所在的位置，距离鉴识中心、附近的警察总署和另一个方向的拖车都只有十几步，而他却穿着吉卜赛人的西装，还遭到通缉。这不是会让人笑掉大牙吗？

哈利的牙齿咯咯打战。一辆警车迅速驶过车潮汹涌但没有行人的大街，他半转过身。哈利这几天都没睡，没办法眼看着时间嘀嗒溜走自己却无所事事。他用鞋跟踩扁香烟，正准备离开，却发现电话亭又没人了。他看了看表。快午夜了，她还不在家真奇怪。或许她睡着了，所以来不及接起电话？他又拨了她的号码。她立刻接起电话："我是贝雅特。"

"我是哈利。我吵醒你了吗？"

"我……对。"

"抱歉。要不我明天再打？"

"不用，现在方便说话。"

"你一个人吗？"

沉默。"为什么问这个？"

"你听起来好……算了，不说这个。你有什么发现？"

他听到她大口吸气，好像想缓过气来。

"韦伯查了酒杯上的指纹，大多数都是你的。杯中残余物的分析几天后就会出来。"

"太好了。"

"至于你储藏室的那台笔记本电脑，我们发现里面有个特殊程序在运行，能让人设定收发邮件的日期和时间。那个程序最后一次更改邮件的设置，是在安娜·贝斯森死亡那天。"

哈利已经感觉不到刺骨的寒风了。

"所以你收到的那些邮件，都是早就写好、等着按照预定时间发出的。"贝雅特说，"这也解释了为什么你的巴基斯坦邻居很久以前就看到你储藏室里的电脑。"

"你是说，电脑这段时间一直都是自动运行的？"

"只要连上电源，电脑和手机就可以自主运行。"

"妈的！"哈利一掌拍上前额，"但那就表示，排下电脑发件日期的人，预料到之后会发生的一切。这他妈的整件事都是傀儡戏，我们是傀儡。"

"看来如此。哈利？"

"我在，只是想消化一下。嗯，还是先忘掉好了，一下子要吸收这么多太难了。我给你的那家公司名字的事呢？"

"公司，对了。你凭什么认为我会去查？"

"没什么，是你刚才说你查到那些事，我才想问的。"

"我什么都没说。"

"没错，但你的语气好像信心满满的样子。"

"是吗？"

"你查到一些端倪了，对不对？"

"我查到了一些端倪。"

"快说啊！"

"我打给那家锁店的会计师，请对方把锁店员工的身份证号码给我。总共是四名全职员工和两名兼职员工。我把号码输入罪犯和社会安全数据库。其中五人的记录都是清白的，但另一个……"

"怎样？"

"我得拉动滚动条才能看完。多数是毒品前科，曾经因为兜售海洛因和吗啡遭到起诉，但只认了持有少量大麻的罪名。还因为闯空门和两起重大抢劫案坐过牢。"

"有使用暴力？"

"他在一起抢劫案中持有枪械。他并没有开枪，但枪里装了子弹。"

"太好了！他就是我们要找的人。你真是天使。他叫什么名字？"

"阿尔夫·古纳隆。三十岁，单身。住在索尔奥森街九号，似乎是一个人住。"

"再说一遍姓名和地址。"

贝雅特重复了一次。

"嗯。有这种前科，古纳隆还能在锁店找到工作，真了不起。"

"资料上的店主姓名是比厄·古纳隆。"

"哦，了解。你那边真的没事吗？"

沉默。

"贝雅特？"

"哈利，没事。你准备怎么做？"

"我想去他家看看，也许能找到一些有意思的东西。如果找到了，我就从他家打电话给你，好让你派辆车来，按照规矩扣押证物。"

"你什么时候去？"

"干吗？"

又是沉默。

"确保你打电话来的时候，我会在家等。"

哈利挂上电话，站着凝视像个黄色圆顶般笼罩整个城市的多云夜空。他听到电话那头的音乐了，不很清楚，但已经够了。是王子的《紫雨》。

他在投币孔里丢进一个铜板，拨打查号台。

"我要查阿尔夫·古纳隆的电话。"

出租车像一尾静静的黑鱼滑过黑夜，穿过红绿灯，从街灯和指向市中心的标志下驶过。

"我们不能一直这样见面。"爱斯坦说。透过后视镜，他看着哈利穿上他刚从家里带来的黑色套头衫。

"有没有带撬棍？"哈利问。

"在后车厢。要是那家伙在家怎么办？"

"在家的人通常会接电话。"

"但要是你在他家时，他突然回家了呢？"

"那就照我说的做：短短地鸣两下喇叭。"

"好吧，好吧，但我又不知道那人长什么样。"

"我不是说了，三十岁左右。看到那样的人走进九号，你就按喇叭。"

爱斯坦在"禁止停车"的标识旁停下车，地点是一条肮脏且拥堵的马路的转弯处。附近的社区公共图书馆里那本尘封已久的《城市元老第四册》，在第二百六十五页中写道，这条路"极度乏味，毫无景点，徒负索尔奥森街之名"。但今晚却非常适合哈利。那些噪声、路过的车辆和黑夜，都会掩饰他和那辆等待的出租车。

哈利把撬棍藏在皮夹克的袖子里，迅速走到马路对面。他欣慰地看到九号门牌外至少有二十个门铃。要是他编的借口唬不了人，这些门铃能多给他好几次机会。阿尔夫·古纳隆的名字是右边第二个，他抬头看着大楼的右半边，四楼的窗户没有光亮。哈利按下一楼的门铃，一个女人满是睡意的声音应答了。

"嘿，我想找阿尔夫，"哈利说，"可是他们的音乐放得太大声，根本听不见我按铃。你能帮我开门吗？"

"现在都过了午夜了。"

"真对不起。我会叫阿尔夫把音乐关小一点的。"

哈利等着。嗞嗞声响了。

他一次跨三个台阶，来到四楼站着聆听，但只听见自己怦怦的心跳声。这里有两扇门可以选，一扇门上贴了张灰色卡纸，纸上用毡笔写着安德森，另一扇门上则什么都没有。

这是计划里最关键的一步。一道锁大概可以在不惊动整栋楼的情况下打开，但如果阿尔夫用的是拉斯曼登锁行的多道锁，哈利就有麻烦了。他从上到下打量着那扇门，没有防钻安全锁、没有双锁芯的防盗双圆筒锁，只有旧式的耶鲁圆筒锁。太简单了。

哈利一拉袖子，接住掉下来的撬棍。他迟疑了一会儿，把撬棍尖插进锁下的门里。简直太容易了。但现在没空多想，也没别的选择。他并没破门而入，只用力把门拉向铰链方向，把爱斯坦的银行卡插进门闩内，让锁头滑出门框上的锁盒。他用力把门稍微推开一些，一脚伸进下方的门缝。门的铰链嘎吱作响，他推了推撬棍，让卡片滑过。他悄声进门，把门在身后关上。整个过程花了八秒钟。

屋里有着冰箱的嗡嗡声和邻居电视里的情景喜剧的笑声。哈利一边听着这片漆黑中的动静，一边试着平缓地深呼吸。他听到户外的车声，感觉到一阵冷风，表示这间公寓的窗子很旧了。但更重要的是，没有人在家的声音。

他找到电灯开关。走廊绝对需要重新装潢，客厅也需要重新上漆，厨房根本已经旧不堪用了。公寓的内部陈设说明了安全措施为何如此不堪一击，或者更确切地说，是根本没有什么内部陈设。阿尔夫·古纳隆家徒四壁，连哈利要请他关小一点的音响都没有。这里有人住的唯一证据，就是两把露营椅、一张绿色茶几、到处散落的衣服和一张有被子但没有被套的床。

哈利戴上爱斯坦带给他的洗碗手套，把其中一张椅子搬到走廊。他把椅子放在几近三米高的直通天花板的壁柜前方，清空脑子里先入为主的思绪，一脚小心翼翼地踩上扶手。就在那时，电话铃响了。哈利往旁边跨了一步，露营椅啪地合起，他砰的一声跌在地板上。

汤姆·瓦勒有种不好的预感。现状缺少他向来追求的清楚架构。由于他的职业生涯和未来展望并不是操纵在自己手里，而是在他的同盟者手里，人为因素向来是他必须考虑的风险。不好的预感来自他不知道能否信任贝雅特·隆恩、鲁内·伊佛森或——这个人最重要——作为他最重要收入来源的人：那个克纳弗。

当市议会开始对总警司施加压力，要求在格兰斯莱达街的银行抢劫案发生后尽快抓到屠夫的消息一传入汤姆耳中，他就叫克纳弗躲了起来。他们约好一个克纳弗以前就知道的地点。芭堤雅是东半球藏匿最多西方通缉犯之地，只要从曼谷往南开两个小时的车就到了。身为白人观光客的克纳弗可以融进人潮中。克纳弗称芭堤雅是"亚洲的罪恶之城"，因此汤姆不解为什么他又忽然在奥斯陆出现，说他再也受不了了。

汤姆在乌蓝德街的红绿灯前停车，打了往左的方向灯。不好的预感。克纳弗并未得到他的许可，就干出了最近这桩银行抢劫案，严重违反了规矩。一定得做点什么阻止这种事才行。

他刚才打电话给克纳弗，但没人接。那可能代表任何事。比方说，可能表示他在翠凡湖的自家小木屋盘算他们之前讨论的偷运钞车的细节。但这也可能表示他又故态复萌，正坐在角落里打盹，手臂上还挂着一根针管。

汤姆慢慢驶进克纳弗住处那条漆黑、肮脏的小路。一辆等人的出租车停在马路对面。汤姆抬头看了看公寓的窗。奇怪，灯是亮着的。如果克纳弗又开始吸毒，那就大事不妙了。进公寓应该不难，他家门上只有个烂锁。他看了看表。拜访贝雅特让他精神亢奋，他知道自己现在还睡不着。他得开车多兜一阵子，打几通电话，再看看情况。

汤姆把王子的音乐调得更大声，加速开上了伍立弗路。

　　哈利坐在露营椅中，头埋在手里，屁股发痛，一丝阿尔夫·古纳隆是犯人的证据都没找到。他只花十分钟就把公寓里的几样私人物品检查了一遍，那些东西少得让人怀疑他是否住在别的地方。哈利在浴室发现一支牙刷、一管快用光的牙膏，还在肥皂盒里发现一块让人几乎认不出来的肥皂，外加一条以前应该是白色的毛巾。就这样了。他洗清罪名的机会就只有这样。

　　哈利好想笑，想用头去撞墙，想把一瓶金宾威士忌的瓶口敲碎，和着碎玻璃喝威士忌。因为犯人一定是——一定是——古纳隆。在所有让他担上罪名的证据中，从统计学来讲，有样东西凌驾于其他事之上——他曾遭起诉，有前科。整件案子根本是嘶吼着古纳隆的名字。他的记录里有缉毒警员和枪支，还在锁店工作，可以按自己的需要订购任何一把系统钥匙，比方说，安娜家的或哈利家的。

　　他走到窗边，纳闷自己怎么会一丝不苟地照着一个疯子的剧本兜圈子。但现在没有指示，对白里也没有台词了。月亮从云层缝隙中探出头，形状像一颗被咬掉一半的氟片，但就连这个都唤不起他的记忆。

　　他闭上眼。专心想。他在公寓里看到过什么足以让他联想的东西？他漏掉了什么？他在脑中细查整个公寓，一个地方也不放过。

　　三分钟后，他放弃了。结束了，这里什么都没有。

　　他检查所有物品，确认都放在他进来时的位置，关掉客厅的灯。他走进厕所，站在马桶前，解开裤子纽扣，等待着。妈的，现在他连这都做不到。然后他尿出来了，他疲惫地叹了口气，按下把手，水唰地冲下，就在那时他僵住了。他是不是在冲水的哗哗声中听到一声汽车喇叭响？他走进走廊，关上厕所的门想再听清楚些。没错。马路上传来短促而坚定的喇叭声。古纳隆回来了！哈利到了门口才想起一件事，而且是现在、来不及了的时候才想到。冲水。教父。那把枪。那是我最喜欢的地方。

"妈的！"

哈利跑回厕所，抓起水槽上方的旋钮，迅速把钮转松。那生锈的红色螺丝出现了。"快一点。"他低声说。他继续转，心跳越来越快，但那讨厌的金属棒嘎吱嘎吱地转了一圈又一圈，就是取不下来。他听到楼梯口传来砰的关门声。金属棒松了，他打开水箱盖。里面的水持续上涨，半明半暗中只有瓷器互相碰撞的刺耳回响。哈利伸手进去，手指沿着水槽滑溜的内壁涂层摸着。怎么搞的？没东西？他把水箱盖翻过来，在这里了。用胶带贴在里面。他深深吸了口气。闪亮胶带下，那把钥匙的每道刻痕、每个凹口、每条凹凸不平的边缘都是老朋友。钥匙能打开哈利家的大楼门、地下室门和家门。一旁的照片也一样熟悉，就是镜子上少了的那一张：妹妹在笑，哈利摆出酷酷的样子，被夏日阳光晒黑的皮肤，幸福的无知。不过，有个塑料袋用三大段黑色电工胶带贴住，袋里装了白粉，这个哈利就不熟了，但他愿意下一小笔钱赌这是二乙酰吗啡，俗称海洛因。大量的海洛因。至少得蹲六年。哈利什么都没碰，只把水箱盖放回去，开始把螺丝旋紧，一面听着脚步声。正如贝雅特所说，要是被人发现哈利没有搜查令就进来这里，证据就一文不值了。旋钮放回去后，他冲向门口。别无选择的哈利只好打开门，跨进楼道。拖曳的步伐正在往上走，他轻轻关上门，从栏杆上方张望，看到一团又粗又乱的深色头发。五秒后他就会看到哈利了。哈利只要走三大步上五楼就不会被发现。

看到哈利在面前，那男人陡然停步。

"嘿，阿尔大。"哈利说着看了看表，"我等你好一阵子了。"

男人瞪大眼睛看着他。一张苍白、有雀斑的脸，周围是及肩的油腻头发，耳旁的头发剪成连恩·盖勒格[①]的覆耳样式。他并不会让哈利联想到杀人不眨眼的凶手，而是个害怕被修理的年轻小伙子。

"你想干什么？"男人用响而尖厉的声音问。

---

① 连恩·盖勒格（Liam Gallagher），绿洲乐队（Oasis）的主唱。

"想让你跟我去一趟警察总署。"

男人情急之下立刻做出反应，他转过身，抓住栏杆，跳到下方的楼梯平台。"嘿！"哈利喊，但那人已经跑得不见踪影了，他跳过五六级楼梯的重重落脚声在楼梯间回荡。

"古纳隆！"

哈利听到的回答是楼下大门砰地关上的声音。

他把手伸进夹克口袋，才发现自己没带烟。现在轮到骑兵出马了。

汤姆把音乐声调小，从口袋里拿出哔哔响的手机，按下绿色按钮，再把手机拿到耳边。他听到另一头传来迅速、紧张的喘气声和车流声。

"喂？"那个声音说，"你在吗？"是克纳弗，他好像吓坏了。

"克纳弗，有什么事？"

"谢天谢地，你在。大事不妙了。你一定要帮我，快点。"

"我不一定非要帮你不可。到底什么事？"

"他们找到了。有个警察在楼梯上等我回家。"

汤姆停在铃环街的斑马线前。一个老人正踩着怪异的碎步过马路。好像要花上一辈子时间。

"那警察想干吗？"汤姆问。

"你说呢？我猜是来逮捕我的。"

"那你为什么没被捕？"

"我他妈的逃了啊，马上就开溜了。但他们在追我，已经有三辆警车开过去了。听到没？他们会逮到我的，除非……"

"别在电话里叫。其他警察在哪儿？"

"我没看到别人。我直接跑掉的。"

"这么容易就让你跑掉？你确定那个人是警察吗？"

"对，一定就是他，不会错！"

"谁？"

"应该是哈利·霍勒吧,他最近又去过店里。"

"你没跟我说。"

"那是锁店,一天到晚都有警察去啊!"

交通灯转绿,汤姆对前面那辆车按了按喇叭。"好,这个待会儿再谈。你现在在哪里?"

"我在电话亭,就在……呃,法庭前面。"他紧张地笑着,"我不喜欢待在这里。"

"你家里有没有什么不该有的东西?"

"没有,所有东西都在小木屋里。"

"那你呢?你身上有没有东西?"

"你明明知道我早就戒了。你到底来不来?妈的,我全身都在抖。"

"克纳弗,放轻松。"汤姆盘算着需要多少时间,翠凡湖、警察总署、市中心,"就把这当成抢银行。我到了以后会给你一颗。"

"我说过,我已经戒了。"他迟疑着,"我不知道你还随身带着,王子。"

"那还用说。"

沉默。

"你有哪些?"

"母亲之臂、罗眠乐。我给你的杰里科手枪还带着吗?"

"那还用说。"

"好。那你仔细听好:我们在货柜转运站东边的码头见面。我离你有段距离,所以你必须等上四十分钟。"

"你在说什么呀?你他妈的一定要快!现在就来!"

汤姆听着喘气声振动着耳膜,没有回答。

"如果被逮到,我会把你也拖下水,你得明白这一点,王子。要是可以脱身,我会依计行事,但我他妈的可不会继续配合,要是你……"

"克纳弗,你太慌了,现在不需要慌。我又怎么知道你不是已经被抓了,只是在钓我上钩?你了解了吗?你一个人过来,站在路灯下,这样我到的时候才能看清楚。"

克纳弗哀叫着："该死！"

"怎么样？"

"好好好，带丸子来。他妈的！"

"四十分钟后在货柜转运站。路灯下。"

"不要迟到。"

"等等，还有一件事。我会把车停在那条路上再过去一点的地方。我开口的时候，你就把枪举向空中，好让我看清楚。"

"为什么？你怀疑我？"

"这么说吧，目前情况不太明了，我不想冒险。照我的话做。"

汤姆按下红色按钮，看了看表。把音量控制钮转上一圈。吉他。美丽纯粹的噪音，美丽纯粹的愤怒。

毕悠纳·莫勒走进公寓，带着不悦的表情打量着房间。

"舒服的小窝，对吧？"韦伯说。

"听说是个老朋友？"

"阿尔夫·古纳隆。至少这间公寓是在他名下。这里有一大堆指纹，得查查是不是他的。玻璃。"他指着一个正用一把细刷子刷玻璃的年轻人，"玻璃上的指纹最清楚。"

"既然你在采集指纹，我猜你们也找到其他东西了？"

韦伯指着地毯上的一个塑料袋和其他几样东西。

莫勒蹲下去，一指戳进袋上的裂缝。"嗯，味道像是海洛因。一定有快半公斤了。这又是什么？"

"一张两个小孩的照片，我们还不知道是谁。还有一把崔奥芬钥匙，但显然开不了这间公寓的门。"

"如果是系统钥匙，崔奥芬马上就能查出钥匙的主人是谁。照片里的男孩蛮眼熟的。"

“我也觉得。”

“梭状回。”一个女人的声音从他们身后传来。

“隆恩。”莫勒惊讶地说，“劫案组的人来这里做什么？”

“是我接到线报说这里有海洛因的。还要我打电话叫你们过来。”

“所以你在缉毒这块也有线人喽？”

“银行劫匪，毒犯，都是一家子。”

“线人是谁？”

“不知道。我是在上床睡觉以后，才接到他打来家里的电话的。不肯说出姓名，也不说他怎么知道我是警察。但这条线索非常精确仔细，我才有所行动，把警方律师叫醒。”

“哦。”莫勒说，“毒品。前科。有价值的证据可能会不见。我猜你立刻就得到了许可。”

“对。”

“我没看到尸体，所以为什么叫我来？”

“线人还跟我说了一件事。”

“哦，是吗？”

“阿尔夫·古纳隆应该跟安娜·贝斯森有过亲密关系。他是安娜的情人和药头，后来安娜在他坐牢的时候，甩了他跟别人跑了。莫勒队长，你对这点有何看法？”

莫勒看着她。“我很高兴。”他说，没做出任何反应，“比你想象的还要高兴。”

他继续盯着她，最后还是不得不垂下目光。

“韦伯，”他说，“我要你封锁这间公寓，把手下能找到的人都叫来。我们得干活了。”

39 格洛克手枪

斯泰因·托默森当刑警已经两年了，他最大的希望就是当警探，梦想成为警察专家，有固定的上下班时间、自己的办公室和比警监更优渥的薪水。能够回到家时，告诉翠娜工作上遇到一个有趣的状况，让他和重案组的专家讨论了一阵；她会觉得超乎想象的复杂。但此时，他却得轮班，领微薄的薪水，即使睡了十个小时还是累得像条狗，而且在翠娜说她不想后半辈子都这样过活的时候，他要想尽办法解释这些事会让人多么疲惫：把上班时间花在开车载吸毒过量的青少年去急诊，告诉小孩他必须逮捕他们的父亲，因为他一直殴打母亲，还得被讨厌这身刑警制服的人骂。但翠娜只会白他一眼。这些都不是新鲜事了。

所以当犯罪特警队的警监汤姆·瓦勒走进值勤室，问斯泰因能不能跟他一起去抓通缉犯时，斯泰因的第一个念头是，或许汤姆会给他一些建议，告诉他怎样才能当上警探。

在从尼蓝路往"交通机器"开的车上，他对汤姆提到这件事，汤姆笑了。只需要在纸上写几个字，一切就办好了，他这么说。他，汤姆，或许可以替他说几句好话。

"那就……太好了。"斯泰因不知是否该说"谢谢"，又怕这样说太谄媚。毕竟，目前还没有要感谢他的地方。但他肯定会告诉翠娜，说他已经"探了口风"。对，他要用这个词："口风。"然后别的都不说，保持神秘，直到接获佳音。

"我们要逮捕的是怎样的人？"他问。

"我在外面巡逻，收到广播说他们在索尔奥森街发现大量海洛因。阿尔夫·古纳隆。"

"哦，我也听到了。几乎有半公斤。"

"然后有人向我密报，说看到古纳隆在货柜转运站那里。"

"今晚线人一定都提高警觉了吧。查获海洛因也是因为有人密报，可能是巧合，但怪的是两个都是匿名……"

"可能是同一个线人。"汤姆打断他的话，"也许有人跟古纳隆是一伙的，但把事情搞砸了之类的。"

"或许哦……"

"所以你想当警探。"汤姆说，斯泰因觉得那语气里似乎有一丝恼怒。他们驶离交通机器，往码头区开去。"嗯，我可以理解。换换跑道，对吧？想过要去哪一组了吗？"

"犯罪特警队，"斯泰因回答，"或是劫案组。但不要性犯罪组，我觉得不好。"

"对，当然。到了。"

他们驶过一块黑暗、开放的广场，广场上堆着一个个货柜，尽头有栋粉红色的大楼。

"站在路灯下的那个人符合描述。"汤姆说。

"哪里？"斯泰因说着凝望暗处。

"就在大楼那边。"

"妈的！你眼力超好。"

"你有没有带枪？"汤姆问，放慢车速。

斯泰因讶异地望着汤姆。"你刚才没提到……"

"没关系，我有枪。你留在车上，如果他惹麻烦，你就叫支持，可以吗？"

"好。你确定我们不需要先叫？"

"没时间了。"汤姆打开远光灯，把车停下。斯泰因估计路灯下那个人影距离他们五十米，但事后的测量结果显示，精确距离为三十四米。

汤姆在格洛克 20 式手枪里装上子弹——他已经拿到了持有这把枪的特殊执照——抓起放在两个前座中间的黑色大手电筒，跨出车门。他一边走向那个人，一边大喊。事后在这两位警员的事件报告上，对这点存在很大的分歧。汤姆的报告上说，他当时大喊："警察！亮出来！"意思是："双手举到头上。"检察官同意，假设一名遭逮捕多次的前科犯听得懂这种术语是合理的；此外瓦勒警监清楚陈述出他是警察。在斯泰因的原版报告中，汤姆当时喊的是："嘿，我是你的警察朋友。亮出来吧。"但汤姆和斯泰因经过几次交谈之后，斯泰因说汤姆的版本可能比较接近真相。

接下来发生的事没有歧异。灯下男人的反应是把手伸进夹克，取出一把枪。据了解，该枪是杰里科 941 式手枪，序号已被磨掉，因此无法追查来源。根据独立警察机构的说法，身为警力中最杰出神射手之一的汤姆，大喊之后一连开了三枪。两枪击中古纳隆，一枪射在左肩，另一枪在屁股。这两枪都不致命，但古纳隆却被射得退后几步，然后站在原地。汤姆举枪跑向古纳隆，大喊："警察！别碰那把枪，否则我就开枪！我叫你别碰枪！"

从这一点起，斯泰因·托默森的报告就没多少具体内容了，因为他远在三十四米外，当时很黑，而且汤姆正好挡住了他的视线。但另一方面，斯泰因的报告中——或者说现场证据中——并没有跟汤姆在报告中所述的之后事件相抵触之处：古纳隆不理会汤姆的警告，还是抓起枪对准他，于是汤姆先发制人。两人当时的距离为三到五米。

我就快要死了，实在没有道理。我盯着冒烟的枪管看。计划不是这样的，至少我的计划不是。不过，或许我一直在朝这个方向走。但这不是我的计划，我的计划更好，而且行得通。机舱正在降压，一股看不见的力量从内部压迫着我的鼓膜。有人靠过来，问我准备好了没。我们要降落了。

我低声说我是小偷、骗子、毒贩，我还通奸。但我并没有杀人。我在葛森街伤害的女人，那只是不得不然。下方的星星透过机身闪闪发亮。

"这是原罪……"我低声说，"对象是我爱过的女人。这样也能被原谅吗？"但空乘已经走开，降落信号灯在四周大亮。

那天晚上，安娜第一次说"不"，而我说"要"，然后把门推开。那是我接触过的最纯的货，我们可不会拿来抽，破坏一场好戏。她反对，但我说这是免费招待，一面准备针筒。帮别人打针还挺不容易的。试了两次都失败后，她看着我，喃喃低语着："我已经三个月没吸了。我原本都戒掉了。""欢迎回来。"我说。她大笑，说："我要杀了你。"第三次，我找到了血管。她的瞳孔绽开了，缓缓地，像朵黑玫瑰。几滴血从她的手臂滴落在地毯上，发出疲惫的叹息。然后她的头往后仰。第二天她打电话给我，说她还要。轮胎在柏油路上尖叫。

你和我，我们大可过着多彩多姿的生活。这才是计划，才有道理。虽然我完全不知道那是什么道理。

根据验尸报告，十毫米口径的子弹打碎了阿尔夫·古纳隆的鼻骨。碎骨随着枪弹穿透脑前的薄细胞组织，铅弹和骨头破坏了视丘、大脑边缘系统和小脑，然后子弹穿透后脑，最后在坑坑洼洼的柏油路上打出一个洞——道路维护工人两天前才修补过停车场。

40 邦妮·泰勒

这是个阴沉、短暂，整体说来很多余的一天。饱含雨水的厚重云层飘过市区，却连半滴都没下，偶尔刮起的强风拉扯着埃尔默水果烟草店外报摊上的报纸。摊子上的头条新闻暗指大家已经开始厌倦所谓的打击恐怖主义的战争，尤其当这种号召已经开始带有竞选口号般的讨厌气质，同时因为找不到主犯，整个事件的影响力也不复当初。有些人甚至认为他已经死了。于是报纸开始把专栏版面拿去报道真人秀节日的电视明星、少数曾说过挪威好话的外国名人和皇室的度假计划。打破这些无趣报道的唯一大事，是有个通缉谋杀犯兼毒贩对一位警员举枪，然后在开枪之前被警员射杀。缉毒组组长报告说，该名男性死者家中查获大量海洛因。犯罪特警队队长则表示，该名三十岁男子涉嫌犯下的谋杀案仍在调查中。不过，送印时间最晚的那家报纸却补充写道，对该名本国籍男子的不利证据极为确凿。此外，奇怪的是，涉案的那位警员正是一年多前在类似案件中射杀新纳粹主义分子斯韦勒·奥尔森的那位。该名警员已遭暂时停职，直到独立警察机构结束审讯为止。报纸刊登了总警司的话，说这是此类情况的常规程序，跟斯韦勒·奥尔森一案完全无关。

翠凡湖一间木屋起火的消息也在报上占了一小片的空间，一个空汽油罐在完全烧毁的房子现场附近被发现，因此警方不排除纵火的可能。报纸上没写的是，记者试图联络比厄·古纳隆，问他对在一个晚上同时失去儿子和木屋有何感想。

天色暗得早，才下午三点，路灯就已经亮了。

哈利进来时，葛森街抢劫案的静止画面正在痛苦之屋的屏幕上闪动。

"看出什么了吗？"他问，朝屠夫抢劫的画面点点头。

贝雅特摇头。"我们还在等。"

"等他再抢一次吗？"

"他正在某个地方盘算下次抢劫，我觉得会是下周的某一天。"

"你好像很肯定。"

她耸肩。"经验。"

"你的吗？"

她微笑，但没回答。

哈利坐了下来。"我没照电话里说的那样做，希望没让你不高兴。"

她皱眉："什么意思？"

"我当时说，今天才会去他家搜查。"

哈利打量她。她露出发自内心、毫不矫饰的困惑神情。嗯，哈利又不是密勤局的。他正准备开口，又改变了主意。反而是贝雅特说话了："哈利，有件事我要问你。"

"问吧。"

"你知道洛斯可和我父亲的事吗？"

"他们的什么事？"

"洛斯可当时……也在银行。他杀了我父亲。"

哈利垂下目光，看着自己的手。"不，"他说，"我当时不知道。"

"但你猜到了？"

他抬头，迎向贝雅特的双眼。"我是这样想过。如此而已。"

"你为什么会这样想？"

"赎罪。"

"赎罪？"

哈利深深吸了口气。"有时候，一桩罪行会大得遮蔽了你的视线。不论是外在或内在。"

"什么意思？"

"每个人都需要赎罪，贝雅特，你也是，天知道，我更需要。洛斯可也是。

这是基本需求，就像洗澡。赎罪的重点是和谐，达到不可或缺的内心平衡。这种平衡是我们所谓的道德。"

哈利看着贝雅特脸色发白，然后涨红。她张开嘴。

"没人知道洛斯可为什么自首。"哈利说，"但我相信，他这么做是为了赎罪。对一个把漂泊流浪当成唯一自由的人来说，监狱是终极的自我惩罚。夺走一条人命跟抢钱不同，我们来假设他犯下的罪使他失去了平衡，于是他选择秘密赎罪，为了自己和神——如果他信神的话。"

贝雅特终于结结巴巴地开口："一个……有道德的……杀人犯？"

哈利等她继续说，但没等到。

"有道德的人会按照自己的道德观行事，"他柔声说，"而不是按照别人的。"

"那要是我戴上这个呢？"贝雅特苦涩地说，拉开身前的抽屉，取出一个挂肩枪套，"要是我把自己跟洛斯可关进访客室，之后说他攻击我，而我出于自卫开了枪呢？用对付坏人的方式替我父亲报仇。这样对你来说够道德了吗？"她把枪套重重往桌上一摔。

哈利靠进椅背，闭上眼，直到听见她急促的呼吸平缓下来。"问题在于，这样对你自己来说够不够道德。贝雅特，我不知道你为什么带枪，也无意阻止你做自己想做的事。"

他站起来。"贝雅特，让你父亲以你为荣。"

他抓住门把时，听到贝雅特在啜泣。他转身。

"你不懂！"她哭着，"我以为我可以……我以为这是一种……复仇。"

哈利仍然没动。然后他把一张椅子拉到她身边，坐下，一手捧着她的面颊。她的眼泪热热的，她说话时，泪水滚过他粗糙的手。"你当警察，因为你觉得世上需要有秩序、有平衡，不是吗？有审判、正义什么的。然后有一天，你有了梦寐以求的机会可以复仇，却发现这根本不是你想要的。"她吸了吸鼻子，"我妈有一次说，只有一件事比欲求不满更糟，那就是感觉不到欲望。恨意——当你失去其他的一切，你就只剩下这个。然后连这个也没了。"

她用手臂推开桌上的枪套。枪套在一声闷响中撞上墙壁。

一片漆黑中,哈利站在苏菲街上,摸着夹克各处的口袋找家门钥匙。早上在警察总署,他所做的众多事情之一就是去鉴识组取回自己的衣服,那些是鉴识组从薇格蒂丝·亚布家找到的。但这众多事情当中他做的头一件事却是到毕悠纳·莫勒的办公室走一遭。这位犯罪特警队队长曾说,只要事情扯上哈利,就什么都好通融,但现在得先看看赫洛拉本十六号遭人闯入一事是否有人报警。这一天的关注点将会是,针对哈利隐瞒他在安娜·贝斯森遭谋杀当晚出现在她家中一事有没有好的回应。哈利则回答,万一此案受到调查,他就不得不提及总警司和莫勒本人曾授予他权限可以放手调查,以便找出屠夫,以及他们在未知会巴西警方的情况下即批准一趟巴西之旅的事。

莫勒啼笑皆非地歪歪嘴,说他认为结论会是不需要调查,更不需要做出回应。

入口大厅很静。哈利撕掉家门口的警察封锁带,破掉的窗户上装了一块硬纸板。

他站着,打量着客厅。韦伯说他们在搜查之前照了相,以便事后把东西放回原位。即使如此,他仍不免想起家中已经被陌生人看过、摸过了。倒不是这里有什么见不得人的东西——几封热情洋溢但标有日期的情书、一盒开了封但早就过期的保险套和一个装有爱伦·盖登尸体照片的信封。别人可能会觉得把这些照片放在家里很变态,但除此之外就只有一本色情杂志、一张邦妮·泰勒的唱片和一本琳·乌尔曼写的书。

哈利望着录音电话上闪烁的红灯好一阵子,才按下按钮。熟悉的男孩声音充溢着阔别几日的房间。"嘿,是我们啦。今天已经做出决定了。妈妈在哭,所以她叫我跟你说……"

哈利挺直身子,吸了口气。

"我们明天起飞。"

哈利屏住气息。他没听错？"我们"明天起飞？

"我们赢了。你真该看看那些人的脸。妈妈说大家都以为我们会输。妈妈，你要不要……不行，她还在哭。现在我们要去麦当劳庆祝。妈妈问你会不会来接我们？拜拜。"

他听到欧雷克在电话里的呼吸声，背景里还有吸鼻子的声音和笑声。然后欧雷克的声音又出现了，更小声地说："哈利，真的希望你能来。"

哈利瘫坐在椅中。有个什么东西哽住了他喉咙，泪水也流了下来。

第六部

_____

　　他已经没有感觉了，感觉不到痛苦或寒冷，也感觉不到悲哀或胜利，只有一大片空虚。事情本不该有道理，只是在永恒的不言自明的轮回中重复——生、死，再度诞生、再生长、死。他把扳机扣到一半，瞄准。

41 S²MN

天上一片云也没有，风却冷得刺骨，惨淡的阳光也没带来多少暖意。哈利和奥纳竖起夹克领口，肩并肩走在长了桦树的大道上。桦树的叶子都已脱落，准备过冬。

"我跟我太太说，你说起萝凯和欧雷克要回家的时候，语气高兴极了。"奥纳说，"她问这是不是代表你们三个很快会住在一起。"

哈利用微笑当回答。

"至少她那栋房子里的空间很够。"奥纳还不松口。

"房子里的空间很够。"哈利说，"帮我跟卡罗琳问好，转述奥拉·鲍尔的话。"

"'我搬到了无忧路'？"

"'但这样也没多大帮助。'"

两人都笑了。

"总之呢，目前我的心思都在办案上。"哈利说。

"案子哦，对。"奥纳说，"你叫我看的那些报告，我全都看过了。怪，真的很怪。你在自家公寓醒来，什么都不记得，然后忽然就被卷入阿尔夫·古纳隆的游戏里。当然，替死人做心理诊断有点困难，但他的情况的确很有意思。毫无疑问是个聪明、有创意的人，简直可说是有艺术家气息了。他盘算出的计划完美无缺，但我有几个疑问。我看了他发给你的电子邮件副本，他在其中提到你失去了意识。那不就表示他看到你在大醉的情况下离开公寓，然后推测你第二天什么都想不起来？"

"要是你连上出租车都要人帮忙，情况就会是这样。我会猜，他当时就站在马路外面偷看我，就跟他在邮件里写到阿尔内·亚布的事一样。很可能他从安娜那里得知，我那天晚上会过去。而我离开时会醉成那样一定是意外收获。"

"所以，他从拉斯曼登锁行的制造商拿到钥匙，用那把钥匙开了门，然后开枪杀了她。用他自己的枪？"

"大概吧。序号已经被磨掉了，我们在货柜转运站发现古纳隆手里拿的那把，号码也被刮掉了。韦伯说，从锉痕来看，那两把枪很可能来自同一个供货商。看来有人在做大规模的非法军火进口生意。我们在杀害爱伦的斯韦勒·奥尔森家里找到的那把格洛克手枪，也有同样的锉痕。"

"所以他把枪放进她右手，虽然她是左撇子。"

"诱饵。"哈利说，"他当然清楚我迟早会介入这起案子，就算不为其他原因，也会为了要洗清自己的嫌疑。他也知道我会发现其他警员没察觉到的左右手差异。"

"然后还有亚布太太和几个小孩的照片。"

"好让我追查到阿尔内·亚布，安娜最新的情人。"

"然后在他离开以前，拿走了安娜的笔记本电脑和你那天晚上掉在她家的手机。"

"又一个意外收获。"

"所以这人的头脑盘算出一个精密、滴水不漏的计划，惩罚不忠的爱人、趁他坐牢时横刀夺爱的男人，还有她那复燃的旧爱，也就是金发的警察。此外，他还开始临场发挥：再次利用在拉斯曼登锁行的工作，成功进入你家和你的地下室。他把安娜的电脑放在那里，连接上你的手机，又通过追查不到的服务器设定电子邮件账号。"

"不是完全追查不到。"

"啊，对了，你那个匿名的电脑专家朋友查出来了。但他并没查出你收到的那些邮件都是事先写好，然后让你储藏室里的电脑在预先设定好的时间寄出的。换句话说，发件人早在把电脑放过去以前，就已经安排好了一切。对吗？"

"嗯。你看过那些邮件了吗？"

"看了。"奥纳点头，"现在回想起来，可以看出虽然邮件里提及了某些事件的发展，但同时也显得模棱两可。但对事件的关系人来说，看起来却很像一回事，仿佛发件人从头到尾都知情，而且消息灵通。但他的确做得到，毕竟从许多方面来看，整场戏都是他弄出来的。"

"嗯，我们还不知道阿尔内·亚布的谋杀是不是古纳隆一手策划的。一个锁店的同事说，谋杀案发生时，他和古纳隆正在老市长酒吧喝啤酒。"

奥纳搓着手。哈利不确定是因为冷风，还是因为他很享受这许多可能或不可能的逻辑推论。"假设古纳隆并没有杀亚布，"这位心理学家说，"那他引你去找亚布有什么用意？为了让亚布被判刑？但之后还是会被释放啊。反过来也一样，同一桩谋杀案不可能有两个凶手。"

"对，"哈利说，"你必须找出亚布生命中最重要的是什么？"

"太棒了。"奥纳说，"他是三个孩子的父亲，自愿或被迫削减事业上的野心。我想应该是家庭。"

"然后，借由揭露或让我查出亚布持续跟安娜见面一事，古纳隆从中得到了什么好处？"

"亚布的太太带着小孩离开了。"

"'失去生命并非最糟糕的事，最糟糕的是失去活下去的理由。'"

"这句子引用得好。"奥纳点头表示赞许，"是谁说的？"

"忘了。"哈利说。

"但接下来你要问的问题是，他想从你身上夺走什么？哈利，什么让你的人生值得活下去？"

他们抵达安娜住过的那栋房子。哈利花了好一段时间才找出钥匙开门。

"你说呢？"奥纳问。

"有关我的事，古纳隆知道的都是安娜告诉他的。而安娜认识我的时候，是我还没有……除了工作以外就没啥目标的时候。"

"工作？"

"他要我去坐牢，但主要是想让我被警方革职。"

他们边说话边走上楼梯。

公寓里的韦伯和他手下已经做完鉴识检验了。韦伯很高兴，说他们在几个地方都发现了古纳隆的指纹，连床头板上都有。

"他并没有很小心。"韦伯说。

"他来过这里那么多次，就算他很小心，也会被你找到指纹的。"哈利说，"何况，他很确信绝不会有人怀疑到他头上。"

"说到这个，亚布被杀的方式就很耐人寻味了。"奥纳说。哈利打开通往有肖像画和格里默尔立灯的房间拉门。"头下脚上地活埋在海滩上。看起来像是宗教仪式，好像凶手有什么事情想告诉我们。你对这点有什么想法？"

"跟本案无关。"

"我没问你这个。"

"好吧。也许凶手想告诉我们这位受害者的什么事。"

"什么意思？"哈利扭亮格里默尔立灯，灯光照上那三幅画，"我想起以前念过的法律课程，十一世纪的挪威古代法条集。里面说，每个死去的人都应该被埋进圣土，除了丧失名誉者、叛徒和杀人凶手，这些人应该埋在海与陆的交界处。从亚布的埋葬地点来看，不像是有人出于嫉妒而杀害了他，也就是凶手应该不是古纳隆。有别人想说明亚布犯了罪。"

"有意思。"奥纳说，"为什么要再看一次这些画？画得很糟。"

"你真的确定从里面看不出什么吗？"

"当然可以。我看出这是个自命不凡的年轻艺术家，喜欢小题大做而且毫无艺术美感。"

"我有个同事叫贝雅特·隆恩。她去德国的警察会议演讲，所以今天不能来。她的演讲主题是如何利用电脑图像调整和梭状回来识别戴面罩的犯人。她有个与生俱来的特殊天分：能记得她这辈子看过的所有面孔。"

奥纳点头。"我知道这种罕见的天赋。"

"我把这些画给她看，结果她认出了里面的人。"

"哦？"奥纳扬起眉，"有谁？"

哈利指着画说："左边这个是阿尔内·亚布，中间这个是我，最后一个是阿尔夫·古纳隆。"

奥纳眯起眼，扶正眼镜，尝试从不同距离端详那些画。"有意思，"他嘟囔着，"太有意思了。我只能看出三个头形。"

"我只想知道，你能否以专业证人的身份，担保这种认知能力的可信度。这样能帮我们在古纳隆和安娜之间建立更多关联。"

奥纳摇摇手。"如果你说的是真的，这位隆恩小姐只需要极少信息就可以认出面孔。"

到了户外，奥纳说他很希望能在工作时见见这位贝雅特·隆恩。"据我所知，她是警探？"

"劫案组的。我们在侦办屠夫一案时合作过。"

"噢，对了。那个案子怎样了？"

"线索不多。他们认为他还会再次作案，但目前还没发生。说起来也蛮怪的。"

到玻克塔路上，哈利看到风里有了翻飞的初雪。

"冬天来了！"阿里指着天空，朝对街的哈利大喊。他用乌尔都语对他哥说了几句话，他哥马上从他手里接过水果箱，扛进店里。然后阿里走过马路，到哈利身边。"结束了很棒吧？"他微笑。

"对，没错。"哈利说。

"秋天简直糟透了。总算下起雪了。"

"噢，对。我还以为你是说那件案子。"

"你储藏室的电脑呢？结束了吗？"

"没人跟你说？他们找到把东西放在那里的人了。"

"啊哈。一定是因为这样，我太太才会跟我说，今天不必去警局接受讯问了。到底怎么一回事？"

"简单讲，就是有人想让我卷进重大刑案里。哪天你请我吃顿饭，我就把所有细节都告诉你。"

"哈利，我早就邀请过你了！"

"你又没说什么时候。"

阿里翻了个白眼。"为什么你一定要有个日期和时间才敢来拜访？只要敲个门我就会开呀。我们家不缺吃的。"

"谢了，阿里。我一定会用力敲的。"哈利打开门。

"你查出那个女的是谁了吗？她是助手吗？"

"什么意思？"

"那天我在地下室门口看到的神秘女郎啊。我还跟那个叫汤姆什么的提过。"

哈利站住不动，手还放在门把上。"阿里，你到底跟他说了什么？"

"他问我有没有在地下室里面或附近看到什么不寻常的事，我就想到那天我进来的时候，看到一个不认识的女人在地下室门口。我会记得是因为我本想问她是谁，但后来又听到门锁的咔嗒声，心想如果她有钥匙，应该就没有问题。"

"那是什么时候的事？她长什么样子？"

阿里摊手表示抱歉。"我当时很忙，只瞥到她的背影。大概三周还是五周前吧？忘记是金发还是深色头发了？不知道。"

"但你确定那是女人？"

"反正，我当时肯定认为那是个女人。"

"阿尔夫·古纳隆是中等身材、削肩、深色头发，发长及肩。这样会让你以为是女人吗？"

阿里沉思着："对，有可能。但也可能是梅克森太太的女儿来看她。"

"先走了，阿里。"

哈利决定迅速冲个澡，换好衣服，然后就去看萝凯和欧雷克，他们请他去吃煎饼、玩俄罗斯方块。他们从莫斯科回来时，萝凯带回一盒精致的西洋棋，有雕刻的棋子和用木头和珠母贝做成的棋盘。可惜的是，萝凯不喜欢哈利买给欧雷克的南梦宫 G-Con45 光枪，立刻就把枪没收了。当时她解释说，她告诉过欧雷克很多次，说至少在他十二岁以前不准玩武器类玩具。哈利和欧雷克双双羞愧地接受，不再争辩。但两人都知道萝凯会利用哈利照顾欧雷克的时候去慢跑，欧雷克也悄悄告诉哈利，说他知道萝凯把光枪藏在哪里。

滚烫的水柱驱走了他体内的寒意，他想把阿里说的话忘掉。不管多简单多确凿的案子，都会有启人疑窦的空间，而哈利是天生的怀疑者。不过，有时候你总得抱持一点信念，生活才会有目标、有意义。

他擦干身体，刮了胡子，套上干净的衬衫，在镜子里检查仪容，歪嘴笑了笑。欧雷克有一次说他牙齿黄黄的，那次萝凯笑得有点大声。他在镜中看到背后墙上钉着 S^{2}MN 所写第一封邮件的打印副本。明天他就要拿下来，改放他和妹妹的照片。明天。他端详着镜中的邮件，真怪，那天傍晚他站在镜子前面的时候竟然没发觉少了自己和妹妹的照片。一定是因为如果你一天到晚看到某样东西，通常就会变得盲目，对之视而不见。他仔细看着镜中的那封邮件。然后他打电话叫了出租车，穿上鞋，等待着。他看了看表，车子现在应该到了，该出发了。但他发现自己又拿起话筒，拨出一个号码。

"我是奥纳。"

"我要你再把那些邮件看一遍，告诉我你觉得写信的人是男是女。"

42 烤串

雪过了一夜就融了。阿斯特丽·蒙森刚从公寓大楼出来，正准备横穿又湿又黑的柏油路去玻克塔路，就看到对街人行道上的那位金发警察。她的脉搏跟走路速度一起加快。她目光直勾勾地瞪着前方，希望他不会看见自己。报上登过几张阿尔夫·古纳隆的照片，这几天都有警探在楼梯上下走动，扰乱她宁静的工作节奏。但现在一切都结束了，她这么告诉自己。

她小跑步向斑马线前进。去汉森面包店。只要到了那里就安全了。一杯茶，一个甜甜圈，在狭长的咖啡店尽头、柜台后方的餐桌。每天准时在十点三十分报到。

"茶和甜甜圈吗？""是的，谢谢。""三十八克朗。""给你。""谢谢。"多数时候，这就是她跟别人最长的交谈了。

但是前几周，她到的时候都有个老人坐在她的惯用桌旁，虽然旁边还有几张空桌，但她只想坐这张桌子，因为……不，她现在不要想那些事。总之，她后来不得不提早十五分钟到，才能占到那个桌位。今天非常完美，不然他打电话来的时候，她就会在家了，而她也一定得开门。自从她拒接电话、拒绝应门两个月，导致后来警察上门，而院长也威胁要让她再去住院起，她就答应过院长不能再这样了。

她没有欺骗院长。

但是对别人，她会撒谎。她经常骗人。在跟出版社的电话里、在商店和网络聊天室里，尤其是在网上。她可以扮成别人，扮成她翻译的书里的某个角色，或是以前她当过的一个女人——那个颓废、滥交、天不怕地不怕的拉梦娜。阿斯特丽小时候就发现了拉梦娜。拉梦娜是一名舞者，有着长长的黑发和棕色的杏眼。阿斯特丽以前会画拉梦娜，尤其是她的眼睛，但她只能偷偷画，因为院长会把那些画撕成碎片，说不想在院里看到像她那样的轻佻女子。拉梦娜离开了好几年，但她回来过，阿斯特丽注意到拉梦娜是怎样开始取得掌控权的，特别是在她写信给所译书籍的男性作家时。她喜欢在一阵有关语言和文化的寒暄后，再写些没那么正式的信。这样鱼雁往返了几次之后，法国作家就会要求在他们来奥斯陆宣传书的时候跟她见面；就算不来宣传书，光是见她这个理由就值得跑一趟了。她总是拒绝，但这样并没让那些追求者死心，结果恰恰相反。她曾经想出版自己写的书，但几年前一位出版顾问终于在电话里跟她撕破脸，咬牙切齿地说再也受不了她那"歇斯底里小题大做"的文字，还说没有读者会愿意出钱分享她的想法，但若是付点钱可能会有心理学家想听。自这个梦醒来以后，她的写作活动就靠写那些信了。

"阿斯特丽·蒙森！"

她感到喉咙一紧，一时之间大为惊慌。她可不想在大马路上呼吸困难。她正准备过马路，红绿灯却转红了。她原本可以冲过去的，但她绝对不会闯红灯。

"哈喽，我正准备去找你。"哈利·霍勒赶了上来，他仍有着那副猎人的表情与布满血丝的眼睛，"我先说，我看过瓦勒警监跟你谈话的报告了。我了解你骗我是因为你很害怕。"

她觉得自己开始呼吸急促了。

"我当下没把自己在这整件事里的角色告诉你，实在很不应该。"这位警察说。

她讶异地看着他，他的语气的确像是真心感到抱歉。

"我也看了报纸，有罪的人已经被捕了。"她听到自己这么说。

他们站着互看对方。

"我是说，他死了。"她柔声补充。

"嗯。"他试探性地笑了笑，"但或许你不介意帮个忙, 回答几个问题？"

这是第一次有人跟她一起坐在汉森面包店的那张桌子旁。柜台后方的女孩对她做出女人之间心知肚明的微笑，好像跟她在一起的这位高大男子是护花使者。由于他一副刚从床上爬起来没多久的模样，搞不好那女孩还以为……不，她不想继续往这个方向想下去了。

他们坐了下来，他递给她几张打印的邮件，请她仔细看一遍，问她以作家的身份，能不能看出这些信出自男性还是女性？她仔细看着邮件内容。他刚才说，"以作家的身份"。她该把实话说出来吗？她举起茶杯，免得被他看到自己因这个念头而露出微笑。当然不了，她要说谎。

"很难说。"她说，"这是小说吗？"

"一半一半。"哈利说，"我们认为邮件是杀害安娜·贝斯森的人写的。"

"那一定是男的了。"

哈利打量着桌子，她迅速瞄了他一眼。他并不好看，却有股特别的气质。她当初——虽然听起来很不可能——一发现他躺在家门外的楼梯平台时，就注意到这点了。或许是因为那天他比平常多喝了一杯君度酒吧，但她也觉得躺在那里的他面容祥和，几乎称得上英俊，就像有人把一位沉睡的王子放到她家门口。他口袋里的东西散落在楼梯各处，她逐项捡了起来，甚至还偷看了他的钱包，找到他的姓名和住址。

哈利一抬眼，她就赶紧把目光移开。她有没有可能喜欢上他呢？当然有。问题是他会不会喜欢她。但她总是歇斯底里大惊小怪，毫无来由的恐惧，突如其来的啜泣。他不会喜欢那种样子的。他喜欢像安娜·贝斯森那样的女人，或是拉梦娜。

"你确定你不认得她？"他缓缓发问。

她惊恐地望着他。那时她才发现，他正举着一张照片。这张照片他以前也给她看过，照片里的女人和两个小孩在海滩上。

"比方说，在谋杀案发生当晚。"

"我这辈子从来没见过这个人。"阿斯特丽·蒙森坚定地说。

天又开始飘雪。又大又湿的雪花在还没飘落到警察总署和波特森监狱之间的棕色土地上之前，是又灰又脏的。一段韦伯传来的留言在办公室里静静等着，证实了哈利的怀疑，正是这个怀疑让他从崭新的角度去看那些邮件。不管怎样，韦伯简短的留言仍投下了一颗震撼弹。算是预料之中的震撼。

这天哈利一直在打电话，不时在传真机和电话之间来回。休息时，他皱眉沉思，把一块块线索堆砌起来，试着不去想他要找的东西。但一切再清楚不过。这辆云霄飞车可以随意爬升、下降、回旋和转弯，但它还是跟其他云霄飞车一样，最后会回到起点。

等哈利结束皱眉沉思，想通了大部分关节，他靠在办公椅中往后仰。他不觉得胜利，反而感到空虚。

他打电话叫萝凯不必等他，萝凯没问为什么。然后他上楼到员工餐厅，走上屋顶露台，几个站着吸烟的人都在簌簌发抖。午后的昏暗中，城市灯火在他们下方闪烁。哈利点燃香烟，一手沿着墙摸去，捏出一颗雪球。把球滚了滚，压得越来越紧，用掌心拍打，紧捏着直到融化的冰从指缝间流出来，然后把雪球往市区一丢。他的目光追随着那颗闪亮的雪球，看着雪球坠落，越来越快，最后消失在灰白色的背景中。

"以前我班上有个男孩，叫作卢德维格·亚历山大。"哈利大声说。

那群吸烟者用力跺脚，看着这位警监。

"他很有语言天分，大家都叫他'烤串'，因为有一次在英文课堂上，他竟然笨得跟老师说他喜欢把'烤肉串烧'说成'串烤'，因为倒着念就是'烤串'。后来下了雪，每个课间都有班级互相打雪仗，烤串不想加入，但我们都逼他参加，因为想要他当炮灰。他很不会丢球，顶多只能丢出几个劲道弱的高抛球。另一个班上有个肥胖的罗尔，是奥普索乡的手球队队员，他经常故意用头去撞烤串的雪球，之后再狂出下勾拳把烤串打得鼻青脸肿。有一天，烤串把一颗大石头包进雪球里，使劲丢高。罗尔微笑着跳起来用头去顶，那声音就像浅水里的石头相撞，软与硬的声音同时出现。那是我唯一一次在学校操场上看到救护车。"

哈利用力吸了一口烟。

"教职员室里，大家为烤串是否该受惩罚一事争辩了几天，毕竟他并没有对人丢雪球。所以问题在于：假若有个笨蛋做了蠢事，是否该惩罚那些不体贴笨蛋的人？"

哈利捻熄香烟，走进室内。

时间是四点半。在奥克西瓦河和格兰区地铁站之间空地上的冷风加重了势道。学童和退休老人让路给满脸严肃、赶着回家的下班男女。哈利跑下台阶去搭地铁时，撞上了其中一个，咒骂声在墙壁间回荡着追了过来。他停在两间厕所中间的窗前，那个老妇还是跟上次一样坐着。

"我现在就得跟赛门谈谈。"

她冷静的棕色眼眸凝望着他。

"他不在德扬公园。"哈利说，"大家都离开了。"

那女人耸耸肩，一脸困惑。

"就说是哈利找他。"

她摇摇头，挥手要他走开。

哈利靠着区隔两人的玻璃。"说日耳曼斯皮欧尼找他。"

赛门的车没走艾克柏隧道，反而开上了艾纳巴卡路。

"我不喜欢隧道。"他们在午后的高峰时段，车子以龟速缓缓上山时，赛门这样解释。

"所以那两兄弟逃到挪威、一起住拖车到长大，后来却失和，是因为两人爱上了同一个女孩？"哈利问。

"玛丽亚来自很有威望的罗伐若家族。他们住在瑞典，她父亲是吉卜赛头目。她十三岁时嫁给十八岁的史帝方，搬去了奥斯陆。史帝方爱她入骨，为她丧命都在所不惜。那时候，洛斯可还在俄国避风头，他不是躲警察，而是躲德国的科索沃阿尔巴尼亚族人，那些人认为做生意时被他骗了。"

"生意？"

"他们在汉堡附近的高速公路上发现一辆空拖车。"赛门微笑。

"可是洛斯可后来回去了？"

"在五月的一个艳阳天，他回到了德扬公园。那是他和玛丽亚生平第一次见面。"赛门大笑，"我的天，他们看对方的样子哦，那时空气紧绷到我不得不看向天空，看是不是快打雷了。"

"所以他们坠入爱河了？"

"一见钟情，还在众目睽睽之下。有些女人都觉得不好意思了。"

"但如果这么明显，亲戚一定都会反对吧？"

"他们没想到会这么危险。你别忘了，我们比你们早结婚。我们无法阻止年轻人。他们坠入爱河，才十三岁，可想而知……"

"也是。"哈利揉了揉后颈。

"但这件事可严重了。她已经嫁给了史帝方，却一看到洛斯可就爱上了他。虽然她和史帝方住在一辆拖车里，她还是去找一直在那里的洛斯可，事情自然一发不可收拾。安娜出生时，只有史帝方和洛斯可不知道其实洛斯可才是父亲。"

"可怜的女孩。"

"可怜的洛斯可。唯一开心的人是史帝方，他神气得不得了，说安娜就跟爸爸一样漂亮。"赛门微笑，眼神却是悲伤的，"如果史帝方和洛斯可没决定去抢银行，或许情况可以一直这样下去吧。"

"搞砸了吗？"

拥塞的车队朝瑞恩区的路口前进。

"他们一伙有三人。史帝方年纪最大，所以他第一个进银行，最后一个出来。另外两人带钱冲出去开逃亡车时，史帝方举枪留在银行内，以防银行职员按下警铃。他们都是新手，甚至不知道银行有无声警铃。等另外两人开车来接史帝方时，才看到他整个人被警察压着趴在警车的引擎盖上。一位警察给他戴上了手铐。洛斯可负责开车，他当年才十七岁，而且没有驾照。他摇下车窗，后座载着三千块，慢慢把车开到那辆警车旁，看着他哥在引擎盖上挣扎。然后洛斯可和那位警察四目相接了。我的天，当时的气氛就跟他第一次见到玛丽亚一样紧绷。两人对视了好久好久，我本来怕洛斯可会大叫，但他什么都没说，只继续开车。那是他们第一次见面。"

"洛斯可和约恩·隆恩吗？"

赛门点头。他们出了环岛，驶进瑞恩区的弯道。赛门打了方向灯，然后在加油站旁踩下刹车。他们把车开到十二层楼高的建筑前，附近入口处上方的蓝色霓虹招牌闪动着挪威银行的商标。

"史帝方坐了四年牢，因为他只是对空鸣枪。"赛门说，"但是审判过后，发生了一件怪事。洛斯可去波特森监狱探望史帝方，隔天有位狱卒就说，觉得这位新进犯人的模样好像变了。他上司说，初次入狱的人有这种情况很正常，还说起犯人的太太第一次去探监时，也都不认得自己丈夫的事。狱卒放心了，但几天后有个女人打电话到监狱，说他们关错了人。史帝方·巴克斯哈的弟弟跟他掉了包，而他们却放真正的犯人走了。"

"事情真的是这样吗？"哈利边问边取出打火机点烟。"对，是真的。"赛门说，"南欧的吉卜赛人让年轻的手足或儿子替犯人服刑是很普遍的事，尤其如果那犯人有家累，就像史帝方。对我们来说，这是一种荣耀。"

"但监狱当局很快就会发现错误，不是吗？"

"啊哈！"赛门张开双臂，"在你们看来，吉卜赛人就是吉卜赛人。如果他入了狱却没犯罪，那他迟早会犯下其他事情而入狱。"

"打电话的是谁？"

"他们没查出来，但玛丽亚也在同一天晚上失踪了，后来再也没人见过她。警察半夜开车把洛斯可载到德扬公园，史帝方则在拳打脚踢、连声咒骂当中被拉出拖车。安娜当时两岁，躺在床上大叫妈妈，但不管男女，没有一个人能让她停止号哭。一直到洛斯可进去抱她起来才停止。"

　　他们凝视着银行大门。哈利看了看表，再过几分钟银行就要关了。"后来怎样了？"

　　"史帝方出狱后，立刻出了国。我们偶尔会通电话，他经常到处跑。"

　　"安娜呢？"

　　"她在拖车里长大。洛斯可送她上学，她交了外地朋友，染上了外地习惯。她不想像我们那样生活，想像她朋友一样，自己做主，自己赚钱，住在自己的家。自从她继承外婆的公寓、搬进了索根福里街以来，我们就跟她毫无瓜葛了。她……嗯，是她选择要搬的。唯一跟她保持联系的就是洛斯可。"

　　"你想她知道洛斯可是她父亲吗？"

　　赛门耸肩。"据我所知，没人提过这事，但我想她一定知道。"

　　他们沉默地坐着。

　　"事情就是发生在这里。"赛门说。

　　"就在银行关门前。"哈利说，"就像现在。"

　　"如果不是非这样不可，他不会开枪射隆恩。"赛门说，"但他会做非做不可的事。他是一名战士。"

　　"没有咯咯乱笑的宫女。"

　　"什么？"

　　"没事。赛门，史帝方在哪里？"

　　"我不知道。"

　　哈利等待着。他们看着一位银行员工从里面锁住大门。哈利继续等。

　　"上次我跟他通电话，他是从瑞典的某个城市打来的。"赛门说，"歌德堡。我只能帮你到这里了。"

　　"你帮的不是我。"

　　"我知道。"赛门叹气，"我知道。"

　　哈利找到维特兰斯路的那栋黄色房子。两层楼的灯都亮着。他停好车，下来，站着凝望地铁站。在第一个阴暗的秋天傍晚，那是他们——席格、托尔、克里斯提安、托基尔、爱斯坦和哈利，这是固定班底——第一次约在那里，要去偷摘苹果。他们一路骑自行车来到诺斯特朗市，因为那里的苹果比较大，那边的人认识他们父亲的概率也比较小。席格第一个爬过围篱，爱斯坦负责把风。哈利是里面最高的，可以摘到最大的苹果。但有天傍晚，他们不想骑那么远的车，就在自家附近偷摘。

哈利看着马路对面的那座院子。

等口袋都已装满，他才发现二楼亮灯的窗户里有张脸盯着他们瞧。一句话也没说。是烤串。

哈利打开铁门，来到门口。两个门铃下方的陶瓷门牌上，印着约恩和克丽丝蒂恩·隆恩的字样。哈利按了上面那个门铃。

他又按了一下，贝雅特才回应。

她问他要不要喝茶，他摇摇头。于是她走进厨房，他则在走廊踢掉脚上的靴子。

"你爸爸的名字为什么还在门牌上？"哈利看她端着一个杯子走进客厅，"好让陌生人以为这栋屋子里有男人？"

她耸耸肩，坐进一张深椅面的扶手椅里。"我们一直没空改。他的名字在那上面，已经久到我们都麻木了。"

"嗯。"哈利双掌互握，"其实我就是想谈这个。"

"你说门牌？"

"不是。嗅觉障碍，闻不到尸体的气味。"

"什么意思？"

"我昨天站在门廊，看着杀害安娜的凶手寄来的第一封邮件。情形就跟你家门牌一样，感官虽然察觉到了，大脑却没接收到。嗅觉障碍也是如此。打印纸在那里挂了那么久，久到我已经对它视而不见了，就像那张有我妹和我的照片一样。照片被偷之后，我只觉得哪里不太一样，却不知道是什么。你知道为什么吗？"

贝雅特摇头。

"因为我身上并没有发生什么事，会让我用不同眼光去看。我只看见自己认定会在那里的东西。但昨天发生了一件事：阿里说他在地下室门口旁看到一个女人的背影，这让我忽然想到，我一直不自觉地认定杀害安娜的凶手是男人。只要犯了这个错，只想着要找的东西，就不会找到其他的。我也因此改用新的眼光去看那封邮件。"

贝雅特的双眉形成两个括号。"你的意思是，阿尔夫·古纳隆并没有杀害安娜·贝斯森？"

"你知道变位词吧？"哈利问。

"一种文字游戏……"

"杀安娜的凶手给我一个线索，就像吉卜赛人会在走过的路上用树叶、石头或树枝做记号一样。一个路标。我在镜子里看到了。那封邮件的署名是女人的名字，只是倒过来写。所以我把邮件寄给奥纳，他联络了一位认知心理学和语言学专家，那人能从匿名恐吓信中的一个句子看出写信者的性别、年龄和出生地。针对这个案子，他说写这封邮件的可能是男人也可能是女人，年龄大概在二十到七十岁之间，而且可能来自国内任何地点。换句话说，没多大帮助，除了他认为邮件也可能是女人写的。原因是四个字，邮件中用了'你们警察'而非'你们警方'①，或某些非特定的集合名词。他说，发件人可能是在潜意识中选用了这个字眼，因为这个字眼清楚区分出收件人和发件人是不同性别。"

哈利靠进椅背。

贝雅特放下杯子。"哈利，我不能说我完全信这一套。楼梯间的不明女子、前后颠倒的女人姓名代号和一位认为阿尔夫·古纳隆选用女性表达方式的心理学家。"

"嗯，"哈利点头，"我同意。首先，我要告诉你是什么让我开始往

---

① 你们警察（you policemen），你们警方（you police），前者的"-men"暗含男性之意。

这个方向追查。但在我告诉你杀害安娜的凶手是谁以前，我想请问你能不能帮我找一个失踪的人。"

"当然。但干吗问我？失踪的人又不是……"

"不，就是。"哈利悲伤地笑笑，"找失踪的人是你的专长。"

43 拉梦娜

哈利在海滩上找到薇格蒂丝·亚布。她坐着的那块平滑岩石就是上次他凝视峡湾、最后抱膝睡着的那一块。在早晨的雾气中，太阳就像个苍白的印子。葛瑞格摇着尾巴跑向哈利。现在是退潮，大海飘散着海藻和油的气味。哈利坐在她身后的一块小岩石上，弹出一根香烟。

"当时是你发现他的吗？"她头也不回地问。哈利不知道她在这里等他多久了。

"有很多人发现阿尔内·亚布。"他回答，"我是其中之一。"

她在风中拂去面前飞舞的一撮头发。"我也是。但那是好久好久以前的事了。你可能不相信，但我的确爱过他。"

哈利点亮打火机。"我为什么不相信？"

"随你要相信什么。并不是每个人都能够去爱。我们——和他们——或许相信自己能爱，但事实就是如此。那些人学会了动作、说辞和步骤，如此而已。有些人娴熟到能蒙骗我们好一段时间。让我讶异的并不是这些人的成功，而是他们竟然肯花那个工夫。何必费那么大力气，只为了得到对方有同样感受的响应，而自己却不了解这个感受呢？你明白吗，警官？"

哈利没有回答。

"或许他们只是害怕。"她说着转向他，"怕看到镜中的自己，发现自己有残缺。"

"亚布太太，你在说谁？"

她又回身面对着海。"谁知道呢？安娜·贝斯森？阿尔内？我？还是后来变了的我？"

葛瑞格舔着哈利的手。

"我知道安娜·贝斯森是怎么死的了。"哈利说,他打量着她的背脊,但看不出任何反应,香烟在第二次点火时点着了,"鉴识组把安娜家中洗碗槽里的四个玻璃杯拿去化验。昨天下午,我拿到分析报告,上面有我的指纹,显然我当时在喝可乐。我绝对不会想把可乐跟酒混着喝。一个酒杯被用过了。但有意思的地方是,可乐残渣里含有盐酸吗啡,也就是吗啡。你知道大量服用吗啡会怎样,对吧,亚布太太?"

她细细端详他的脸,缓缓摇头。

"不知道?"哈利说,"一吞下那种药就会昏倒、失忆,醒来时会严重呕吐和头痛。很容易被误认是喝醉了酒,是很不错的迷奸药,很像罗眠乐。而我们的确被迷奸了,我们所有人都是。对不对,亚布太太?"

一只海鸥尖声大叫着飞过他们头顶。

"又是你。"阿斯特丽·蒙森紧张地轻笑一声,让他进门。他们坐在厨房。她踩着小碎步到处走,泡了茶,还端出她在汉森面包店买的蛋糕,"万一有人临时过来就可以吃"。哈利含糊不清地说着一些芝麻小事,如昨天下的雪和大家都以为会跟着电视上的双子大楼一起崩塌的世界,其实并没有多大的改变。等她替他倒了茶、坐下之后,他才问她对安娜有何看法。

她嘴巴都合不拢了。

"你恨她,对不对?"

在接下来的沉默中,另一个房间里传来微弱的电子叮咚声。

"不。我不恨她。"阿斯特丽用双手捧住超大杯的绿茶,"她就是很……不一样。"

"怎么说?"

"她的生活方式,她这个人。能够像她……这样真是幸运。"

"你不喜欢那样吗?"

"我……我不知道。不,或许不喜欢。"

"为什么?"

阿斯特丽看着他好一阵子，眼底的笑意忽隐忽现，像只静不下来的蝴蝶。

"不是你想的那样。"她说，"我羡慕安娜。我崇拜她。有时候我还希望自己是她。她跟我完全相反，我坐在屋里，而她……"

她的眼神落到窗户。"她却几乎是赤裸裸地跨入生命，这就是安娜。男人来来去去，她知道自己留不住他们，却还是一样去爱。她画得不好，但仍展示出作品，好让世上其他的人自行评断。她跟人说话的方式，仿佛认定别人都喜欢她。对我也一样。有时候我觉得安娜偷走了真正的我，觉得这里的空间放不下我们两人，而我必须等着轮到自己才能上场。"她又发出紧张的傻笑，"但后来她死了，我发现其实不是那样，我当不了她。没人能够。那不是很悲哀吗？"她的目光落到哈利身上，"不，我不恨她。我爱她。"

哈利感到后颈一阵发麻。"能不能告诉我，那天晚上你在走廊看到我的情景？"

笑容像不太灵光的霓虹灯，一下子出现，一下子消失，好像有个开心的人偶尔在她眼中出现、探出头来。哈利觉得水坝就快爆炸了。

"你长得不好看，"她轻声说，"却有一种吸引力。"

哈利扬起一道眉。"嗯。你扶我起来的时候，有没有觉得我身上有酒味？"

她露出惊讶的表情，好像从来没想过这点。"不，好像没有，你身上……没有味道。"

"没有味道？"

她的脸涨成深红色。"没有……什么特别的味道。"

"我有没有在楼梯上掉什么东西？"

"比方说什么？"

"手机，钥匙。"

"什么钥匙？"

"你必须回答我。"

她摇摇头。"没有手机，我把钥匙放回你口袋了。你为什么要问这些？"

"因为我知道是谁杀了安娜。我只想先求证细节。"

44 线索

第二天，堆积了两天的雪已经消失无踪。一早在劫案组的会议上，伊佛森说如果想在屠夫一案上有所进展，唯一的希望就是再发生一次银行抢劫案。但他又补了一句，说可惜贝雅特预测屠夫迟早会再度犯案的话不准。让大家惊讶的是，贝雅特似乎没把这句间接的批评放在心上，只耸耸肩，自信地重复说，屠夫迟早会再作案。

同一天晚上，一辆警车驶进蒙克美术馆前方的停车场，停了车。四个男人跨出车外，其中两名是穿制服的警察，另外两个穿便衣的，远看好像是牵着手在走路。

"抱歉这些安保措施非有不可。"哈利说着朝手铐歪了歪头，"只有这样我才能得到许可。"

洛斯可耸耸肩。"哈利，我觉得跟我铐在一起，你应该比我还烦吧。"

这群人走过停车场，往足球场和拖车前进。哈利打手势叫警察在外面等，他跟洛斯可进了那辆小拖车。

赛门在里面等。他摆出一瓶卡瓦多斯苹果白兰地和三个酒杯。哈利摇摇头，解开手铐，爬上沙发。

"回来很不错？"哈利问。

洛斯可没回答，哈利等着洛斯可用那对黑眼睛检视这辆拖车。哈利看到那对眸子在床上方那张两兄弟的照片上停顿。他似乎看到那张线条柔和的嘴微微抽动。

"我答应要在十二点以前回波特森，所以我们得快点谈正事。"哈利说，"阿尔夫·古纳隆并没有杀害安娜·贝斯森。"

赛门望着洛斯可，洛斯可盯着哈利。

"凶手也不是阿尔内·亚布。"

沉默中，芬马克街上的隆隆车声似乎更大了。洛斯可晚上躺在牢房时，是否会想念这种车辆噪声？是否怀念另一张床、那股气味和哥哥规律呼吸的声音？哈利转向赛门说："请你让我跟他单独待会儿好吗？"

赛门转向洛斯可，洛斯可简单地点了下头。他出去后，关上了门。哈利双手交叠，抬起眼。洛斯可双眼发亮，好像发了烧。

"你已经知道一阵子了，对不对？"哈利沉声说。

洛斯可合起双掌，表面上看来这是内心平静的姿势，但发白的指尖却透露出另一种讯息。

"也许安娜也看过孙子的书，"哈利说，"知道所有战事的第一条规定就是欺蒙。但她还是给了我答案。我只是猜不透这个缩写的意思：S²MN。她甚至还给了我线索，说视网膜会倒转一切，所以我得透过镜子才能看出那是什么。"

洛斯可这时已经闭上了眼。他好像在祈祷。"她母亲既美丽又疯狂，"他轻声说，"安娜遗传到这两种特质。"

"我知道，你早就解开了这个缩写的意思。"哈利说，"她的签名就是 S²MN，那个 2 代表另一个 S，中间少了三个元音。从左到右应该念成 S-S-M-N，但从镜子里看来就是 N-M-S-S，加上元音就变成 NeMeSiS，也就是'复仇女神'的英文。她告诉过我。那是她的杰作，是她想流传后世的作品。"

哈利说话时，语气里不带一丝胜利的意味，只是陈述事实。拥挤的拖车似乎在他们周围缩得更小了。

"把其他细节告诉我。"洛斯可轻声说。

"我想你应该想得出来。"

"告诉我！"他咬牙说。

哈利看着桌子上方那扇圆形的小窗，窗上已弥漫了雾气。一个舷窗，一艘宇宙飞船。他幻想着如果把雾气擦掉，是否会发现他们置身于外层空间的马头星云，两个孤单的宇航员正准备登上一辆飞行拖车。就算真是这样，也不会比他准备要说的话更虚幻。

45　孙子兵法

　　洛斯可挺直身子，哈利开口了：

　　"今年夏天，我邻居阿里·尼亚齐收到一封信，寄件人自称几年前住在这栋大楼时曾经积欠过房租。阿里在住客名单上找不到这人的名字，就回信跟那人说算了。那人的名字是埃里克森。我昨天打电话给阿里，请他把那封信找出来，结果信上的地址是索根福里街十七号。阿斯特丽·蒙森说，今年夏天在安娜的信箱上，曾有几天出现过另一个名字的贴纸，名字就是埃里克森。这封信的目的何在？我打电话去锁店。他们真的接过要求打我家公寓钥匙的订单，我请他们把文件传真过来，上面第一件吸引我注意的，就是文件的日期是安娜死前一周。订单是阿里签的，阿里是我们住户委员会的主席兼负责人。订单上伪造的签名字迹难辨，用的是残旧的笔，可能模仿自她收到的一封信。但对锁店来说，这样就已经足够，锁店立刻向崔奥芬订购了一把哈利·霍勒家的钥匙。而哈利还亲自到店里，秀出证件，签收那把钥匙，满心以为自己签收的是安娜家的备用钥匙。真让人笑掉大牙，对吧？"

　　洛斯可看起来非常冷静自持。

　　"在我们见面和傍晚吃饭的时间中，她办妥了下面这些事：通过埃及的服务器安排好电邮账户，在电脑上写好那些邮件，预先设定发出的日期。之后她打开我家地下室的门，找到我的储藏室，再用同一把钥匙进到我房间，想找个容易识别的私人物品，拿去放到阿尔夫·古纳隆家。她选择了我妹和我的那张照片。接下来的工作就是拜访她的前任情人和药头。再度见到她，阿尔夫一定有点讶异。她想干什么？也许是买枪或是借枪？因为她知道他有一款在奥斯陆司空见惯的枪，枪上的序号已被磨掉。他替她找来了一把伯莱塔 M92F 手枪，然后她去上厕所。他觉得她在里面待了很久，等她终于出来时，却忽然急着要走。至少我们可以想象当时的情况可能是这样。"

洛斯可把牙关咬得死紧，哈利看到他连嘴唇都抿了起来。哈利向后靠说："接下来就是闯进亚布的农舍，把自家的钥匙放在那里。这件事很容易，她知道农舍的钥匙放在屋外的灯里。她在那里的时候，把薇格蒂丝和小孩的照片从相簿里取出带走。就这样，一切布置就绪。她现在只要等。等哈利来吃饭。当晚的菜色是泰式酸辣汤加节朋椒、可乐和吗啡。后者的成分作为迷奸药非常受欢迎，因为那是无味的液体，用法简单，效果无法预测。受害者醒来时记忆里空了一块，会以为是自己喝醉了酒，因为所有症状都跟宿醉很像。从很多方面来看，都可以说我是被迷奸了，我昏得被她从我夹克口袋里拿走手机，然后把我推到门外都不知道。我离开以后，她也离开家，到我家地下室，把我的手机跟那台电脑连接起来。她回家时，蹑手蹑脚地上楼。阿斯特丽·蒙森听到了脚步声，却以为是住在三楼的古德森太太。然后她为这场最后演出做好准备，让剩下的一切顺势发展。当然，她早知道不论于公于私我都会调查此案，因此她给我留下两个"线索"。她明知我知道她是左撇子，却故意用右手拿枪，又把照片放进鞋子里。"

洛斯可的嘴唇动了动，但没发出声音。

哈利一手摸着脸。"这个杰作最后的一笔就是扣扳机了。"

"但为什么？"洛斯可说。

哈利耸肩。"安娜这人很极端。她想向曾经夺走她生活目标的人复仇，那个目标就是爱。有罪的一方是亚布、古纳隆和我，还有你的家族。简单来说，恨意取胜了。"

"狗屁。"洛斯可说。

哈利转身，从墙上取下洛斯可和史帝方的那张照片，放在他俩中间的桌面上。"洛斯可，在你家里，恨意不也一直获胜吗？"

洛斯可仰头把酒喝干。然后他笑了。

哈利事后回想那几秒钟的情景，就像快进的录像带。他们谈完后，他被洛斯可制住头颈压倒在地，他的眼底满是酒精，卡瓦多斯苹果白兰地的气味充塞鼻端，参差不齐的破酒瓶抵在他喉际。

"斯皮欧尼，只有一样东西比极度高血压还要危险，"洛斯可低声说，"那就是极度低血压。所以你别动。"

哈利咽了口口水，想要说话，但洛斯可压得更紧，他的声音变成了呻吟。

"孙子对爱与恨说得再清楚不过了，斯皮欧尼。爱与恨都能在战争中获胜，这两者就像连体双胞胎一样不可分割。愤怒和同情则是输家。"

"那我们两个都快输了。"哈利呻吟着说。

洛斯可捏得更紧。"我的安娜绝不会选择死亡。"他的声音发颤，"她热爱生命。"

哈利挣扎地挤出声音："就像……你……热爱……自由？"

洛斯可松开手，哈利猛咳一阵，直往肺里吸气。他感觉心脏在脑袋里狂跳，但车外的车流声又回来了。

"你做了选择。"哈利嘶声说，"你去自首以求赎罪。别人不懂，但那是你的决定。安娜也是这样。"

哈利想动，洛斯可用破瓶子抵住他的喉咙。"我有我的理由。"

"我知道。"哈利说，"赎罪跟复仇几乎是一样强烈的直觉。"

洛斯可没有回答。

"你知不知道，贝雅特·隆恩也做了个决定。她发觉无论做什么，都无法让父亲复活。她已经没有愤怒了。她要我代她致意，转告说她已经原谅了你。"玻璃的尖角就像钢笔笔尖写在粗糙的纸上，迟疑着写下最后一个字。只剩下最后的句点。哈利咽了口口水。"现在该你决定了，洛斯可。"

"斯皮欧尼，决定什么？要你死还是要你活吗？"

哈利吸口气，试图屏除惊慌。"决定你想不想让贝雅特·隆恩自由。是否肯告诉她，你射杀她父亲那天发生的事。你是否愿意让自己自由。"

"我？"洛斯可又发出一声冷笑。

"我找到他了，"哈利说，"我的意思是，贝雅特·隆恩找到他了。"

"找到谁？"

"他住在歌德堡。"

洛斯可的笑声陡然止住。

"他在那里住了十九年，"哈利继续说，"自从他发现你是安娜真正的父亲起。"

"你说谎。"洛斯可大吼，把破瓶子举高到头顶。哈利感到口干舌燥，他闭上眼睛。再度睁开时，只看到洛斯可迷蒙的双眼。他们同时吸气，胸腔一同鼓起又陷下。

洛斯可低声问："那……玛丽亚呢？"

哈利得试上两次，声带才发得出声音："没人知道她的消息。有人告诉史帝方，说几年前在诺曼底看到她跟一个巡回团体在一起。"

"史帝方？你跟他说过话了？"

哈利点头。

"他怎么会跟你这种斯皮欧尼说话？"

哈利想耸肩，但身子动弹不得。"你自己问他……"

"问……"洛斯可难以置信地瞪着哈利。

"赛门昨天去接他的，他现在就坐在隔壁拖车里。警察跟他还有几件案子没结，但大家都接到警告，不准碰他一根汗毛。他想跟你说话。剩下的就看你了。"

哈利把手放在瓶子和自己脖子中间，站了起来。洛斯可并没有阻止他。他只问："你为什么要这样，斯皮欧尼？"

哈利耸肩。"你确保莫斯科的法官让萝凯保住欧雷克。我给你机会联系上你唯一的亲人。"他从夹克口袋里取出手铐，放在桌上，"不管你决定怎样，我想我们都扯平了。"

"扯平？"

"你设法让我的亲人回来，我也这样对待你。"

"哈利，我听到你的话了，但这到底是什么意思？"

"意思是我会把我对阿尔内·亚布谋杀案所知道的事情都说出来。我们会出动所有警力追捕你。"

洛斯可扬起眉。"斯皮欧尼，要是你放手不管，事情会比较容易。你明知找不到对我不利的证据，那又何必一试？"

"因为我们是警察，"哈利说，"不是咯咯乱笑的宫女。"

洛斯可没移动目光，然后微微鞠了个躬。

哈利在门口转身。这个瘦男人坐着，上身倾在塑料桌面上，阴影遮住了他的脸。

"洛斯可，你的时间只到午夜。之后警察就会带你回去。"

救护车的鸣笛声刺穿芬马克街上的车水马龙，升起又落下，仿佛在寻觅一个纯粹的音色。

46　美狄亚 ①

　　哈利小心翼翼地推开卧室的门。他以为还会闻到她的香水味，但那气味已经淡得无法确定究竟真是房间里的，还是他记忆里的了。占据房间中央的那张大床像一艘罗马战舰。他坐在床垫上，手指触碰着冰冷的白色床单，闭上眼，感觉着床单的褶皱起伏。一种缓慢、沉重的表面突起。那天晚上，安娜就是在这里像这样等他吗？一阵愤怒的吱吱声传来，哈利看了看表，七点整，是贝雅特。几分钟后奥纳也按了门铃，刚爬完楼梯的他，双下巴都涨红了。他气喘吁吁地对贝雅特打招呼，然后三人一起走进了客厅。

　　"所以你认得出这三张肖像画里的人？"奥纳问。

　　"阿尔内·亚布，"贝雅特指着左边那张画说，"中间的是哈利，右边是阿尔夫·古纳隆。"

　　"了不起。"奥纳说。

　　"嗯，"贝雅特说，"蚂蚁能够辨别蚁窝里数百万张其他蚂蚁的面孔。如果以体重比例来看，蚂蚁的梭状回比我的大得多。"

　　"这么说来，我的梭状回恐怕完全没有发育。"奥纳说，"哈利，你看得出什么吗？"

　　"比起安娜第一次给我看的时候，我肯定看出了更多线索。现在我知道她控告了这三个人。"哈利指了指举着三盏灯的女性塑像，"涅墨西斯，正义与复仇女神。"

　　"是罗马人从希腊人那边偷来的。"奥纳说，"他们保留了天平，把

---

① 美狄亚（Medea），希腊神话中一女性，在欧里庇得斯的剧作中，她向移情别恋的丈夫复仇，杀死了新欢和自己的两个儿子。

鞭子改成剑，蒙上她的眼睛，叫她正义女神朱斯提提亚。"他走到灯旁，"公元前六百年，他们开始觉得血债血还的法子不管用了，于是决定把对个体施加报复扩大成公众事件，结果这个女人后来成为现代宪法国家的符号。"他抚摸着那冰冷的青铜女像，"盲目的正义。冷血的复仇。我们的文明却掌握在她手里。她不是很美吗？"

"就跟电椅一样美。"哈利说，"安娜的复仇并不完全是冷血。"

"应该说是既冷血又热情。"奥纳说，"有预谋同时又充满激情。她一定非常敏感。当然精神上肯定受过创伤，但我们谁不是呢？说起来，只是大家受创程度不同而已。"

"安娜怎么受创了？"

"我从没见过她，所以我只能用猜的。"

"说吧。"哈利说。

"就古代神祇的主题来说，我想你们都听过那喀索斯（Narcissos）吧？这位希腊神祇不可自拔地爱上了自己水中的倒影。弗洛伊德将自恋的概念引入心理学，一个将独特性过分夸大的人，沉湎在无止境的成功美梦当中。对自恋的人来说，对冒犯他们的人采取报复的需求，往往胜过其他需求，这就是所谓的'自恋式愤怒'。美国心理学家科胡特（Heinz Kohut）就曾描述，这样的人会如何利用手边所有资源，只求对冒犯者施加报复——而那些冒犯在我们看来可能只是小事一桩。比方说，表面上看来是再平常不过的拒绝，就可能使得自恋者不眠不休地工作，抱持非做不可的决心，只求恢复平衡，即使造成死亡也在所不惜。"

"谁的死亡？"哈利问。

"所有人。"

"太疯狂了吧。"贝雅特喊了出来。

"事实上，这就是我的意思。"奥纳冷冷地说。

他们走进饭厅。奥纳在那张又长又窄的橡木桌旁，坐到一张直椅背的旧椅子里试了试。"这种椅子已经没人做喽。"

贝雅特呻吟了一声："可是她为什么要用自杀……就为了扳回一城？总有其他办法吧。"

"当然有。"奥纳说，"但自杀本身通常就是报复行为，因为你把愧疚感加诸让你失望的人身上。安娜只是做得更激烈一些。何况，我们大有理由怀疑，她本来就不想活了。她孤单寂寞，被爱人抛弃，被家人拒绝；当不成艺术家，即使转而吸毒也没有帮助。总的来说，她深感灰心，很不快乐，最后选择了预谋自杀。还有报复。"

"完全没有道德上的顾虑吗？"哈利问。

"当然了，道德角度是很有意思的。"奥纳交叉双臂，"我们的社会把活下去的道德责任加诸我们身上，也因此谴责自杀。不过，安娜显然崇尚古风，可能在希腊哲人身上找到了心灵支柱。希腊哲人认为每个人都应该选择自己死亡的时机；尼采也认为，个体完全有自杀的道德权利。他用的字眼是 'freitod'[1] 或 '自愿死亡'。"奥纳竖起食指，"但她必须面对另一个道德难题：复仇。由于她自称基督徒，基督教的道德标准要求你不能复仇。当然啦，矛盾点在于基督徒崇拜上帝，而上帝却是最大的复仇者，不信他的人会沦入永恒炼狱，这种程度的复仇跟罪行完全不成比例，要是你问我，我会说这几乎可以上诉国际特赦组织了。要是……"

"也许她只是充满恨意？"

奥纳和哈利同时转头看向贝雅特。她担心地抬眼望着他们，仿佛刚才是不小心说溜了嘴。

"道德，"她轻声说，"对生命的爱。爱情。然而恨意却是最强烈的。"

---

① Freitod，德语"自杀"的意思带有积极的含义，认为自杀是人应有的权利。

47 磷光

　　哈利站在敞开的窗前，听着远处救护车的警笛声逐渐消失在都市锅炉的隆隆噪声里。萝凯继承自她父亲的房子巍然矗立在一片灯海之上。在院子里挺拔松树的掩映间，哈利看着灯海里的一切。他喜欢站着看树，总爱想那些树生长在那里有多久了，然后感觉这个念头让自己冷静下来。他也喜欢看城市灯火，会让他回想起海上的磷光。他以前看过一次，有天晚上爷爷带他划小船到史瓦霍曼附近，用灯照螃蟹。只有那么一个晚上，但他永远也忘不了。类似这样的事，会随着一年年过去，变得更鲜明、更真实。但却不是每件事都会这样。他跟安娜共度过几个夜晚？他们有多少次搭那位丹麦船长的船出海，随兴航行？他记不得了。很快其他事情也会被遗忘。令人悲伤吗？是的。悲伤却无法避免。

　　即便如此，他知道有两次跟安娜共处的片段却没那么容易被消除。两个几乎完全相同的画面，两次她那一头丰厚的黑发都像一把黑扇子披散在枕头上，圆睁着双眼，一手紧抓着雪白的床单。不同点在另外那只手。在一个画面中，她的手跟他的手十指紧扣；另一个画面中，她的手里却握着一把枪。

　　"帮忙关个窗好吗？"萝凯在他身后说。她坐在沙发上，双腿压在身下，一手拿着一杯红酒。欧雷克在首次打破哈利的俄罗斯方块纪录后，高兴地上床睡了。哈利担忧一个时代正在逝去，无法挽回。

　　新闻已没有新鲜事可说。旧事重复着：对抗东方的军事运动，对付西方的报复行动。他们关掉电视，放上石玫瑰乐队（The Stone Roses）的音乐。哈利又惊又喜地发觉，原来萝凯的音乐收藏里有这张唱片。青春。那个时代的他，只想看到弹吉他、有主张的骄傲英国小孩，对其他事都不感兴趣。

现在他喜欢便利之王乐队（Kings of Convenience），因为他们唱歌细致准确，乐曲又比多诺万少了那么一点愚蠢。石玫瑰乐队的乐音变低。悲伤却真实。也许不可避免。凡事有循环，风水轮流转。他关上窗，暗自发誓只要有机会，他就要带欧雷克去那座小岛，开手电筒照螃蟹。

"下吧，下吧，下吧。"石玫瑰乐队的歌声从扩音器传来。萝凯倾身往前，啜了一口酒，"故事跟山丘一样古老。"她轻声说，"两兄弟爱上同一个女人，根本是悲剧的开端。"

他们沉默了，十指交扣，听着对方的呼吸。

"你爱过她吗？"她问。

哈利仔细思量了一番才回答："我不记得了。那时我的生活很……混乱。"

她抚摸着他的下巴。"你知道我觉得什么念头很怪吗？这女人我从来没见过、没遇到过，但她却进了你家，在家里到处走动，看到你镜子上我们三个在福隆纳斯顿拍的那张照片。她明知会破坏一切。或许你们两个过去真的是爱过对方的。"

"嗯。她早在知道你和欧雷克以前，就把所有细节计划好了。她今年夏天就拿到了阿里的签名。"

"想象一下，她一个左撇子，要伪造他的签名有多不容易。"

"我倒是没想到这一点。"他在她大腿上别过头，看着她，"我们要不要谈点别的？要是我打电话给我爸，问我们明年夏天能不能去翁达斯涅镇的房子住几天，你觉得怎么样？天气通常不太好，但那里有个船屋，还有我爷爷的划桨船。"

萝凯笑了。哈利闭上眼。他好爱她的笑声。他想，只要小心些，不要犯错，或许这笑声就能让他听上好久、好久。

哈利忽然惊醒。他手忙脚乱地坐起身，大口喘气。他刚才做了梦，却想不起来梦见什么。他的心脏狂跳，像疯狂的大鼓。他头好痛。

"怎么回事？"黑暗中，萝凯含糊的声音问。

"没事。"哈利轻声说,"你继续睡。"

他起身,走到浴室,喝了一杯水。镜中那张憔悴、毫无血色的脸也回瞪着他。屋外吹着呼呼大风,院子里那棵大橡树的树枝刮着屋墙,戳着他肩头,搔着他脖子,让他毛发直竖。哈利又把杯子装满,慢慢喝着。现在他想起来了。他刚才做的梦。一个男孩坐在学校屋顶,两条腿荡呀荡。这男孩不肯去上课,让弟弟替他写作文,还带他弟弟的爱人去看他们小时候玩过的地方。哈利梦到的是悲剧的开端。

他再度爬进毯子里,萝凯已经睡着了。他凝视着天花板,开始等候第一道晨光。

床头柜的时钟显示五点零三分,但他再也忍不住了。他站起来,拨给查号台,写下了琼·休的私人电话号码。

48 海因里希·席尔默

贝雅特在门铃响第三声时醒来。

她翻个身，看了看时钟。五点十五分。她躺着思考该怎么做最明智——是叫他滚蛋，还是假装自己不在家？门铃又响了，听起来他显然不打算放弃。

她叹气，起身，披上睡袍，拿起对讲机。

"什么事？"

"贝雅特，对不起，这么晚、还是这么早就来吵你。"

"你去死吧，汤姆。"

一阵长长的沉默。

"我不是汤姆。"那个声音说，"是我，哈利。"

贝雅特轻声咒骂，按下开门钮。

"我实在没办法继续睁眼躺在床上。"哈利进门时说，"是屠夫的事。"

他一屁股坐进沙发，贝雅特悄步走进卧房。

"我之前说过，你跟汤姆之间怎样都不关我的事……"他朝着打开的卧房门大喊。

"你说的没错，这不关你的事，"她回喊，"而且他已经被打入冷宫了。"

"我知道。独立警察机构的特别法庭打电话要我过去谈谈跟阿尔夫·古纳隆见面的经过。"

她再度出现时，身上已换成白色 T 恤衫和牛仔裤，站在他对面。哈利抬头看她。

"我是说，他被我打入冷宫了。"她说。

"哦？"

"他是个混蛋。但这不表示你可以高兴对谁说就对谁说。"

哈利歪着头，眯起一只眼。

"要我再说一遍吗？"她问。

"不。"他说，"我想我懂了。但如果不是对别人，而是对一个朋友说呢？"

"要不要喝咖啡？"贝雅特还没走到厨房，脸上就涨红了。哈利站起来，跟了过去。小桌旁只有一张椅子。墙上有块漆成玫瑰色的匾额，上面是一首《上人之言》的古诗：

在踏入

每一扇门以前

要查探，要打听

因为不确定

是否会有仇敌坐在门里

准备让你倒下

"萝凯昨晚说了两件事，让我开始思考。"哈利靠着洗碗槽说，"第一是两兄弟爱上同一个女人，是悲剧的开端。第二是安娜要模仿阿里的签名一定很不容易，因为她是左撇子。"

"哦，是吗？"她把一勺咖啡放进机器滤杯里。

"列夫的作文簿。你从崔恩·格雷特那里要来，跟那张自杀遗书比对字迹。你记得作文的题目是什么吗？"

"我没仔细看，我只记得检查那是不是他的。"她把水倒进咖啡机。

"那是挪威文。"哈利说。

"有可能。"她说着转向他。

"是的。"哈利说，"我刚从克里波刑事调查部的琼·休那边过来。"

"那位笔迹专家？刚才？大半夜的时候？"

"他家里有办公室，很能体谅我的情形。他拿作文簿和自杀遗书跟这个比对了。"哈利打开一张折起的纸，放在沥水板上，"咖啡要等很久吗？"

"你急什么？"贝雅特问，一面靠近那张纸。

"我什么都急。"哈利说，"你要做的第一件事，就是重新检查所有的银行户头。"

艾尔莎·隆德是布拉斯多旅行社的办公室经理，也是该旅行社的两名员工之一。偶尔她会在半夜接到客户从巴西打来的电话，说遭到抢劫，或是掉了机票和护照，情急之下就打了她的手机号码，完全没想到时差的问题。后来她上床睡觉时，都会把手机关掉。正因如此，当家里的电话在凌晨五点半响起，对方问她能否尽快赶去办公室时，她才会那么生气。即使那个声音补充说是警察的时候，她的怒气也只平息了一点点。

"希望是攸关生死的大事。"艾尔莎·隆德说。

"的确是，"那个声音说，"而且主要是死。"

跟平常一样，伊佛森是第一个到警局的。他凝望着窗外。他喜欢整层楼只有他的那种静谧，但那并非让他喜欢的主因。等其他人抵达，伊佛森早已读过前一天晚上的所有传真、报告和每一份报纸，抢到了他需要的先机。如果你是老板，领先别人一步就是关键——建立据点，做出判断。如果他组里的属下偶尔表达不满，认为管理阶层隐瞒情报，那也是因为他们不了解信息就是权力，以及任何管理团队都必须有权力，才能布置出终将取得成果的局面。的确，管理阶层掌握更多情报，完全是为了他们好。他要所有侦办屠夫一案的人直接向他报告，正是基于这个理由：让消息保留在该在的地方，不浪费时间做没完没了的全员讨论，这种讨论只是为了让属下有参与感而已。现在对身为组长的他而言，更重要的是掌控局势，展现魄力和行动。尽管他已经尽了力，让列夫·格雷特的事看起来像是他的功劳，但他知道当时事情发展的情形已削弱了他的威信。一位组长的威信并不只是个人声望的问题而已，而是关系到整个警察团队，他这么告诉自己。

门上有人敲了敲。

"霍勒，原来你都这么早起呀。"伊佛森对门口那张苍白的脸孔说，仍继续读着自己面前的传真。一家日报针对猎捕屠夫一案采访过他，他请对方把引用他说辞的地方传过来。他不喜欢那次采访。只不过，人家虽然没有断章取义，却仍有办法让他显得像在回避问题又无能为力。幸好那张照片还不错。"霍勒，你想干吗？"

"我只是来说一声，我在六楼召开了一个会，觉得你可能会想来。会议是关于玻克塔路上所谓的银行抢劫案。我们就快开始了。"

伊佛森停止看传真，抬起了眼。"你召开了一个会？有意思。可否请问是谁给你召开会议的权力的？"

"没有人。"

"没有人。"伊佛森像海鸥嘎嘎叫那样笑了一下，"那你最好快点过去，说会议推迟到午餐以后举行。你看，我手边还有一堆报告要看。懂吧？"

哈利缓缓点头，好像正仔细地、审慎地思考这件事。"懂了。不过这是劫案组的事，而且我们就快开始了。祝你看报告顺利。"

他转身。这时，伊佛森一拳重重敲上桌面。

"霍勒！你他妈的别在我面前这样转身！这个部门里能召开会议的是我，尤其这是一件抢劫案。你懂不懂？"一片潮湿的红色下唇在这位长官的脸部中央颤抖。

"你刚才也听到了，我说这是玻克塔路上'所谓的'抢劫案，伊佛森。"

"你那样说是什么意思？"那声音已成了哀鸣。

"玻克塔路上的抢劫案根本不是抢劫案，"哈利说，"而是精心计划好的谋杀。"

哈利站在窗边，望着对面的波特森监狱。这一天像一辆嘎吱叫的小车，不情不愿地上了路。雨云笼罩在艾克柏区上方，格兰斯莱达街上有一朵朵黑色的雨伞。大家都聚在他背后：毕悠纳·莫勒打着哈欠，陷进椅子里；总警司微笑着跟伊佛森谈天；韦伯交叉双臂，一言不发，快要失去耐性；哈福森拿着电脑待命，而贝雅特的目光紧张地到处瞟。

49　石玫瑰乐队

那天稍晚，阵雨的雨势慢慢减弱。太阳从如铅一般的灰云中露出头来，云像最后一幕戏的开场帘幕般往两旁分开。蓝天只持续了那最后几小时，之后奥斯陆就用灰色的冬毯罩住了头脸。雾村路沐浴在阳光下，哈利第三次按下门铃。

他听到门铃声在有露台的房屋内部丁零作响。邻居的窗户砰的一声打开。

"崔恩不在家。"一个尖声说。她的脸又换成一层淡淡的棕，类似金棕色，让哈利想到被尼古丁染色的皮肤。"可怜的孩子。"她说。

"他在哪里？"哈利问。

她翻个白眼当作回答，拇指一翘指向肩后。

"网球场？"

贝雅特想走，哈利却没动。

"我一直在想我们上次讨论的事，"哈利说，"就是那座天桥。你上次说，大家都很惊讶，因为他是这么安静、有礼的孩子。"

"有吗？"

"但这条路上的每个人都知道是他干的？"

"我们都看到他那天早上骑自行车出去了。"

"穿着那件红夹克？"

"对。"

"列夫吗？"

"列夫？"她大笑着摇头，"我才不是说列夫。列夫的确做了不少怪事，但他可没那么坏。"

"那你是说谁？"

"崔恩。我从头到尾都是说崔恩。我也说他回来的时候满脸发白对吧。崔恩没办法看到血。"

风势增强了。西方，如黑色爆米花似的云开始吞食蓝天。强风把红土球场上的水塘吹起涟漪，抹去了崔恩·格雷特的倒影，他正把球抛起，准备发球。

"哈喽。"崔恩说着挥出球拍，球轻轻跳进空中。发球框后方飘起一阵白雾，白雾在球高高弹起时又立刻被吹散，球一去不回，越过球网对面的假想对手。

崔恩面对着站在铁丝网外的哈利和贝雅特。他穿着白色网球衫、白色网球短裤、白袜子和白鞋。

"很完美，对吧。"他微笑。

"就差一点。"哈利说。

崔恩笑得更灿烂了，一手挡住眼睛上方的阳光，看了看天空。"看来要变天了。我能帮什么忙？"

"你可以跟我们去警察总署。"哈利说。

"警察总署？"他讶异地望着他们。应该说，他似乎设法做出讶异的模样，但睁大的双眼有些太过戏剧化，说话声里也多了一丝什么，是他们以前审讯时没听过的。音调太低，语尾有些中断：警察总——署？哈利觉得他的怒气逐渐高涨。

"现在就去。"贝雅特说。

"好吧。"崔恩点头，仿佛想通了什么，然后又笑了。"没问题。"他走向长椅，长椅上一件灰外套下露出两把网球拍。他的鞋在泥板地上发出嚓嚓声。

"他不行了。"贝雅特低声说，"我去铐住他。"

"别……"哈利开口想抓住她的臂膀，但她已经推开门，走了进去。

时间像一只气囊般扩展、膨胀，困住了哈利，让他动弹不得。透过铁丝网，他看到贝雅特伸手去拿挂在腰间的手铐。他听到崔恩的鞋在泥板地上的声响。小步伐。像航天员。哈利的手不由得移向夹克底下挂肩枪套里的枪。

"崔恩，很抱歉……"贝雅特的话还没说完，崔恩的手已伸向长椅，放在外套下。时间开始呼吸了，在一个动作里缩小又扩张。哈利感觉自己的手就快摸到枪托，心知在这一秒和取出武器，装子弹，打开保险栓，瞄准之间，是永恒。在贝雅特举起的手臂下，他瞥见一丝反射的阳光。

"我也是。"崔恩说着把钢铁灰和橄榄绿相间的 AG3 举到肩头。她退后一步。

"亲爱的，"崔恩柔声说，"如果想多活几秒，就别动。"

"我们弄错了。"哈利说着从窗前别过头，向那群聚集着的警探说，"丝蒂恩·格雷特并不是被列夫所杀，而是被她的丈夫崔恩·格雷特杀害的。"

总警司和伊佛森的交谈中止了，莫勒在椅子上直起身，哈福森忘了做笔记，韦伯脸上提不起劲的表情消失了。

最后打破沉默的，是莫勒："那个会计师？"

哈利朝那些不敢置信的面孔点头。

"不可能。"韦伯说，"我们有 7-11 便利店的监控录像，还有可乐瓶子上的指纹。列夫·格雷特是凶手绝对不会错。"

"我们还有自杀遗书上的笔迹。"伊佛森说。

"除非是我弄错，这个劫匪还是洛斯可亲自指认说是列夫·格雷特的。"总警司也说。

"这个案子看起来蛮简单明了的啊。"莫勒说。

"我会解释。"哈利说。

"对，麻烦你解释一下吧。"总警司说。

云层堆积的速度加快，像黑色舰队飘到了阿克尔医院上方。

"哈利，别做蠢事。"崔恩说，枪口抵住贝雅特前额，"把枪丢掉，我知道你手里有。"

"不然你会怎样？"哈利问，取出了枪。

崔恩低笑了一声。"很简单。不然我就杀掉你同事。"

"像你杀掉你太太那样？"

"是她应得的。"

"哦？就因为她喜欢列夫，多过喜欢你？"

"因为她是我太太！"

哈利吸了口气。贝雅特站在崔恩和他之间，但她背对着哈利，因此他看不到她的面部表情。现在有几条可能的路走。一是告诉崔恩他这样太愚蠢太草率，并希望他会接受。缺点是，一个随身携带装了子弹的 AG3 到网球场的人，早已决定在什么情况下会用到枪。二是照崔恩所说的话去做，把手里的枪放下，等着被干掉。三是对崔恩施压，弄出一件什么事，让他改变计划，不然就是让他暴怒而扣下扳机。选项一完全不必抱希望，选项二的后果糟到不能再糟，选项三呢，嗯，如果爱伦的情况也发生在贝雅特身上，哈利知道他日后将再也无法面对自己——如果他还有日后。

"或许她不想再当你太太了。"哈利说，"是这样吗？"

崔恩扣在扳机上的手指缩紧，目光越过贝雅特肩头看着哈利。哈利本能地开始在心里数……

"她以为她只要离开我就好，"崔恩低声说，"我——给了她一切的是我啊！"他大笑，"去跟一个从没替任何人做过任何事、以为生命就是一场生日派对、所有礼物都属于他的人在一起。列夫没有偷东西，他只是没弄懂施者和受者这两个名词的意思。"崔恩的笑声随风飘远，像字母饼干的碎屑。

"比如施者是丝蒂恩，受者是崔恩。"哈利说。

崔恩用力眨了眨眼。"她还说她爱他。爱。这字眼就连我们结婚当天她都没用过。那时她只说喜欢。她喜欢我。因为我对她那么好。但她爱的是那个在屋顶上荡着两条腿、等着别人鼓掌的男生。他就只关心这个,掌声。"

他们之间的距离不到六米,哈利看得到崔恩左手握着枪管时发白的指节。

"但你却不同,崔恩。你不需要任何掌声,对不对?你在安静中享受胜利,独自一人。就像在天桥上那次。"

崔恩噘起下唇。"承认吧,你当时信了我的话,对不对。"

"对,我们相信了你,崔恩。我们一个字都没起疑。"

"所以我是怎么露馅的?"

"贝雅特查了崔恩和丝蒂恩·格雷特过去两季的银行户头。"哈利说。

贝雅特举起一沓纸,好让室内其他人看见。"他们两人都转了钱到布拉斯多旅行社。"她说,"该旅行社证实,今年三月,丝蒂恩·格雷特订了六月去圣保罗的旅游,崔恩一周后也跟了过去。"

"目前为止,这些都符合崔恩告诉我们的话。"哈利说,"怪就怪在丝蒂恩告诉那个分行经理克莱门森,她是要去希腊度假。还有崔恩是在出发当天才订行程、买机票的。如果他们要一起庆祝结婚十周年,这样安排计划不是很糟吗?"

室内静得能听到走廊对面的冰箱电机启动声。

"一个念旧得可疑的妻子,没对任何人坦承自己要去哪里旅行;一个早就起疑的丈夫,检查了太太的银行账单,却无法让布拉斯多旅行社安排他同时前往希腊。他之后打电话去旅行社,查出太太会住的旅馆,跟过去想把她带回来。"

"结果呢?"伊佛森说,"他抓到太太跟黑人在一起了吗?"

哈利摇头。"我认为他根本没找到她。"

"我们查过了,她根本没住在订好的旅馆。"贝雅特说,"崔恩提早搭飞机回来了。"

"此外,崔恩用银行卡在圣保罗取了三万克朗。一开始,他说他买了一只钻戒，后来又改口说他遇到列夫，把那笔钱给了他，因为列夫破产了。但我十分肯定，这两种说辞都不是真的。我相信这笔钱是支付一项在圣保罗比珠宝更知名的服务。"

"什么服务？"伊佛森问。很明显，他已经受不了那片沉默了。

"雇佣杀手。"

哈利本想继续卖关子下去，但贝雅特的眼神告诉他，他已经说得够慢了。"今年秋天，列夫回到奥斯陆，是去拿他自己的钱。他根本没有破产，也没想抢银行。他是回来带丝蒂恩一起去巴西的。"

"丝蒂恩？"莫勒喊，"他弟弟的太太？"

哈利点头。在场的警探们面面相觑。

"丝蒂恩想搬去巴西，不告诉任何人？"莫勒继续说，"连她爸妈和朋友都没说？甚至没告诉她的老板？"

"嗯，"哈利说，"如果你决定要跟一位被警方和公司同事通缉的银行劫匪共度余生，就不会公开这个计划，留下能被人找到的住址吧。她只告诉了一个人，那人就是崔恩。"

"最不该说的人就是他。"贝雅特加了一句。

"她大概以为自己了解他，毕竟跟他共度了十三年。"哈利走向窗户，"这位敏感、善良、可靠又那么爱她的会计师。接下来发生的事就让我用推测的。"

伊佛森哼了一声："那你刚才说的那一堆是什么？"

"列夫到奥斯陆时，崔恩跟他取得联络，说大家都是成年人，又是亲兄弟，这件事应该可以好好谈。列夫感到欣慰又开心，但他不能在市区露面，这样太过冒险，于是他们同意趁丝蒂恩上班时，在雾村路碰面。列夫去了，受到崔恩的热诚欢迎，崔恩还说他本来觉得难过，但现在已经释怀，只替他们感到高兴。他替两人各开了一瓶可乐，边喝边谈细节。崔恩有列夫在迪亚爵达的秘密住址，说这样他就能把信件、账单等东西转寄给丝蒂恩。列夫并没发觉自己刚给了崔恩他要用来实践计划的最后信息，这计划是他在圣保罗的时候想到的。"

哈利看到韦伯缓缓点头。

"周五早上，计划开始日。下午丝蒂恩要跟列夫一起飞去伦敦，第二天再从那里转机到巴西。行程是通过布拉斯多旅行社订的。行李都已打包好，放在家里，但她和崔恩还是像平常一样去上班。两点时，崔恩下班，去了史布伐街的焦点健身中心。他到了以后，付清预订壁球场的钱，却说他找不到球友。这是他布下的第一个不在场证明：两点三十四分的付款记录。然后他说那他去健身室做运动好了，接着走进更衣室。当时那里有很多人进出出，他拿着那只袋子进了一间厕所，锁上门，换上工作服，上面再罩一件衣服，可能是件长外套什么的，等到确定刚刚看见他进入这间厕所的人已经离开，才戴上墨镜、拎起袋子，在没人注意的情况下迅速走出更衣室，来到接待区。我会猜他是朝史登斯公园走，然后走上建筑工地旁的彼斯德拉街。工地的人三点下班，他溜进工地，扯掉外套，把折起藏在棒球帽下的头套打开戴上。接着他往上坡走，在工业街左转。到了玻克塔路路口时，他走进 7-11。几周以前他来这里探查过摄像头角度。他订的资源回收箱已经摆放到位了。场景已布置妥当，因为他显然知道，勤奋的警察会调查附近商店的监控录像，还会巡逻警局周边。于是他给我们演了一小出戏：我们看不到他的脸，却能清楚看到他用没戴手套的手握着喝的可乐瓶。他把瓶子放进塑料袋里，好让我们全都相信瓶上的指纹不会被雨冲掉，又把袋子放进绿色资源回收箱，他很清楚箱子不会这么快就被抬走。他肯定非常看得起我们的办案效率，我们也差点把这个证据弄丢，但他很幸运——贝雅特疯狂驾车，我们成功取得这个无可置疑且不利于列夫的证据，给了崔恩·格雷特一个滴水不漏的不在场证明。"

哈利住了口，他面前的每张脸上都有微微的迷惘神情。

"可乐瓶是列夫在雾村路喝过的那个。"哈利说，"或是在其他地方。崔恩取走了瓶子，就是为了这个目的。"

"恐怕你忘了一件事，霍勒，"伊佛森嘶声叫着，"你自己也看到了，银行劫匪用没戴手套的手拿那个瓶子。如果那人是崔恩·格雷特，瓶子上面的就一定是他的指纹。"

哈利朝韦伯歪歪头。

"胶水。"这位资深警探说。

"你说什么？"总警司转向韦伯。

"这是银行劫匪爱用的老伎俩了。在指尖上喷点胶水，等胶水凝固，就不会留下指纹。"

总警司摇头。"但你所说的这个会计师是从哪儿学会这种伎俩的？"

"挪威史上最专业银行劫匪之一是他哥哥。"贝雅特说，"他对列夫惯用的伎俩和风格了如指掌。此外，列夫在雾村路的家里，还留有每次抢劫的录像带。崔恩把哥哥的技巧学了个透，连洛斯可都瞒过了，误以为那人是列夫。何况，这两兄弟的长相相似，监控录像的电脑绘图也显示劫匪可能是列夫。"

"妈的！"哈福森忍不住喊了一声。他低下头，惊恐地瞥了莫勒一眼，但莫勒却像被子弹打到头似的，张大嘴呆坐着，瞪着面前的空气。

"哈利，你还没放下枪。请解释一下。"

哈利试图调匀呼吸，虽然他的心脏还在狂跳，输送不可或缺的氧气到头脑。他试着不去看贝雅特。风吹蓬了她那细细的金发，纤细脖子上的肌肉紧绷着，肩膀开始发颤。

"很简单。"哈利说，"你会射杀我们两个。崔恩，要我放下枪，你得开出更好的条件。"

崔恩大笑，脸颊靠着那把枪的绿色枪把。"哈利，那我给你二十五秒去想怎么脱身和把枪放下，你觉得这个条件怎么样？"

"又是那个二十五秒？"

"没错。我想你还记得这段时间过得有多快。快想吧，哈利。"

"你知不知道，我是怎么想到丝蒂恩认识劫匪的？"哈利吼，"两人站得太近了。比你跟贝雅特现在站得还近。很怪吧？就算在生死关头，我们还是会尽可能不踏进别人的亲密空间。那不是很奇怪吗？"

崔恩用枪管抵住贝雅特的下巴，让她扬起脸。"贝雅特，能不能请你替我们数数？"他又操起那种威胁口吻了，"从一数到二十五。不要太快，也不要太慢。"

"我在想一件事，"哈利说，"在你开枪杀她以前，她对你说了什么？"

"你真的想知道吗，哈利？"

"对，我想知道。"

"贝雅特还有两秒钟就要开始数数。一……"

"贝雅特，开始数！"

"一。"她的声音是干涩的低语，"二。"

"丝蒂恩宣告了她和列夫的最后死刑。"崔恩说。

"三。"

"她说我可以杀她，但应该放过他。"

哈利感到喉头发紧，握枪的手发软。

"四。"

"换句话说，不管那个分行经理花了多久把钱放进袋子，他都会开枪射丝蒂恩喽？"哈福森问。

哈利阴沉地点点头。

"既然你好像什么都知道，那你一定也知道他的逃亡路线了。"伊佛森说。那是蓄意挖苦和作乐的语气，但那股恼怒仍清楚地透了出来。

"不，但我想他是走原路回去的。走工业街，再到彼斯德拉街，进入建筑工地脱下头套，把警察标签贴到工作服背后。等他回到焦点健身中心，头上戴了棒球帽和墨镜，健身房员工就没去注意他，因为他们认不出他的照片。他走进更衣室，穿上刚从办公室过来时所穿的运动装，然后随健身室里的其他人踩几下飞轮，说不定还举了几次哑铃。然后他冲澡，回到接待柜台，说他的壁球拍被偷了。柜台的女孩记下他个人信息的时间是四点零二分。这个不在场证明也设定好之后，他回到马路上，听到警笛，然后开车回家。可能是这样。”

“我不太懂警察标签的用意。”莫勒说，“我们局里甚至没有工作服。”

“心理学小儿科，”贝雅特说，看到总警司扬起眉，她的脸都涨红了，“我是说……小儿科不是那个……呃……很容易看出来的意思。”

“继续说。”总警司说。

“崔恩自然知道，警察会找所有当时在那附近穿工作服的人。所以他必须把工作服弄得有点不一样，让到处找人的警察不去注意焦点健身中心里这个身份不明的人。民众看到警察总会退避。”

“很有意思的理论。”伊佛森露出嫉妒的笑，两根手指的指尖碰着下巴。

“她说得对。”总警司说，“大家都怕权威。继续讲。”

“可是，为求百分之百的肯定，他假装成目击者，主动提及他看到有人走过健身室、身穿有警察字样工作服的事。”

“这真是神来之笔。”哈利说，“崔恩把这点告诉我们，表现出他并不知道警察制服不是那样，因此我们不会把这人列入讯问名单当中。同时，这也加深了崔恩在我们眼中的可信度，因为他主动提供的情报——从他的角度来看——可能会让我们知道他走的是凶手的脱逃路线。”

“什么？”莫勒说，“最后一段再说一遍，哈利。说慢一点。”

哈利深深吸了口气。

“啊，算了。”莫勒说，“我头痛。”

“七。”

“但你并没照她说的话做，”哈利说，“你并没有放过自己的哥哥。”

“当然没有。”崔恩说。

“他知道你杀了她吗？”

“我一高兴就亲自告诉他了。打手机说的。他那时正在加勒穆恩机场等，我说如果他没搭那班飞机，我也会追过去。”

"你说你杀了丝蒂恩，他就相信了？"

崔恩大笑："列夫了解我。他一秒都没有怀疑。我把细节告诉他的时候，他同时也在商务休息室看电视上的抢劫案报道。等我听到机场广播出他和丝蒂恩要搭的班机，他就把手机关了。喂，你继续数！"他把枪指住贝雅特的头。

"八。"

"他一定以为可以安全回家吧。"哈利说，"他可不知道圣保罗那边还有人在等他。"

"列夫是小偷，还是很天真的小偷。他根本就不该把迪亚爵达的秘密住址给我。"

"九。"

哈利试着不理会贝雅特机械式的独白。"然后你把地址给了那个雇来的杀手，还附上一份自杀遗书。遗书是你用以前替列夫写作文时同样的写法写成的。"

"了不起。"崔恩说，"哈利，干得好。不过那早在抢银行之前就寄出去了。"

"十。"

"嗯，"哈利说，"那位雇来的杀手干得也挺漂亮。看起来的确像是列夫自己上吊的，只有不见了的一根小指这件事比较让人想不透而已。收据呢？"

"这么说吧。那根小指刚好放得进一个标准信封。"

"我以为你不能见血，崔恩。"

"十一。"

呼啸的风中，哈利听到远方雷声隐隐。他们周围的田野和小路空无一人，大家都躲避即将到来的暴风雨去了。

"十二。"

"你为什么不自首？"哈利问，"你明知这样没用。"

崔恩咯咯笑了。"当然没用，这才是重点不是吗。没有希望，没得损失。"

"十三。"

"崔恩，那现在你有什么计划？"

"计划？我有抢银行得来的两百万克朗，准备拿来过个就算不幸福却可以很长久的逃亡生活。旅游计划一定得实现，但我已经有准备了。车子早在抢劫后就把行李都装好了。你可以选择要被射杀还是要被铐在铁丝网上。"

"十四。"

"你明知不会有用。"哈利说。

"相信我，我知道很多失踪的办法。列夫专门搞这个。我只要比你们先走二十分钟就够了，到时我已经换了两次交通工具，改了两次身份。一路上有四辆车、四本护照可用，还有可靠的联络人。拿圣保罗来说吧，二千万人口，你可以从那里开始找人。"

"十五。"

"哈利，你同事就快死了。你准备怎么办？"

"你说得太多了。"哈利说，"不管怎样你都会杀掉我们的。"

"那你只能冒个险才会知道了。你有什么选择？"

"你会比我早死。"哈利说着把子弹上膛。

"十六。"

哈利说完了。

"霍勒，很棒的故事。"伊佛森说，"尤其是在巴西雇杀手那段，真的很……"他露出几颗小牙齿，做出虚伪的笑容，"有异国情调。故事没啦？证据呢？"

"笔迹。自杀遗书。"哈利说。

"你刚才说那跟崔恩·格雷特的笔迹不符。"

"是不符合他平常写字的笔迹没错。但那些作文……"

"你有目击者可以做证看到他写字吗？"

"没有。"哈利说。

伊佛森咕哝着："换句话说，你在这起抢劫案当中，没有任何足以定罪的证据。"

"是谋杀案。"哈利轻声说，盯着伊佛森。他从眼角看到莫勒难堪地盯着地板，贝雅特慌张地扭着手。总警司清了清喉咙。

哈利松开保险。

"你在做什么？"崔恩用力眨了眨眼，枪管更用力地戳上贝雅特的头，让她不由得往后仰。

"二十一。"她呻吟。

"感觉很痛快吧？"哈利说，"在你终于发觉自己没什么可以失去的时候？做起决定来就容易多了。"

"你想唬我。"

"是吗？"哈利的枪贴着自己的左臂，然后开枪。枪声大而尖锐，过了几个十分之一秒，隆隆的回音才被大楼给弹回来。崔恩呆望着。这警察的皮夹克上有个洞，洞的边缘参差不齐，一块白色毛料里子被风卷走。鲜血滴了下来，沉重、深红色的血滴落上地面，发出时钟般的嘀嗒闷响，然后消失在泥板地和腐草间，被泥土吸了进去。"二十二。"

血滴变大，也落得越来越快，声音有如加速的节拍器。哈利举起枪，枪管伸进铁丝网的缺口，瞄准。"崔恩，我的血就是这个样子。"他的声音低得几乎听不见，"现在要不要看看你的呢？"

就在这时，云层遮住了太阳。

"二十三。"

黑影像一堵墙从西方落下，先是越过了田野，然后飘过有露台的房屋、大楼、红色的泥板地，再罩上这三个人。温度也下降了，像颗石头，仿佛遮住光之后不仅阻绝了热度，也释放出寒冷。但崔恩并没发觉，他的全副心神都专注在那位女警短而轻的吸气和她那苍白、没有表情的脸上，还有那个警察对准自己的枪口，像一只终于找到猎物的黑眼睛，已经开始在他身上钻孔、切割、撕扯。远方雷声隆隆，但他只听见血的声音。那名警察皮开肉绽，鲜血流了出来。血液、他的内在、他的生命都在洪亮的滴答声中落上了草地。血肉并非被吞吃的对象，反而是狼吞虎咽的主角，烧熔着土地。崔恩知道，就算他闭上眼，遮住耳朵，也还是能听见自身血液涌进耳朵，唱着、跳着要出来。

　　他感到一阵恶心，像轻微的阵痛，像有胎儿要从他嘴里出生。他吞咽着，但身上所有腺体都在出水，润滑着他的内脏，替他做好准备。田野、大楼和网球场开始旋转，他缩起身子，想躲在那名女警后面，但她个子太小，太透明，只是一片生命的薄纱在大风里颤抖。他紧握着枪，仿佛是枪支撑着自己，而不是自己举着枪，扳机上的手指缩紧，然后等待。一定要等。等什么呢？等恐惧松手退开？等事态恢复稳定？但没有，一切仍转个不休，非得触底才肯停。自从丝蒂恩说她要走，世界就呈自由落体下坠，涌进他耳朵的血则不断提醒他，坠落的速度正在加快。他每天早上醒来都想，现在应该习惯坠落了，恐惧肯定就要消散，终点就在眼前，痛苦的关卡已过。但事情并非如此。然后他开始渴望碰触底部，渴望停止害怕的那一天。现在他看见了底部，却更加害怕。铁丝网对面的地面，正迅速朝他袭来。

　　"二十四。"

　　计时就要结束。太阳照上贝雅特双眼，她站在瑞恩区的银行里，室外的光亮得刺眼，把一切照得白晃晃的。父亲站在她身边，沉默如昔。母亲在某处喊叫，但她离得好远，一直都这样。贝雅特细数那些画面、那些年的夏天、那些亲吻和挫败。数量很多，多得让她惊讶。她回忆着面孔，巴黎，布拉格，黑色刘海下的微笑，慌张宣示的爱情，一句呼吸急促又担忧地"痛不痛"，和圣赛巴斯蒂安一家贵得吃不起的餐馆，但她还是预订了一个桌位。或许她还是该觉得感激？

枪戳着前额，让她从这些念头里醒来，那些画面消失了，屏幕上只剩
一片有噪声的白色暴风雪。她纳闷：父亲为什么只站在我身边？他为什么
没要我做什么事？他从来没这样过。她最讨厌他这一点。难道他不知道，
她唯一渴望的就是这个，就是为他做点事，什么事都好？她走着他走过的路，
但当她发现那名银行劫匪、那个凶手、那个杀人犯，想替父亲复仇、替他
们俩复仇时，他却只站在她旁边，沉默如昔，拒绝了。

现在她站在他曾待过的位置。晚上在痛苦之屋，看过了全世界银行录
像带上的人，她总纳闷那些人在想什么。现在轮到她了，但她还是不知道。

然后有人关了灯，太阳消失，她被寒冷笼罩。她在寒冷中再度醒来，
仿佛第一次的清醒只是另一个梦境的一部分。而且她又开始数数了。但现
在她数的是以前没去过的地方、过去没见过的人、从未流下的泪、从没听
人说过的话语。

"对，我有。"哈利说，"我有这个证据。"他拿出一张纸，放在长桌上。
伊佛森和莫勒同时靠上前，头跟头撞了一下。

"这是什么？"伊佛森不悦地问，"'美好的一天'。"

"涂鸦。"哈利说，"是在古斯达精神病院时写在笔记本上的。当时
有贝雅特和我两名目击者，可以证明这是崔恩·格雷特写的。"

"那又怎样？"

哈利看着他们。他背转过身，慢慢走向窗户。"你们有没有看过自己
思考事情的时候所写的涂鸦？那些字可能别有内涵。所以我那时才拿走这
张纸，想看看能否参悟出什么。一开始我没看出来。大家想，假如你太太
刚被枪杀，你坐在一间封闭的精神病院病房里，一遍又一遍地写'美好的
一天'，那你不是完全疯了，就是写出了跟当时心境完全相反的东西。但
后来我发现了一件事。"

奥斯陆一片惨灰，像疲惫老男人的脸，但在今天的太阳下，几股色彩
仍然鲜亮。就像道别前的最后一朵微笑，哈利心想。

"'美好的一天',"他说,"不是一个念头,也不是评论或主张。而是题目。小学作文的题目。"

一群麻雀飞过窗前。

"崔恩·格雷特并没有在想什么,只是机械地随手写下来。就跟他在学校里练习写出新风格的字迹时一样。克里波刑事调查部的笔迹专家琼·休已经证实,写自杀遗书和学校作文的是同一个人。"

电影似乎定格了,画面冻结,没有动作,没有说话声,只有外面走廊上的复印机在不断运行。

最后,哈利转身打破了沉默。"看来大家希望贝雅特和我把崔恩·格雷特带进来接受审讯。"

妈的!哈利想把枪拿稳,但疼痛却让他晕眩,风一阵阵地拉扯着他的身体。崔恩已如哈利希望的,因为见到血而有了反应,有段时间哈利还有畅通无阻的弹道。但哈利迟疑了,现在崔恩把贝雅特拉到身前,哈利只能看到一点崔恩的头和肩膀。她好像……他现在看出来了,天哪她真的好像。哈利用力眨眼想把他们看清楚。接着吹来的那阵风,力道大得拉起长椅上那件灰色外套,一时之间似乎有个披着外套的隐形人奔过网球场。哈利知道就快下大雨了;现在是被雨墙推着向前的气团,是最后的警告。天色黑得像夜晚,前方的两个身影合在一起,然后下雨了。豆大的沉重雨滴倾盆而下。

"二十五。"贝雅特的声音忽然变得大而清晰。

在闪光中,哈利看到他们的身体在红泥地上投下阴影,接踵而来的雷声大得像块布,贴上他们的耳朵。一个身体跟另一个分开,跌倒在地。

哈利双膝一软,听见自己在喊:"爱伦!"

他看到仍然站着的那个身影转过来,朝自己走来,手上拿着枪。哈利想瞄准,但雨水滑下他的脸,他根本看不清楚。他眨眼,再次瞄准。他已经没有感觉了,感觉不到痛苦或寒冷,也感觉不到悲哀或胜利,只有一大片空虚。事情本不该有道理，只是在永恒的不言自明的轮回中重复——生、死，再度诞生、再生长、死。他把扳机扣到一半，瞄准。

"贝雅特？"他轻声说。

她踢开门，把 AG3 递给哈利，哈利接过。

"怎么……怎么回事？"

"塞特斯达尔抽搐症。"她说。

"塞特斯达尔抽搐症？"

"他整个垮了，像一堆砖块。可怜的家伙。"她伸出右手给他看，雨水冲净了她指节上两处伤口的血，"我一直在等什么事情发生，引开他的注意。结果那一声雷把他吓得魂不附体。好像也把你吓坏了。"

他们看着左边发球框内那个一动也不动的躯体。

"哈利，帮我把他铐上好吗？"金发黏在她脸上，但她似乎没发觉，微笑着。

哈利迎着雨扬起脸，闭上眼睛。"天上的神哪！"他低声说，"这个可怜的灵魂要到二〇二二年七月十二日才会被释放。还请您大发慈悲。"

"哈利？"

他睁开眼。"什么事？"

"如果他要被关到二〇二二年，那我们最好快点把他带回总署。"

"不是他。"哈利说着站起来，"是我。那是我退休的日期。"

他把手臂放在她肩头，笑了。"什么塞特斯达尔抽搐症，你哦……"

50 艾克柏山

十二月又开始下雪。这一次是来真的了：雪飘上了屋墙，气象预报还说会下更多雪。招供是在周三下午。崔恩·格雷特在咨询过他的律师之后，说出了他谋杀妻子的计划过程和执行细节。

雪整夜没停，第二天，他也坦承暗地里派人杀害亲哥哥。他雇来的杀手名叫艾尔·欧乔，绰号"大眼"，无固定住所，每隔一周就换职业名称和手机号码。崔恩只跟他见过一次面，地点是圣保罗的一个停车场，当时就谈妥了细节。艾尔·欧乔拿到预付的一千五百美元，崔恩把余款放进纸袋，锁进铁特巴士总站的行李寄存柜里。他们同意，崔恩把自杀遗书寄到市区南边郊区坎普斯贝卢斯的邮局，等收到列夫的小指头后，就把寄存柜钥匙寄给欧乔。

长达数小时的审讯中唯一勉强算有点意思的，是问及崔恩作为观光客怎么知道如何跟专业雇佣杀手取得联系一事。他回答事情远比跟挪威建筑公司取得联系简单得多。这个比喻倒不是毫无根据。

"列夫有一次告诉过我，"崔恩说，"那些人会在《圣保罗页报》的聊天热线广告旁边标示自己是普朗摩洛斯。"

"普朗——什么？"

"普朗摩洛斯是当地话，就是水管工。"

哈福森把内容贫瘠的情报传真到巴西大使馆，对方克制地未发挖苦之言，还承诺会继续追查。

崔恩在抢劫时用的那把 AG3 是列夫的，几年来一直放在雾村路的阁楼里。该枪无法追查来源，因为制造商的序号也被磨掉了。

对北欧银行的保险公司来说，圣诞节算是提早来临了，因为在玻克塔路抢劫案中被抢走的钱在崔恩的后备厢里找到了，分文不差。

一天天过去，雪继续下，审讯持续进行。一个周五下午，大家都累坏了，哈利问崔恩他对妻子头部开枪的时候为什么没有呕吐——他不是不能见血的吗。房间静了下来。崔恩凝视着角落的摄像头，然后摇了摇头。

但审讯结束后他们走地下通道回到囚室时，他忽然转向哈利说："要看是谁的血。"

周末，哈利坐在窗边的椅子上，欧雷克和附近的几个男孩在木屋外的院子里堆雪堡。萝凯问他在想什么，他差点说溜了嘴。他改口说不如去散散步。她拿起帽子和手套，两人走过霍尔门科伦区的滑雪跳台，萝凯问要不要邀请哈利的父亲和妹妹到她家里过平安夜。

"就只剩我们这些家人了。"她说着捏了捏他的手。

周一，哈利和哈福森开始侦办爱伦的案子。从头开始。审问以前问过话的目击者，看旧报告，检查之前没继续追的情报和旧线索。但一无所获。

"之前有人说看到斯韦勒·奥尔森在基努拉卡区跟一辆红色汽车里的人说话，你有没有那人的地址？"哈利问。

"柯维斯。他给的是他父母的住址，但我觉得我们去那里找不到他。"

哈利走进贺伯比萨屋找罗伊·柯维斯的时候，也没期待对方会配合。但他替一个 T 恤上印有国家队标志的年轻人付了一杯啤酒钱以后，却得知罗伊不必再遵守沉默誓言，因为他已经跟那几个朋友断了联系。显然罗伊认识了一个基督徒女孩，放弃了他对纳粹主义的信仰。没人知道她是谁、罗伊现在住哪儿，但曾经有人看到他在费罗多菲教堂外面唱歌。

雪下成高高的几堆，铲雪车在奥斯陆市中心的马路上来回行驶。

在挪威银行葛森街分行遭到枪击的女子出院了。在《每日新闻报》的报道上，她用一根手指指出子弹射入之处，又用两根手指表示子弹距离她的心脏有多近。现在她要回家照顾先生和小孩，陪他们过圣诞节了，报纸如是说。

同一周的周三早上十点，哈利在警察总署三号房门外，用力跺脚把靴子上的雪震落，然后才敲了敲门。

"请进，霍勒。"弗德豪格法官洪亮的声音从门里传出。他负责就货柜转运站的枪击事件对独立警察机构进行内部聆讯。哈利被带到五人特别法庭前的一张椅子上。庭上除了弗德豪格法官，还有一位公诉人、一名女警、一名男警员和辩护律师奥拉·伦德。哈利知道伦德性格坚毅、能力出众且为人真诚。

"我们想在圣诞假期以前把大家的发现整合出来。"弗德豪格法官做了开场白，"你能否简短告诉我们，你在这起案子中的角色？"

在那位男警员敲键盘的咔嗒声中，哈利说起他与阿尔夫·古纳隆短暂见面的经过。等他说完，弗德豪格法官向他道谢，翻动了一会儿纸张，才找到要找的东西。他从镜片后方瞥了哈利一眼。

"我们想知道，在你跟古纳隆短暂会面之后，又听到他对一名警员开枪，你是否觉得讶异？"

哈利想起自己在楼梯上看到古纳隆时心里的念头：一个害怕再次被打的年轻人，不是杀人不眨眼的凶手。哈利迎向法官的目光，回答："不会。"

弗德豪格法官摘下眼镜。"但古纳隆见到你的时候，他选择逃跑。我不懂他遇到汤姆的时候，为什么改变了策略。"

"我不知道。"哈利说，"我当时不在场。"

"但你不觉得奇怪吗？"

"我觉得奇怪。"

"可是你刚才回答说，你不觉得讶异。"

哈利翘起椅背。"法官大人，我当警察很久了，久到看见别人做怪事已经不会让我讶异。就连看到杀人凶手也不讶异了。"

弗德豪格法官又戴上眼镜，哈利似乎看到那张严肃的脸上，嘴角漾起一丝笑意。

奥拉·伦德清了清喉咙："你应该知道，汤姆·瓦勒警监去年在类似事件中曾遭到短期停职处分。当时他逮捕了一名年轻的新纳粹主义分子。"

"斯韦勒·奥尔森。"哈利说。

"当时独立警察机构的结论是，公诉人提起诉讼的理由不足。"

"你只查了一周。"哈利说。

奥拉·伦德对弗德豪格法官扬起一道眉，法官点头。"总之，"伦德继续说，"当同样的事情第二次发生，我们自然会注意到。我们知道警务人员极为团结，警官都不愿让同事陷入窘境，甚至……呃……这个……"

"告密。"哈利说。

"抱歉，你说什么？"

"我想你要找的词汇是'告密'。"

伦德跟弗德豪格法官互望一眼。"我知道你的意思，但我们喜欢称为提供恰当消息，保障规则执行到位。霍勒，你同意吗？"

哈利椅子的两只前脚砰的一声落回地面。"对，其实我同意。只是我在遣词用字上的造诣没你好。"

弗德豪格法官的笑容已经藏不住了。

"这我可不确定，霍勒。"伦德说着也开始笑，"我们都同意就好。那么，由于你和瓦勒合作多年，我们想让你当品格证人。其他几位到过这里的警官都暗示瓦勒面对罪犯时风格强硬，有时连对老百姓也是如此。如果说汤姆·瓦勒是出于鲁莽而射杀阿尔夫·古纳隆，你认为可能吗？"

哈利缓缓转头望向窗外。一片暴风雪中，他几乎看不出艾克柏山的轮廓。但他知道山在那里。年复一年，他都坐在警察总署的办公桌后方，艾克柏山一直都在那里，也永远都会在，夏天时绿意盎然，冬天时黑白相间，山不会移动，这是事实。关于事实最棒的一点就是，你不必去思考它们是不是令人满意。

"不可能。"哈利说，"我没办法想象汤姆·瓦勒是出于鲁莽而射杀阿尔夫·古纳隆。"

就算独立警察机构的组员注意到哈利说到"鲁莽"时微微加重了语气，他们也没说什么。

哈利一到外面的走廊，韦伯就起身。

"轮到你了。"哈利说，"你手上那是什么？"

韦伯举起一只塑料袋。"古纳隆的枪。我得进去说明一下这东西。"

"嗯。"哈利说着从烟盒里弹出一根烟，"很不寻常的枪。"

"以色列制。"韦伯说，"杰里科 941 式。"

韦伯关上门后，哈利仍站着凝望门口，直到莫勒从里面出来，叫了一声，他才想起嘴里那根还没点燃的烟。

劫案组静得出奇。一开始，众警探开玩笑说屠夫是去冬眠了，但现在他们都说，他故意赴死，被埋葬在秘密地点，以维持永恒传奇的形象。覆盖在屋顶上的雪滑了下来，新的雪又覆盖上去，烟囱宁静地冒着烟。

警察总署的三个组在员工餐厅合办了一场圣诞派对，座位都安排好了。莫勒、贝雅特和哈福森刚好坐在一起。他们中间有个空位，上面有块写着哈利名字的名牌。

"他在哪儿？"莫勒问，一面替贝雅特倒酒。

"去找斯韦勒·奥尔森的一个朋友，那人说在谋杀当晚看到奥尔森和另一个人在一起。"哈福森说，一面想办法用抛弃式打火机撬开一瓶啤酒。

"真是扫兴。"莫勒说，"叫他不要工作过头了，吃一顿圣诞晚餐又不会花多少时间。"

"你去跟他讲。"哈福森说。

"也许他就是不想来。"贝雅特说。

两个男人同时看她，都笑了。

"笑什么？"她大笑，"你们以为我就不了解哈利？"

他们干了一杯。哈福森脸上的笑一直没停。他观察着。她身上有什么——

他说不上来究竟是什么——不一样了。上次他是在会议室也见过她，但她眼中并没有现在这股朝气：嘴唇有了血色，那种姿态和柳条般的背脊。

"哈利宁可去监狱，也不愿参加这种聚会。"莫勒说起上次密勤局接待专员琳达逼哈利跳舞的事。贝雅特笑到流泪，然后她转向哈福森，歪着头说："哈福森，你就准备坐在那里看一整晚吗？"

哈福森觉得脸上发烧，一头雾水的他结结巴巴地说"没有啊"，引得莫勒和贝雅特又大笑起来。

那天傍晚，他鼓起勇气问她想不想跳支舞。莫勒一人独坐，后来伊佛森过来，在贝雅特的座位上坐下。他喝醉了，话都说不清楚，一直讲他有一次在瑞恩区的银行前被吓破胆的事。

"鲁内，那是很久以前的事了，"莫勒说，"你那时大学刚毕业，而且你也无能为力。"

伊佛森靠着椅背，打量着莫勒。然后他站起来，走了。莫勒想，伊佛森是个寂寞的人，而他自己甚至不知道。

当 DJ 的双李搭档播放完《紫雨》，贝雅特和哈福森撞上另一对正在跳舞的伙伴，哈福森感觉贝雅特的身体突然一僵，他抬头看另外那对男女。

"抱歉。"一个低沉的声音说。黑暗中，戴维·哈塞尔霍夫的脸上一口健康的白牙闪了闪。

这天晚上结束时，几乎叫不到出租车，哈福森提议送贝雅特回家。他们在雪地上往东走，花了超过一小时才到达她在奥普索乡的家门外。

贝雅特微笑着面对哈福森。"如果你愿意的话，我很欢迎。"她说。

"我非常乐意。"他说，"谢谢。"

"那就这么说定了。"她说，"我明天跟我妈妈说。"

他道声晚安，亲了亲她的面颊，又继续往西展开极地跋涉。

挪威气象中心宣布，二十年来，十二月的降雪纪录即将被打破。

同一天，独立警察机构也侦破了汤姆·瓦勒的案子。

　　讨论小组认为，并未发现任何违规之事。正好相反，瓦勒还因为做出正当行为受到赞赏——在极度紧张的情境中保持冷静。总警司致电警察总长，试探性地询问是否应该推荐瓦勒获奖。不过，由于阿尔夫·古纳隆一家在奥斯陆颇具声望——他叔叔在市议会工作——他们怕引人非议而作罢。

　　今天是平安夜，圣诞节那股宁静祥和的气氛笼罩着……嗯，至少是笼罩着小小的挪威。

　　萝凯把哈利和欧雷克赶到屋外，独自准备圣诞午餐。他们回来时，家里充满肋排的香味。哈利的爸爸欧拉夫·霍勒和妹妹搭出租车抵达。

　　妹妹看到房子、食物、欧雷克和整个景象，开心极了。吃饭时，她和萝凯像闺中密友似的畅谈，老欧拉夫和小欧雷克则面对面坐着，多数时候只交换个只言片语。但到了拆礼物时，他们变得熟络起来。欧雷克打开标有"欧拉夫送欧雷克"的大包裹，看到里面的儒勒·凡尔纳全集，张大了嘴，翻起其中一本书。

　　"哈利之前读过登月火箭的故事给你听，那故事就是这个人写的。"萝凯说。

　　"这些是原始插图。"哈利边说边指着一张图，上面是尼摩船长站在南极的一根旗子旁，一面大声念着，"再会了，我的新帝国即将面临六个月的黑暗。"

　　"这些书原本放在我爸的书架上。"欧拉夫说，跟欧雷克一样兴奋。

　　"一点都没关系啊！"欧雷克大喊。

　　欧拉夫收到一个感谢的拥抱和一个羞赧但温暖的笑容。

　　他们都上了床、萝凯也睡着之后，哈利起床来到窗边，想着那些已经不在世上的人：他母亲、碧姬塔、萝凯的父亲、爱伦和安娜。他也想着那些还活着的人：奥普索乡的爱斯坦，哈利送他一双新鞋当圣诞礼物；波特森监狱的洛斯可；还有奥普索乡那两个好心的女人，她们知道哈福森今年圣诞夜要值勤，无法回斯泰恩谢尔市的家过节，于是邀他到她们家中共享圣诞晚餐。

这天晚上发生了一件事，虽然他不确定是什么，但肯定有什么变了。他站着看城里的灯火，好一会儿才发觉雪已经停了。脚印。今晚在奥克西瓦河岸行走的人，会留下脚印。

"你的愿望实现了吗？"他回到床上时，萝凯这么问。

"愿望？"他伸手揽住她。

"你刚才那样好像在窗边许愿。你许了什么愿？"

"我想要的都已经有了。"哈利说着亲了亲她前额。

"告诉我。"她轻声说，仰起头好看清他，"哈利，告诉我你的愿望。"

"你真的想知道？"

"嗯。"她贴近他的身子。

他闭上眼，影片开始转，慢得每个影像都像是静止了。雪中的足迹。

"和平。"他撒了谎。

51　无忧

　　哈利看着那张照片，看着上面那个温暖、露齿的笑容，那健壮的下巴和那双钢青色的眼眸。汤姆·瓦勒。然后他把照片推到桌子另一边。

　　"慢慢看，"他说，"看仔细一些。"

　　罗伊·柯维斯似乎很紧张。哈利靠进办公椅里，打量四周。哈福森已把降临节日历挂上了档案柜上方的墙。圣诞节。整层楼几乎是哈利一人独占，这是假日最棒的一点。他怀疑会听见柯维斯像上次在费罗多菲教堂前排时那样喃喃祈祷，但人总要抱持希望。

　　柯维斯清了清嗓子，哈利坐直身。

　　窗外的雪花轻轻飘落在空无一人的马路上。

尤·奈斯博作品年表

Harry Hole Thrillers 哈利·霍勒系列

Flaggermusmannen	*(The Bat)*	(1997)	
Kakerlakkene	*(Cockroaches)*	(1998)	
Rødstrupe	*(The Redbreast)*	(2000)	知更鸟
Sorgenfri	*(Nemesis)*	(2002)	复仇者
Marekors	*(The Devil's Star)*	(2003)	五芒星
Frelseren	*(The Redeemer)*	(2005)	救赎者
Snømannen	*(The Snowman)*	(2007)	雪人
Panserhjerte	*(The Leopard)*	(2009)	猎豹
Gjenferd	*(Phantom)*	(2011)	幽灵
Politi	*(Police)*	(2013)	警察
Tørst	*(The Thirst)*	(2017)	

Other thrillers 其他

Hodejegerne	*(Headhunters)*	(2008)
Sønnen	*(The Son)*	(2014)
Blod på snø	*(Blood on Snow)*	(2015)
Mere blod	*(Midnight Sun)*	(2015)
Macbeth		(2018)

图书在版编目（CIP）数据

复仇者 /（挪）尤·奈斯博著；韩宜辰译. -- 长沙：
湖南文艺出版社，2018.6
书名原文：Sorgenfri
ISBN 978-7-5404-8700-3

Ⅰ.①复… Ⅱ.①尤… ②韩… Ⅲ.①推理小说－挪
威－现代 Ⅳ.①I533.45

中国版本图书馆 CIP 数据核字(2018)第 091653 号

著作权合同登记号：图字18-2017-150

SORGENFRI by JO NESBØ
SORGENFRI: Copyright © Jo Nesbø 2002
Published by agreement with Salomonsson Agency AB through The Grayhawk Agency.
本书译文由台湾漫游者文化授权简体中文版出版发行

上架建议：畅销·悬疑小说

FUCHOUZHE
复仇者

作　　者：［挪威］尤·奈斯博
译　　者：韩宜辰
出 版 人：曾赛丰
责任编辑：薛　健　刘诗哲
监　　制：吴文娟
策划编辑：董　卉
特约编辑：李甜甜
版权支持：辛　艳
营销支持：李天语　徐　燧
封面设计：利　锐
版式设计：张丽娜
出版发行：湖南文艺出版社
　　　　　（长沙市雨花区东二环一段 508 号　邮编：410014）
网　　址：www.hnwy.net
印　　刷：北京天宇万达印刷有限公司
经　　销：新华书店
开　　本：875mm×1270mm　1/32
字　　数：380 千字
印　　张：13.5
版　　次：2018 年 6 月第 1 版
印　　次：2018 年 6 月第 1 次印刷
书　　号：ISBN 978-7-5404-8700-3
定　　价：45.00 元

若有质量问题，请致电质量监督电话：010-59096394
团购电话：010-59320018